后浪

南洋故事集

椰风蕉雨

刘以鬯 著

梅子 编

四川人民出版社

图书在版编目（CIP）数据

椰风蕉雨：南洋故事集 / 刘以鬯著 . -- 成都：四
川人民出版社，2022.4（2022.7 重印）
ISBN 978-7-220-12633-8

Ⅰ.①椰… Ⅱ.①刘… Ⅲ.①中篇小说—小说集—中
国—当代②短篇小说—小说集—中国—当代 Ⅳ.
① I247.7

中国版本图书馆 CIP 数据核字 (2022) 第 026199 号

YE FENG JIAO YU : NANYANG GUSHIJI

椰风蕉雨：南洋故事集

著　者	刘以鬯
编　者	梅子
选题策划	后浪出版公司
出版统筹	吴兴元
编辑统筹	梅天明　朱岳
特约编辑	刘逸
责任编辑	晓风
装帧制作	墨白空间·陈威伸
营销推广	ONEBOOK
出版发行	四川人民出版社（成都三色路 238 号）
网　址	http://www.scpph.com
E - mail	scrmcbs@sina.com
印　刷	嘉业印刷（天津）有限公司
成品尺寸	143mm × 210mm
印　张	15.5
字　数	319 千
版　次	2022 年 4 月第 1 版
印　次	2022 年 7 月第 3 次
书　号	978-7-220-12633-8
定　价	69.80 元

目录

第一辑　中篇小说

第二辑　短篇小说

第三辑　微型小说

第一辑　中篇小说

星加坡 [1] 故事

一

  下午三点半，天忽然下起大雨来。雨很大，彷佛千万枝玻璃管子，打在窗外的芭蕉叶上，哗啦哗啦地像有人在树上打架。星加坡虽然说是一个四季皆夏的地方，但是一进入雨季，气候的变化就多了。刚才还是大太阳，此刻都下起倾盆大雨来了。我本来想等雨停后出街，只因为约好了陈君到"首都戏院"去看四点钟的《花都谍影》，所以即使下大雨，也不能不冒雨赴约。于是穿上雨衣，匆匆上街。长街行人稀少，车辆也不多，想找一辆"得士" [2]，却始终找不到。看看表，已经三点四十分，离开映时间还有二十分钟。心里颇焦急。冒雨走了一阵，终于在如切律 [3] 跳上了一辆"沿途兜客"的得士。

  这种"沿途兜客"的得士，平时总有一个或两个乘客坐在车

---

1 即新加坡，旧称星洲或星岛。本篇与下篇《蕉风椰雨》均用此写法。编者注。

2 新加坡闽南语说法，即的士，后文"特士""特示""德示"与之同义。编者注。

3 如切路（Yoo Chiat Road）。"律"为 Road 的译音，后文"怒吻立芝律""安邦律"等均在此列。编者注。

厢里，但是今天不同，也许是因为下雨，所以车厢里并无其他的乘客。跳上车后，我独自一个人坐在后座，掏一枝骆驼烟叼在嘴上，燃上火。车了向芽笼驶去，雨却愈下愈大了，轰雷掣电，司机很小心，将车子驾得很慢。我望望车门上的玻璃窗。窗上挂满了雨条，看不清窗外的景物。当车子驶近 Lorong 24[1] 的转角时，司机忽然向街边驶去，从挂满了雨条的玻璃窗里，我看到一个女人的模糊轮廓，站在骑楼底下的人行道上。司机将车子驶近人行道，停下来，反过身来开车门，车门一开，那女人用一条花手绢遮在头上，匆匆跳上车来，与我并排坐在一起。刚坐定下，她用头上的手绢抹去脸上的雨珠，然后如释重荷地舒了一口气。司机将车子继续驶开去，搭讪着说：

"雨真大！"

"是的，"我和她竟不约而同地答道，"雨真大！"

她听见我也答了一句，颇为羞惭地对我瞟了一眼，刚巧我也侧过头去看了她一下，她就受窘地低垂着头用手去抹干头发上的雨滴。

她的发式很美，是一种新颖的和合头，两条辫子盘缠着，掩去了两耳的一半。两耳贴着叶形的绿色耳环，使她的肤色越发显得白皙了。她的皮肤的确很细白，比当地的一般女孩子要细白得多。她的脸颊上并没有施脂粉，只是在嘴唇上搽了一点唇膏。她有一张蛋形脸，眼睛相当大，长长的睫毛，笔挺的鼻梁，很美，是一种青春明朗的美，有点像可口可乐广告牌上的西洋女人，但是她比广告牌上的那个女人要妩忸得多。当她感到我在频频凝视

1　新加坡街道名。Lorong 意为罗弄或巷。编者注。

她的时候，她显得更忸怩，两只手很不自然地在捉揉着衣襟，她似乎有点窘，当车子驶过"快乐世界"时，她百无聊赖地打开手提包，从手提包里掏出一只银质烟盒，从盒内撷了一枝粉红色的Sobranie[1]，衔在嘴上，又去找火柴，却找不到。

"有火柴吗？"她问司机。

我当即将打火机凑上她的烟头，替她点上火。她深深吸了一口，吐了一串烟圈，说："谢谢你。"

说罢，她一边吸烟，一边侧过头去看窗外的景物。车过加冷桥时，她用略带一点感喟的口吻说："雨很大！"

"是的，"我说，"雨很大。"

"真讨厌。"

"总比赤道的太阳好。"

"我倒宁可热一点。"

"不怕太阳晒？"

"不怕。"她吸了一口烟说，"你呢？"

"我怕，因为我是生长在北方的。"

她揿熄了烟蒂，问："刚从国内来？"

"不。"我答，"刚从香港来。"

"到星加坡多久了？"

"才半个月。"

她顿了　顿，有意无意地用眼梢瞟了我一下。问：

"住得惯吗？"

"一切都好，就是热一点。"

1　寿百年香烟。编者注。

"能吃榴梿吗？"

"嗅到就怕。"

"那你一定在这里住不长久。"

"为什么？"

她笑了，笑时涡现，比不笑的时候媚得多。"因为，"她说，"不能吃榴梿的人就不能在这里住久。"

"为什么？"我还是不懂。

"因为，"她想了一想说，"别人都是这样说的，而且据说这是三保太监的……"

话说到一半，车顶上忽然訇隆隆响起一串响雷，她受惊地怔了一怔，一种突如其来的激荡使她感到不安，抿紧着嘴，胸脯一起一伏，久久不开口。但等她的情绪恢复宁静时，车子已经驶抵火城，她伸手去拍拍司机的肩膀，司机将车子驶近路傍停下，她付了车资，就下车冲入雨帘去了。

她走后，我感到一阵莫名的空虚，取出一枝烟来，点火时却发现座垫上有一块湿漉漉的花手绢，那手绢是她落的，取过来一看：这手绢的一角还绣着一个紫色的英文字母"P"。

二

从首都看完《花都谍影》出来，天已放晴。陈君邀我到金马仑餐室去吃晚饭，我没有理由拒绝。我们沿着怒吻立芝律踱步而去，夜色已四合，天主教堂的钟楼传出一片祝福钟声，那塑着十字架的尖顶背后有晚霞似泼墨。我站在街角神往于这苍茫的暮色，陈君说我是一个光景的流连者，然而雨后的热带都市的确别有一番情致。陈君是星加坡的土生华侨，抗战时期到过国内，光复后回来，现在则与我同在一家报馆做事。星加坡对他是丝毫没有"新鲜感"的，但是对我，这绿色的城市却有着太多的腰肢：一曲"望卡湾梭罗"的，一幅马来女人的纱笼，一枚槟榔或一片蒌叶，都能逗起我无限的好奇，我甚至有意尝一尝风味别具的马来饭，但是陈君怕我吃不惯，偏要拉我去吃上海菜。

吃过晚饭，陈君说离开始上班的时间还早，愿意陪我到游艺场去走走。陈君在报馆里的工作是编电讯，翻译组的稿子通常总要在九点左右才可以交出一部分；而我则是编副刊的，往往在早晨编好了，晚上就没有事。陈君知道我闲着无聊，所以要陪我去逛新世界。于是我雇得士到惹兰勿刹，走进新世界，兜了一个圈，陈君便拉我到某歌台去听歌。我对于听歌并不如一般华侨那么热心，记得我刚到星加坡的第一天晚上，同事们就邀我去听歌，也许因为我是一个"新客"，我颇不习惯于歌台的种种，我认为如果要吃风[1]，可到五楼树脚；要吃东西，可到加东海滩；要听歌，可听无线电，我不懂这一种在中国城市并不普遍的娱乐事业，怎样会在星加坡发展得如此畸形，后来才知道上歌台除了"吃"与"听"之外，最主要的享受是"看"——看花枝招展的歌女们站在麦克风前的装腔作势。惟其因为听众们的主要目标是"看"，因此歌台的老板不惜付出数倍于普通薪水的高价去延聘所谓"红歌星"，以广招徕；而这家歌台（据陈君告诉我）是"红歌星"最多的一家，所以陈君认为值得去"看"一"看"。

1　即兜风或乘凉，马来西亚、新加坡华人惯用语。《热带风雨》一篇中出现的"食风"与之同义。编者注。

我们拣了一个靠边的座位。向"卖茶妹"要了两杯羔呸乌[1]。

起先是一个名叫"鲁舜敏"的歌女与一个名叫"高朗"的男歌员合唱了一首《打是疼你骂是爱》。两人站在麦克风前，你唱一句，我捆你一下；你捆我一下，我唱一句，唱歌似打架，打来打去，一片劈啪声，即赢得了观众的热烈鼓掌声。

《打是疼你骂是爱》唱毕后，报告员在麦克风里照例作了这样的一个报告："现在蒙众人的请求，白玲小姐要为各位歌唱一首《我的爱人就是你》。"

接着又是一阵热烈的掌声。

"看来这位白玲小姐好像很受人欢迎？"我问陈君。

"这位白玲小姐吗，"陈君将大姆指往上一翘，答道，"她是目前星马最红的歌星。"

"唱得好？"

"唱得很平常，倒是人长得漂亮。"

"很漂亮吗？"

"你等着自己瞧吧。"

稍过些时，这位白玲小姐就在音乐声中婀婀娜娜地从后台走了出来，我定睛凝眸，不觉为之一怔，原来这位白玲小姐就是白天与我同车的那个女人，只是她比白天更妩媚了：绿耳环、绿围巾、绿衬衣、绿围裙、绿色的镂空手套，绿色的高跟鞋，发鬓间还插了一朵绿色的大丽花，修长的身材，苗条的体态，不肥，也不瘦，站在麦克风前显得非常突出，像在黑暗处看夜光表。

诚如陈君所说，她的歌不算唱得太好，但是她的美丽都具有

---

1 Kopi-O 的译音，指加糖去奶的黑咖啡。编者注。

一种磁性的魅力，当她唱到"我的爱人就是你"这一句时，全场的听众无不屏息倾听，彷佛每一个观众都是她的爱人似的。

"怎么样？"陈君问我。

我答："你的评语是最具权威性的。"

他笑了。

白玲唱完了《我的爱人就是你》，接着由其他几位歌女轮流唱了一些俚俗的"时代曲"，但是我对这些歌曲丝毫感不到一点兴趣。我一心惦念着白玲，希望她能够再出来唱一曲，可是总不见她出来唱。陈君看了看手腕上的表，说是他的上班时间到了，问我是不是愿意跟他一同回报馆去。

"我想在这里再多坐一会。"我说。

"是不是白玲的魅力将你吸住了？"他用调侃的口吻打趣我。

我以微笑作答，他当即站起身来，点点头，走了。我独自一人继续听歌，倒并不是我已习惯于歌台的种种，而是因为我想把那条花手绢交还白玲。我没有勇气到后台去，更不知道像我这样的陌生人，贸然到后台去找白玲会不会使她不高兴，所以我只好静坐等候，希望在歌台散场后能够找到她。

我几乎整整等了两个钟点。在这两个钟点内，我听了不少低级趣味的歌曲和一出比文明戏更庸俗的三幕剧。要不是为了想把手绢交还给白玲，我实在不会有那么好的耐心坐下去。

十一点左右，歌台散场了，听众纷纷离场他去，留下我一个人坐在宁寂的台下。十数分钟后，才看见几个下了妆的男女"歌星"有说有笑地从边门出来，但是没有白玲。我颇有点不好意思，于是走近边门处去等，直到台上的工匠将布景完全拆除后，才看见白玲独自一个人走出边门来。

"白小姐。"

"是你?"她还认得我。

我颔颔首,从口袋里掏出那条花手绢:"这是你的。"

她接过手绢,会意地笑了一笑:"我正在想这条手绢丢到哪里去了?"

"你遗落在车上。"

"谢谢你。"

她把手绢放入手提包后,同我并肩走出歌台,许多游客都用贪婪的目光注视白玲,看得连我也受窘了。

白玲问我:"你住在哪里?"

"如切律附近。你呢?"

"芽茏,"她说,"我们可以一起回去。"

"好极了。"

走出游艺场,我对白玲说:"时间还早,我们雇一辆得士去吃风,好不好?"

"不好。"

"为什么?"

"因为我不愿意别人听到我们的谈话。"

"那么到勿洛去吃宵夜?"

"也不好。"

"为什么?"

"因为我不愿意去听别人的谈话。"

"可是,我很想同你谈谈?"

她想了一想说:"那么到加东花园去坐一会吧。"

于是我们雇车到加东花园。

在车厢里，一种"陌生感"形成了我们之间的篱笆，彼此都有一点局促不安。她对我当然是一无所知，我对她所知道的也非常有限。我们没有"过去"，所以不能谈"过去"；惟其不能谈"过去"，所以更无法谈"未来"；而"现在"可以谈的也只不过是"今天天气哈哈哈"之类的话语。我们的谈话犹如英文教科书第一册的内容：

"你在这里住得惯吗？"——"住得惯的。"

"今晚的天气很凉爽？"——"是的。今晚很凉爽。"

"常常到歌台去吗？"——"不常常到歌台。"

"星加坡好，还是香港好？"——"香港固然好，星加坡也不错。"

"吸烟？"——"谢谢你。"

诸如此类的谈话除了稍稍能够减去一点"陌生感"之外，并无其他的意义。当我们燃上烟后，车子已抵达加东花园。

这是一座没有花的花园，修饰得非常雅致：进门便是一条整整齐齐的碎石子路，两旁栽着不太高的椰子树，海风迎面拂来，椰香颇浓。我们踏着石子路向海边走去，走到海边时，右边的茶亭已经收市，左边靠海的石凳上都有情侣偎依并坐。天边无月，花园里的灯也很暗淡，虽是子夜时分，但蕉边椰下仍有双双男女。

"这是情调最好的一座花园。"我说。

"这是调情最好的一座花园。"白玲说。

想不到白玲也会说出这样的一句俏皮话，刚才的那种"陌生感"似乎顿即消失，说话的内容很自然跃出了英文教科书第一册的范围。

白玲很健谈，而且看来是一个相当直率的女性。她谈了一点她的身世，说她六岁就死去父亲，母亲靠一双手去替人家洗衣服，将她扶养成人。十二岁的时候，她在"巴刹"[1]里卖白榄[2]，十三岁时摆过公仔书摊，日军占领星加坡后，她曾经在一家纸厂里做女工，她在溜冰场里当过溜冰女郎，在武吉智马的游艺场里唱过歌，自从她加入了一个歌诵团，到联邦去兜了一圈，由于自己苦学和奋斗，才造成了今天的地位。目前她的薪水每月一千多，但是她仍不能满足，她希望有一天能够脱离歌台。

我们边谈边走，走近一堆树丛，发现树丛里有一条石凳，我说：

"有点累了吧，不如到树丛里去坐下来谈。好吗？"

她踟蹰了一阵，羞人答答地说："我怕。"

"怕什么？"

"太暗了。"

"有我在，还怕什么？"

她娇嗔地用眼对我瞟了一眼，我耸了耸肩，她笑了，笑得有些妖娆。我说："还是坐在草地上吧？"她点点头，我就躺在草地上，她则拘谨地坐着，两手抱着膝髁。

"我还不知道你的姓名哩？"她问。

"我叫张盘铭。"

"一直住在香港？"

"我是徐州吃紧时从上海到香港的。"

"你是上海人？"

---

1 巴刹即小菜场，但其中有熟食档及茶座。——原注。此后若未作说明，均为原注。

2 卖唱女当众奏琴，表面上卖白榄，实际则为变相的乞钱。

"是的。"

"上海很大?"

"比星加坡要繁华些。"

"上海女人听说很漂亮?"

"很多,但是很少有像你这样漂亮的。"

"你再这样挖苦我,我不来了。"

"这是实话。"

"你在上海一定爱过不少漂亮女人?"

"喜欢过。"

"没有坠入情网?"

"我倒希望能够有一次这样的经验。"

"像你这样的男人会没有这种经验?"

"人就是这样的一种奇怪动物。"

"但是人是感情的动物。"

"我的情感始终没有得到过正常的发泄。"

听了我这句话,她抿着嘴开始沉思。四周很静,只有海水拍岸的声音颇具韵节。

"想什么?"我问。

她含羞地用双手掩住脸庞,半娇半嗔地答道:"不想什么。"

我对她纤长细白的手指看了一看,发现她无名指上戴着一双钻戒,我问她:

"这只钻戒……?"

她放下手来,下意识地看看戒指,说:"是母亲送给我的。"

"如果是母亲送的,"我用带一点调侃的口吻对她说,"这戒指就不应该戴在无名指上。"

"那么，谁送的戒指，才可以戴在无名指上呢？"

"譬如说，将来有一个像我这样的男人送给你的那一只。"

听了我这句话，她蓦地脸一沉，垂着头，很久很久不说话，我不知道是不是因为我的话说得稍稍过分了一点，使她生气了。我颇表歉疚地伸出自己的手去握她的手，她依旧一动不动，于是我认错，我道歉，然而她还是伤感地垂着头，渐渐地我发现我的手背上多了几颗泪珠。

"为什么这样伤感？"我问她。

她没有回答我，只是用手背抹了抹眼睛，站起身来，说道："回去吧。"

我拍去了身上的尘灰，看看手腕上的表，已是两点十分："让我送你回去。"

她点点头。

我们走出花园，园门口那个卖水果的已经不在，只有几个得士司机蹲在路灯下玩"福建四色牌"。白玲用福建话和司机讲好车价后，我们坐上得士，直向芽茏驶去。

白玲的家在二十×巷附近，是一座沿街的洋楼，那洋楼一共三层，她住在二层。车抵家门口，我送白玲上楼，临别时，我问她：

"什么时候再来看你？"

她沉吟一下，说："明天有空吗？"

"下午以后就没有事。"

"那么，明天下午二点我在家里等你。"

三

回到家里已经将近三点了，冲完凉，吃了几片面包，上床便睡，也许是过度的兴奋，纵然很倦，躺在床上却老是翻来覆去睡不熟。平时我很喜欢看一点传奇之类的小说，对于小说家笔底下的"奇遇"或"邂逅"，都能信以为真；现在临到自己头上了，虽然是亲自经历的真事，却又不敢十分相信。我总觉得这件事有些仓促糊涂，起先情感上不免起了一截子波浪，后来一想，认为做人能够糊涂一点也未始不是一件好事，尤其是像白玲这样一个挑逗性的女人，仓促的"开始"往往会比认真的"结束"有意思得多。我就是这样颠来倒去的忖量着，越忖越睡不熟，一直到远处鸡啼频频，方才恍恍惚惚地阖上眼。待到醒来时，太阳已很高。猛然想到下午的约会，忙不迭地起床，匆匆冲了凉，从衣柜里取出一套最讲究的西装，穿上了，对镜一照，又觉得白天在星加坡穿得这样整整齐齐多少有点傻相，倒不如脱下上装，打一根领带，已算是相当"隆重"了。于是喝一杯牛奶，雇车到报馆草草将稿子编好，在"首都餐厅"吃了一客 Chickens Special No.2，搭车去芽茏。

从"首都"到芽茏，中间约有四条石[1]的路程，纵然不在上班下班的时间，也得花上二十分钟左右方能到达。当车子驶抵白玲的家门口时，已经是两点十分了，比约定的时间迟了十分钟。

我匆匆下车，走上一截迂长的石梯，伸手去按门铃，开门的是白玲自己。白玲引我进客厅，客厅中间置着四只绿色的沙发，

---

[1] 马来亚华侨称一英里为一条石，两条石即两英里。

沙发上坐着一个男客，如果我没有记错的话，那男客很像昨夜在歌台与鲁舜敏合唱《打是疼你骂是爱》的高朗，经白玲一介绍，果然是高朗，只是他今天的神情比昨晚要严肃得多。他像是一个不大善于交际的男人，介绍时，面无笑容，连寒暄话都不说一句，绷着一张扑克脸，站起身来便走。

高朗走后，白玲问我喝咖啡还是喝茶，我说喝茶，她就到后面去煮茶了。

我用陌生的眼睛对这客厅端详了一番，客厅相当宽敞，两面有窗，窗上挂着透明的纱窗幔，窗外长着一棵棕榈树，那丝丝缕缕的叶子在风中飘舞，很像俄国神甫披散在肩上的长头发。窗下置着一架钢琴，上面放一张金色攒花照相架，那照片是白玲自己，古装打扮，有点像《游龙戏凤》的李凤姐。钢琴旁边是一只酒柜，整柜威士忌和白兰地，玻璃橱内放了一排香槟酒杯和一套烧着五彩仕女图的江西瓷器。酒柜上面挂着一幅油画，以马来甘榜[1]作题材，一座"亚答屋"[2]，几棵椰子树，画得不算太好，但还别具情致。此外，四张沙发中间放着一只圆茶几，玻璃面，透过玻璃可以看到下面放着几本美国电影杂志以及几份《南洋商报》和《新力报》。我随手取了一本 *Photoplay*，翻了几页，白玲就端了一个小茶盘来，是新近有一个跑船朋友从遥远的家乡带来的"铁观音"。

她替我沏了一杯，自己也沏一杯。

茶的味道浓而苦涩，但极解渴。白玲递给我一枝烟燃上火，接着便是沉默——一种近似尴尬的沉默，连一只闹钟的嘀嗒声也

1　马来文 Kampong 之译文，意指乡村。

2　亚答是一种热带树，新马居民用其叶盖屋。

清晰可闻，两个现代人一下子走进了旧小说里的后花园，彼此都显得很笨拙。照例白玲应该可以说一些诸如"今天的天气如何如何"或者"报馆的工作完毕了吗"之类的客套，但是她不说，她只是低着头。我则竭力思索着谈话的题材，企图藉以掩饰自己的自然，却又因为想不出适当的语句而感到狼狈。我唯有抽烟，从烟雾里，我发现白玲那种欲言又止的羞态，有着仕女画家笔触的腰肢，那么细致，那么动人，那么富于试探性，既冷静，而又十分激荡；既忸怩，却蕴藏着大胆。从外表看来，白玲就是这样一个充满着矛盾的女性，灵活的大眼睛偏微带三分忧郁，矜持的态度竟描绘着妩媚。

我贪婪地凝视着她，她则让情感囚禁在虚伪的圈套里，为了打破这不安的空气，我终于开口了：

"你有一个相当安适的家！"

"家？"白玲蓦地狂笑起来，"这可以算得是家吗？"

"为什么不呢？"

"对于我，与其说这是一个家，毋宁把它称作一座樊笼，要恰切得多。"

"你独自一个人住在这里？"

"还有一个女佣。"

"你母亲呢？"

"死了。"

"所以，"我想起了昨夜她流泪的情景，感喟地说，"寂寞的岁月养成了你的忧郁性格。"

"然而忧郁也教会我如何放纵。"

"依我看来，你倒未必是一个玩世不恭的女人。"

白玲又笑了，用含有反击意味的笑声来回答我的话。她陡地站起身来，敛住了笑容，走向窗边，有意无意地去眺望窗外的景物。半晌，她背朝着我而开始喃喃倾诉："记得我六岁那年，父亲带我到奎笼[1]去游玩。也许是因为我太兴奋了，稍不留神，竟滑到海里去了。那时我还不会游泳，所以我拼命狂呼爸爸救我，但是我的父亲即呆呆地站立在奎笼的木板上，一动不动，只用一对充满了仇恨的眼睛注视我——至今，当我每一次想起父亲那一对眼睛时，仍会觉得可怕。"

"后来呢？"

"据别人告诉我，后来有一个掠虾的将我救了起来。"

"你父亲为什么不救你？"

"他希望我死！"

听了这句话，我是十分迷惘了，对于这离奇的故事，我应该有不少疑问需要白玲解答的，但是我不敢问。我只是淡淡地说了一句：

"你一定恨透了你的父亲了。"

"不，"白玲依旧背着我说，"我只恨我的母亲。"

"恨你的母亲？"

白玲顿了一顿，咬紧牙龈说："因为我的母亲偷汉子。"

"但是，"我越发不懂了，"你父亲为什么希望你死呢？"

白玲久久都没有回答我，在静候她答话时，我发觉她似乎在抽噎。她用手指抹去脸颊上泪痕后，继续说道："因为我是那个野汉子养的！"

1　伸展入海的竹屋，捕鱼用。

白玲开始饮泣了。她的悲惨的往事深深地打动了我的心，面对着这个自认玩世不恭的女人，我也不能不寄予无限的同情了。我站起身来，走近白玲身边，白玲则用双手掩着自己的脸庞，那样子是最惹人怜悯的，虽然她需要的未必是怜悯。

她觉察到我已走近她的身边时，便垂下双手，用一种温柔而低微的语调开始呢喃自问起来："从没有把这件事告诉过别人。但是我为什么要告诉你呢？"

我由衷地伸手去抚摩她的肩膀，想不出什么表达自己情感上的激荡，竟轻轻地然而是十分大胆地吻了她的粉颈。

她似乎被我这突如其来的举动吓了一跳，扭转过身来，往后退了一步，脸涨得通红，垂着头。不敢看我一眼，胸部一起一伏，像是刚刚作过激烈运动。

白玲受窘了，默默无言。刚才的忧郁顿即消失，一种忸怩而又极其妩媚的喜悦则呈现在她的面颊上。她呆呆站在钢琴旁边，显然有点手足无措。

在短短几分钟里，我发觉了白玲多种情感的幻变。

当白玲沉静时，她像一朵百合花。

当白玲忧郁时，她像一朵紫丁香。

当白玲喜悦时，她像一朵盛开的牡丹。

现在的白玲则像一枝含羞草。

她羞惭地咬着下唇，走到钢琴边，下意识地去掀开琴盖，侧着身子，用一枚纤纤的手指去按琴键，她的目的无非想用琴声来打破沉默，但即弹了那首"Kiss Me Again, Stranger"。

曲将尽时，她竟低声地唱了这几句：

"你是这样一个熟悉的陌生者，

使我实难信以为真，

请再吻我吧，陌生者，我爱你。"

弹完了这支歌，客厅的空气又恢复刚才的宁静，但此刻的宁静却较刚才要自然得多。白玲轻轻阖上琴盖，抬起头来，用一种期待的眼光睇我，看得我既局促，又迷惘。于是我说：

"有酒吗？"

白玲微微作笑。笑时涡现，极媚。她的笑似乎是一句近似挖苦的问话：难道想寻找一些勇气来进攻？抑或是把酒作一种镇定剂而退却？

但是她没有这样。她只是简短地问我，"喝白兰地还是威士忌？"

"威士忌。"

她取出两只酒杯，先替我斟了一杯，又替自己斟了一杯。然后举起杯子，对我说：

"祝福你！"

我也举起了杯子。碰杯一口饮尽。

白玲把酒瓶拿了过来。边说边斟："再来一杯！"

"够了，白天我不想多喝。"

"怕我灌醉你吗？"

"不，不是怕醉，而是我向来就不大喝酒。"

"既然向来不大喝酒，为什么今天忽然要喝酒？"

"喝酒对于我是一种需要，而不是享受。"

"当一个人懂得享受酒的时候，酒的存在价值是最高的。"

于是她又替我斟满了一杯。

"为了享受！"她说。

我们各自举杯饮尽。

两杯酒下肚之后，我们之间的某种局促的约束已消失，我也不再像适才那样拘谨了，因此我说：

"这实在是一桩非常奇怪的事。"

"什么事？"

"好像很久以前我就认识你似的。"

"但是你到星加坡才不过半个月？"

"所以我说，这实在是一桩非常奇怪的事情呢。"

白玲沉吟一下，又替我斟酒。这一次我不但没有加以拒绝，抑且非常干脆地举起杯来，说了一句："为了你的美丽！"然后一口饮尽。

她呷了一口酒，问："你觉得我很美丽吗？"

"你的美丽是一个窃盗，可以窃取任何男子的心。"

"包括你在内？"

"是的，"我答，"包括我在内。"

"但是我们认识到现在才不过两天？"

"一个小偷在两分钟内，可以窃取一个巴士乘客口袋里的一切。"

"你是一个诚实的说谎者！"

她的话有点像警告，肯定中带着俏皮。

于是，我也俏皮地重复着她刚才唱的歌词："美丽的脸蛋永远是那么生疏而又熟悉的。"

"然而？"她说，"美丽的脸蛋常常会包藏着一个丑恶的灵魂。"

"你倒实在是一个诚实的说谎者了。"我说。

"不相信我的话？"她问。

"女人未必是弱者，可是她们总是让自己的秘密给眼睛说出来了。"

"我很不喜欢'眼睛是灵魂的窗子'这句话的。"

"为什么？"

"因为从你的眼睛里我只看到了自己。"

我耸耸肩膀："完全不能了解你的话。"

"刚才不是已经说过了，我们认识才不过两天。"

"你的意思是——"

"也许两个月以后，你就会了解的。"

我苦苦地一连抽了几口烟，想不透她说这句话的用意何在。她又斟了两杯酒，把酒杯纤徐地推到我面前，怂恿我再喝。我当即仰着身子一口饮尽。

她笑得很鲜艳："你已经懂得享受酒了。"

"当心一只羊喝醉了变成狼。"

白玲听了我的话，竟尔笑出声音来："最好的猎人期待的是狼，不是羊。"

"我看你倒有三分醉意了？"

"如果是真的醉了，那多好。"

"有什么好？"

"因为，"她说，"对于一个男人，酒的效用只是麻木他的心而掀起了他的性。"

"对于一个女人呢？"

她娇艳地瞟了我一眼，然后说："对于一个女人，酒的效用却麻木了她的性，而刺激了她的心。"

"所以大多数男人在酒后立即变成了狼。"

　　"所以，"她又呷了一口酒，"大多数女人，在酒后才能决定她的道德上的症候。"

　　白玲的谈吐使我产生了无法描摹的惊讶，她的精辟的见解证明她是清醒的，她的突如其来的大胆则又彷佛带着几分醉意。她懒洋洋地站起身来，迈开几步，躺在长沙发上。

　　刚才她像一头猫，现在她像一条蛇。

　　"递一枝烟给我。"她说。

　　我掏出了烟盒，走近长沙发，伛偻着背递给她，又替她点上火。她深深地吸了一口，将烟雾喷在我的脸上，然而我嗅到却是"夜巴黎"的气息。我不相信白玲是个薄幸的姑娘，她的举止，虽然不能算是轻率，但骄傲已失，那红腻的嘴唇很像一份红色的请柬。我已无法再用伪装的清白来掩盖粗鲁了，一种原始的情感蓦然从我胸口涌上来，喉头有些干燥，无意地伸出手去，取掉叼在她嘴边的烟卷，她则用手臂圈在我的颈项上，闭着眼睛。

　　突然她又将我推开了，微愠地说：

　　"我不要你这样！"

　　于是我站了起来，走到窗边去眺望窗外的景色：透过棕榈树的叶子，是广大的加冷飞机场，远处是一列市区的建筑物，在明朗的阳光下，依稀还辨得出那是国泰大厦，那里是市议会。

　　"出去走走，好不好？"我说。

　　"到什么地方？"

　　"国泰看电影。"

　　"看完电影呢？"

　　"请你到帕薇苓餐厅去吃晚饭。"

　　"为什么要吃西餐？"

"想看你割猪排的姿势。"

四

白玲的瞬息万变的情感，使我陷入了无可寄属的怀疑和迷惘中。在帕薇苓吃饭时，我发现她是一个非常敏感的女性，纵情欢乐的外表未能说明一切，骨子里却又是那样地不和谐，不平衡。她时常发笑，也时常蹙眉叹息。她似乎有一种难言之隐在心头，至于这难言之隐是什么，我当然不知道，而事实上，她如果不告诉我，我根本就无法知道；不过从她那间歇性的喜悦神态看来，我肯定她的愉快的心情，如果不是伪装的，那末至少也是一种暂时性的。

从帕薇苓吃完晚饭出来，白玲要我陪她到"西滨园"去跳舞。

"你不是要到歌台上工去的?"我问。

她满不在乎答了一句："今晚我不想去。"

"可以不去吗?"

"我已经对歌台生活非常厌倦了。"

"可是……"

我话还没有说完，白玲已挥手招了一辆得士来，坐上得士后，她吩咐司机驶往西滨园。

西滨园是一家著名的夜花园，位于星加坡西端的"巴丝班让区"，沿海而建，四周种植一些椰树和芭蕉以及其他各种热带树，树上挂着颜色小灯，柔和有情调。绿草坪修剪得整齐，中间设有舞池，面积不大，圆形，可供十数对男女共舞。

我们拣了一个靠海的座位，凭倚栏杆可望见远处小岛上的灯火点点。天边有月，渔舟经过时常构成如画景色。微风拂来，沁人凉意。

白玲向侍者要了一杯薄荷酒，我则要了一杯马推尔。

"又喝酒？"她略带一点调侃地问。

我沉吟一下答："说它是一种享受吧。"

她笑，我也笑了。

音乐台上开始演奏"Kiss Me Again, Stranger"，那悠扬的乐声彷佛在向我们招手。白玲会心地望着我，我便站起身来拉她下舞池去。

白玲虽是个歌女，但是她的舞步非常熟练。

偎在我的怀抱里，她低低地问：

"你觉得我这样做对吗？"

"做什么？"

"我想脱离歌台。"

"有这样做的必要吗？"

她没有回答，只是仰起头来，用那一对又大又黑的眼睛凝视着我。一会，她低声地问：

"为什么搂得我这么紧？"

"如果我们能够永远这样拥抱在一起，多么的好呢。"

"这是不可能的。"

"然而我忽然想起了一个美丽的故事。"

"讲给我听听。"

"从前有一个孤独的男人居住在森林的堡垒中。有一天，一个漂亮的少女来投宿，夜深的时候，她潜入地窟，无意中发现了一大堆宝藏。这位孤独的男人发觉后赶到地窟去询问，这时两人已发觉互相倾爱，因此就紧紧地拥抱在一起。为了永远保持那一刹那的热恋，竟双双拥抱服毒自杀。"

说完这个故事，白玲若有所思地沉默良久。曲终时，我们回到座位。我问她：

"喜欢这个故事吗？"

"诗的气质太浓厚了。"她答。

"不错，这是一位法国大诗人写的剧本。"

"我不爱这样的结束。"

"总不能把它变成一个喜剧吧！"

"也不必双双服毒自杀。"

"不自杀又怎样？"

"我倒希望他们拿了宝藏，搬出堡垒。一同走出森林去寻找幸福。"

"走出森林？"

"嗯，走出森林。"

海风拂来，有点凉。月亮从云缝里露出了一半，射出淡淡光芒，把芭蕉的影子压在草地上，风轻轻摇撼芭蕉叶，影子也跟着摆动。潮涨了，身边有海水拍岸，偶尔溅起几点水滴。

"起风啦。"我说。

"很凉。"

"要不要再喝一杯酒？"

"也好。"

于是我吩咐侍者拿两杯威士忌。

酒来了，白玲皱着眉，态度变得很沉郁，举起酒杯，一口饮尽。我发现她手指上并没有戴戒指。我说：

"今晚你忘记戴那只戒指了。"

"没有忘记。"

"为什么不戴？"

她嫣然一笑说："让我们再去跳支舞吧！"

接着我们一连跳了好几支舞。

半小时后，风势渐大，月亮已被黑云掩盖了。雨季的气候和白玲心情一样，既难测，又多幻变。

"回去吧？"她说。

"还早呐。"

"也许会下雨。不如到我家里去坐坐。"

付了账走出西滨园。车抵"丹戎百葛"时，果然雨如倾盆了。

白玲把头靠在我的肩上，我伸出右手去搂她的腰。

她轻声地说了这么一句："我开始对雨发生最大的好感了。"

五

抵达白玲家，雨仍未停。白玲要我上楼去再喝一点酒，驱驱湿气。

一杯酒下肚，我已充满梦意，但内心却依旧有着美丽的兴奋。她婷婷嫋嫋地，在我面前走过来，走过去，自传式的面孔泛着红晕，"8"字型体态有蛇的诱惑，我乃燃起一枝烟。

"为什么老是盯着我？"她问。

"我此刻觉得你是一位天仙。"

"但是你又希望我是一个妓女，对不对？"

"天仙与妓女之间有着很大的差别。"

"然而她们都是女人。"

白玲的话语使我陷入迷惘的俄顷，脉膊跳得很快，头有点晕晕，我希望能够有足够的勇气去冲破那层道德的藩障。

忽然有人敲门。

一切恢复了适才的清醒。白玲走去启门，原来是一个穿娘惹装的中年妇人，扑克脸，身体肥胖得近乎臃肿，气息咻咻，眼睛放射着憎恨的光芒。

"你找谁?"白玲问。

来客并没有立刻回答，用手推开白玲，径自走了进来，用一种好奇的眼光对四周扫了一圈，然后撇撇嘴，从齿缝里说出这么一句："我是来找你的。"

"你是谁? 找我作恁?"

那妇人蓦地笑得非常歇斯底里："我叫大目嫂，找你想告诉你一桩新闻。"

"什么新闻?"

"你认识陈大目吗?"

"他常常到歌台来听歌。"

"除了听歌呢?"

"那些都是你的猜想。"

"让我坦白告诉你吧，陈大目是我的丈夫，关于你们的事，我知道得很清楚。"

"我们的事?"

"别假装正经! 你与他偷偷摸摸地同居了几个月，你以为我不知道。他把所有的积蓄全部花在你的身上，你还嫌不够。所以他去炒树胶，输了，没有钱付，只好盗用公款，现在他已经被抓到马打楼[1]去了，你知道吗？现在他已经被抓到马打楼去了！你……你这个不要脸的贱货，你有没有良心？"

我听了这句话，本能地站起身来，厉声地对她说："你不能出口伤人。"

她憎恨地瞪了我一眼，哭了。

我刚欲继续开口时，白玲却示意拦阻："让她去说罢。"

大目嫂含着眼泪大声咆哮："你害了他！你害了我！你害了我们一家！我们有四个孩子，现在他被抓进去了，你叫我怎样养活他们？"

"其实，"白玲的态度很冷静，"我同你的丈夫丝毫关系都没有。"

"别撒谎！你同他的事，我早就知道了！他送钱给你用，他送衣服给你穿，甚至这间屋也是他出钱替你顶的！"

白玲冷笑，用揶揄的口吻说："这有什么稀奇呢？送钱给我用的男人多着呐！"

"贱货！不要脸的贱货！亏你说得出这样的话。"

"这有什么贱不贱的，"白玲依旧非常镇静地说，"我从来没有强迫过任何男子来此地。他们自愿给我钱用，我如果不拿，就是瞧不起他们；如果拿，也未必见得有什么罪？"

"是的，你当然没有罪。但是我的丈夫现在犯罪了，说不定会坐十年八年监，他有妻子，也有儿女，请你拿出良心来仔细想想：如果不是为了你，我们一家子怎会弄到这般田地！"

白玲听了这番话后，久久沉吟，上齿咬着下唇，似乎在思索

1　即警察局。

些什么。室内沉寂得出奇，仅窗外的雨声沙沙作响。白玲蓦地走入卧房，俄顷，双手捧了一些金器首饰，冉冉走到大目嫂面前：

"拿去罢！"她说。

大目嫂愣了一愣，有点窘，感激的神态带着悔意。

"拿去罢？"白玲毫无表情地说，"但是这些东西中间，没有一件是你丈夫送给我的，假使这些东西对你还有点用处的话，请你拿去罢。"

接着，白玲从手腕上脱下一只金表："这个你也拿去罢，除此以外，我什么都没有了。"

大目嫂感喟地叹息了一声，伸出抖巍巍的手来，将金器首饰全部接了过去，然后羞赧地说了这么一句："请你原谅我。"

这是一出十分动人的话剧，我对白玲的为人开始有一种新认识，当大目嫂走出门后，我忍不住将白玲紧紧抱住。白玲含了眼泪，忽然从我的怀抱中挣脱出来，像一匹野马似的奔回卧房，"嘭"的一声关上门，倒在床上，开始号啕大哭起来。

"白玲！白玲！请你开开门！"我的情绪激荡到了极点。

然而白玲只是哭。

我又一连唤了几声，仍得不到她的回答。

"白玲！请你不要虐待你自己！"

她忽然歇斯底里地咆哮起来："我是一个坏女人！我是一个坏女人！"

我则继续叩门："请你开开门让我进来？"

"回家去吧！请你以后不要再来找我！"这是白玲在门内的答话。

"不要太伤心了。"

她没有再作声，只是悲怆地抽噎。我继续叩门，继续善言相劝，然而都得不到要领。我相信她已伤透了心，也许此刻，她最需要的是宁静，而不是一个陌生男子的安慰。于是我想起一句老话："时间是治疗创伤的特效药。"我应该让她获得"时间"和"宁静"。因此我说：

"你一定很倦了，好好地休息吧，明天再来看你。"

我离开了白玲的家。

夜已深，大雨彷佛忘记了慵倦，街灯发射着凄怆的光芒，有得士驶来，扬手一招跳了上去。在车厢里，我忽然想到一个古怪的疑问：

"叔本华也许是——"

六

第二天，照常赴报馆办公。报馆里"气压"很低，同事们因为支不到薪水，牢骚特多。社长不知躲在什么地方去了，经理则在隔壁酒吧间饮乌啤，滔滔不绝地和债主们大谈其风花雪月，看样子，倒也优游自得；而编辑部的情况却十分紧张，有的主张"罢笔"，有的主张到劳工司去控告报馆，意见纷纭，乱得像茶楼。大家情绪很坏，而我则另有心事，匆匆发完了稿，立刻雇车去白玲处。

白玲不在家。

据工人[1]说："一清早就出街了。"至于到什么地方去的，连工

1　在此指女佣。编者注。

人也不知道。

"有没有说什么时候回来？"我问。

工人摇摇头说道："也不知道。"

"如果她回来了，请你告诉她：我下午再来。"

工人颔首称是。

离开白玲寓所，到莱佛士坊的罗便臣公司去吃午餐。饭后无聊地在街边溜溜，如果一定要说有什么目的，最多也不过是想浪费时间而已。

下午三点左右，再去白玲家。

白玲依旧是没有回来。

我也没有什么地方可去，于是就坐在客厅里等待。

傍晚时分，白玲还未归家。我实在等得不耐烦了，于是雇车至"新界"，在游艺场吃了一点东西，然后到 S 歌台去听歌，我相信白玲一定会来表演的，但是一直等到十点钟，仍未见白玲出台。我是十分迷惘了，无法猜揣白玲究竟到什么地方去了。我急于要找出问题的答案，于是冒昧地走上后台，见到了高朗，问道：

"白玲没有来？"

高朗爱理不理地答了一句："没有来。"

"你知道她到什么地方去了？"

"不知道。"

"今晚，她还会来吗？"

"不知道。"

高朗的高傲态度使我十分不安，其实这"不安"大半还是因为得不到白玲的消息而引起的。走出后台，我倒有点惘惘然，莫知所从了。

我决定再去白玲家，结果还是不在。

深夜十二点左右，我只得废然返家。

回到家里，却发现报馆同事陈君在等我。

"回来了。"他说。

"嗯。"

"我等了你两个钟头了。"

"有什么事吗？"

"告诉你一个非常秘密的消息。"他的神色很紧张。

"什么消息？"

"报馆决定明天宣告倒闭了。"

"会有这样的事？"

董事部今天下午召开紧急会议，社长要求董事部继续捐出十万元叻币以资周转，但董事们都表示无能为力。目前报馆方面除了拖欠职工薪金达五万元外，还欠了各通讯社、马来亚航空公司、电版公司、银行透支、纸行以及报车公司很多债务，这些债务如果不能在两天内清理，报馆非倒闭不可。

"但是为什么明天就倒闭呢？"

"董事部恐防消息泄漏后，会激起职工们的公愤，所以与其债权人来封闭，不如提前宣告破产。"

"这个消息可靠吗？"

"是一位参加今午紧急会议的董事告诉我，不过，目前报馆里的同事还全都蒙在鼓里。"

"我们应该立即去通知大家。"

"不成，这样做一定会闹出事情来的。"

"那末，你的意思？"

"我来找你的意思，只是想叫你现在回报馆去，马上将你的私人文件取出来，否则明天报馆倒闭了，这些东西必须到将来举行拍卖时才可以拿得到。"

听了这个不幸的消息，我是非常惊愕了。但由于辰光已不早，陈君不待我细加思索，便拉着我赶到报馆去。

编辑部的同事们，大都已返家，只有副总编辑在排字房里拼版。另外有三位校对仍在看小样。我当即将自己东西整理出来，一种说不出的悲哀使我想哭。

回到家里，我有了一个失眠之夜，想起自己的处境，不禁泫然泪下。我突然想到非常地孤独了，由于来星时日不多，朋友既少，而亲戚则全无，精神上的空虚虽可怕，而现实的鞭子则更可怕，报馆倒闭后，职业当然一时不易解决，而居留证亦因担保人宣告破产而变成一个严重的问题。移民厅能继续给我延长居留期？转保是否可获当局许可？凡此种种，皆使我为之惆怅不已。这突如其来的变化，显然使我措手不及，再加上白玲给予我的情绪上的负担，我实在想不出任何方法来掩饰心情的狼狈。

清晨起床，未进早餐，即搭车赴报馆。

报馆果然大门紧锁，门上贴着一张由董事经理签字的通告，大意是说：报馆因经济周转不灵而宣告结束业务。至于善后问题，则只字未提。

事实已经摆在眼前，任何埋怨或追悔都是不必要的。

于是我再去找白玲。

白玲家里没有人，我敲了半天门，始终得不到里面的回答。

邻居有一位老太太，刚从巴刹回来，看见我在敲门，便善意地告诉我：

"她们搬走了。"

"什么时候搬走？"

"天刚亮的时候。"

"搬到什么地方去了？"

"不知道。"

站在楼梯口，我久久发愣，觉得命运的绳索未免把我绑得太紧。

白玲究竟到什么地方去了？她为什么要对我不告而别？我会不会有什么事使她感到不愉快？她这样做的潜在意识和作用何在？

这些问题像走马灯一般，在我的脑海里兜来兜去，我需要获取情绪上的宁静，即使是片刻也好，但是我却连片刻的宁静也得不到。

下午，我一个人到国泰戏院去看了一场电影，在黑暗中坐了两小时。出来后，完全不知道刚才银幕上放映的是什么。

晚上，我又去 S 歌台，仍旧见不到白玲。

十一点半回家，冲完凉，上床就寝。

这一晚上，我的烟灰缸里堆满了烟蒂子。

七

自此以后，我一直没有见到过白玲，也没有听到过任何关于她的消息。报馆倒闭后，我变成一个失业者，为了解决生活问题，我不得不强自压制不宁的情绪，开始撰写一个中篇小说，售与一家出版机构，暂时拿稿酬来维持了一个时期。在这个时期中，我几乎丧失了继续生存的勇气，前途茫茫，不知应该何适何从。

幸而这时候吉隆坡忽然有一家报馆，派人来与我接洽，要我参加他们报馆的工作，条件优越，而且还保证可以替我申请延长居留期间。对于这样良好的机会，除了接受外，当然不可能再有第二个选择了。

在吉隆坡的几个月中，生活正常，心境也转佳，但是对白玲的思慕始终未息。

有一次，加影[1]有一家商行为了庆祝十周年纪念，特备鸡尾酒会招待各界，我也收到了一张请柬。我本来不想去的，但经不起同事们的怂恿，也就去了，好在那天晚上恰巧轮到我休息。

那是个相当热闹的酒会，有音乐、有舞池，有丰富的菜肴；也有上好的洋酒。来宾多极，远道而来者亦不少，绅士淑女们皆在绿茵上，或喝酒、或谈笑、或跳舞、或唱歌、鬓影履韵，应接如云，且灯光和柔悦目，乐声悠扬动听，处身其间，可体会到一般营业性夜总会的情调。

酒过三巡后，音乐台上忽然出现了酒会的主人，在麦克风作了如下的一个报告：

"诸位来宾，现在要向大家报告一个好的消息：名歌星白玲小姐，将为诸位播唱一首《非常想念您》。"

白玲会来参加酒会？简直无法相信。

但是不论我相信抑或不相信，白玲已经婷婷嫋嫋地走上了音乐台。她似乎比前些日子要消瘦些，那一对大眼睛依然委婉地充满了希望，但是浓妆艳服却掩饰不了内心的沉郁，我开始听一种

---

1 吉隆坡附近的一个小镇。

低柔而饱含沧桑的歌声：似诉似泣似叹息。

曲终时，我毫无顾忌地走到她前面。

她用诧异的眼光瞧着我，久久发愣，连一句寒暄的话语都没有。

乐队开始演奏"Kiss Me Again, Stranger"。

我说："跳一支舞罢？"

她毫无表示，我便拉她下舞池。

在悠扬的音乐声中，我问她：

"为什么不让我知道你的行踪？"

她不出声。

"为什么要离开星加坡？"

她不出声。

"你怎么会到加影来的？"

她不出声。

"住在什么地方？"

她不出声。

"这里的情调有点像西滨园，是不是？"

她不出声。

"记得这首歌吗？"

她不出声。

"你现在不再唱歌了？"

她不出声。

"为什么不说话？"

她还是不出声。

"是不是不想看见我？"

她的眼眶里含着眼泪。

"Kiss Me Again, Stranger" 已成尾声，我告诉她自己的地址，希望她有空的时候打一个电话给我。曲终后，另一个来宾要求与白玲共舞，我只好退回原座。

我频频凝视着她，但转瞬间，她已不见。

酒会的情绪是热烈的，然而我却感到一阵骤然的阴冷，白玲的突然出现与突然失踪，彷佛冥冥中有人在巧妙地安排，心很烦，我向侍者要了一杯不放糖的咖啡。

八

两日后，我接到一封信，很简短，是白玲差人送来的：

今晚十点半，我在"河边花园"的竹丛茶档等你。

这封信虽然只有寥寥几个字，但给予我的兴奋是最大的。在与白玲见面前，我似乎有很多的话要同她说，待到见面时，却相对无言了。

我们坐在河边的竹丛下，矮竹上挂着一盏昏黄不明的小油灯，远处送来声声蛙鸣，天边闪电时作，气候闷热，一丝风都没有，然而附近的热带植物仍在发散浓馥的清香。白玲叫了一碗"荔子雪"，我则叫了一碟炒粿条。

"你一定有许多话想问我？"她说。

"见了你的面，反倒无话可说了。"

她嫣然一笑，很媚。"让我告诉你一个故事吧。"

"什么故事？"

"关于那只戒指的故事。"

"你觉得现在是应该让我知道的时候了？"

她瞟了我一眼，忸怩地垂下头去啜吮"荔子雪"，然后慢条斯理地开始了她的叙述：

"太平洋战争爆发之后，我结识了一个男朋友，他的名字叫胡阿狮，是个码头估俚[1]。当日军从联合邦一路打下来的时候，大家都很恐慌，只有他一个人例外。记得他曾经对我说过：'日本人并不坏，等他们来了，我一定会发达的。'当时我听了他的话，实在想不出他的用意何在？"

"后来他究竟有没有发达呢？"我问。

白玲顿了一顿，继续说道："武吉智马一役后，英军败退，星加坡被占，全城陷入极度的恐怖中。有一天，胡阿狮忽然穿了一袭日本制服跑来看我，邀我出去看电影，在影院里，他取出一只钻戒戴在我的无名指上，然后颇为得意地对我说：'是不是？我说我一定会发达的。'这时，我倒有点觉得畏葸了。"

"为什么？"

"这完全是一种下意识的作用。"她掏出一枝烟来，燃上火，深深地吸了一口，继续说道，"看完电影出来，他带我到一家酒吧间去，要我伴他喝酒，我不肯喝，他一定要我喝。结果我终于喝了，而且喝得酩酊大醉。"

"喝醉了？"

"是的，喝得很醉。第二天早晨醒来，我发现我一个人躺在加东的一间小旅馆里。"

---

1 coolie 的译音，即苦力，也作"咕哩"。编者注。

"他呢?"

"他早就走了。"

"走到什么地方?"

"不知道。"

"你不是上当了?"

"我的童贞换来了一只钻戒。"

"后来有没有再见到他?"

"没有。"

"他到什么地方去了呢?"

"联军胜利后,听说他逃入'大芭'[1]去隐匿了。"

"以后呢?"

"十年来,音讯全无。"

白玲感喟地叹息一声,毫无疑问地,这是她深所引咎的往事,怆然于这污秽的经验,却又不愿意加以辩诉,轻描淡写地加了一句:"因此,我变成了一个坏女人。"然后面露艳佚的笑容,蒙蒙昧昧地宽恕了自己,用美丽的本质去吁求宏深的恩泽,而使她显得更美。这一种矛盾中取得的和谐最叫我中意。

"一个女人,"我说,"如果能够自己知道坏,她也就不太坏了。"

"所以爱情是盲目的。"她笑了。

"爱情的统治者不是眼睛,而是心。"

"当你找到一颗纯洁的心的时候,你就找到我了。"

"那样的一颗心对我并不陌生。"

1　即森林。

她没有说话，只是抬头看天。天很低，乌云叆叇，有闪电，极燥热，忽地吹来一阵狂风，矮竹互击，发出急促的吱吱声。地上吹起了落叶和尘土，雷声大作，霎那间，四周的环境变换了另外一种面目，适才的温柔代之以暴戾，雨就一滴大点儿继一滴大点儿地往下掉了。

我付清账，奔入汽车，摇上玻璃窗，哗啦哗啦地变成倾盆大雨了。

白玲坐在我身傍，她的头发很潮湿，但她没有用手绢去抹，她只是睁大了眼睛凝视玻璃窗上的雨条，大家都不开口，一种紧张而不自然的空气充满在车厢里。我下意识地伸手去抚摸她的秀发，她含羞地侧过脸来，骤然预感到一种违反道德水准的行为即将发生。索性闭上眼睛，让我搂她，再吻她。

然后是片刻的宁静。在苏醒时，也许彼此都有同样的感觉：与其说这样的行为是一种罪恶，毋宁说它是一种需求。

她透了一口气，喃喃地说："雨很大。"

"有点像我们第一次相见的情景。"

"热带的气候总是这样幻变难测的。"

"倒有点像你。"

"也许你已习惯了热带的气候？"

"我对雨季有特殊的好感。"

白玲用恋慕的眼瞟了我一下，竖起身子，头依偎在我的肩上。

我开动引擎，扭亮车前的灯，迂缓地将车子向雨中驶去。

她取出两枝烟来，燃上火，递给我一枝。

我吸了一口烟说："关于你的过去，我不想知道其他的种种了，我倒有意知道你对未来的希望。"

"希望对于我是一种奢侈。"

"难道连最低限度的希望都没有?"

"人若没有希望就不能生存。"

"那么能不能让我知道你的?"

"所有风尘中的女子,都是有一个相同的愿望。"

"归宿?"

"那是一种俗气的说法。"

"我无法理会你的意思。"

"在过去,我把自己当作男人们的泄欲器,获得安全而毫无意义的生存条件后,我开始探索自然的真实,藉以争取精神上的均衡。"

"我想你应该有一个属于你自己的家了?"

她没有回答我,用手指捏揉着衣角。

车子驶出"河边花园",转向市区驶去。我问她:"是不是想回家?"

"这样早,你睡得熟吗?"她娇嗔地反问我说。

"那么到什么地方去?"

"到马来巴刹去吃沙爹。"

十分钟过后,我们抵达马来巴刹,冒雨进入咖啡店,向门口的马来小贩要了一些羊肉沙爹。

白玲问我:"吃得惯吗?"

"只不过有一点好奇的。"我答。

"好奇心是十分危险的。"

"但是许多伟大的事业都是因为好奇心所驱而成功的。"

"男人们的情感,一到好奇心消失时,他们的情感也消失了。"

"你是说所有男人们的情感，全部建筑在好奇心上？"

"我很怕爱上了这样的男人。"

"你太缺乏冒险性了。"

她噗哧地笑起来，默认了一个事实，不再想用任何话语来征服我了。

从马来巴刹出来，我送她回家，她住在安邦律一位女朋友张小姐的家里。

"明天什么时候来看我？"她问。

"下午一点时候，请你到来歌梨城餐厅吃午餐。"

"又想看我割猪排的姿势？"

我摇摇头。"我的好奇心已经完全消失了。"然后一个字一个字地对她说："但——但——我——想——送——一——只——戒——指——给——你。"

九

从此我无形中解脱了精神苦闷枷锁，徐步跨入崭新的人生境界，一切都显得那么美好，那么和谐，彷佛太阳底下已无丑恶的东西。其实，这样的感觉只是一种意念，包含着似梦的特质，十分靠不住。当现实剥去诗化的外层时，世界便露出它的狰狞的面貌来了。

我和白玲的订婚礼是在一间广东酒家里举行的，来宾不太多，但也相当热闹。白玲的旧同事高朗恰巧也在这一天率领"巡回歌剧团"来隆献艺，看到了报纸上的订婚启事，特地赶来向我们道喜。白玲很兴奋。

订婚以后，我们的日子过得很愉快。白玲时常自谦地对我表示感激；我则认为这种感激应并不是单方面的，如果不是她，我未必能够这样迅速地从痛苦中挣脱出来。

有一天，我约定白玲在蒙巴顿律的 Cold Storage 饮下午茶。

白玲对于约会的时间素来很准，这一天，我们约定的时间是三点半，可是到了五点左右，她还是没有来。我猜不出有什么事情会使她爽约，想走，又怕她迟到，于是打了一个电话给她的女朋友张小姐，询问白玲有没有在家；而对方的回答是："白玲在吃中饭的时候便出去了，出去后到现在为止还没有回家过。"

这时候，有一位报馆的同事黄君进来了。

黄问我："等谁？"

我直率地告诉他："等白玲。"

黄立刻蹙起眉头，为难地搔搔头皮，然后期期艾艾地告诉我："刚才我看见白玲同高朗在半山芭行街，样子很亲热。"最后还加上了一句："高朗的手搭在白玲肩上。"

听了这番话后，我已无法再压制自己的情绪了，我当即付了茶账，匆匆赶返报馆。

我不知道为什么要这样做，但是我终于这样做了。回到报馆后，百无聊赖，取出书本来阅读不了几行便走开；扭开丽的呼声[1]，没有听完一支歌便又关上，总之坐也不是，立也不安，最后则躺在安乐椅上，两只眼睛呆呆地望着天花板。

晚上，没有吃饭就开始工作。

---

[1] 丽的呼声（Rediffusion）是 1928 年成立于英国的广播电台，亦曾于新加坡、马来西亚设有分公司。编者注。

　　看完大样，已是深夜一点钟。我驾车回家时候，发现自己的情感已脆弱到极点，为了一件尚未明朗的事情，便烦恼得几乎失去正常的理智。路上行人稀少，街灯暗淡，一切都显得沉郁，峇都律似已熟睡，两旁店铺均已打烊，仅一两家酒吧尚有爵士音乐传出。我忽然有了饮酒的欲望，想找寻一个买醉的所在。我把车子停在路边，刚欲下车时，竟看见白玲与高朗勾肩搭背地在人行道上行走。我立即回到车子的座位上，从玻璃窗里，静观他们的去向。

　　他们竟走入了一家旅店。

　　看完这一幕，我几乎晕了过去，四肢无力，混身哆嗦，血液循环进行得非常迅速，情感战胜了理智，使我冲动到极点。我颇想立刻走下车去，走入那家旅店，当场揭穿白玲的虚伪表面而暴露其丑恶的一面。

　　但是我没有下车，相反地，我却开动引擎，径向怡保律寓所驶去。

　　回到家里，百感丛生。愁肠百结，饮了一点酒，又吸了不少烟，躺在床上辗转不能入眠，独自一个人在黑暗中苦思。

　　天亮了，我仍在抽烟。窗外吹来一阵可憎又可怜的肮脏气息，愤然掷去烟蒂，一骨碌翻身下床，拿了毛巾去冲凉。冲完凉，长街已有不少来来往往的行人，热辣辣的阳光照得我心烦。我当即穿衣下楼，在街边的咖啡店里，喝一杯"红豆冰"。

　　我打了一个电话给白玲，据阿婶[1]说："白小姐还没有起身。"

　　于是我雇车到安邦律，时已八点钟了，白玲还在熟睡。我坚

1　女佣。

欲阿婶叫醒白玲，阿婶说："她回来得很迟。"我说道："不要紧的，我有很重要的事要告诉她。"阿婶见我神色紧张，只好无可奈何地上楼去。

稍过些时，白玲懒洋洋地下楼来了，满面倦容，睡眼惺忪，一边走，一边用手背掩盖住嘴巴，连连打了几个呵欠。

"这样早，有什么事？"她问。

"不早了，很少人在这个时候还睡在床上的。"

"昨晚我很迟才回来。"

"有什么重要的事吗？"我故意用揶揄的口吻讥讽她。

她沉思俄顷，说："没有什么紧要的事，只是给巡回剧团几个旧同事拉住了打麻将。"

"打麻将？"

她又打了一个呵欠，颔颔头。

"从白天打起的？"

"晚上才开台。"

"那么为什么让我一个人在 Cold Storage 死等？"

"你不说，我倒忘记了，关于这件事我应该向你致最大的歉意，要不是因为鲁舜敏与高朗吵架，我是绝对不会失约的。"

这番话出诸白玲之口，犹如一位优秀的话剧演员在背诵台词，既熟练，又流利，但仍无法掩饰其矫作。

我对她开始生了厌恶。我说："你是一个美丽的说谎者！"

"你不相信我的话？"她燃点一枝烟。

"我不相信你是一个坏女人。"

"但是你又说我是一个说谎者？"

"包着糖衣的侮辱是谎言。"

她垂下头，开始寻思这句话的潜在意义，若有所悟了。她说："然而我并没有做过任何对不起你的事。"

我笑了，笑得有点歇斯底里："这也是包着糖衣的侮辱，十分美丽，但有毒素。"

"我可以发誓。"

"没有这样做的必要。"

她显得十分困恼，一连抽了好几口烟，然后重重地将烟蒂揿熄在烟灰缸里。"但不论你的想法如何，"她继续说道，"我刚才所说的话全是善意的。"

"善意的？"我反问她，"难道说谎也是善意的？"

"我认为对了解我的人辩诉是多余的。"

"对不了解你的人呢？"

"辩诉是不必要的。"

"话倒说得很轻松，然而我们之间的问题，却并未因之而获得解决。"

她颇表诧异地问："我们之间有什么问题不能解决？"

"爱情是自私的。"我说，"我不能允许第三者介入。"

"你怎么会有这样古怪的想法呢？"

"一点也不古怪，因为这是我亲眼看见的事实。"

"什么事实？"她的脸色突呈苍白。

"别再说谎了，"我厉声厉气地对她说，"让我坦白告诉你吧：昨天下午你同高朗在半山芭拍拖！"

她对我投了一个久久沉思而带矫饰的注视，并不感到窘迫，似乎全然是漠不关心的样子，那么稳重，那么宽恕，既不恼怒，也不羞赧，具有一种我所不能体会的幽默感。

我倒不免感到恍惚和难受起来了，于是我继续说："也许我对你太诚恳，太真挚，但是无论如何都想不到你会用猥亵狎昵的行动来答复我。"

她耸耸肩，表情呆板，脸上呈露着奇异的懒散，看起来有点像画家用铅笔勾的素描，还没加上色彩。我不禁为她的冷静而惊骇不值。

"我要求你即刻给我一个明断而适当的答复！"说这话时，我自己倒是面红耳赤了。

她则温柔容忍地笑眯眯："我不知道你说些什么？"

"别假装！"我正了正脸色，"昨天晚上你同高朗在开房间，不要脸！"

我说得汗流浃背，她依旧若无其事，只是轻轻瞟了我一眼，佯嗔薄怒地："你的猜忌太倔强。"

"这不是猜忌，这是我亲眼看见的！"

"亲眼看见又怎样？"她光火了。

"你，你——"我几乎委屈得说不出话来。

"我怎么样？"

"你……你也未免太低贱了！"

她挺起身子，颈项一扭，撇撇嘴，没好声气地叱喝道："我本来就是贱货，你早该知道了！怪你自己瞎了眼睛，连黑的白的都分不清！不错，昨天晚上，我是同高朗开房间，你爱怎办就怎办好了。"

接着她就发出一连串痴笑。

我已忍无可忍，立刻愤懑地走了出来。走到门口，忽然感到一阵眩晕，合上眼，用右手撑着墙，定了定神，一会儿又苏醒了。

我衷心希望刚才的种种是一场梦，但又不是梦，心如刀割。

十

此后，白玲与我在表面上已"分手"。她没有再打过电话给我，也没有来看过我一次。而我呢？虽然有着倔强的憎恨和拘谨的精神，既不去看她，也不打电话给她，但酒与荒唐都不能阻止我对她的思念。现代人的心理总是非常矛盾的。一面是爱；一面是恨，无法在两者之间求得分野。我开始度着豪华的生活，任意挥霍，目的无非想给情感找一条出路，但结果是因为"玩"得太离谱，骤然对一切繁华感的事物发生了厌恶，心灵空虚到极点，因此静下来读了一本泼鲁士特写的《寻觅失去的时光》[1]。

那已经是一星期以后的事，某日下午，我正在读《寻觅失去的时光》，白玲忽然遣人送来了一封信。

盘铭：

经过多日的考虑，我决定写这封信给你。

你是一个性格非常倔强的人，我也是一个性格非常倔强的人，这一个共通点，不仅无益于我们预拟的计划，而且对我们的将来必定有害。

记得我曾经一再地对你说"我是一个坏女人"，你总不肯相信，而事实上，我是任性惯了的，由于任性，今日便会招来当然的报应。

---

1 普鲁斯特的《追忆似水年华》。编者注。

关于高朗，我愿意坦白地告诉你：过去有一个时期，我的确和他很接近，但是现在只剩下一点普通友谊了。如果你一定要把这些也视作包着糖衣的侮辱的话，那么当然又是我在说谎了。

自从认识你之后，我的性格有转成刚强的倾向，但内心的情感依然脆弱得可怜，经不起风吹雨淋，一下子便枯萎得不再能够抬头。人非草木，孰能无情，想起往事，我只有感慨。现在我已决定向你提出解除婚约的要求，因为我们彼此既存芥蒂，即使勉强结合，也是决无幸福可言的。

希望你在不久的将来找得新恋人，千万别再重蹈覆辙。你不必来看我，因为当你看到这封信时，我已离开吉隆坡。

把我忘记了吧。祝你幸福。

白玲

又及：附奉解除婚姻的启事一纸，我已经签一个名在上面，刊登于报纸上。

读完这封信，觉得事情的发展太突然，一切问题尚未获得合理的解释，即已遽下结论，我有点不甘愿。

我立即赶到安邦律。

白玲的女朋友告诉我："白玲已经离开吉隆坡了。"

"什么时候离开的？"

"今天早晨。"

"坐火车？"

"不是。她是搭乘飞机走的。"

"到什么地方？

"不知道。"

"我坚信你不会不知道的，请你告诉我。"

"实在不知道。"

"请你告诉我罢，我一定要找到她。"

"为什么?"

"为了减轻情感上的负担。"

"虽然我是局外人，但是我认为你还是不要去找她的好，因为她在临走前曾经对我说过：她这一辈子再也不想再见到你了。"

"她真的这样说吗?"

"我是一个不喜欢搬弄是非的女人。"

谈话至此，我只有怀着满腔失望，废然而返了。我跌入了阴暗的深阱，悔恨交集，在无可奈何中增加了不少困惑，希望失去凭借，纵然生存欲仍强，但对生命似乎已无所企求。

回到报馆，我将白玲拟的"启事"稿，签上名，交给广告课的职员。消息传开后，同事们纷纷前来询问，我却钳口不语，仅以苦笑作答。不过我内心倒未必是那么泰然的，于白玲那种草率怠慢的行动，我已恨到了极点。我常常自言自语："爱上一个对操节非常随便的女人，是一种不幸。"

我开始承认白玲是一个坏女人，极力设法将她忘记。我可怜自己，责怪自己，不应该在一出莫须有的闹剧里串演丑角，而弄得苦楚万状。

这以后，我一直过着一种惨淡无慰藉的日子，变成了寂寞的囚犯，将情感禁锢在真空里，浑然忘记时间的计算。

在这个时期中，我开始集邮。

在这个时期中，我常常到酒吧间去买醉。

在这个时期中，我忽然喜欢看马甸与路易主演的滑稽片了。

在这个时期中，我买过了不少尘封的古典唱片。

在这个时期中，我变成叔本华的同志。

在这个时期中，我阅览许多海敏威[1]的小说。在现代作家群中，对于原始情感的探求，毫无疑问地将以海敏威所作的努力最为澈底。海敏威的笔是粗野而暴戾的，他无情地谴责了现代女性的丧失"女人天性"。然而我不太喜欢《丧钟为谁敲》这部书，因为玛丽亚是个好女人。

我承认在这个时期中对女性的看法多少有些变态，那样毫不保留地否定了爱情的存在，实在天真得有如小孩子吃不到糖而说糖会蛀牙。

而事实上，在这个时期中，我还是常常想到白玲。但是这些思念大都属于偶然性的，并无积极的意义，有时也会伤感，有时则觉颇为可笑，日子一久，印象渐渐淡了，便不再像过去那么认真了。

有一天早晨，偶然打开了星加坡的报纸，在"本坡新闻版"的下面，看到了白玲重返歌台的广告，铅字很大，显然她还有叫座力。

最初看到这则广告后，情感上不免掀起些微波折，一种直觉的冲动使我产生了到星加坡去看她一次的念头，可是这个念头并不持久，我认为过去的事就应该让它自然地过去，何况她也不一定愿意见我。

从此，我对白玲的思念越来越淡，一直到我结识了另外一位

1　海明威。编者注。

女朋友后，我几乎把白玲完全遗忘了。

那位女朋友姓黄，名水莲，在一家宣传机构的图书馆里任职员。二十三四岁，沉默寡言，说话时总是未开口即带点羞怯。

我和她的相识是颇为偶然的：有一次，为了想找几本达芬·莫里哀的小说，我特地赶到图书馆去。在进门处的询问桌边，坐着一位态度文静的小姐，夏宾式的头发，眼睛很大。她就是黄水莲。

"我想向贵处借几本达芬·莫里哀的小说。"我说。

她翻了翻图书目录，答："很抱歉，我们这里只有两本莫里哀的著作。"

"有没有《芽买加旅店》和《饥饿山》？"

她微蹙眉尖说："都没有，只有《苹果树》和《蝴蝶梦》。而且《蝴蝶梦》是中译本，我相信你一定读过的；不过《苹果树》倒是刚刚出版不久的短篇小说集。"

"两本都要借。"我说。

"《蝴蝶梦》也要？"

"虽然已经看过了，然而这是一本百看不厌的小说。"

她微微作笑，说："我也有同感。"便走进藏书室去取书。

然后她拿了书出来，替我在借书证上盖了日期，很有礼貌地把书交给我。

"谢谢你！"我说。

她用英文答了一句"You are welcome!"，我觉得她的英文发音很甜。

一星期过后，我到图书馆去还书，在《苹果树》的借书证上，夹了这样的一张便条：

《蝴蝶梦》又在歌梨城戏院重映了，这是一出百看不厌的好戏，下午六时半，我在戏院门口等你。

她看完了这张便条，脸上立刻泛起了一阵红晕，羞惭地低下头去，不说"可"，也不说"否"。

下午六时半，她居然来了。

我非常高兴，当即买了票走进院子。在黑暗中，她低声对我说："这个戏，我已经看过两遍了。"

从此我们就时常在一起游乐。

我发现她是一个温柔体贴的女孩子，读过不少书，虽然博而不精，但在她的品性上已经起了很大的作用。

为了她的关系，不仅我的轻微变态症恢复了正常，同时对白玲的怨懑也随之平息。

黄水莲给予我一个新生的机会，使我在心情上不再感到狼狈。

然而在这个时候，我又听到了关于白玲脱离歌台的消息。

根据我的猜想，白玲的再度放弃歌唱生涯可能是因为有了新恋人；后来看到一张小报上的记载，才知道了白玲脱离歌台的主要原因是："倒嗓"。

十一

白玲"倒嗓"以后的情形，我一无所知。有一次，我伴黄水莲到"惠罗公司"楼上的咖啡室去饮下午茶，恰巧遇见了白玲的那位女朋友，作了一番寒暄之后，我问她：

"听说白玲倒嗓了？"

"因为喝多了酒。"

"生活的境遇如何？"

"相当苦，前些日子我还汇了一笔钱给她，但是物质上的困难倒不难克服，只是——现在的白玲已经不是从前的白玲了。"

"有什么不同呢？"

"她变得非常放浪不羁，整日酗酒赌钱，喝醉了要发脾气，赌输了也发脾气，健康情形太差了，时常病倒，然而又不肯去医治，据我看来，她的精神已经濒临崩溃的阶段，长此以往，其结果实不堪设想了。"

"站在朋友的地位，你应该写封信去劝劝她。"

"她怎么会听我的劝告呢？"

"我想，"她支吾了一阵，然后说道，"如果你肯写封信给她，也许会有效。"

对于这个建议，我的答复十分肯定："还是不写的好。"

"至少你仍旧是她的朋友。"

"我从来就不相信帕拉图友谊这回事。"

"你还恨她？"

"过去我恨她，因为我爱她；现在我已经不爱她了，所以也不恨她。"

她沉默着，从手提袋里取出一枝笔和一张白纸来，写了几行字后对我说："这是白玲目前的地址。"

"这个，我留着也没有用。"

"你再考虑考虑，最好你能写封信给她。你要知道，白玲在本质上并不是一个坏女人！"

说罢，她站起身来走了。

黄水莲好奇地问我："究竟是怎么一回事呢？"

黄水莲是一个非常"女性"的女性，听了我的"故事"后，竟尔漓泪垂颊了。她认为：

"这是白玲最需要温暖的时候。"

"你的意思是——"我反问她。

"应该写封信给她。"

"我不是超人。"

"宽恕是最有价值的礼物。"她说。

"白玲未必需要我的宽恕。"

"宽恕是'给'的问题，而不是'受'的问题。受不受是她的事，给不给是你的事。"

"我认为还是不写的好。"

"但是每一棵树木都需要阳光与雨露，特别是那些枯萎的树木。"

黄水莲是个十分有理性的女人，对于我过去的缠绵因缘，不但不加谴责，抑且寄予无限的同情，实在难能可贵。由于她的怂恿，我在当晚就写了一封信给白玲，信里面有这样的几句话：

　　……写这封信给你，只想减轻自己在情感上的负担，并无其他目的。今天在惠罗公司饮下午茶，遇见了你的朋友张小姐，才知道了一点关于你的近况。……人生不如意事常八九，但逆境则可使人获致成功；"失意"未必是件坏事，它是爬上"幸福之境"的梯子。你是一个聪明的女人，朦胧于小事固不足患，倘对整个人生不加伺察，实有百害而无一利。人生本身虽无意义，亦无目的，诚如法国有一位作家所说：

每一个人仍应从其时代背景及人与人之间的关系中，发掘他自己的生命目的和意义；人是自由的，但如果他运用这种自由逃避现实，则只有导致自身的毁灭。……你目前颓废态度，除了无法忍受现实处境的叛变之外，并不能找出第二个解释。……过去，恕我坦白地指出：你把爱情当作赌注，落了个统盘全输，因此精神趋向崩溃，情感宣告破产；然而这不是绝对无望，倘若你肯对自己稍为约束一些，则不难与环境获取协调。……酗酒纵欲不能解决问题，你应该有足够的勇气去反抗麻醉，而让自己清醒地站起来。……

这封信充满了"说教"的味道，虽然未免过分直率，但都是真情实话，丝毫没有矫饰，我希望它能给白玲发生一种启示作用。

信寄出后，始终未获白玲覆信。

我想不出白玲不覆信的理由，也许她因为迁移地址没有收到我的信，也许她收到信后未加拆开便丢掉，也许她根本就不同意我的看法，也许她不能接受这咄咄逼人的语气，也许她已麻木不仁，也许她依旧恨我。

约摸在一个月过后，有一位朋友自星加坡来隆，偶然谈起白玲，他说："白玲倒嗓后，无法在歌台立足，现在听说已经改做地下舞女了。"

关于她的处世态度，那位朋友颇表惋惜地摇摇头："很乱，生活毫无规律，成天喝酒赌钱，把阿飞型的男人当作爱情的战利品。有人说：她是男人的玩物；但也有人说：她专事玩弄男性，究竟谁玩谁，连她自己都弄不清楚，总之，由于心理上不能获得一个美好完善的发展，她的不平衡的精神生活，使她眩目于物质享受的诱惑，因此形成了变态。"

这样的刻绘使我连白玲的影子都找不到，往事如烟，记忆中只有一片朦胧，而且朦胧得看不见一丝光芒。白玲究竟变成什么样子了？

又过了一个时期，白玲忽变成了"新闻人物"，星加坡出版的小报几乎每一张都有关于她的记载。

其中有一家的报导是这样的：

> 本坡闻侨陈大目氏，胶业巨子也，自国际局势急转直下之后，以长袖喜舞，故生意鼎盛，利润丰厚，据树胶界可靠方面透露，陈氏曾于一夕间，获利百万之巨。其眼光之锐利，侪辈侧目。月前，陈氏于某场合中，经友人介绍，结识"过气歌星"白玲，悦其秀丽，遂时相邀宴，过从甚密。事为陈氏大妇所知悉，愤妒交集，乃酗然赴白玲处兴师问罪，一言不合，便即举手殴打，并口出恶词，谓白玲出卖色相，诱骗其夫钱财；而白玲则自知理屈，钳口不语，事遂寝。闻白玲自脱离歌台后，一度改业地下舞女，行为浪漫，且挥霍成性，或有斩获，即倒贴小白脸，识者惜之。记者日昨走访白姝，请伛就此事发表谈话，白坦然承认："他爱俏，我爱钞，何足怪哉！"询以是否将诉诸法律，彼称："并无此项意图。"记者又问："此后将重作冯妇否？"白姝笑谓："连我自己都不知道。"

从这一段新闻中，不难看出记者所报导的不过一些浮面的事实，真正的内幕想来一定要复杂得多。白玲与陈大目间的暧昧关系，并不始自"友人介绍"，这是我最初认识白玲时便知道。就我记忆所及，陈大目曾因盗用公款而囚于囹圄，事隔数月，竟以"胶业巨子"出现于华侨社会，这当然应该归助于那次白玲的"资助"；如果我的猜测不错的话，那么大目嫂此次的"兴师问罪"便无异于"以怨报德"了。社会人仕对白玲的诽议，至少我是不愿意接受的。

所以在黄水莲谈论这件事的时候，我说："白玲对肉欲的无限放纵，未必能说明她是一个坏女人。由于太残酷，她企图用纵欲来解脱自己精神上的桎梏，结果却弄坏了正常情感的发育；但是从另外一个角度来看，她那种无我利他的自觉，包含着生命最终极的升华作用，淫荡并不能毁灭她内在的纯美。"

水莲没有表示意见，只见微笑作答复。

我说："古老的传统观念，对白玲太不公允了。"

水莲依旧微笑，淡淡地说了一句："我想，你还是爱着她的。"

"我没有勇气承认你的看法。"

"恐怕你没有勇气否认我的看法罢？"

十二

水莲一再怂恿我到星加坡去看一次白玲，她的理由是："为了求取精神上的均衡。"但是我却一直表示没有这样做的必要。水莲说："不必这样避之若浼，犹如修道女一般连美丽的景物都不敢正视，只怕动了自己的心弦，结果就坠入另一个陷阱去了。"

事实上，在此后的那些日子里，我的确坠入了另一个陷阱，冥冥中被一根情感的绳索困住了，心境极沉郁，无法使动荡不安的情绪稳定。水莲的殷诚和谦虚使我越发烦恼，而白玲的影子则一直在我脑海里萦回，这也许是一种病态，整日只听见一颗熟悉的心在作陌生地跳动。

我对白玲的怀念，一天比一天殷切。

只要有关白玲的消息，不论是真实的，或者是虚构的，都能给我一种下意识的慰藉。

可是，在这个时候，我忽然听到了一个不幸的消息，就是白玲自甘堕落，竟改业“酒吧女郎”，常常与外国水兵厮混在一起，私生活荒唐到极点。

我非常生气。

但是更坏的消息却继续不断地传来：起先是白玲喝醉了酒与另外一个酒吧女郎打架，被抓入了马打楼；继而白玲在“史丹福律”一带操丑业；后则说白玲已染上了芙蓉癖[1]，有人曾经在“牛车水”[2]的烟馆里见到了她。

我打了一个电话给白玲的女朋友，问她有没有听到过这些消息。张小姐的回答很简单：“不用提啦！”

从此我再也听不到任何关于白玲的消息了，甚至连小报亦不再刊载白玲的新闻。

有一天，高朗又率领一班歌舞团来隆献艺，照例到报馆里来“拜客”。

我对高朗的为人素来不大喜欢，但是他既然特地来看我，我也不便拒绝接见他。

1 鸦片瘾，又称“阿芙蓉癖”。编者注。

2 星加坡地名。

经过一番虚伪的客套后，高朗对于白玲和我的解除婚约，极表遗憾。

"你也会感到遗憾吗？"我故意用讥讽的口吻问他。

他却十分有礼貌地答："如果不是因为婚约的解除，相信白玲断不至于弄到这般田地。"

"你知道我们为什么要解除婚约？"

"我恰巧也想问你。"他说。

"难道连你也不知道吗？"

"我？"他显得十分诧惊。

彼此沉默。他用奇异的眼光对我发愣，由于他面部上的表情，使我意识到事情有点蹊跷，因此，我便追问了一句："真的连你自己也不知道吗？"

高朗更吃惊了："实在一点都不知道。"

我沉默一阵，觉得此刻是应该让高朗明瞭事情经过的适当时候了。我说："这件事与你颇有关系。"

"与我有关系？"高朗脸白如纸。

"听说，"我递了一枝烟给他，继续说道，"有一个时期你同白玲曾经相恋过，这是白玲自己告诉我的。"

"那是很久以前的事了。"他抽了一口烟，"其实这件事与外间所传说的完全不同，白玲从来没有爱过我，只是我自己在自作多情而已。"

"事情就是这么简单？"

高朗肯定地颔颔首说："事情就是这么简单。"

"我想未必见得罢？"

"实在不能了解你的意思。"

我苦笑着，突然感到喉头一阵哽塞，想说的话终于咽下肚去。我却换了另一种语调说："反正事情已经过去了，提它也是无补于事的。"

"我实在不懂，请你说出来吧。"

我想了一想，然后严肃地问他："上次你来吉隆坡时，你与白玲间的过从还是很密切？"

他用眼珠瞟了一下天花板："没有，绝对没有，那时候我们只有普通友谊，如果你不相信，我可以对天发誓……"

"不必发誓。"

他颇感困惑地问："你怎这会有这样的怀疑呢？"

"这不是怀疑。"我说。

"相信你一定弄错了？"

"我亲眼看见的，怎么会错。"

"你看见些什么？"

我踌躇了一下，然后非常有把握地说："我看见你与白玲走进峇都律的一家旅馆去开房间，而且已经是深夜过后了。"

听了我的话，他蓦地噗哧一声，狂笑起来，笑得我莫名其妙。

当他敛住笑容后，高朗几乎用一种有韵律的音调向我叙述事情的经过：

"那天下午，白玲到游艺场来看我们，没有任何目的，只是一种友谊的拜访。因为我们团体里有不少是她过去的同事。她来时，我正与鲁舜敏在吵架。鲁舜敏现在是我的太太了，那时候我们尚在热恋阶段。她是一个非常可爱而气量很狭的女人，当时为了一出戏的角色分配，同我闹得天翻地覆，而且恫言要辞职不干。白玲见了这种情形，便将我拉到外边，好让大家获得一个冷静的机会。"

"那是几点钟的事？"

"大概是下午两点钟左右。"

"你们到什么地方去了呢？"

"白玲伴我到半山芭的一间酒家去喝酒。"

"为什么要喝酒呢？"

"白玲本来邀我去喝茶，我则一定要喝酒，结果却是喝醉了，白玲便扶着我回去，回到游艺场，鲁舜敏走了，走到什么地方，无人知晓。"

"后来呢？"

"白玲说另有约会要先走了，但是同事们不肯让她走，因为万一鲁舜敏不回来，晚上少了一个角色，戏就演不了，所以大家的意思最好等鲁舜敏回来了再走，否则只可以请白玲替代一晚了。白玲觉得情面难却，也就答应了下来。于是开始排戏，白玲也参加。到了晚上，鲁舜敏仍未返，白玲就代她出场。散戏后，我要到游艺场对面的酒吧间饮酒，白玲不放心，坚欲陪我一起去，结果我又喝醉了，白玲送我回家——那时候我寄宿在峇都律那家饭馆里。"

听了一番话，使我目瞪口呆了，我开始失悔于当时的莽撞，以致铸成大错，深切的内疚煎熬着我，有如烈火在心中燃烧。

高朗继续说道："记得白玲还榨了一杯柑汁给我饮，我频频呕吐，她则像护士一般待在侧边，直到我有点清醒时，她始离开旅馆。"

"原来是这样的。"我迷惘地自语，接着便是片刻受惊的间歇，阖上眼睛，想狂喊，却咽下了一口唾沫，然后张开眼来，大大地受了感动，说是悲哀，倒也有点像悔恨。

高朗站起身来与我握手："今晚如果有空的话请来看戏。"

我紧紧握住他的手，热情奔放地对他说道："应该向你道歉。"

"别那么说！今晚来看戏。"

"好的，如果我有空的话。"

我希望能够立即获得白玲的宽恕。

他走后，我立即打了一个电话给水莲，约她到"河边花园"去喝茶。

当我把高朗的谈话告诉她时，她也感到错愕，半晌过后，她说：

"现在你一定有一种良知上的焦虑？"

"过去你曾经劝我宽恕她，现在应该是我求她宽恕的时候了。"

"不必谴责自己。"

"除此以外，我想不出第二个办法可以结束痛苦。"

"如果你有足够的勇气，应该立刻到星加坡去一次。"

"去求取她的宽恕？"我问。

她迟疑了一下，终于坚定地答："把温暖当作礼物送给她。"

大家好半晌默默无言。

黄昏发散着奇丽多变的颜色，东一块红的，西一块紫的，衬在小丘背后，像画家笔底下的泼墨，有一种无比的华美。微风飘来，清香扑鼻。孩子们在草地上玩弄皮球，一不留神，球跌落入河中，打破了如镜的河面，于是蛙鼓骤起。刹那间，落日将燥热送向昏黑，星星开始含羞夹眼，一切显得那么纯化，又那么美化，想起那晚狂风暴雨的情景，陡兴恍若隔世之感，我有太多的惆怅。

"为了使另一个女子获得温暖，你进入了忘我的境界。"

水莲用手掠了掠被风吹散在额前的乱发，睁大了眼睛，彷彿在细细寻味我的话语，那模样是十分惹人疼爱的。她是一个不大愿意让别人看透她心事的女性，有勇气接受委屈，也有勇气忘记自我。

"今晚就去？"她低声问。

"倘若报馆准我请假的话，我想今晚就要去了。"

水莲垂着头，那一撮乱发又被风吹散在额前："送我回家去罢？"

我没有站起来。我只是淡淡地叫了她一声：

"嗯。"

"此刻你一定有一种无法形容的感觉？"

"什么感觉？"

"一种说不出的感觉。"

"你怎么会知道？"

"因为我也有这一种感觉。"

又沉默了一阵。

她蓦地站起身来说："回去吧。"我发现她的眼眶有点红。

十三

送水莲回家后，我立即赶返报馆，伪造了一个理由向社长请假，社长居然照准。

然后打了一个电话给张小姐，问她白玲现住何处？在哪一家酒吧做工？

张小姐答："住在什么地方，我不大清楚，只是听说她在东陵区的一家 M 酒吧做工。"

　　挂断电话，收拾了一些随身用品，便驱车到火车站，买了一张冷气铺票和几本新出版的美国杂志，从地道走到对面月台，搭上"星隆夜邮车"，在八点四十五分离开吉隆坡。

　　这一晚，我在车上辗转不能入眠，不知道是车轮的辚辚声使我感到纳闷呢？抑且紊乱的思潮惊扰得我心神不定？

　　翌晨八点钟，车抵星加坡。下车后，我雇了一辆得士去到惹兰勿刹，在一家旅馆开了一个房间，冲凉，吃早点，略事休息后，便到从前张小姐给我的地址去找白玲，据房东太太告诉我：白玲早就搬走了。搬到什么地方，她不知道。然后我又打了几个电话给报馆的朋友，询问白玲究竟在哪一间酒吧做工，我的旧同事陈君证实她在东陵区的 M 酒吧。

　　下午四点钟，我终于找到了 M 酒吧。

　　那是一个弥漫着烟雾的酒吧，有冷气，灯光十分黯淡，进门处置着一架大型的点唱机。正在哗啦哗啦地播送摇摆音乐，两个洋水兵相互拥抱着跳摇摆舞。左边一排酒柜。陈列着各色各种洋酒，四五个酒汉坐在高脚椅上，或独自倾饮，或彼此聊天，或与酒吧女郎打情骂俏，笑得毫无理性，且甚猥亵。右边一排卡位，每一个卡位都挂有帐幔，"必要"时可以随手拉拢，不让外边的人能看到里面的动静。房子中间置着十几个小圆台。此刻已坐着不少酒客，有的在唱"Auld Lang Syne"，有的则已烂醉如泥，仰着头昏昏睡去。鼾声大作，却无人理睬。整个酒吧，烟雾氤氲，空气混浊，且人声嘈杂，一切都显得十分零乱，置身其间，立即可以体会到世纪末的颓废意识，谁也辨别不出庸俗与高雅，美丽与丑恶，白昼与黑夜，现实与梦幻。

　　我拣了最后一个卡位坐下，向酒吧女郎要了一瓶乌啤。

我用眼睛搜寻白玲，但找不到她。然后我用闲散的逸致去看墙上的陈设和粉饰，发现了一把尘封的古剑，一袭古代战士的盔甲，几张很大很大的扑克牌和一幅油画——用荒诞的笔触绘了一个肥胖的裸女。

对于这些陈设，我倒十分神往了，我喜欢这种北欧式的乡村风味，因此联想到店主的"趣味"原来也不是十分低级的。

"可能他也是一个酒徒。"我下意识地自语。

一个酒吧女郎含笑盈盈地走过来了，一屁股坐在我的对面，伸手替我斟酒，嗲声嗲气地问：

"你一定失恋了？"

我摇摇头。

"赌马输了钱？"

我摇摇头。

"做过一桩不可告人的事？"

我摇摇头。

"但是，你眼睛里没有酒的味道。"她茫然喷了一口烟，"今天是第一次来罢？"

"是的。"我答。

"想找一些刺激？"她问。

"想找一个人。"

"找谁？"

我一口将酒杯里的乌啤呷尽，然后用舌尖舔去唇边的白沫，答道："找白玲。"

她看了看手腕上的表："现在应该是她上班的时候了。"

"还没有来？"

"我想就要来了。"

她见我酒杯已空，顺手又替我斟满了一杯，然后提起了空瓶起来："我就替你再去拿一瓶来吧。"

就在这个时候，门外走进来一个女人，白玲。

她给我的"第一感"是比从前憔悴得多了：枯槁的容颜，眼睛深陷，额骨很高，搽着浓艳的胭脂，用人工的风骚掩饰脸上的沧桑痕迹，瘦伶伶的身段，穿着一套大红花的衫裤，走起路来有一种厌世老妓的风度，那楚楚怜人的模样，使我错愕良久，想不到在短短几个月当中，残酷的现实竟会将她折磨成这个样子。

当她走近我身边时。我立刻站起身来，叫了一声："白玲！"

白玲站停了，侧过头来对我一瞟，丝毫没有感到诧愕。

"请坐下。"我用恳求的语气说。

她坐下了，态度颓废，抿着嘴，一句话都不说。

"首先，"我说，"我应该郑重向你道歉。"

"为什么？"她淡淡地问。

"昨天我在吉隆坡遇见高朗，我们有过一次非常恳切的谈话。关于那一次的误会。以及它的后果，完全是我一个人造成的。"

"我不懂你在讲些什么？"

"如果不是因为我莽撞，事情决不至于弄得这么糟，我希望获得你的宽恕。"

白玲只是频频向邻桌的外国人点首招手，对于我的话语似乎一点都不注意。

"你肯原谅我吗？"

"原谅什么？"

"为了忏赎我的过失，我愿意帮助你脱离这火坑。"

　　白玲忽然发出痴笑，只是暧昧地答了一句："这是火坑！"便前俯后仰地笑个不停，但是在这近乎恐怖的笑声里面，即隐蔽着一种淡淡的愤怒。

　　"这种生活只会叫一个人堕落。"

　　听了这句话，她陡地站起来，走到邻桌去，和那外国人打情骂俏。她极力地装出迹近下流的谄媚来，使我非常看不惯。

　　我喝了好几杯酒。

　　十数分钟过后，我叫一个酒吧女郎请白玲再过来坐下。

　　白玲又过来了，依旧毫无表情。

　　"我知道你已受够了委屈。"我说，"如果你肯宽恕我，让我帮助你获得新生罢？"

　　"你很天真。"白玲咧着嘴吸烟，眼珠盯在天花板上。

　　"憎恨解决不了问题。"

　　"我谁都不恨，"她说，"同时也没有什么问题。"

　　"这就是一种自欺欺人的想法吧。"

　　她冷笑。

　　我举杯一口呷尽。

　　"再喝一瓶？"她问我。

　　"好的，请拿两个酒杯来。"

　　酒来了，她替我斟了一杯，也替自己斟了一杯。

　　"祝你健康！"我举杯，一口饮尽。

　　"祝你幸福！"她举杯，一口饮尽。

　　这时候，有人投了两角银币在点唱机里。恰巧奏的是"Kiss Me Again, Stranger"。

　　"记得这首歌吗？"我问。

"不记得。"她断然回答。

"酒和烟已经使你的记忆也麻醉了。"

她漫不经心地"哼"了一声。

"你总应该还记得我们曾经订过婚?"

"我只记得我们的婚约已经解除。"

"这是我的错。"

"不是你的错,也是我的错。"她忽然衔了眼泪,愤恚地举起杯来倾饮,饮尽后又发痴笑,笑得有点跋扈,继尔敛住笑容。用一种枯涩的声调问我:"假使你没有别的话想说,我要过去陪其他的顾客了。"

"今晚你有空吗?"我问。

"我同那位西人已经约好了,直落亚逸¹海边去吃风。"

"明天呢?"

"这里是火坑,我希望你明天不必来了。"

"我要把你从火坑里救出来。"

她笑了:"说不定你会被我拉入火坑的。"

"同你在一起,"我说,"即使是火坑也有可能变成乐园。"

"你有一张牧师的嘴和一个慈善家的心肠。"

"为了你,我可以牺牲一切。"

"时至今日,我开始发现你是一个非常有趣的人物。"

她站起来,正欲挪步时,我问她:"明天再来看你,好不好?"

"这里是领有了执照的酒吧,谁都可以进来。"

她撇撇嘴,走到邻桌去了。

---

1 直落亚逸(Telok Ayer)是新加坡牛车水内的一个历史区域。编者注。

我坐着无聊，付了酒账，也就走出酒吧，临走时，她问我住在什么地方，我写了一张地址给她。

在路上，我为白玲的"转变"感到畏慑，心底掀起一阵无名的惆怅，不知应该如何是好。白玲显然已濒临绝境，整日沉湎烟酒，不但没有趋向积极的意志，抑且越出了常轨，用病态的人生观来破坏自己心理上的和谐，颓唐的精神生活使她在衰竭中消失了对未来希望的欲念；而惶惑和失望则使她在痛苦中对现实作消极的逃避。

她已到了不能自拔的地步；别人也无法帮助她。

我有一种无所适从的惘然之感。

回到旅馆，躺在床上独自苦思，忽然接到一个电话，原来是旧同事陈君，因为久别重逢，坚欲请我到"南天巴刹"去吃晚饭。

在巴刹里，陈君问我此次来星的目的何在，我直率地告诉他："我是来看白玲的。"

"关于你与白玲的事，"他说，"我也听到了一点，不过我一直不明白你们为什么要解除婚约？"

"一切都是我的错。"

"究竟是怎么一回事？"

于是我将"误会"的经过情形约略对陈君叙诉一遍，陈君也替我惋惜不已。

"白玲的情形愈来愈坏了。"他感喟地叹息一声，"听说她最近上了瘾，在跑国际路线。"

"这些我全不知道。"

"其实，在不久以前，她曾经有过一次发财的机会，但是她不要。你知道陈大目这个人吗？"

我点点头。

陈君继续侃侃而谈:"陈大目现在是大人物了,然而几个月前,他曾经因为盗用公款而锒铛入狱,后来获得白玲资助,偿还了公款,被当局释放出来。陈大目出狱后,时来运转,由于时局陡变,着实赚了几笔大钱,转瞬间便窜了起来,成为胶业界的红人。陈大目虽然读书不多,倒也不是一个忘恩负义的人,发迹后饮水思源,首先想到的便是白玲,恰巧白玲那时因倒嗓而脱离歌台,改行做地下舞女,生活虽未见窘迫,但也十分清苦,因此陈大目就亲自送了一笔钱给她,希望她从此弃邪归正。白玲不肯接受,当面将支票撕毁。大目问她:'有什么事我可以帮助你的?'白玲答:'我是一个地下舞女,谁都可以出钱购买我的钟点。'陈大目在无可奈何之中,为了报答恩人,也就每晚与白玲一同游乐。日子一久,事情竟被大目嫂闻悉,大目嫂是个凶悍的女人,立即率领了一批'打手',赶到白玲寓所大兴问罪之师。白玲遭此不白之冤,刺激愈深。于是走向下坡了。"

"但是,外间所传的,都说这是一件桃色纠纷。"

"事实上,桃色的成分很少,白玲是个轻易不动情感的女人,过去关于她的传说极多,但现在证明那些仅不过是传说而已。"

"我始终觉得她是一个谜样的女人。"

"目前除了你之外。"他略带一点调侃口吻对我说,"相信谁也不会对她的谜底发生兴趣了。"

接着我将今午同她见面的情形告诉陈君,我说:"白玲的谜底一定充满着玄秘意味。"

他会心地一笑。问我:"想不想听歌?不妨重温一下褪了色的旧梦。"

“我从来就不是一个知音。”我说。

“但是，你最了解白玲。”

我了解白玲吗？连我自己也不敢承认。当我认识她三分的时候，觉得她虚浮浪漫；当我认识她五分的时候，觉得她冷酷薄情；当我认识她九分的时候，觉得她善良诚恳；当我认识她十分时，她是一个谜。

回到旅馆，时近中夜，我伏在桌上写了一封信给水莲，信上这么说：

> ……今天下午在M酒吧找到了白玲，她竟把我当作一个陌生的酒客。

十四

第二天，一早起了身，打开报纸，在“本坡版”里竟发现了这样一段新闻：

直落亚逸海滨汽车坠海
**　酒吧女郎白玲香消玉殒**

（本报讯）咋口深夜，本坡直落亚逸海滨（俗称四号货仓），发生一宗汽车坠海案。警方获悉后，立即派员协同潜水员在肇事地点查察，发现该汽车四轮朝天，车门全部紧闭，驾车人系一女性，因不及跳出而淹毙。

查死者名白玲，在本坡东陵区某酒吧当女招待，迄今已有月余。白玲曾在歌台献艺，颇为走红，旋因倒嗓息隐，一度改业地下舞女。

据 M 酒吧主持人谓：死者于昨晚约十一时半关店时偕一西籍顾客离开，双双乘汽车而去，究往何处，无人得知。

又据警方谓：是夕有一个西籍人于该酒吧买醉后，即护送白玲归家，在途中因欲购买香烟下车，不料白玲竟乘其不意，开足马力单独驰行，结果在爱德华路尽端海滨失事，连人带车坠下海底。该商人幸告安然无恙，遂赴警署报案。至截稿时为止，佢尚羁留讯问中。据称：当晚白玲曾倾饮大量威士忌洋酒，在车中，忽哭忽笑，态度失常，故相信此次肇事原因可能系酗酒过度。警方对此则表示缄默。

读了这段新闻，我几乎悲痛欲绝。这突如其来的当头一棒，使我感到一阵昏眩飘忽，连流泪的勇气都没有了。

白玲太不了解我了，她以为我在玩弄她；其实在玩弄的只是自己。

我埋怨命运太喜欢捉弄有心人。

我埋怨现实太无情。

我埋怨自己。

站在窗边，久久发愣，"凝眸处，从今又添一段新愁"，心境是真空的，痛苦像一件败坏的艺术品，陈列在记忆的锦盒里。

陈君来了，手里拿着一份报纸，问我：

"我想你一定看过这段新闻了？"

我点点头。

他沮丧地叹息一声："这是怎么一回事？"

"报上说她酗酒过度。"说了这句话后，我蓦然下意识地叫了起来："她的死，我有间接的责任！"

陈君连忙劝阻我："别那么想！人也死了，何必折磨自己。"

"我想救她脱离苦海。反而害了她！"我开始含着眼泪。

"不要虐待自己，酒醉失事是常有的。"

"如果不是因为昨天我去看她，掀起了旧事前影，她也许不会喝那么多的酒。"

"她素来喜欢饮酒，而且也并不是第一次喝醉。"

"我受不住良心的谴责，"我说，"要不是因为我的莽撞，白玲决不至于要求解除婚约。"

"这些都是过去的事了，不必再去提它。"

"我对不住白玲！"我的声音骤然地变成枯涩，"你要知道，她与高朗完全没有关系。"

"我知道。"

"一切都是由于我的误会引起的。"

"我知道。"

"她不是一个坏女人。"

"我知道。"

然后是一大阵沉重得近乎难堪的沉默。

这时候我需要一点宁静。人就是这样奇怪的动物。在悲哀时，会哭；在最悲哀时，便哭不出了，逢到极端绝望时，往往需要在宁静中想想。于是我想起了"爱"，也想起了"恨"，我发现"爱"与"恨"是两种浓得化不开的情感，应该是属于"超记忆"的。它叫你连最小的细节，都不会忘记，譬如白玲的一颦一笑，西滨园的彩色灯，那条绣着"P"字的手绢。"河边花园"的雨，岂都律的夜景……历历都在眼前，使我无法跳出"过去"的深潭，只求时光倒流，重新从旧岁月里走过来。

我做错了一件事，成为永无休止的终生憾事，因此十分彷徨不安。

"我错了！""我错了！"我反复自责。

陈君幽幽地叹息着："其实，作为万物之灵的人类却只有一些贫乏得可怜的知识。对于生命本身的玄秘及其悲欢离合，反而不能指出什么是对，什么是错。"

"我对不住白玲。"

"彩虹是拿风暴做基础的，所以只有真正勇敢的心灵才能从愁苦中发出欢笑。你应该更坚强点。"

"人间太丑恶了！"我说。

陈君则认为："人间有丑，有美，有地狱的妖氛，也有天堂的气息，它是两者间的混合物，这个混合物便是上帝的杰作，而生命却是上帝的一句谎言，那么不着实，那么不中用，那么渺小而脆弱。"

窗外忽然下雨了，雨很大，有雷，有闪电。

"有一个问题，常使我百思不解。"我说。

"什么问题？"

"既然白玲与高朗无染，为什么她不对我直说，而坚欲解除婚约呢？"

"也许她怕你不肯接受她的解释？"

"但是她根本就没有向我解释过。"

"按照情理，"陈君也开始同意我的看法了，他说，"白玲应该可以坦白同你解释的，她为什么不这样做？"

"一定另有原因。"

"很可能是一种女性的矜持在作祟。"

"不会那么简单。"

"这就无从加以揣测了。"

当我们正在极力思索着这问题的答案，忽然有人打门，是茶役，手里拿着一封信，说是邮差刚刚送来的，这是很厚的，我还付了一角钱的欠资。

我拆开信，先看信尾的署名。

陈君问我："谁寄来的？"

我的声音发抖了，我的手发抖了，我的心发抖了，我浑身发抖。

我说："是白玲生前写给我的。"

下面是这封遗书的内容：

盘铭：

　　当你收到这封信时，我已经离开这丑恶的人世了。我不会写信，更不会写凄恻的绝命书，但是为了使你能够澈底了解我，于是就提起笔来给你写这最后的一封信。

　　刚才你沮丧地走出 M 酒吧时，带走了一个不正确的印象，这印象是我故意制造的，用意是想使你看到我的丑恶面，而对我发生厌恶，然后因厌恶而将我忘记。正因为那丑恶面是故意制造的，所以当你离开后，我竟愕然如失魂魄，久久发愣，终于像其他忠厚善良的女孩子一样哭了起来。

　　我是十分困恼了，不知应怎样做才能平静我情感上的激荡，于是我想到了"死"。我只知道"死"是一种解脱，可以消灭我的喜悦，可以消灭我的痛苦，可以消灭我的枯萎的心，可以消灭我的无用底胴体，同时，可以使我所有的一切全部不再存在。

这封信将在我死后的第二天，抵达你的手，那时候，我已经不存在了，但是一个真正的"我"仍在向你喋喋不休地叙述一些你所不知道的事情。你也许会看了这封信后更悲恸，更发愁，更痛苦，甚至流着眼泪同情我，或者流着眼泪谴责我，然我已完全不存在了。这就是生命的玄奥处，虽无意义，亦无目的，而我却能凭借这封绝命书再一次在你的脑海中诞生了。浮生若梦，唯有这"第二次的诞生"才是真实的存在，且可永生。

根据这解释，你所看到的"生前的我"并非"真实的我"，现在你所看到的"我"就是"真实的我"了。我愿意将一切真实的奉献给你。

记得认识你的第一天晚上，在加东花园你问起了关于那只戒指的事。我只有流眼泪，因为良知使我十分自卑，但仍有美丽的希望。

大目嫂的突然来临，终于让我从你的眼睛里看到了自己，于是希望破碎了，我决定离开你。我寄居在吉隆坡的一位女朋友的家里，她姓张，也曾唱过歌，丈夫很有钱，只是健康情形太差，年前患病逝世，留下一笔遗产给她，同时，也留下了太多的寂寞。有一天，她收到一张请柬，怂恿我陪她到加影去，就在这鸡尾酒会上，我又遇见了你，心中油然生起了一种异样的感觉，埋怨这近似故意的安排，却又惊惶得手足无措。回家后情绪激荡到了极点，憬然悟到自己只是在逃避现实，缺少一点真正的勇气，因此在第二天写了一封信给你，从此我度过了一连串非常愉快的日子，自认比任何人都幸福。

之后，高朗来了，虽然你一直认为我们之间的裂痕，是由高朗而起的，其实不然，因为就在高朗抵达吉隆坡的那天晚上，我从峇都律回到家里时，便发现桌子上放着一封信，一封人间最残酷的信！

这是一封恐吓信，信里画着一把手枪，另外还有几行歪歪扯扯的字，警告我千万不要嫁给你，否则，他说："一定要杀死张盘铭！"信尾署名是：胡阿狮。

我本想将这封信交给你看，但经过审慎的思考后，我决定不让你知道这件事。

为了不愿意使一个无辜的人白白牺牲，为了不愿使一个被我热恋着的男人作无谓的牺牲，我宁可自己虐待自己，让胡阿狮夺去了我的幸福。

因此，当你在次日早晨跑来责问我的时候，我就含着眼泪伪认与高朗有染了。

于是我决定写一封信给你，坚持要与你解除婚约。记得写那封信时比此刻执笔写绝命书更悲哀，更愤恚，因为现在我觉得我已即将获得解脱，而那时候却有一长段痛苦的日子留在后面。

回到星加坡之后，这一长段痛苦的日子便开始了。从"倒嗓"起，不幸的事情接一连二的发生。我是一个女子，经不起现实的折磨和情感上的鞭挞，终于向龌龊的环境妥协了，我喝酒，我纵欲，我抽大烟，我玩世不恭……这些在你看来也许是非常下流而卑劣的，但是在我则是一种消极的反抗。我无法从这个冷酷的社会求得"是"与"白"的；只有向"非"与"黑"中倒下去了。我是完全绝望了。

但是——

但你忽然又出现了，就在半小时之前，你还坐在你的对面企图拯救这一个堕落的女人。我非常感激你这种意图，大大地受了感动；然而我不能接受你的好意，反而让你将我的好意拿了回去，因为我不想害你，尤其是在知道你有这样善良的意图，我更不愿意你无辜牺牲。

你带着憎恨离开 M 酒吧后，我就躲到后面账房间来，独自饮泣，想前想后，愁肠百结，除了一死之外，再也没有第二个更好的办法了。

于是我伏在案上给你写这封绝命书，我打算把信丢入邮筒后，回来倾饮很多很多酒，让酒来替我制造勇气。我决定在今天晚上结束自己的生命。

盘铭，我要同你分手了，这一次是真正的分手，也是真正的结合。我心境很沉郁，也有点兴奋，我发笑了，笑得流了眼泪，这张信笺上就有几滴眼水，包蕴着无限大的恨和无限的爱恋。

最后，我禁不住要对你说：我爱你。这是我第一次说出这样庸俗的三个字，也是我最后一次说出这三个字。

不要伤心！让我永远在你脑海中存在。

白玲绝笔

读完这封信，我已热泪纵横，喉头似乎被什么东西塞住，想开口，却怎样也说不出话来。

心里在想：

天长地久有时尽，此恨绵绵，无尽期。

蕉风椰雨

一

她是一个中国女孩子，但是她只有一个马来名字。她叫花蒂玛。年纪刚满十八岁。

十八年前，当雨季才开始的时候，掠虾人阿都拉查冒着雨，从河边抱回来一个中国女婴，走入"亚答屋"后，便大声对他的老婆沙乐密嚷道："快！快去煮一壶滚水！有没有干净的毛巾？"……时已深夜过后。

第二天侵晨，雨已停。雄鸡跳上木栏拉长了脖子啼叫。亚答屋檐有水滴漏下，一个大点儿，一个大点儿，有拍子，有韵节。

椰树梢，长叶似乱发，在风中飘曳。屋里传出了婴孩的啼哭声。一切都若十分陌生，又极端荒唐。这静静的山芭[1]渐次由迷蒙渡到完全醒。阿都拉查带着一脸的倦容推开木窗，失神的两眼瞅着远方。然后从口袋取出一撮印度烟清丝，用白纸卷里起来，蘸些唾沫，点上火，猛吸几口，问道：

---

1 马来亚人将偏僻的乡间称作山芭。

"是男的？还是……"

"是一个女孩子。"

阿都拉查向窗外吐出一口唾沫，继续问道："大人可平安了？"

回答是一声叹息。

阿都拉查颇不耐烦地，再加上一句："我问你大人可平安？"

"已经死了。"

掠虾人扔去了烟蒂子，寻思一番道："她身上有什么值钱的东西没有？"

沉默俄顷。沙乐密答："只有一根金链条。"

"拿过来！"

沙乐密黯然将金链条授与她的丈夫，眼眶里含着泪水，一份离奇的教育使她的思潮不能停顿，也无法把握。她有意看看这雨后侵晨的山芭，那分零乱，那分静。

"把它收藏起来吧。"阿都拉查说，"待孩子长大了，给她佩戴。"

"准备把孩子留下来？"

"不留下来又怎办，咱俩都是四十开外的人了，还没有一个孩子。"

"但是她是一个中国孩子？"

"她是马来亚人。"

沙乐密随口"嗯"了一声，不再作其他的表示。阿都拉查于燃起第二根卷烟之后，取过《可兰经》来，翻了一阵子，说："把她叫做花蒂玛罢！"

二

花蒂玛有一对清亮的大眼睛，一张两角微向上翘的小嘴，说话时，刚开口即带点羞怯微笑，一种关不住青春秘密喜悦的微笑。她的皮肤特别白皙，较之一般马来亚女孩子要白得多，山芭里的男孩子都在偷偷地想办法同她接近，但是没有一个有勇气走近她身边去同她讲话。

有一天。

太阳落山了，云霞像一撮火焰，烧得天穹通红。

阿都拉查在河中掠虾。

小河从南蜿蜒向北流，两岸尽是咸水树，又高又密，树根像几百条水蛇一般，弯弯曲曲从岸上爬到水里。

阿都拉查坐着小划子，在河中央划来划去。

当划子划到岸边时，阿都拉查便纵身跳出划子，两腿插入水中，散开渔网，网着水，即掀起一圈水花，又渐渐沉入水，因为渔网周围缚有铅片。

一会，阿都拉查收网，网上已捕得几只虾，逐个撷下，放入瓶中。

花蒂玛挽着满篮脏衫裤，走近河岸，蹲在踏板上洗衣，遥见父亲在对岸掠虾，便用两手圈在嘴边大声问："几个？"

"六个！"阿都拉查信口答了一句，跳上划子，摇着小桨，行远去了。

花蒂玛伛偻着背洗衫。稍过些时，忽然听到一个男人的歌声：

斑鸠食水呵，咕咕咕呵，

　　哥无老婆呵，妹无夫嗬——
　　哥无老婆呵，还得过呵。

　　歌声嘹亮，十分诱人。花蒂玛不敢抬头观望，凝视水面，却发现一个年轻男人的水中倒影。那男人站在一棵笔直的椰树下，约莫二十几岁，面目清秀，仪表出众。

　　按照古老的传统，山芭中人每藉歌唱调情，陌生男女，倘心有所属，皆不敢直接交谈。为掩饰彼此心情上的狼狈，所以常采象征的形式如歌唱，唯其象征，因此就越发充满了牧歌的抒情。

　　花蒂玛看到那水中的倒影，眼睛里立即呈现了青春的光辉，虽然羞惭地不敢抬头观望。心里却有一种不可解的感觉，终于张开了那张含娇带俏的小嘴，开始和唱起来：

　　哥有情来呵，妹有意呵，
　　问哥你係呵那村人嗬——
　　你系那村那家仔呵？

　　那年轻小伙子听到花蒂玛的和唱，嘴角边立刻堆上一丝温情笑意，一见钟情的喜悦使他非常顺口地用歌词回答她问话：

　　妹爱问来呵，妹爱问呵，
　　哥係张家椰园呵，种椰人嗬——
　　哥係梁家宗祠呵，来路仔呵。

　　从这歌词中花蒂玛知道他姓梁，在张家椰园做工，于是索性接着唱下去：

> 哥有情来呵，妹有意呵。
> 妹今正是单身人嗬——
> 哥肯共妹呵成双对呵？

这一段歌词，若在外地人听起来，一定会感到字句的大胆，其实这只是一种现成的情歌，除了真正彼此有意的年轻男女会意识到它的含义外，山芭里的小孩子们也常常信口对唱，而丝毫不觉其含义的大胆。但此刻的花蒂玛却是有意在引起对方的幻想和联想了。

那姓梁的小伙子接着唱：

> 苦楝根来呵苦楝根呵，
> 苦楝花开呵，乱纷纷嗬——
> 哥今好比哩苦楝子呵。

歌声方止，对岸掷来一块小石，石上包着一张白纸，花蒂玛俯身去拾石块，那水中的倒影忽然不见了，抬头观望，仅见对岸一棵耸立的椰树。

花蒂玛拾起石块，发现白纸上写着这样的一行字：

> 明晨八时，我在土桥等你。
>
> 梁亚扁

三

花蒂玛洗净衣裳，将湿衫掠在凉竿上后，回家去冲凉，在冲凉房中，蓦然听到了冯寡妇的声音：

冯寡妇问："这些日子你可好？"

沙乐密说："你到哪里去了，怎么连个人影都不见？今天是什么风把你吹到来的？"

"这叫做无事不登三宝殿。"冯寡妇答。

"有什么事吗？"

"还不是给你老人家报喜来了。"

"报喜？"

"我问你，"冯寡妇说，"花蒂玛今年几岁啦？"

"十八岁。"

"真福气！真福气！"

"淘气死了，还福气哩！"

"要是我有一个像花蒂玛这样漂亮的女儿，即使让我做牛做马，我也甘愿。"

"你说得好。"

"花蒂玛这孩子实在太好了，"冯寡妇说，"又漂亮，又聪明，又能干，叫人见了没有一个不喜欢。"

沙乐密开心得发出一阵"嘻嘻"声。

冯寡妇接着就直截了当地问："可曾定了亲？"

"才十八岁，还小呐。"

"当今世道不同了，十八岁还说小？常言道得好：男大当婚，女大当嫁。女儿长大了不出嫁，留在家里作怎？"

"我不是说女儿养大了不出嫁，只是老头子的意思，家里人手少，不如再等几年。"

"再等几年哟？十年？二十年？"

"话不是这样说的，十八岁出嫁，总还嫌小着点。"

"十三岁做娘，天下通行，尤其是我们这热带地方，女孩子养到十八岁还留在家里，实在并不多。"

"不过，也没有合适的人家。"

"合适的人家倒有，"冯寡妇开始滔滔不绝地叙说："而且事情却也凑巧。离此两条石路程，就在大伯公庙[1]附近，有一座椰园，老头家[2]年初患一场急病死了，把一大笔遗产留给了小头家张乃猪。乃猪今年方廿六岁，年少有为，做事勤力，人品极好，只是因为眼界高，所以至今还没有娶亲。前些日子，我家狗仔到他那儿搭工，偶然谈起了花蒂玛，他欢喜得什么似的，一定要我到你们这里来讨份八字。你说这件事巧也不巧？"

沙乐密沉吟了一下说："哦——这件事……我，实在不敢抓主意，还得跟老头子商量商量。"

"张乃猪有钱、有地位，不必提就知道他多么体面！这样的女婿踏破了铁鞋，也无处可觅。别三心两意了，听我的话，包管没有错，不说旁的，单是这份聘礼，就够你们二老吃半辈子了。"

"事情总得让老头子抓个主意。"

"你自己的意思呢？"

"我吗——只要老头子肯答应，我当然也答应。"

---

1 大伯公即福德正神。

2 闽侨称主人或老板为头家。

　　说到这里，花蒂玛已冲完凉。从冲凉房走入卧室时，才见到冯寡妇赤着脚，坐在地板上正在吃榴梿。

　　冯寡妇咧着嘴，用三只手指掏了一粒奶白色的榴梿往嘴里一塞，然后堆着一脸笑容对花蒂玛说："赶紧谢谢我，快要吃你喜酒的啰！"

　　花蒂玛究竟年轻，听了这话便一声不响地转过头去，推开木窗，目瞪口呆地睃着对岸那棵椰子树。

　　当冯寡妇吃完榴梿时，阿都拉查忽然从外边闯了进来。他的身后跟着一个"吉埃店"[1]的头家。

　　阿都拉查只管绷着脸，一言不发。

　　"你说话呀！"吉埃店的头家大声大气地说，"成心要逗我发火是不是？你究竟有嘴没有？会不会说话？"

　　"有什么好说的？"

　　"你自己想想看，"吉埃店头家悻悻然伸出食指死命地点着阿都拉查的鼻尖，"这条数拖欠到现在已经成半年了，最低限度，你也该拿句话出来！"

　　"我现在手头连一占钱[2]都没有。"

　　吉埃店的头家瞪大了眼珠，显然光火了："妈的，话倒说得轻松，到底还是不还？如果你不想还，那么你就等着瞧，老子不叫暗牌[3]把你抓去吃乌头饭[4]，就称不得是人养出来的。"

　　说罢，这位头家便汹汹然推门而出。

1　即杂货店。

2　一占钱即一分钱。

3　马来亚华侨称警局的侦探为暗牌。

4　吃乌头饭为马华土语之一，意指坐监。

沙乐密究竟是妇道人家，看见了这种情形，当然感到慌张的；于是就三步两脚地赶上前去，拉住吉埃店头家，用求情的口吻对他说："请你再宽限几天罢！"

吉埃店头家却愤然拂袖，叱了一句粗话，便大踏步冲出大门。

沙乐密望着来客的背影直发愣。

空气非常沉闷。

冯寡妇乘机走近沙乐密身边："你着什么急，只要——"下面是耳语："不是就可以解决了，你不妨跟阿都拉查商量商量，我要走了，改天再来听你们的好消息吧。"说罢，直向大门走去。

沙乐密送她直到门口，"吃了便饭再走？"

冯寡妇说："家里还有点小事，等事情成功了，我要你好好地请我吃一餐。"

沙乐密说："多谢你的好意。"

冯寡妇顺口答了一句"不用客气"，掏出手帕来抹了抹嘴，屁股一扭一扭地走入椰林。

沙乐密送客回入屋内，阿都拉查一边除下"宋谷"[1]，一边问道："冯寡妇今天来此作恁？"

"替花蒂玛做媒来了。"

"她年纪还小。"

"据说男家已准备好了一份厚重的聘礼。"

"女儿大了，当然是要出嫁的，但是暂时我还不想卖。"

"没有人叫你出卖女儿。"

"那么你何必提到聘礼？"

1　马来人戴的帽子。

沙乐密沉吟一下，期期艾艾地答道："我想欠吉埃店那条数总是要还清的。"

阿都拉查垂着头，不再说什么了。

花蒂玛围了一条纱笼从邻房走进来，小嘴翘得高高的，显然是在生气了。沙乐密问她："有什么事吗？"她就放声大哭起来，边哭边嚷："我不要出嫁！我不要出嫁！"

沙乐密心肠软，虽说不是自己亲生的女儿，但究竟也有了十八年的情感，看见花蒂玛哭了，心里也一阵发酸，陪着流下几滴眼泪，抽哽着连话都说不出来。倒是阿都拉查，经过一番审慎的考虑后，忽然大声问道：

"男家的孩子是不是回教徒？"

四

这一晚，花蒂玛在"地席"上辗转不能成寐。梁亚扁的影子一直在她脑海中兜圈子。她并不反对出嫁，但害怕义父为了一份聘礼会遽尔定下她的婚事。

天微明，四周极寥落，更厌蟋蟀常来觅伴以嚯啾。花蒂玛从"地席"上爬了起来，踮起脚跟，轻轻拉开门，又轻轻将门掩上。走到门外，仰头观天，星星尚未退尽，迎面吹来一阵鸡蛋花的芬芳，再也不觉疲惫了。当即迈开步伐，直向土桥奔去。

土桥边有个水龙头，花蒂玛照例用手盛水洗脸。太阳刚从山岗冒出，一些山雀和鹦鸟就开始在森林里聒噪。

吉宁人赶着羊群，经公路过土桥而去，羊颈上挂着响铃，叮呤叮呤地渐去渐远。

桥边有一列小屋，屋里的胶工都已起身了，美孚油灯一盏又一盏地被吹熄，几个男子汉穿上割胶衣，各自推出脚车[1]，放好胶桶，挂上割刀，排成一条行列，出发去割胶。

阳光从白桦树的叶隙间筛在公路上，胶工们的脚车曾经扬起一堆灰尘，在光柱的反映中，花蒂玛看到了一个人影向土桥这边走来。

她细看来人正是梁亚扁，送来朗朗的歌声：

> 天上星星多又多，
> 惟有月亮最光明。
> 年轻的姑娘多又多，
> 我却看中你一个。

花蒂玛当即和唱一段：

> 山雀打从哪里来？
> 从椰梢飞到芭场边，
> 爱情打从哪里来？
> 从眼角烧到心坎里。

歌声止后，两人兀自站在土桥两端，她看他，他看她，一种莫须有的陌生感，使他们彼此都不敢行近去。

"早晨！"还是梁亚扁先开了口。

1　马华称单车为脚车。

花蒂玛羞怯地应了一句"早晨"后，脸上泛起一阵红晕，便像野兔般的逃入河边的丛林。

这是一座杂生着白桦、包皮青、毛杞和椰树的丛林，花蒂玛进入丛林后，背靠着椰树杆，仰起头，佯装着观看椰树梢的猴子采摘椰子。

当梁亚扁发现她时，她已不再能用任何动作来掩饰自己心情上的狼狈了。

"我的名字叫花蒂玛。"她说。

"我知道。"

"你怎么会知道的？"

"山芭里的男孩子全都知道。"

她开始有点自满，笑容里带着一种女性的矜持，因此又颇感羞涩地低下了头，然后细声说：

"我是不想来的。"

"但是你终于来了。"

"为的是想告诉你一件事。"

"什么事？"

花蒂玛没有立即回答，两只手有意无意地捏揉着衣角。

梁亚扁充满了好奇的心情，笑着的嘴角一片春："究竟什么事的？"

花蒂玛乜斜着眼珠，对梁亚扁瞅了一下，觉得这位年轻的歌手，除了嗓子嘹亮外，还有一张非常清秀的脸庞：鬈曲的头发，大大的眼睛，笔挺的鼻梁，皙白的肤色。花蒂玛不敢相信自己也许坠入情网，但是见到了他，心里便会产生一种异样的感觉，这种感觉使她变得很不自然，甚至连想说的话也说不出来。她本来想将冯寡妇昨晚来说媒的事告诉亚扁，然而刚启口时，喉管彷彿有点窒塞，讷讷嗫嚅，久久才说出这样的一句话：

"我很寂寞。"

"有了我，你就不会再感寂寞了。"

花蒂玛频频摇头。

亚扁完全不懂她的意思。

她的意思是："与自己喜爱的人在一起会越发感到寂寞的。"

"我还是不懂。"

"因为，"花蒂玛黯然说下去，"我知道我是不可能和我喜爱的人结合的。"

梁亚扁完全不同意这样看法。他说："在可能与不可能之间，只有一种尺度。那就是自己的意志。"

"有许多事是不由自己作主的。"

"只要意志坚定，"梁亚扁说，"一切不可能的事都会变成可能。"

听了这句话，花蒂玛更悲哀了，抿着嘴，低着头，心里纷扰得厉害，热泪涌上了眼眶。

"这又何苦呢？"梁亚扁伸出两手去拥抱她。

花蒂玛却忸怩地逃到另一棵树背后，当亚扁追踵到她身边时，她竟撒娇似的嚷起来：

"你走开！你走开！不要跟着我！"

梁亚扁被她这么一嚷，倒也愣住了，呆呆地站在距离她十尺之处，不知如何是好。

丛林里的空气被压得冷寂寂的。

到了这时候，亚扁才发现太阳已被乌云掩盖了，阴沉的林子，骤然换了一个季节。刮起一阵风后，落叶满地飘舞，秋意颇浓了。热带的天气总是这样多幻变的，特别是在雨季，短短数分钟内，可能出现两种绝然不同的气象。

"也许会落雨。"亚扁藉词走近花蒂玛身边。

花蒂玛依旧不愿与他接近，"你走开点！"说罢，自顾自朝林子外面走去。梁亚扁仍然呆呆地立着，动也不动。蓦然一声响雷，吓得花蒂玛立刻回身奔入亚扁怀抱，雨就一个大点儿、一个大点儿地落下来了。

在马来亚的森林里，遇到豪雨，实在是一种恐怖的经验。雨滴狂打树叶，哗啦哗啦的声响，震澈四周，再加上远处随时传来的象啸，谁都会惊骇得手足无措。

"让我走出去！"

花蒂玛发癫似的咆哮着，用力从亚扁怀抱里挣扎出来。雨很大。响雷与象啸并作，整个林子阴黯得像地狱。

"让我走出去！"她嚷。

但是亚扁却紧紧抱着她，不让她走。

两人缩作一团，雨水淋得他们湿漉漉的。花蒂玛似乎恼怒了，推开亚扁后，兀自奔出丛林，奔过土桥时，雨更大了，只得奔到胶工宿舍的门口暂躲。

亚扁也追来了，同她并排站在一起，伸出手去围住她的肩膀。"你也许会招凉的！"他说。

花蒂玛喘着气，张口结舌地想说些什么，可是喉管彷佛有点窒塞。

亚扁抱得她更紧，开始察觉到她在哆嗦。他们的背脊靠着大门，花蒂玛的额角贴在亚扁的脸颊上。

大门蓦地启开了，里面走出来一个胶工，两人欠身让他走出，暂时分了开来。当胶工打开雨伞冲入雨帘后，两人又重复拥抱在一起。这一次，亚扁感到花蒂玛已不再哆嗦，她似乎比刚才要镇静得多。

雨声仍嘈杂。

象啸则越来越近。

梁亚扁为了使她忘记寒冷起见，说了一个关于象的故事给她听。

"为了避免象的蹂躏，"他说，"我们就得说些好话来讨好象；至于把象群驱逐到一个地区去，则非请大伯公多隆[1]不可。记得有一次，有一大群象公来到我们这山芭，来势汹汹，把几间亚答屋都踏成了平地，凡是曾经称赞过象公的人，都逃了出去，而那些曾经詈骂过象公的人，纵然爬上大树，可是也被象公将树拔起，用象鼻把他们卷下来，一个个活活地被摔死。"

说到这里，不远处传来"哗……"的一声象啸。

花蒂玛受惊地抱住亚扁的腰。

很久很久之后，雨声渐小，亦不见有象公到来，花蒂玛才轻轻地叫了一声"亚扁"，仰着自己的头，让他吻了自己。

五

花蒂玛兴冲冲地回到家里，高兴得什么似的。沙乐密见她湿成落汤鸡一般，便直着嗓子叱道："这样大雨，你到什么地方去

---

1 多隆是马来语的译音，意即帮忙。

了?"花蒂玛只管冲着她微微作笑,过分的兴奋使她不想说话。

沙乐密看出了她的似痴似醉的神情,但不知道她为什么如此愉快。她是一个老老实实的中年妇人,当心里产生什么疑问时,就会直截了当地发问:"究竟你冒着大雨出去干什么事情,回到家来这么高兴?"

"我在雨中听象啸。"花蒂玛得意洋洋地答。

"听象啸?"

"是的,象被大雨淋得高兴时便要发啸。"

沙乐密听得莫名其妙,瞅着花蒂玛,愣了大半天,然后挥挥手佯嗔薄怒地说:"快去抹干身体,别招了凉!"

花蒂玛走入邻房,拿了一条毛巾抹身。抹干身后,换过一块纱笼布。往身上一围。想起了梁亚扁的那对大眼睛,竟兀自咯咯地笑得十分花枝招展。

但是一到晚上,她忽然发烧了,热度相当高。

阿都拉查责备她不该大清早便冒着雨出去乱跑。沙乐密则急得像热锅上蚂蚁,坚要阿都拉查去请Dukon[1]。结果只是到小卜干[2]的杂货店去买了一包"亚士北罗"回来,叫花蒂玛吞下两粒后,说道:"睡吧,出一身汗,就没有事了。"

花蒂玛躺在地席上,盖着一张旧毡,刚阖上眼,便觉得窗外吹来的风很大。今晚她有点怕风。

她站起身来去关窗,却发现梁亚扁站在对河的那株椰树下,手里提着一盏风雨灯。

---

[1] 马来人称医生为 Dukon。
[2] 小街场,通常只有十几间店铺。

看到了亚扁，她便高兴得连风都不怕了。她急于要走到屋外和亚扁会面，但又恐怕给父母见到了不让她出门。

亚扁已经发现她站在窗边，在对河频频向她招手。

她便踏上窗棂，纵身一跳，在泥地上打了一个滚，又站了起来，好在窗户离地不高。不过四尺左右，最多只擦坏一些皮肤，是不会受伤的。

花蒂玛拍去身上泥尘后，立即向石桥奔去，脚不着地似的快，几乎完全忘记了自己身上的不舒服，急急忙忙地奔到对岸，与亚扁面面相对时，已经上气不接下气地连一句话都说不出来了。

"睡不熟，想来看看你。"亚扁说。

她只会点头。

"你一定要责怪我了？"亚扁说。

她摇摇头。

"我们到羔呸店去喝杯水？"亚扁说。

她点点头。

于是两人并肩走向小卜干，走进一家咖啡店。

这家羔呸店，和马来亚其他山芭里的羔呸店一样，简陋到比中国乡间的小茶馆还不如。整个店堂只有两张方桌，每张方桌都有四条长板凳。电灯是没有的，尘封的板壁上挂着一盏美孚油灯，昏昏暗暗，那一点惨绿的火苗，最多也只能将店里的东西勾出一个模糊的轮廓。纵然如比，头家居然还能在和一个胶工下象棋。他的脚边，有一只大黄狗缩作一团在打盹。

花蒂玛和亚扁走入店堂后，头家懒洋洋站起来，问他们喝什么。亚扁喝"红狮橙汁"；花蒂玛喝"羔呸乌"。

他只是屏息凝神地睽着她。

她也屏息凝神地睖着他。

谁也不说话，谁也有很多话想说。

噤默一阵后，还是亚扁先开口：

"花蒂玛。"

"嗯?"

"早晨同你分手后，我一直想你。"

"是吗?"

"我有一句话想对你说，却老是说不出口。"

"你说罢。"

"记得有一首马来情歌，里面有这样的两句：船埋海底犹可捞；情埋心底何时消?"

"嗯。"

"相信你一定也会有这样的感觉?"

"我不懂。"

花蒂玛羞答答地对亚扁瞟了一眼，垂下头去，有一种特殊的媚态。门外忽然刮起一阵风，那盏美孚灯的火舌跳了几下，蓦地熄灭。羔呸店一片漆黑，只听见那个头家一脚踢开长凳，大声问道："乌峇，火柴放在什么地方?"那只大黄狗便"汪汪汪"地狂吠起来。这时候，花蒂玛忽然觉得自己的手被亚扁握得很紧。

花蒂玛心里，立刻起了一阵异样的感觉，脸上热辣辣的，再加上来时就有些发烧，额角上因此连汗珠都挤了出来。然后她听到了一句轻轻的耳语："花蒂玛，我需要你。"

头家"唰"的一声划上火柴，店堂里多了一团光的影子，幌幌悠悠，却已经吓得亚扁立即缩回手去。

接着，两人又是静静地不说一句话。

隔了半晌，花蒂玛问道："你家里还有些什么人？"

"我的父母早已亡故，我舅父今春患了一场病，也死去了。"

"只存下你一个？再也没有其他的亲戚了？"

"还有阿妗和表哥。"

"表哥待你好不好？"

"他是一个非常老实的年轻人。"

"跟你住在一起？"

"不错，跟我住在一起。"

"你的阿妗呢？"

"大家都住在椰园里。"

"她待你好不好？"

"她是个脾气非常暴躁的老妇人。"

"常常责骂你？"

"常常毫无理由地责骂我。"

这一段谈话，不仅使花蒂玛更了解亚扁，抑且使她更加同情他了，因为他的身世似乎与花蒂玛有着同样的不幸。

远处有一缕凄凄恻恻的弦音传来，一定是胶工们闲着无事，又在练习"汉剧"了。

亚扁的手放在桌面上，花蒂玛开始将自己的手心压在他的手背上。

亚扁望着她微笑，她凄楚地叫了一声："亚扁。"

"什么？"

花蒂玛思忖一下，然后慢吞吞地幌了幌脑袋，说："没有……什么。"

"你好像有心事？"亚扁关切地问。

花蒂玛刚欲开口，喉管彷彿被什么东西哽塞着，终于将要说的话咽了下去。她本来有意把冯寡妇作媒的事告诉亚扁，但总觉得时候还不够成熟，即使将早晨雨中的约会也算在一起，现在才不过是第二次见面。

她恨透了冯寡妇，可又不便对亚扁直说。这件事老是在她心中化解不开。

这时候，头家忽然举起一枚棋子往棋盘上重重一敲，吼道："将！"接着咯咯地大声发笑。加上一句："这下可没有得救了！"对方用手背掩在嘴巴上连连打了几个呵欠，说："时间不早了，明天还得一早起来割胶。"

于是羔呸店有了一阵零乱的脚步声，头家张罗周至地打发了许多事情后，走到门口去扛掮排门板，连那只大黄狗也被赶了出去。

"该回去了。"花蒂玛说。

亚扁站起身来，将羔呸镭[1]交与头家。

两人并肩而行。

山芭的夜晚最易听到豺狼的长嗥，四周树木葱茏，秀气蒸郁。乌云将圆月掩盖住，眼前的景色也就忽明忽暗了。一切都有点抖抖惚惚，充满原始的蛮野气息，风飘过，令人毛骨悚然。

"你没有带灯？"花蒂玛问。

"没有。"

"你家离此多远。"

"两条石。"

1　马来亚华侨称钱为镭。

"连手电筒都没有？"

"都没有。"

"那么，你就不必送我了。"

"不要紧的。"

"你还是不要送我的好。"

两人站停了。

亚扁问她："明天什么时候可以见到你？"

花蒂玛答："吃过晚饭。"

"不能早一点？"

"家里事情多。"

"在土桥，还是羔呸店？"

"随你的意。"

"那么在土桥吧。"

"好的，明天吃过晚饭在土桥见。"

花蒂玛扭转身去，刚迈了两步，亚扁又把她叫住："花蒂玛！"

她又回到他的面前，问他："有什么事吗？"他没有说什么，只是突然对她搂抱，用力吻了她。然后自顾自回转身去，走了。留下花蒂玛一个人：在那里，不知道是惊是喜，只觉怔忡、麻木、茫然。

她茫然望着亚扁的背影，直到亚扁走进丛林。

她觉得亚扁很傻，也觉得很可爱，于是怀着一腔关不住的青春秘密，向小河走去。

回到家里，才发现自己卧房的窗户已被闩上，没有办法。只得去敲前门。

开门的是沙乐密，一见花蒂玛便歇斯底里地叫起来："你到什么地方去了？"

花蒂玛没出声，径向自己卧房走去。

沙乐密跟在后面，一边走，一边嘀咕道："你自己还在发烧，怎么可以一声不响就走了出去？再说，黑夜到芭地里乱跑，是一件多么危险的事。现你父亲发现你不在家后，急得直跺脚，提起风雨灯便往外直跑，到现在还没有回来。"

花蒂玛依旧没出声，兀自躺在席上，两眼瞅住天花板，神情极为萧索。

稍过些时，阿都拉查回来了，声色俱厉地吵了半天，也吵不出什么来。花蒂玛只管闭着眼，充耳不闻。

两位老人家见她不理不睬，也就没趣地回到了邻房。花蒂玛带着一天的辛劳躺着，也许是因为发烧的关系，再加上那一份难以整理的喜悦与愁烦，所以在地席上只是翻来覆去，睡不熟。

咕咕鸟在窗外叫，听起来有点哀厉。

遥夜清寂，邻房的风雨灯捻熄了。花蒂玛依旧眼睛张得大大的，热度相当高，手心里直冒凉汗，混身嗦嗦发抖。

她知道自己真正病倒了。

午夜过后，寒气重得很。邻房的阿都拉查忽然打了两个喷嚏，窸窸嗦嗦地走出大门去小便。当他回入卧房时，沙乐密也被他吵醒了。

"你醒啦？"沙乐密轻声地问。

"睡不着觉。"阿都拉查答。

"为什么？"

"听说花蒂玛有了个男朋友。"

"谁说的？"

"小卜干的羔呸店头家。"

"也许是谣言。"

"那位头家说：花蒂玛今晚同一个男人到他店里去喝水。"

"有这样的事？"

"你说奇怪不。"

"他知道不知道花蒂玛的男朋友是什么人？"

"不知道。"

"哦……"

阿都拉查打了一个呵欠，接着便静悄悄地什么声响都没有了。

夜凉如水，月色惨白。

六

侵晨。

东方泛起鱼肚白，花蒂玛渐次从迷蒙渡到完全清醒。她似乎听到有人在河边呼喊"花蒂玛，花蒂玛"。这个呼唤又像来自她的心中。

晨风吹来，使她频打寒噤。头很痛。两眼深陷，没有光也没有神。四肢作酸。双手用力支撑身子，刚直起腰杆，便感到一阵眩晕，因此又躺下去。一切都变了，一切变得森冷而又空茫。

沙乐密已起身，从公路边的水龙头洗完脸回来，就蹑手蹑足地走入花蒂玛的卧室。

"怎么样，身体好一点？"她问。

花蒂玛脸白似纸，手心掩住嘴巴只管咳呛，直到咳呛稍止时才抬起眼来，只是淡淡的一瞥，又垂下眼皮，黯然叹息了一声，却不开口。

沙乐密立即弓下腰去，摸了摸她的额角，不觉大吃一惊：

"阿都拉查！快来！花蒂玛病了。"

阿都拉查惊醒了，匆匆推门而入，定了大半天神，才发现花蒂玛比昨天憔悴得多。

"这究竟是怎么一回事？"他问。声音有点哆嗦。

"大概是昨天招了凉，"沙乐密说，"快去请个 Dukon 来！"

阿都拉查按了按女儿的额角，惊异于她的高热，因此就手忙脚乱地将沙乐密拉到邻房，轻轻一声耳语："我去找医生，你好好看顾她。"戴上"宋谷"，匆匆忙忙走出大门。

约莫一个钟点过后，医生来了，是一位中国医生，原来前面甘榜里 Dukon 早已在三个月前搬到"瓜拉丁加奴"去住了。

中国医生照例按了脉膊，然后戴上老花眼镜，在桌上摊开一本陈旧《百草药本》，伸出两枚指头，在嘴里蘸了些唾液翻啊翻的，翻了半天，才提笔抄了一张所谓"秘方"，吩咐阿都拉查到三十里外的埠仔去配药。临走时，还千叮万嘱："不可开窗吹风，招了凉可不是闹着玩的，此外，硬质的东西绝对不能吃，如果想吃东西，只能吃些流质，咖喱和榴梿闻都不能闻。"

医生走后，阿都拉查立即赶赴前面的甘榜，企图找到一辆霸王车[1]，前往埠仔配药。

花蒂玛的病况愈来愈劣，热度极高，但又时时发冷，她吵着要照镜子，沙乐密怎样也不肯给她拿，怕她照见了自己的样子止不住惊愕。

---

1 私下兜客营业的私家车。

这时候，冯寡妇忽然来了，还带了一个生客。

为了不肯得罪来客，沙乐密不得不暂时放下了花蒂玛，走到邻房来与客人们聊天。

花蒂玛虽然发着高热，但神志极清。沙乐密与冯寡妇的谈话，声言虽低，却听得清清楚楚。

起先是冯寡妇的声音："这位是男家的阿婶，我们全叫她做金姐。"

接下来还是冯寡妇的声音："金姐代表他们大舍[1]前来送聘礼。"

沙乐密支支吾吾地说了些客气话，但是谁都听不清。

又是冯寡妇的声音："这是我们上次讲好了的聘金四百扣[2]……这是一对特地从关丹打来的金耳环……这是一套七星铘……这是送给新娘的纱笼布……这是两对爪哇拖鞋……这是……"

冯寡妇只管"这是"下去，沙乐密一路陪着咯咯作笑，可是听得花蒂玛心似刀割，恨不得立刻跳起来赶她出去，但又怎样支撑不起身子。

接着，还是冯寡妇的声音："好啦！点清楚了，事情就这样决定了。恭喜，恭喜！等男家挑定了黄道吉日，我再来通知你们。恭喜，恭喜！"

在一连串恭喜声中，冯寡妇和金姐走了。沙乐密捧了一大堆聘礼，笑嘻嘻地走到花蒂玛身傍，还没有开口，花蒂玛就一把抱住她的人腿，歇斯底里地狂喊起来："妈，我不要出嫁！我不要出嫁！"

1　即大少爷。

2　一扣即一元。

沙乐密忙不迭地将聘礼往席上一放，心里乱成一团麻，期期艾艾地说不出什么话来安慰女儿，索性就陪着一起哭了。

花蒂玛愁肠百结，哭得非常伤心，在哀哀无告的绝望中，却又无力反抗，最后终于陷入了感情上的麻痹，竟尔昏昏入梦了。

她做了一个梦。梦见自己从窗口跳出来，奔到土桥，会见了亚扁，就双双赶到甘榜，搭上霸王车，在三十里外的埠仔买了两张火车票，嘻嘻哈哈地向着遥远的南方飞也似的驶去了……

这是一个十分甜蜜的梦，但是没有做完，就让阿都拉查唤醒了："汤药煎好，快趁热喝下去。"

花蒂玛睁开惺忪的眼，神志极恍惚，只听得沙乐密在身傍幽幽地说："这一觉睡得正香，已经是下午四点多了。"

但是花蒂玛只想继续她的好梦，因此匆匆喝完汤药后，又阖上眼皮昏昏睡去。

她又做了一个梦，然而已经不是嘻嘻哈哈地向南驶去了。她梦见亚扁站在雨中的森林里，责怪她无情无义，不应该接受别人的聘礼。她要解释，亚扁则拂袖而去，留下她一个人在雨中号啕大哭。

于是她哭醒了，脸颊上还挂着泪珠。天色已黑，房里点着油灯，阿都拉查和沙乐密都坐在她身边，见她醒了过来，沙乐密就抢口问道：

"花蒂玛，你刚才在跟谁吵架哟？"

花蒂玛揉揉眼睛，抖着声音反问道："我在跟谁吵架哟？"

沙乐密抽抽搭搭地说："你刚才在向谁求饶哟？"

花蒂玛摸摸头发，抖着声音反问道："我在向谁求饶哟？"

沙乐密迟疑了一下，问："谁是亚扁哟！"

花蒂玛这才猛然想起了亚扁的约会，施展混身的力量要站起来，却怎样也站不起。阿都拉查用严父的口吻责备她：

"你想到什么地方去？"

花蒂玛带哭带嚷道："你们让我走出去！我没有病！我一定要走出去！"

但是阿都拉查捉住了她的肩膀，怎样也不肯让她坐起来。她哭了，无可奈何地哭得非常哀恸，肩膀一起一伏，怎样也捺不下火爆性子。两位老人横劝直劝的总是劝不好，花蒂玛只管放声大叫，多少怨忿和委屈，一下子像大河决了堤，收也收不住。

当花蒂玛疲惫得几乎要晕厥过去的时候，在朦胧的意识里，她依稀听到了一节熟悉的歌声来自河边：

> 潮水涨起呵——又退去啰！
> 大珠小珠落草丛。
> 魂梦旋绕可相逢。
> 太阳出海啰——又落山呵！
> 要吃榴梿当纱笼，
> 想会恋女没影踪。
> ……

歌声遽尔中止，花蒂玛忽然陷入了昏迷状态，有如一个流浪者，经过无休止的行旅后，终于在半途倒下了。

沙乐密以为她已经睡熟，轻声说道："让她睡一会吧，我们到隔壁去，你还没吃饭哩。"

吃饭时，沙乐密将聘礼摊在地席上，开始对阿都拉查叙说冯寡妇来访的经过。

阿都拉查开始用手指蘸了唾液点算礼金，眼睛眯成一条缝，笑得嘴都抿不拢。

"这下可舒服啦，"他点完钞票后说，"明天先把吉埃店的那条数结清，也好了却一桩心事。"

"但是，"沙乐密说，"男家拣到了黄道吉日，随时都要举行婚礼的。"

"唉，女儿大了，总是要出嫁的。"

"虽然不是自己亲生的，我倒有点依依不舍了。"

阿都拉查一边用右手抓着咖喱饭往嘴送，一边说："其实，我也舍不得的，打从那个雨夜算起，到现在已经整整十八个年头了。"

"我一直把她当作是自己养的。"

"我也一直这样。"

"有什么东西可以陪嫁的？"

阿都拉查幽幽地叹息一声，说："所有值钱的东西都已送进大押[1]去了。"

沙乐密皱皱眉，沉吟一阵："不如将那根金链条从大押里赎出来吧，这东西本来是她母亲的，应该还给她。"

"至少也可表示我们的心意。"

阿都拉查吃过晚饭，端一盆清水来洗手。忽然听到花蒂玛在邻房大嚷起来："请你等一等我！"两人连忙赶出观看，原来花蒂玛在发梦呓。

---

1 典当。

七

花蒂玛的病一天比一天沉重，尽管吃药，热度却老不退。沙乐密说她中了邪；中国医生说她患的是伤寒，究竟是什么，谁都说不上来。

有一天，冯寡妇又来了，说是男家已经定了黄道吉日，离开大喜的日子只有三天。

沙乐密听说日子这么近，转想花蒂玛还没有恢复健康，心里面不免掀起一阵焦忧。但阿都拉查却并不以为然，相反地，他觉得日子愈近愈好，理由是：花蒂玛万一有什么三长两短，只要举行过结婚，他就不必退还聘礼了。这个想法虽然是不道德的，但是在一般"山芭佬"[1]的脑海里，这样的盘算，不能说是不合理。

于是事情就这样决定了。

花蒂玛的病况始终没有起色。她急于要去会见亚扁，可是谁也不肯让她离开家门一步。前些日子，偶而还能听到河上传来的歌声，最近这两三日便什么声音都听不到了。她有无限的怨艾，也有说不尽苦楚。她不想嫁，然而命运都作了如此不合理的安排。她只有用泪来抗议这个安排。这个抗议当然不会生效，所以在万般沉痛的心情中，大喜的日子终于来临了。

山芭地方，结婚仪式极简单。天朦胧亮时，冯寡妇就在发髻上插一朵大红花，屁股一扭一扭地来了，一进门便忙这忙那的，催促沙乐密替花蒂玛搽脂抹粉。

花蒂玛仍在发热，四肢极软，不要说走路，即是坐在镜前梳

1　乡下人。

头，也会时时感到晕眩。

冯寡妇说："这是大喜的日子，小小不舒适，不但绝对没有关系，而且冲过喜后，就百病尽祛了！"

沙乐密信以为真，便不感到忧郁了。阿都拉查也信以为真，换上新衫新鞋新宋谷，还戴一副老光眼镜，叫人看了完全不像一个掠虾的。

到中午时分，大家匆匆吃了些东西，冯寡妇便找了一个脚车夫和一架脚踏车，按照山芭地区的习俗，吩咐打扮得花枝招展的花蒂玛，坐在脚踏车的后座上。

阿都拉查煞有介事地从亚答屋里走出来，当众将金链条挂在花蒂玛的颈上，以示他的慷慨。

然后踏车的人迂徐地向山芭地区的小路上推去，花蒂玛用手绢掩住鼻尖抽唑，一对老夫妇则站在门口目送他们远去，行不了几步，踏车人纵身跳上车座，开始以一种不快不慢的速度，向男家踏去。脚车后面，跟着安步当车的冯寡妇和一个挑嫁妆的壮汉。所谓"嫁妆"，不过是两对绣花枕头，一个包袱和两只皮箱而已。

阳光热辣辣地照在泥上，发散着一股干燥的土腥。花蒂玛坐在脚车后面，额角上沾满了汗珠。头有点晕眩，胸极闷，想作呕，却怎样也呕不出。她心乱似麻，纷扰的情绪，一刻都得不到安宁，她想起了亚扁，她想起了她的马来父母，她想起了那间住了十八年的亚答屋，她更想起了那从未见过面的丈夫以及他的家。

她越想越悲哀，眼泪像断了线的珍珠般，拨簌簌地流下来，流了一面。

她是又气又恨。

在气愤中，蓦地听到一阵爆竹声。她不敢取下手绢来看一看眼前的情景。但是嘈杂的人声中，她知道自己已到了男家。

有人将她抱下脚车，她偷偷地一瞧，原来是冯寡妇。

她有点好奇，又偷偷地对大门口扫了一圈：大门口结着"联婚"的花牌，红底金字，很大。

左手边放着一只小方桌，是给来宾签名的，来宾大约有二十几个，大都打扮得整整齐齐。

走入"礼堂"，才发现这是一座亚答屋的客厅，正中有一张长方桌，桌上有一个花瓶，瓶中插着一束胡姬[1]，胡姬背后则站着一位小学校长之类的老年人，咧着嘴笑眯眯的，喜气洋洋的神情比花蒂玛要高兴得多。

然后花蒂玛被冯寡妇引到方桌前面，呆若木鸡地站立着。她心里知道有一个男人同她并排站立在一起，那当然是他的丈夫。

然后有人大声地叫了一声："婚礼开始！"

然后她在冯寡妇的指导下，开始所谓"新娘新郎相对行礼"，当她每一次弓下腰去鞠躬时，她就看到一件可怕的东西——新郎的面孔。

那是一张非常丑恶的面孔：满脸横肉，浓眉大眼，额上有瘤，塌鼻，缺嘴狼牙。

花蒂玛禁不住浑身打抖起来。

然后她无意中发现贺客堆中有一张熟悉的面孔，那是梁亚扁。

她眼前因此出现了无数朵小星星，一阵昏黑，便栽倒在地。

"礼堂"里起了一阵骚乱，凡是有气力的，都七手八脚赶来将她抬入洞房，或用扇子频频摇，或用驱风油擦其额，大家哗啦哗

1　胡姬花系马来亚之特产，颇名贵。

啦地乱成一团，你一言，我一语，十分热哄，只有那位小学校长之类的老年人，还端端正正地站在"礼堂"里，等待来宾们从新房走出来，让他把早已准备好了的演讲词读一遍。

八

花蒂玛醒来时，已经午夜过后了。

筵席上凡是能喝的，都已醉得糊里糊涂。住得远还需要走路的，提着风雨灯唱着笑着回家去。

一家之主的老太太，就是那被称作"番薯婆"的老妇人，犹在礼堂中，打发了许多事情，然后点着红烛，回到自己的卧室去休息。

这办过喜事的椰园，在漆黑的夜晚里，有着无比的宁静。

花蒂玛刚从昏迷回复清醒，口腔里有一股苦涩的味道，一天的辛劳，再加上那意外的刺激，使她的病况益发严重了。她很渴。

"口渴。"她的声音有点嗄。

稍过些时，新郎张乃猪捧了一盅茶坐在床沿，于是一张丑恶的脸容又出现在她的眼前了。

这一次，她没有晕厥。她只是受惊地"哟"了一声，举手用力打去茶杯，翻身下床，掩面痛哭起来。

"请你不要哭。"张乃猪用哀求的口吻说，"我知道我自己长得丑，但是我一定会好好对待你的。"

花蒂玛只管哭。

"你不要哭，好不好？你哭了，我心里更加难过。"

花蒂玛依旧不理睬他。

"喏，我再去斟一杯茶给你喝。"

花蒂玛陡地高声嚷了起来："滚！滚！出去！我不要看见你！"

张乃猪含着泪，一声不响，疯狂似的夺门而出，在大门口的"食风廊"中，往犄角一蹲，踡曲着身子，无可奈何地兀自饮泣。

椰林里不时有凉风吹来。四周冷清清的，死一般寂寥，后面小山丘背后常有凄厉的犬吠声。没有灯，没有火，连一点光华都没有，只有天上几粒星星尚在瞬眼。蚊虫成群结队在"食风廊"里兜来兜去。

谁都不知道这一晚张乃猪究竟在什么时候睡熟的。日出时，番薯婆最先起身，料理了不少琐碎事务，走出大门口，凝视着睡在凉廊里的儿子，越看越怒，提起小脚，猛然一蹴，叱道：

"为什么睡在外边？"

乃猪睁开惺忪的眼来，昨夜的疲惫显然尚未获得补偿。看见母亲，只是支支吾吾地答不上话来。

"你究竟什么意思？是不是老母替你娶错了老婆？你到底会不会做新郎？"

乃猪砸砸嘴，诚谨温良地问道："她呢？"

"谁？"

"花蒂玛。"

番薯婆两眼一瞪，咆哮如雷："早已到椰场去开椰肉了。"

"开椰肉？"

"天时不正，得趁早晒成椰干。"

"也不必第一天就叫她去做工。"

"我们都是赤手空拳渡过七洲洋，人家说：番山镭是唐山福，岂可贪吃懒做，白白过番来受苦！娶老婆，不是买回家来当摆设的。不做工，难道就让她整天坐在屋里等饭吃！"

乃猪没有理睬她，只是用手遮在眉际远眺。太阳已经爬过山顶，花蒂玛坐在临时搭起的帐幔里，握着一把长刀，正在开椰肉。她的周围尽是割开的椰子，雪白一般，从远处望过去，有如地上放着几百大碗。

"她已经开好不少椰肉了。"乃猪自言自语着，不待母亲答话，就忙不迭地奔进屋里，取了笠帽和茶水直向椰园奔去，奔到花蒂玛面前，手足无措地站立着。

半晌。

他才期期艾艾地说道："我给你取了一点茶水来。"

花蒂玛抬起头来，见到是他，又是歇斯底里地叫了起来："我怕见你，请你走远些！"

"你一定口喝了？"乃猪关心地问。

她的脸上充满了受惊的神情："请你不要走近来！请你快些回屋去！"

乃猪无可奈何地将茶壶与茶杯往帐幔里一放，说了一句："回头我再来唤你吃饭。"便嘟着嘴，像丧家犬一般向亚答屋走去。走了几步，忽然又回到花蒂玛身边来，说道："天热，太阳毒，我斟杯茶给你喝吧！"

花蒂玛瞅了他一眼，终于又狂叫了起来："我怕，我怕见你！请不要走近我，不要走近我！"

乃猪听了几句话，羞愤交集，心似刀割，遂废然回屋。

番薯婆还站在凉廊中，望见乃猪来去匆匆，心里大不以为然，因此当乃猪经过她身边时，她就恶声恶气地嘲笑他："给你娶老婆，为的是想多一个人服侍你，怎么啦，老婆进门了，却要你自己服侍她，这是什么道理？"

乃猪不理她，只是自顾自闯入卧房，将门反背一锁，然后一步一步地逼近梳妆台，对镜自照，脸很红，太阳穴上涨起几条青筋，咬咬牙，紧握桌上的铁尺，愤然向镜面猛摔，镜面尽破。

接着，乃猪怒气仍盛，像一只癫狂的野兽似的，完全失去了理智，凡是可以反映他面貌的东西诸如银器、瓷瓶、铜壶等，几乎没有一件不被他摔得粉碎。

这时节，番薯婆在门外听见摔物声，急得拼命用拳头打门，问道："乃猪，你在做什么？"

乃猪则在室内拼命用拳头搥击自己胸膛，大声独白："我为什么长得这样丑！我为什么长得这样丑！"

他用十只手指愤恚地抓自己的脸孔，皮破出血，面颊上血泪交流，形状十分恐怖，有点像汉剧关云长的脸谱，只是那些红色是用酽酽的鲜血涂的。

这时节，花蒂玛从椰园返来了。

刚进门，番薯婆就大声地咆哮起来："都是你这个死查某姻[1]！"。

说着，顺手擎起墙边的扫帚，咬牙切齿地往花蒂玛身上重重一击。

花蒂玛脚一软，跌倒在地。

番薯婆像疯狗似的用扫帚猛击她。

番薯婆大声詈骂，花蒂玛大声呼叫。

张乃猪夺门而出，狂嚷道："妈！不是她的错，请你不要

1　查某姻即丫头之意。

打她!"

番薯婆依旧怒不可遏,两眼张大如铜铃,破口大骂时唾沫星子乱喷:"死鬼!不给一点颜色你看看,就不知道老娘的厉害!"接着,举帚猛击花蒂玛。

乃猪连忙上前,伛偻着背,好用自己的身体去掩护在地下打滚的花蒂玛,因此备受击挞。

番薯婆益发愤恚了,叱道:"你这个不长进的东西!既然你不会管老婆,就让我来替你管!"

乃猪翻过身来,用力夺去母亲手里的扫帚。

老人手中的扫帚被夺去后,立即俯下身去,一把揪住花蒂玛的头发,有如拖着一只狗似的,直向后园拖去。

花蒂玛只得在地上爬行,边爬边嚷。

乃猪和女佣金姐都来劝阻,怎样也无法使番薯婆息怒。

花蒂玛一蹶一颠地被拖到贮藏间里,只听得番薯婆厉声厉气地叱了一句:"贱货!瞧你还敢称强么?"木门便锁上了。

贮藏间里黑漆漆只有一个小窗口,里面堆着不少农具与堆物,墙角密布了蛛网,空气极闷,有一股腥臭的味道。

花蒂玛透了一口气,刚从地上爬起来时,门外传来了母子的对话:

乃猪用哀求的语气说:"妈!请你饶了她罢!"

番薯婆依旧生花蒂玛的气:"死鬼!你若再不肯与我的儿子同房,我就禁闭你一辈子!"

乃猪还在哀求:"求求你老人家放了她罢!"

番薯婆的声音:"没有出息的东西!还用得着你替她求情?快去洗脸!瞧你那副死相!"

乃猪的声音，"你老人家就开开恩，放了她罢！"

番薯婆的声音：

"起来啊！谁要你跪在这里？起来！"

接下来是一片噤默。

花蒂玛受尽了委屈，绷着脸，跪伏在墙脚，目不转睛地睐着那个小窗口，紧抿着嘴巴，气愤得连哭泣的勇气都没有了。

稍过些时，门外又传来乃猪的声音："请你原谅我，花蒂玛，你就答应了吧！我知道我长得丑，配不上你，但是只要你肯答应，我就是一辈子替你做牛做马也甘愿！"

花蒂玛不出声。

于是又传来番薯婆的声音："死鬼！你还不进来洗脸。"

然后门外什么声音都没有了。

很久很久之后，天色完全漆黑了，贮藏间里伸手不见五指，花蒂玛有些害怕。小窗口外忽然传来一股泥土的气息，原来又在下雨了。雨打椰叶，渐渐作响。

花蒂玛有意无意地凝视着小窗口，不觉一怔。

窗口突然出现了乃猪的脸。

"你一定肚饿了，我给你送饭来。"他说。

"我不饿。"花蒂玛倔强地答。

乃猪将饭碗从小窗口外送进来，花蒂玛不但不去接，反尔背过身来，以背朝着窗，不理他。

他说："请你千万别生气。我母亲心肠很软，只是脾气大一点，但常常发过就算的。"

花蒂玛兀自饮泣，不出声。

番薯婆在远处呼唤："乃猪！你在哪里？"

乃猪直着嗓子回答："妈！我在这儿啦！"

番薯婆吼道："快进来！下着这么大的雨，你站在雨中干什么？回头着了凉，可不是闹着玩的。"

乃猪拉长嗓子应了一声："哦，就来了！"然后转过头来，细声细气地对花蒂玛说："花蒂玛，如果你嫌我长得丑，我可以睡在地板上的，你就答应了吧，免得受苦。"下来又是番薯婆的声音，"死鬼！你还不进来？"乃猪只是用哀求的口吻，要求花蒂玛同房不同床，花蒂玛依旧不理他，而番薯婆的声音则越来越大了："你要寻死啊！雨下得这么大，还不快点滚进来！"

乃猪无可奈何地走了，将一碗饭留在小窗口。

雨很大。

椰叶在风中互击，发出似诉似泣的声响。

于是夜渐深。

花蒂玛倦极而睡，醒来时四周仍是漆黑一片，猜想已经午夜过后了。雨已止，远远忽有歌声传来，仔细谛听，原来是梁亚扁的声音，唱的依旧是"要吃榴梿当纱笼，想会恋女没影踪"。

花蒂玛捺不住心头的那一撮火，反身扑地，握紧双拳向地乱搥。

九

第二天早晨，番薯婆坐在佛龛前诵经敲木鱼。

金姐在门外问乃猪："买什么菜？"

乃猪垂头丧气地答："随便买一些就可以了。"

番薯婆听了这句话。蓦然中止诵经，朝门外嚷道："别忘了买半斤猪肉！"说罢，继续敲木鱼。

乃猪走进房里来，一下子跪在母亲面前："请你老人家放她出来罢。"

番薯婆只管绷着脸，口中念念有词，似乎什么都没有听到。

乃猪再开口时，刚说了"放她出"三个字，番薯婆将木鱼往桌面重重一掷，愤然把钥匙丢在地上，乃猪抢也似的俯身拾起，大踏步往外奔去。

奔到贮藏间门口，忙不迭地开了锁。

门启开后，外边射入一道阳光。花蒂玛躺在墙角，由于阳光太刺眼，不得不用手背掩盖。乃猪走过来想扶她起身，她却自己站了起来。

就在这时候，金姐忽然气喘吁吁地奔来，大声嚷道：

"不好了，老太太……"

"老太太怎么样？"乃猪问。

金姐答："你们快来哟！"

三人一同走入番薯婆的卧房。

"妈，你怎么啦？"乃猪问。

老人呼吸极急促："快……抱我……上床。"

乃猪与金姐将她抱上床。乃猪问道："妈，这究竟是怎么一回事？"

老人脸白似纸，神色非常难看。

乃猪立即吩咐金姐："快叫亚扁到甘榜里去请王大夫来。"

这句话给花蒂玛证明昨夜的歌声是谁唱的。

金姐奔入椰园，亚扁正在铲草。

金姐说："亚扁！快来啊，老太太得了急病，叫你赶快到甘榜请王大夫来。"

"什么急病？"亚扁问。

"刚才我正要出街买菜时，经过老太太房门口，忽然听到房内桌子翻倒声，走进去一看，老太太已经躺在地上了。"

"好，我这就去。"

说罢，亚扁将农具放下，拔脚便跑。

亚扁走后，金姐回入番薯婆卧房。花蒂玛正在给老人端茶，都被那老人用手一击，茶杯摔碎了，汤汤水水的流了一地。

乃猪劝慰着母亲："妈，你身体不舒服，动不得肝火，耐着点性子吧，待王大夫来了，吃一帖药，就没有事了。"

番薯婆固执地将脸掉向床里。

乃猪转身望见金姐，问道："亚扁去了没有？"

"已经去了。"

"好，你买菜去罢。花蒂玛，你也累了。不如回房去憩一憩，我在这里照顾她老人家。"

花蒂玛偕金姐走了出来，乃猪端了一张椅子坐在床边。

过了两个多钟头，王大夫来了。

一番诊断后，乃猪在客厅中细声问大夫："医生，这病要紧不要紧？"

大夫说番薯婆患的是心脏病，年迈体弱，病情极严重，且山芭无药物，更乏设备，所以最好送到比较大的埠头去治疗。

于是乃猪决定听从大夫的建议，准备将母亲送到埠头去。"但是，"乃猪对着花蒂玛、亚扁与金姐说，"山芭里找不到汽车，怎样送去呢？"

亚扁说："不如做一个担架床，由我们抬到前面甘榜的大路上，然后雇一辆的士或者霸王车到埠头去。"

乃猪寻思一阵，说："也只有这个办法了。亚扁，你和金姐去准备一下，我们立刻就去。"

乃猪走到花蒂玛身前，对她说：

"我要上埠头去了。"

"……"

"现在还不知道多久才可以回来。"

"嗯。"

"一切都要看妈的病情才可决定。"

"嗯。"

"如果你晚上觉得害怕的话，你可以叫金姐陪你睡。"

"我已经习惯了。"

"唉！想不到你过我家才三天，却叫你受这么多的委屈。"

花蒂玛咬牙不语。

"我去到埠头，如果看到有什么上好的衣料，一定给你带几件返来。"

花蒂玛不出声。

乃猪从口袋里掏出几张钞票："这些钱，你留着用罢。"

"交给金姐好了。"

"这一串钥匙交给你，是大门和几只箱子的。"

花蒂玛毫无表情地接过钥匙，亚扁与金姐已经将担架床做好了，乃猪吩咐他们抬入番薯婆的卧房。

一会，乃猪与亚扁抬着番薯婆出来，一边走一边回过头来对着花蒂玛说："我去了，你好好看住家，晚上没事就早点上锁。"

乃猪与亚扁抬着老年的病人直向甘榜快步走去。

十

晚上。

整个椰园没有一点声响。

两三只猴子爬上椰梢，非常顽皮地开始采撷椰子。

天边无云，星星在静穹里熠闪。

花蒂玛百无聊赖地凭窗远眺，想前想后，自有一番惆怅。

金姐忽然走进房来，说："我要锁大门，请你把钥匙交给我。"

"亚扁回来没有？"花蒂玛问。

"刚回来。"

花蒂玛将钥匙交与金姐，继续凭窗远眺，遥闻马来人跳"浪吟舞"[1]的音乐声。

金姐又入房来，将钥匙交还花蒂玛。

花蒂玛问道："今天是马来人的大日子？"

"不是。"金姐答。

"什么地方有人在跳浪吟？"

"小山丘背后，有一家马来亚人在办喜事。"

"出嫁？还是迎娶？"

"迎娶。"

花蒂玛只是感喟地叹息一声。

金姐说："如果没有别的事，我要去睡了。"

花蒂玛随口答道："你去睡罢。"

金姐去后，卧室中的空气显得更加冷寂。花蒂玛开始看见前

1　是马来亚最普遍的民族舞蹈，新式"浪吟"常奏西洋歌曲，甘榜"浪吟"大都应用马来古乐及歌唱山歌小调的"班盾"。

面的小木屋有了灯火，亚扁伏在桌上在书写什么。

亚扁还是那么漂亮，那么茁壮，那么富于朝气。

她忽然扭转身来，瞪着眼睛对自己的卧室扫了一圈：床是空的，粉红色的枕头套绣着"鸳鸯戏水图"，没有点上火的花烛，墙上挂着一帧张乃猪的照片，一幅红色喜帐贴着四个大金字："天作之合"。

马来人的鼓声愈击愈响。

马来人的鼓声愈击愈响。

马来人的鼓声愈击愈响。

马来人的鼓声愈击愈响时，遽尔停止了。

花蒂玛情不自禁，终于夺门而去，直向小木屋奔去，奔到门口，趑趄一阵后，轻轻推开那扇虚掩着的门。

亚扁抬起头来，见是花蒂玛，竟尔发愣了。

两人久久凝视，不发一语。

"还没有睡？"亚扁问。

"睡不着。"

"是不是因为乃猪没有回来？"

"不是。"

"老太太病了？"

"不是。"

"天气太热？"

"也不是。"

"那末为什么睡不着？"

"连我自己也不知道。"

亚扁搁下笔，端了一只藤椅来，说："请坐。"

"不想坐。"

"有什么事吗?"

"没有什么事。"

"既然没有事,何必来找我?"

"我找你已经不止一次了。"

"谎话!"亚扁显然恼怒了,"我在河边等了你几晚!"

"我病了。"

"这么凑巧?"

"我现在还有些发热,你用手抚摸一下便知道了。"

花蒂玛刚伸出手去,亚扁大叫一声:"我恨透了你!"便将她一把搂在怀里,用力吻她……

然后小屋里的灯火捻熄了。

夜色朦胧。

椰园进入了一个迷惘境界,阴森与热烈互不和谐,在和平静穆中,潜伏着爱恨的矛盾以及恩仇交战的危机。这魂牵梦萦的一夕,居然如此不平常。

于是拂晓。

金姐好梦正酣,忽闻犬群狂吠,一骨碌翻身下床,从木窗的小方格子间,看见花蒂玛蹑手蹑足地走出小木屋。

她是十分惊诧了。

……

从此以后,花蒂玛与亚扁常常在椰林间,嘻嘻哈哈地相互追逐,两人常常在小山丘的白桦下对唱情歌,或者坐在小石桥的农场里偷吃红毛丹。

生活得非常愉快,情绪轻松到极点。

但是，有一天，邮差送来一封信。

花蒂玛正在自己房内梳妆打扮时，金姐走进来将信交给她。

她在鬓脚上插上一朵红花，喜气洋洋地对镜自照，有着说不尽的高兴在心头。

她兴高采烈地奔入椰园，举手遥示亚扁。

亚扁立即走到她面前，看见她手中拿着一封信，问她，"谁寄来的？"

花蒂玛不答，只是笑嘻嘻地绕着树杆逃，亚扁跟在后面追，到达小山丘，花蒂玛腿一软，倒在地上了。亚扁要吻她的面颊，她就把来信掷在他身上，说："拿去看！"

亚扁拆信。

信是乃猪写来的，里面有这样几句：

……母已亡故，待料理善后毕，即返。

花蒂玛看出亚扁脸色不对："是不是他要回来了？"

亚扁沉吟一下。

花蒂玛又追问一句："我们的事，怎么办呢？"

亚扁微蹙眉尖，一种难以排遣的愁烦困扰着他，使他只会似痴似醉地瞧着远山发愣。

"你为什么不说话？"花蒂玛问。

"有什么好说的。"

"最低限度，"花蒂玛把小嘴凑近他的耳边，"关于我们的将来，你总该有个主意才是。"

"我们有什么将来？"

"为什么没有？"

"因为你是乃猪的老婆。"

"我没有与他同过房。"

"在法律上，你仍然是他的老婆。"

"那末，我可以要求离婚的。"

"根据法律，离婚不是在短期内可以做得到的。"

"那怎么办呢？"

"没有别的办法，你只可以回去乃猪的怀抱。"

"不！不！"花蒂玛声嘶力竭地叫起来："我绝对不能再与张乃猪见面！请你无论如何替我想个办法！"

亚扁垂着头沉思，半响，用非常低沉的语气说："办法倒有，但不知道你肯不肯？"

"只要能够同你永远厮守在一起，我怎会不肯！"

"我想你是不肯的。"

"请你快说出来，我一定肯。"

亚扁忽然抬起头来，两眼毫无目的地瞧着天空，隔了一会，才说出两个字：

"私逃！"

花蒂玛听了此话，不由得喜出望外，兴奋地抱住亚扁的颈项，疯狂似的叫着："我愿意！我愿意！"

"但是……"亚扁依旧紧蹙着眉尖，"我们没有钱！"

"我们不需要钱。"

"不懂你的意思？"

"只要永远跟你在一起，无论境遇怎样苦，我决不口出怨言。"

"话虽如此，但现实是残酷的。"

"我不怕吃苦。"

"这不是吃苦的问题，这是如何活下去的问题。"

"我愿意去割胶。"

"割胶能够赚多少。"

"依照你的计划呢？"

亚扁踟蹰了一阵，说："如果你做不到，我说出来也是多余的。"

"你说！你说！只要我俩能在一起，即使赴汤蹈火，我也愿意。"

亚扁随手拔起一根野草，用牙齿咬着它的茎杆，两颗眼珠左右打转，然后轻声问她："大门的钥匙是不是在你手里？"

"在我身边。"

"铁箱上的锁匙呢？"

"也在我的身边。"

"你知道不知道床边靠壁的那只大铁箱？"

"看见过的。"

"有没有打开过？"

"没有。"

"你有这只大铁箱的锁匙？"

"不知道，也许会有的。"

说到这里，亚扁忽然神色非常紧张地握住她的手："舅父在世的时候，他把所有的金器首饰和钞票，全部放在这只大铁箱里。我相信乃猪不会将这些东西移藏到别的地方去的。"

"你要我把这些东西偷出来？"花蒂玛惶惑地问。

"有了钱，"亚扁说，"我们可以跑到很远很远的地方去，文德甲、吉隆坡，甚至星加坡。"

"听说星加坡很大，美丽得像天堂一样。"

"是的，星加坡很美，但是没有钱，即使是天堂也会变成地狱的。"

花蒂玛幽幽地叹息一声，显然有些迟疑不决。

"事情由你自己决定吧。"亚扁继续说，"如果你认为这是一种不道德的行为，那么我不想勉强你，因为我之所以有这样的想法，完全是为了你，为了你我将来的幸福。你若不愿意，就当我没有说。"

花蒂玛咬咬牙说："晚上九点钟过后，只要锁匙在我手上，我一定把东西送到你的面前。"

十一

晚上，有风有雨，整个椰园在风雨中发出似浪似潮的声响。

九点半。

花蒂玛捧了一个小包袱，冒着风雨向木屋奔去。

为了避免给金姐察觉，亚扁一见落汤鸡似的花蒂玛，立即将灯火吹熄。

花蒂玛打开小包袱，要亚扁用手去抚摸。小木屋内一片漆黑，两人距离不足一尺，但彼此都无法看清面目。亚扁只是用手抚摸着金器首饰，高兴得捉住花蒂玛一阵乱吻。

"我们什么时候动身？"花蒂玛问。

"明天早晨有一班火车到文德甲。"

"为什么要等到明天呢？"

"现在风雨大。怎样走？"他说。

沉默。

花蒂玛想起那个埠仔的火车站，不由得心花怒放了。她记得四五年前，阿都拉查曾经带她到那里去看过一次中国人的舞狮，虽然离此只不过二十几条石，但已经是另外一个天地了。从明天开始，这个天地将带给她无限的幸福。她差点高兴得狂喊起来。

就在这时候，不远处突然传来了一阵犬吠声。

两人连忙彼此松手，走到窗边观望，在密集的雨条中，依稀看见亚答屋有个人影，手里提着一盏风雨灯。

"花蒂玛！花蒂玛！"

那人大声喊，听声音便知道是乃猪。

花蒂玛没有理他。

然后乃猪提着风雨灯走进屋内，俄顷，又走到凉廊，将风雨灯提得高高的："花蒂玛！你在哪里啊？"

一会，金姐也走出凉廊来了。

"金姐，有没有看见花蒂玛？"

"刚才我还看见她在自己房里的。"

"你到小木屋去问一问亚扁，不知道他有没有看见花蒂玛。你有伞吗？"

"伞是有的，"金姐答，"不过，照我的猜想，亚扁一定睡熟了。"

"也许还没有睡。"

"你看，他屋里的灯火都捻熄了。"

"还是去问一问罢。"

金姐走进屋里，稍过些时，打着一把伞，捡了张乃猪的风雨灯，跟跟跄跄地向小木屋走过来。走到窗边，捲曲着食指轻敲窗棂。

"亚扁！"她直着嗓子嚷："大舍返来了！有没有看见花蒂玛？"

亚扁在里边故意大声打了一个哈欠："谁啊？这样大的雨还来敲门？"

"亚扁，我是金姐。大舍返来了，问你见到花蒂玛没有？"

"我怎么会知道？"又是一个呵欠，"倦得很，如果没有别的事，我要继续做我的好梦啦！"

金姐应了一句"你睡罢"，就走了。

花蒂玛拉拉亚扁的衣角，轻声问他："怎么办呢？他回来了。"

"等一下你从后边走过去。"

"总得有一个借口。"

"说是到大伯公庙去烧香，不敢在外边逗留，所以冒着雨回来了。"

"那末，"花蒂玛的声音更加低微，"我们的计划呢？"

亚扁答："明天早晨七点钟，我在火车站等你。"

"火车站离此地还有二十几条石。"

"所以你必须趁乃猪睡熟时，最好天没亮，就赶到前面甘榜去搭乘霸王车。火车准八点钟开行。"

花蒂玛寻思一会："还有别的事？"

"没有了，"亚扁说，"记住，明天早晨七点钟。"

"我回屋去了。"

"好的。"

"我给你的那包东西呢？"

"在这里。"

两人走到门背后，拉开一条门缝，先看看外边有没有动静，然后花蒂玛冲入雨帘去了。

花蒂玛从后面走进亚答屋，混身湿漉漉的。

乃猪独坐房内，神情十分沮丧，一见花蒂玛进门，连忙奔来相迎："快去换衫吧，招了凉可不是闹着玩的。"

花蒂玛从箱子里取出干衣服，走到床边布幔背后去换衫。

乃猪问她："你去哪里？"

花蒂玛照亚扁教她的谎话说了一遍。

乃猪忽然用低沉的口吻说："我寂寞极了，请你千万不要离开我！"

听语气，似有意，又若无心。花蒂玛有点心虚，从布幔后面走出来时，连说话的勇气都没有了。乃猪则两手捧着脑袋，继续说下去："母亲死后，除了你以外，我再也没有第二个亲人了。亚扁虽说是我的表弟，但究竟是远亲，靠不住的。"

花蒂玛不觉一怔，心忖：莫非乃猪已经知道了？但是冷静一想，认为这种顾虑实在是多余的。

她十分镇定地说："睡罢，你一定很辛苦了。"

乃猪第一次听到这样体贴的话，不由得喜形于色了，兴冲冲地解开衣扣，没有获得花蒂玛的首肯，径自往床上一躺。

花蒂玛不加阻止，而张乃猪也的确疲倦到了极点，上床不到五分钟，便已呼呼熟睡。

深夜过后，花蒂玛开始伏在八仙桌上执笔写留书。她读书不多，中巫文都不大通顺，平常又很少写信，所以提起笔来时，感到非常沉重：

……我走了，你不要难过。我出走的原因有两个：一个是我怕你；另一个是我恨你。

我们的结合，根本不合理，所以为了你的幸福，也为了我的幸福，我决定离开你了。

这是你的钥匙。还给你。

写完字条，雨仍未停，离开破晓尚有一两个时辰，觉得时间尚早，想去看亚扁，问他是否可以一同去火车站。于是将一串钥匙往字条上一压，踮起脚跟，蹑手蹑足地走出亚答屋，直向小木屋奔去。

小木屋的板门敞开着，里面没有人，亚扁早已走了。

花蒂玛立即回入亚答屋，提起包袱，迈步便走。

雨水淋得她浑身湿透，山芭小路则泥泞滑脚，天又黑，野狗跟在她背后狂吠。

她有点怕，但精神十分愉快。

五更时分，她抵达了甘榜的公路边。有一家羔呸店已经开门，几个胶工在喝早茶。

一个司机走来向她兜生意，车费五元不算太贵，但必须候至客齐时始可开车。

"如果客人不齐呢？"花蒂玛问。

"七点钟准开车。"

"能不能早一些？"

"除非你包车。"

"包车几多镭？"

"二十元。"

花蒂玛虽然急于离开甘榜，但觉得包车价钱太贵，想想实在有点舍不得。况且火车开行时间是八点，即使七点钟出发也绝对不会误点。

因此，她决定等候了，脑海里一直在憧憬着美丽的远景。正想得高兴时。挂在墙上的自鸣钟，忽然"铛铛铛"地敲了六下。她开始不耐烦了，又深怕乃猪看到那张字条追来找她，于是忙不迭地对那司机说：

"好了，我给你二十元包车。"

司机要先收钱，花蒂玛也只好照付。

于是车子开动了，乘客就是她一个。

半小时以后，她终于抵达火车站。

她走入候车室，对四周扫了一眼，亚扁还没有来，抬头望钟：六点三十五分。

她感觉到无聊。有些坐立不安。她注视着每一个乘客，希望亚扁早些来到。

七点半，亚扁没有来。

七点五十分，距离开车的时间尚有十分钟，亚扁还是没有来。

七点五十五分，花蒂玛急得汗流如注了。

七点五十七分，亚扁来了，挽着一个少妇，样子十分亲昵。花蒂玛抢步上前，伸手阻拦亚扁的去路，亚扁却瞪大眼睛问她："你是谁？"说完，愤然拂袖，拉着少妇，快步进入月台。

花蒂玛疯狂似的喊着亚扁，却被铁门前的收票员挡住了。收票员告诉她，若要进入月台必须购票。于是她匆匆忙忙地走到票务间去买月台票，回身进入车站时，火车刚刚开动。

她无可奈何地随着火车奔跑。

当她发现车厢里的亚扁和那个少妇时，她跌倒了。

火车也就飞也似的向远方驶去。

十二

花蒂玛冒雨回家，精神沮丧，一种不可言状的情绪激聚在心头，分不清是悲哀抑或愤恚。

乃猪堆着笑容，站在凉廊里等候她，眼眶里已有泪水涌出。看见花蒂玛踏着泥泞的小路走过来，连忙进屋去，拿一把伞，上前去相迎。

花蒂玛被扶入卧房后，只是坐在椅上发愣，不哭，不笑，不言语，双目定睛，脸白似纸。那种失神落魄的样子，叫人看了害怕。

"你回来了，那就好啦！"乃猪噙着眼泪说："我是一个非常寂寞的人，尤其是母亲去后，除了你，我再也没有第二个亲人了。你若离开我，我便是这世界上最孤独的人了。现在，你回来了，我真高兴！希望你再也不要离开我。"

花蒂玛听了这一番话，内疚万分，蓦地狂笑起来，笑得疯疯癫癫，纵身跳起，看见绣花架上有一把剪刀，拿起来，就要猛刺自己胸膛，终被乃猪用力截住：

"这个使不得！使不得！"

花蒂玛还是不肯松手。

乃猪紧紧握住她的手腕，使她不得不将剪刀掉落在地上。

"你镇静点！"乃猪扶她坐定后，自己蹲在地上，抱着她的膝盖说，"一切我都知道，只要你不再离开我，我可以把这件事完全忘掉。"

花蒂玛依然歇斯底里地狂笑，笑声极可怕。

乃猪则噙着眼泪说："我原谅你！我什么事都可以原谅你！"

但是花蒂玛不能原谅自己，由于刺激过度，连神经都略见错乱了。

她虽已回到椰园，但是她的心却已经给火车载到遥远的地方。

一连几天，她总是抿着嘴，不想吃，不想睡，也不想说话。

每天从早晨到夜晚，她只是呆若木鸡般的静坐着，神志仍恍惚，对任何事物似乎皆不感兴趣。

有一天，乃猪扶她到椰园去散步。

乃猪为了逗她高兴，大声高唱《十二月报歌》。她也毫无表情。

乃猪令她坐在石凳上，自己则卷起袖管，想学猴子爬椰树，但也爬不多高，便摔了下来。他自己笑得十分天真，她却依旧无动于衷。

"你究竟在想些什么？"乃猪问她，"别想了，过去的事已经过去了，多想也没有用。"

花蒂玛还是目瞪口呆地发愣。

"下个月待我把这里的事情弄清楚，我陪你到各地去旅行，散散心，你说好不好？"

花蒂玛点了头。

这一个小小的动作，却证明了她的健康已有显著进步。乃猪欣喜逾常，下了最大的决心要陪花蒂玛周游全马。

半个月之后，花蒂玛已渐次恢复精神上的平衡，但体力仍弱。

乃猪已将琐碎杂事料理清楚，于是决定割让几十"依葛"[1]椰园给一个英国人，作为旅行的费用。

他们先到槟榔屿，举凡极乐寺、丹绒督光的渔村、蛇庙，旧关仔角康华列斯城堡，都有他们的游踪。

然后他们乘车去太平，在太平湖边饮茶，在太平山顶看日落。

然后到了甿叻的首府怡保，南天洞的异峰突起使他们流连忘返。

然后他们在吉隆坡的"湖滨花园"竹丛下吃沙爹；在芙蓉王家山"水塘花园"散步；在马六甲参观十七世纪葡萄牙人建立的大炮台；在新山动物园里看老虎。

然后他们到了星加坡。

他们在星加坡逗留的时间最长，而星加坡给予他们的新鲜感也最浓。这座最著名的狮城有着历久弥新的辉煌。

有一天，他们到"五丛树下"散步。

"伊丽莎白女王道"是新建在海边的"姻缘路"，全部用彩色的方砖铺成。从"安德逊桥"一直伸展到"康乐亭"，每隔二十步就有一盏微斜的现代街灯，一边靠海，一边是绿茵缤纷的公园，公园里有阵亡将士纪念塔，有喷水池，有修剪得非常整齐的树木。此外，石凳随处皆是，以便游人休息之用。

时近黄昏。花蒂玛与乃猪坐在石凳上远眺海上的船只。落日光辉使大海有了黄金色的涟漪。

"我们已经来了半个月，"乃猪说，"你觉得快乐吗？"

"嗯。"

---

1 马来亚华侨称亩为依葛。

"星加坡比起我们的山芭，赛如两个世界。"

"嗯。"

"这些日子，你的精神似乎比从前好得多！"

"嗯。"

"我知道我长得丑，不过我可以拿我的心来弥补自己的缺陷，只要我们厮守在一起，相信幸福一定会属于我们的。"

花蒂玛大为感动，反身扑在乃猪肩膀上，饮泣起来。问他："你为什么要待我这样好？"说完，她忽然看见梁亚扁同一个打扮得花枝招展的女人迎面走来。

这突如其来的刺激，使她遽尔昏厥。

乃猪大愕，连忙抱她到"美芝律"，挥手雇一辆街车，遄返旅馆。

而亚扁同那个女人则站在树下观望。

女人不耐烦地问他道："你在看些什么？"

亚扁答："那个女人好像病倒了。"

"自己的事也管不了，还去管人家的闲事。"

亚扁依旧极表关心地张望着，女人频频拉他的衣角，意思是："有什么好看，走罢。"

两人走到海边，往石凳上一坐。

女人厉声厉气地问："事情究竟怎么办？"

"什么事情？"

"钱哪！"

亚扁两手一摊，耸耸肩，表示没有。

"没有？"女人的语气很难听。

亚扁沮丧地答："全部化完了。"

"为什么不写信给你的父亲，让他寄一些来？"

"我的父亲？"

"你不是说你的父亲在联邦有几千依葛的树胶园？"

亚扁仰天狂笑。

女人问："你怎么啦？"

"老实告诉你罢，"亚扁咧咧嘴说，"我根本就是一个穷光蛋，现在手头连一占钱都没有了，你迫我也没有用！"

"你连一占钱都没有？"

"我的钱都是用一种不明不白的手段骗来的，甚至连以前对你说的话，也都是骗你的。"

女人愤怒到了极点，陡地掴了他一巴掌，汹汹然独自向"美芝律"走去。留下亚扁孤单单地坐下石凳，双手掩着自己的面庞，像忏悔，也像饮泣。

十三

乃猪扶着花蒂玛回到旅店，连忙请了一位唐医来。医生替她按了脉之后，笑嘻嘻地对乃猪说：

"恭喜！恭喜！尊夫人患的是一种喜病，一切都很正常，只是受了点惊吓，不碍事的，我这里开一贴安胎的方子，煎汤喝下，好好睡一觉，明天包你没有事。"

乃猪直发笑，笑得连嘴都合不拢，一边送医生下楼，一边连声道谢，高兴得什么似的。然后回入房内细声安慰花蒂玛：

"医生说你有喜了，不碍事的，睡一觉就会好的。"

花蒂玛听了此话毫无表情。

乃猪继续说道："我去配药，你好好静养一会罢。"

花蒂玛说："叫伙计去配好了。"

"不，"乃猪说，"还是我自己去，省得麻烦人家，好在巴刹附近就有一间药铺，我配好药即刻便返。"

乃猪走后，花蒂玛内疚焚心。

耳边听到一阵嗡嗡声，她开始听到了自己的声音，其实是她思潮的澎湃："我有喜了。可是这孩子不是乃猪的。他待我实在太好了，我怎么可以欺骗他？我怎么可以欺骗他？我怎么可以欺骗他？亚扁这个没有良心的东西，骗了我的身体又骗了我的钱，却去勾引别的女人。现在我要这个杂种做什么？"

想到这里，她咬咬牙，勉力支撑起身子，爬下床来，歪歪扭扭地走出房去。

走到楼梯口，她觉得头有点晕眩，腿也酸软，但仍勉强走下楼，蹒跚地出街，在街口搭上巴士。巴士直向"中峇鲁"驶去，经过热闹的二马路，转向较为清静的住宅区，花蒂玛发觉卖票员正在点数钞票，于是眼一闭，趁车辆正在急驶的时候，纵身跳了出去，跌在街边，一连在路上打了几个滚。

"自杀！"有人叫了起来。

巴士立即停车。

车上的司机、卖票员和乘客都围拢来观看，花蒂玛则头破血流地躺在街边，呼吸很急促。

有人奔入羔呸店打电话，拨了九九九唤叫一辆救伤车。

三数分钟后，救伤车来了，两个男护士抬着担架床，将花蒂玛抬入车内，载到中央医院。

医院距离肇事地点极近，不到五分钟病人已被抬入急救室。

傍晚时分，护士们将花蒂玛送入了病房。医院当局问她有无亲属在星，她吃力地说出了乃猪的地址。

乃猪获得通知后，立即赶到医院。他要进入病房，医生叫他暂时候在外边，不要去惊动她。

"医生，她怎样了？"乃猪焦急地问道。

医生寻思一阵答："孩子已经掉了。"

"大人呢？"

腿部受伤相当重，需要再照一次爱克斯光。"

"不会有性命的危险罢？"

"伤势不算轻，还没有完全脱离危险时期。"

"我可以进房去吗？"

"她需要休息，最好等她睡一觉再进去。"

医生走了。

乃猪显然坐立不安，心中焦急万分，额上沾满汗珠，没有希望，也没有失望，只是一片绝望的麻痹，那一对空茫无光的眼睛，瞪得大大的，好像在凝视着什么，又好像什么都没有看到。

夜色渐浓。

对街有霓虹灯广告，时明时暗。

张乃猪的情绪也像霓虹灯一般，忽明忽暗。有时候，他只想捉住自己一阵打；有时候则麻痹得全无知觉。

他在病房门口踱来踱去，不知道踱了多少个圈子后，对街的霓虹灯熄灭了，然后听到几声鸡啼。

一位护士小姐从病房走出来，对乃猪说："现在你可以进去了。"

乃猪蹑手蹑脚地走入病房，走到她床边，花蒂玛还瞌着眼，于是伛偻着背，在她耳边轻叫了两声。她掀开眼皮，乜斜着眼珠对他一瞅，忽然疯狂似的叫了起来："我不要看你的脸！"

乃猪被她这一叫，吓得一连倒退了几步，目瞪口呆地直发愣，然后抖巍巍地举起双手，无可奈何地掩盖着自己的面庞：

"请你不要不睬我，"他的声音也在发抖，"我已经用……用手把面……面孔遮起来了。"

花蒂玛哀恸地抽哽。

乃猪继续细声细气地说："刚才医生说，你的病过几天就会好的。你不要难过了，如果你想不开，我会更受不了。"

花蒂玛哭得更哀恸。

乃猪无可奈何地回过身去，走到窗边抬头望天。他的眼睛凝视天穹，面颊上挂着两行眼泪。

"老天爷，"他自言自语地发誓道，"让她早日复原罢！只要花蒂玛没有事，我知道我肯为她而死。"

十四

一个月过后，正当榴桎花开的时候，张乃猪陪着花蒂玛回到椰园来了。

椰园没有多大变动，只是有一种空落落的寂寞之感。

金姐看见了他们，高兴得只会流泪，不会说话。

乃猪对花蒂玛说："你先回屋里去休息，我到椰园去看看。"

金姐扶着花蒂玛进屋，斟了一杯茶给她。

花蒂玛怀着清凄的情绪走到窗边，看小木屋，看椰园，看椰园背后的小山丘，心里有一种无法描摹的感觉。

"这些日子，椰园一直没人来过？"她问。

"谁还肯上我们这来哟！"

"家里人手少，应该请几个孟加厘人 [1] 来剥椰皮。"

"大舍有这个意思吗？"

"大舍还准备自己建造椰灶，用来熔干椰肉，全部围砖墙的。"

金姐听了这番话，欢喜得手舞足蹈："这样就好啦！"

"要实现这个计划，得先找一个靠得住的葛巴拉 [2]。"

"如果亚扁在，问题不就解决了？"

"亚扁。"花蒂玛迷惘地说了两个字。

金姐挪前一步说："提起亚扁，我倒忘记告诉你。大前天在甘榜的粿条档上，我曾经看见过他，好像比旧时瘦得多。"

"他跟你说些什么？"

"我问他为什么不回到椰园来，他只是摇摇头，叹息一声，什么话都没说。"

"他住在什么地方？"

"我问他时，他只是摇摇头。"

"之后呢！"

"他向我借五扣。"

"哦。"

这时候，乃猪从椰园回来。一见金姐便嚷道："肚饿了，快去煮晚饭。"

吃过晚饭，由于整天的辛劳，大家都睡得很早。

1　印度人。

2　葛巴拉即工头。

第二天。刚起身不久，大门口忽然传来一阵犬吠声。乃猪走到凉廊观望，原来是甘榜里的铜三伯公。

铜三伯公是一位七十几岁的老人，是这山芭地区的小侨领，当年以猪仔身份过番，在胡椒园里工作过十几年，有了些积蓄，便走到这山芭地区买下几百依葛地，种点橡胶树，后来发了一笔小财，于是变成这偏僻地带的领导人物了。

乃猪恭恭敬敬地将老人家迎入客厅，端一盅茶在他面前，问："铜三伯公有何贵干啊？"

老人捻捻白须答："后天中元节了，想请你到舍间去磋商一下筹备事宜。"

按照马来亚华侨的传统，中元节是一个十分重要的节日，凡是同区居民，无论贫富，皆须出力出钱，在广场上搭个台，白天作为和尚们诵经超度用，到了夜晚，则请一班汉剧团或潮州戏来，大锣大鼓地演出几个节目。山芭地区居民，一年难得几回娱乐的场合，而中元节的戏，毫无疑问地是最隆重的娱乐。

为了这个缘故，铜三伯公才肯亲自出马来邀请乃猪去参加筹备工作，其目的无非是想乃猪出些钱或者出些力。

乃猪知道这件事是推委不了的，也就一口答应来客的请求，带了一柄洋伞，跟随老人到甘榜去。临行时还叮咛花蒂玛说：

"我去开会，说不定下午才能回来，你自己一个人在家，没有事，别乱跑。"

但花蒂玛一个人在家是非常无聊的，乃猪走出不久，她就吩咐金姐开饭。

吃过中饭后，她觉得有些纳闷，便走到椰园去溜达，然后走上小山丘，兀自坐在榕树下回忆着过去。

她听到了一阵歌声，一阵非常熟悉的歌声。

斑鸠食水呵，咕咕咕呵。

哥有情来妹有意……

那是梁亚扁。

高高的个子，大大的眼睛，只是比从前清瘦了些。

"刚才看见乃猪和铜三伯公到甘榜去，所以特地赶来看你。"

"你回来作怎?"

"看你。"

"为什么要看我?"

"这些日子，我一直在这里等你。"

"等我?"

"花蒂玛，"亚扁求恕了，"过去的种种都是我的错，请你原谅。"

"……"

"我知道你一定非常恨我。"

"……"

"那一次的事，完全是我一时糊涂，离开你之后，才发现我是怎样的错误了。我几乎无时无刻不在想念你，失去了你，我就失去一切。"

花蒂玛的嘴噘得很高，沉吟一下，投过一瞥询问他的眼光，用苛责的口气问他:

"你失去了一切，可是我呢?"

亚扁颇表歉疚地说:"你为我受尽委屈，我非常清楚;但是事情已经做错了。我唯有求你饶恕和原谅。"

花蒂玛脸上的表情，既呆板又凝滞。

"请你不要恨我。"亚扁想吻她。

她闪避开了，然后不打自招地说："我不能不恨你，但是我又不能恨你，每一次我恨你深切入骨时，我憎恨的却是张乃猪。"

"我相信乃猪永远得不到你的心。"

"他待我实在太好了，我曾经勉强自己去爱他；但是我爱的又不是他。"

花蒂玛躺在草地上，以两手垫在后脑权作枕头。

亚扁寻思一会，说："你既然不爱他，为什么还要留在这里？"

"不留在这里，到什么地方去？"

亚扁接口答："跟我一起走。"

"走？走到什么地方去？"

"天涯地角，四海皆可为家。"

"前次我下过最大的决心。"

"请你不要提前次的事，可以吗？"

"我始终没有忘记。"

"这一次，"亚扁发誓了，"如果我再失信，一定不得好死！"

"我怕听死字。"

"你长此耽在这里，还不是和死去一样？"

花蒂玛的心突然往下一沉，不知道应该说些什么才好。

亚扁的神情非常紧张："花蒂玛，请你相信我，跟我一起走吧。"

"……"

"让我带你到遥远的地方，我准备拿下半世的一切来赎回我的罪行。"

"……"

"你若不跟我走，我这一辈子再也得不到平静了。花蒂玛，我需要你，答应我罢，跟我一起走。"

"我心里很乱。"

"不必乱。"亚扁说，"犹豫是解决不了问题的。"

"你的计划？"

亚扁喜形于色，兴奋地说出他的计划来："后天是中元节，你设法怂恿乃猪和金姐去看街戏，下午六点半，有一班南行的火车，我在车站等你。"

这时候，椰园里忽然传来乃猪的呼唤声："花蒂玛！花蒂玛！你在哪里？我回来了！"

亚扁万般情急，颇呈慌张地问："怎么样？"

"你说，"花蒂玛反问他，"你在车站等我？"

"下午六点半。"亚扁肯定地答。

蒂玛似乎对他仍不能信任，因此就追问一句："不会像上次一样？"

"如果我再变卦，一定不得好死！"

花蒂玛颔首。

椰园里又传来乃猪的呼唤声。

亚扁欲吻花蒂玛。

花蒂玛从他的怀抱中挣脱出来，一口气奔下小山丘，奔入椰园遇见乃猪时，已经气喘吁吁，连话都说不出来了。乃猪关心地问她：

"你在什么地方，真把我急死啦！"

"我在小山丘上随便走走，你急什么？"

乃猪天真地说："我以为你又要离开我了。"

"不会的。"花蒂玛说，"我永远不会离开你的。"

"这样就好。"

两人向亚答屋走来。

花蒂玛问他："中元节的事，谈得怎样？"

"还是跟去年差不多，"乃猪回答，"铜三伯公早已邀了一班汉剧团来唱三天街戏，此外大家捐了一点款子，只是今年他们推举我做主任委员，所以事情就比去年要忙得多。"

"你捐了几多镭？"

"我本来只想捐五百扣，结果捐了一千。"

"今年我们还要建造椰灶，需要用的钱很多。"

"我知道。"乃猪说，"不过，这是公家事，况且我又当了主任委员。"

花蒂玛沉默大半天，走入客厅后，她问："汉剧团准备演些什么戏？"

"第一晚演《武松与潘金莲》。"

"这个戏讲些什么？"

"我也不大清楚。"乃猪搔搔头皮，期期艾艾地答，"据铜三伯公刚才开会时解释，说这是一出好戏，上演起来一定很热闹。"

"谁是武松？"

"铜三伯公说：武松是中国的一位英雄。"

"谁是潘金莲？"

"铜三伯公说：潘金莲是中国的一位美女。"

"武松爱上了潘金莲？"

"铜三伯公说：潘金莲是武松的嫂嫂呢。"

"武松的哥哥一定也是一位英雄？"

"铜三伯公说：武松的哥哥是一个矮子，长得很丑，而且不会打架。"

"武松与潘金莲有什么关系？"

"没有什么特殊的关系。"乃猪寻思了一阵，"记得铜三伯公说，潘金莲是给武松杀死的。"

"为什么？"

"因为……因为铜三伯公说，潘金莲觉得自己的丈夫相貌太丑，所以姘上了一个叫做西门庆的小白脸，武松看不过这种事，就一刀将潘金莲杀死。"

花蒂玛听完这一段话，不觉怔了怔，沉着脸，悄然走入卧房。有无限的感触。

乃猪以为自己失言了，站在客厅里发愣，久久不敢再说一句话。

十五

中元节是"鬼的季节"，但是山芭里的"人"却特别高兴。

整个山芭比新年还要闹哄，所有店铺全部休息，大大小小都嘻嘻哈哈地穿上新衣，从家里捎了长凳，不论远近，皆徒步前往广场观看街戏，观看和尚诵经，观看绑在场边的纸扎鬼。

戏台上锣鼓喧天，戏台下则是黑压压的一大堆人丛。小贩们多数来自数十里外的，抢着做生意，或售沙爹，或售啰惹[1]，或售红豆冰，或售炒粿条……都不肯放弃这难得的机会。

1　马来文 Rojak 的译音，一种常见于马来西亚、新加坡和印尼的蔬果沙拉。编者注。

五点钟。

张乃猪穿得整整齐齐的，邀花蒂玛一同去参观街戏。花蒂玛推说头痛，不想看，却怂恿乃猪和金姐去。

六点钟。梁亚扁在埠仔的火车站上等候花蒂玛。

六点钟。乃猪在广场上张罗周至地忙碌着。

六点钟。花蒂玛独自一个人在卧房里面，天黑了，燃上一盏美孚油灯，然后持灯坐在绣花架前，开始安详地刺绣"比翼双飞图"。

七点半。梁亚扁不见花蒂玛来到，知道事情变了卦，眼看火车向南疾驶，心中愤恚到了极点。

八点钟。亚扁回到山芭，广场上的街戏正在演出《武松与潘金莲》裁衣一场。闪闪躲躲地挤来挤去，都始终找不到花蒂玛。

于是他拼命向田野奔去，像一匹脱缰的马。

八点钟。花蒂玛全神贯注地刺绣。一针上，一针下，脸上的表情非常呆滞。

忽然有人叩门。

花蒂玛根本不予理睬，只是闷声不响地刺绣。

叩门声愈来愈急。

门外是亚扁的声音："花蒂玛！花蒂玛！"

花蒂玛还是不理。

亚扁火到极点，几次呼唤都得不到应声，于是用肩膀拼力撞门，一次，两次，三次……最后终于将门撞开了。

花蒂玛连头都没有抬一下，兀自坐在灯前刺绣，态度十分镇定。

亚扁气急咻咻地闯了进来，两只眼睛瞪得很大，沉默一阵，蓦地开口了，逐步逐句，渐次迫近花蒂玛：

"我在车站等你!"

花蒂玛不出声。

"你没有来。难道你忘记了我们的诺言?"

花蒂玛咬牙切齿地垂着头。

亚扁又挪前两步,大声咆哮着:"刚才我敲了半天门,你没有听见?"

花蒂玛绷着脸,抿着嘴。

"你知道我是离不开你的。"

花蒂玛依旧一针上一针下的,看都不看他。

亚扁已经走到花蒂玛面前,见她不理睬,也就野蛮地,伸出双手,用力摇着她的肩膀,十分痛苦地嚷:"我需要你!我爱你!你知道吗?"说罢,凑过嘴去要吻她,她拼力挣脱。

亚扁将她紧紧抱住,用力撕破她的上衣,一边强吻她的粉颈,一边歇斯底里地狂叫起来:"我需要你!"

花蒂玛被他抱得连呼吸都非常困难,但仍咬着牙,两手拦住他的腰,摸到绣花架上的长剪刀,擎起来,闭着眼睛往亚扁背脊上一刺!

鲜血像喷水器一般,从亚扁的背脊上向四面溅开。

亚扁痛极狂嚎,倒退几步,不留神碰翻了那盏美孚油灯。

灯落地。

美孚油从破碎的灯壶里流出来,流到东,火就在东边燃烧起来;流到西,火就到西边燃烧起来。

首先,绣花架着火了。

满室弥漫着氤氲的烟霭。

继而,八仙桌着了火。接着,贴"天作之合"四个大金字的喜帐也烧了起来。

亚扁背上插着剪刀，双目定睛，凝视着花蒂玛，神态非常恐怖。

花蒂玛站在墙角，竟尔似疯似癫地狂笑起来。

"我……不能……离开你，你……你不相信吗？"亚扁的声音开始发抖。

花蒂玛用鼻音"哼"了一声，揶揄地说："不错！我当然相信你是不能离开我的，要不然，我怎会把偷来的钱财全部交给你，还冒着雨赶到火车站去！""但是你今天为什么……为什么不……不到火车站来？""我怕你再带一个女人到南方。"

亚扁因为流血过多，脸色顿呈苍白。他用手支撑着，想挪开步子，却一点气力都没有。

他痛苦地呻吟着，两眼时时眨直。

"花蒂玛，"他吃力地嚷，"你……你不相信……我是真……真心爱……爱着你的。"

花蒂玛摇摇头。

亚扁发现八仙桌上有一柄尖刀，擎了起来，蓦地向花蒂玛掷去。

尖刀掷中花蒂玛的胸部！

花蒂玛穿着一袭纱质的"娘惹装"，蝉翼般薄，刹那间就全部被鲜血渗透。

她的左手掩着前胸，右手抖巍巍地指着亚扁："你应该知道……只有我……一直在真心爱着你！"

亚扁忽然惨叫一声，踉踉跄跄地向花蒂玛走过来，走不了两步，便倒下了。

火势渐炽。

花蒂玛含着眼泪,对已经断了气的亚扁含情凝视,然后自言自语地说:"再会吧!我的亚扁!"

她走近亚扁的尸体,侧着身子躺在地板上,伸手抚摸他的脸颊。

火势更烈了。喜帐着了火,木床着了火,蚊帐着了火,椅子着了火,桌子着了火,木柱着了火,上梁也着了火。

整个亚答屋弥漫着浓烟与烈火,但由于附近居民全部到广场去看"街戏"了,所以一直没有被人发觉。

十六

"街戏"在广场上演出"杀嫂",大锣大鼓,十分闹哄。山芭中人,一年难得看一次好戏,大家都站在长凳上,仰头观看,对剧中人的未来命运无不表示由衷的关切。

几十只临时挂起的煤汽灯,将整个广场照得通明,锣鼓稍止时,就会发出一种非常难听的嘶嘶声。

张乃猪精神抖擞地在场上照顾一切,胸前佩着一朵大红花,用扣针扣了一条红绷带,四个毛笔字"主任委员"!叫人一看便知道他是个重要人物。

为了这个缘故,每一次有谁对他看多一眼,他内心就会产生一种轻松的感觉。唯其有了这样的感觉,他就越发起劲了,从黄昏到夜晚,他几乎忙得连气都透不转来,一会儿帮忙烧纸人,一会儿照料戏班子的饮食;一会儿替别人寻找走失了的孩子,一会儿又忙着给晕倒的老年人抹万金油……总之,忙得连自己饮一口茶水的空闲都没有。

就在这时候，人丛中忽然传出一声呐喊：

"失火了！"

戏台下立即引起一阵骚乱，有人站在长凳上遥指天空："就在那边，长长的火舌！连焦味都闻得到，一定不会太远。"

大家争相攀登高处。

两个割胶工人最先爬上椰树梢，一个说："张家椰园失火了！"另一个也说："张家椰园的亚答屋失火了！"

乃猪听说自己园子失火，心里一沉，立刻像一头失理性的野兽似的，向漆黑的田野拼命奔去。

许多住在附近的乡里，也跟着后面奔去看热闹。

奔到椰园，只见大火熊熊，站在大门口，脸上就已经感到热辣辣了。

大家手忙脚乱地挤来推去，有人主张"合力挑井水"，但有人认为，"火势这样炽烈，就是挑河水也扑不灭了"。

乃猪忽然大声狂呼："花蒂玛！花蒂玛！"

金姐拉着他的手，不让他向火屋奔过去。

"屋都快倒塌了。"金姐歇斯底里地嚷："你走进去是很危险的！"

乃猪忿然拂袖，大叱一声："不用你管！"径自不顾一切地冲入火屋。

火屋已经摇摇欲坠。

四角的木柱全已歪倒，几根上梁也变成了火棍。屋顶的亚答屋草是最易着火的东西，只有几垛墙壁还没有被烧穿。

东南风飕飕吹来，火焰就一尺比一尺高。

火焰卷住黑烟舔着静空。

乃猪冲入火中，一边流着眼泪，一边咳呛着。

"花蒂玛！花蒂玛！"

高热使他沁汗，面孔亮晶晶的，像是戏班子里的艺员刚涂上油彩。

他感到有点窒息。

一块正在燃烧的木条，突然击中他的背部，差点晕了过去。

"花蒂玛！花蒂玛！"

他声嘶力竭地呐喊，终于冲进了烟火腾腾的卧房。

"花蒂玛！"他嚷："你在哪里？"

然后他依稀听到花蒂玛的呻吟声。

他提起衣来抹去眼眶里的眼泪，因此看见了倒在地上的亚扁与花蒂玛。

亚扁已经断气。

花蒂玛尚存奄奄一息。她仰天躺着，胸脯插了一把刀，下半身则埋在灰泥、碎砖、焦木堆里，一点都动弹不得。

乃猪见状，不由自主地匍匐在地上。狂呼不停，痛哭流涕。

花蒂玛勉强张开了眼皮，有气无力地说："你……你……你回来啦！"

乃猪要抱她起来，但由于她的下半身给泥砖和焦木压住了，动都不能动。

乃猪越用力，她就越痛。

火势极烈，呼呼有声。

"你快走罢！"花蒂玛说。

乃猪不理她，自己走过去，用手去搬移那些泥砖和焦木。

但是搬不了多少，他的手受伤了。手背沾满浓酽的鲜血，刺痛得很，一直痛到心里。

"乃猪，"蒂玛第一次亲昵地叫他的名字，"请你快走出去，不要顾我。"

乃猪仍在尽速地搬动那些东西。

"快走！"花蒂玛嚷。

"我不走！"

"我是不中用了。"

"别那么想，我一定可以把你救出去的！"

上梁陡地"哗啦啦"的一声，堕下一段焦木，恰好落在花蒂玛身上，花蒂玛晕过去了。

"快走哟！这房子就要塌下来啦！"张乃猪拼力狂嚷。

花蒂玛稍微张开眼。

火圈缩小了。

两人被火包围着。花蒂玛气息奄奄，连呻吟的气力都没有。

乃猪伛偻着背，让四围的火焰烘烤着自己。如果是平时，他早就不支倒地了。但是现在不同，他的耐韧力似乎特别强，不知道来自什么地方的一股种秘力量，使他在缺乏氧气的火圈中，非常奋勇。

他挥汗。

他流血。

他遍体灼伤而不自觉。

他咳呛得很厉害。

他还尽力呐喊着："花蒂玛！我快将这些东西搬好了，你耐着点性子，我们就可以出去了！"

花蒂玛已经晕厥过好几次，情势非常危殆，只是还没有断气。

　　纵然如此，她的神志却十分清醒。她知道自己在一两分钟内就会离开这人世间了，因此心境反而静若止水。她十分感激乃猪的一片真情，为了这个原因，所以她不肯咽下最后一口气。她更知道乃猪即使将自己救出火屋，也绝对救不了她的命。第一次，她真正地爱上了这个面貌丑陋的丈夫，可惜那只不过是一两分钟的事。

　　当乃猪将压在她身上的泥砖和焦木快将搬完时，一砖泥墙忽然倾倒了，倒在花蒂玛的身上。

　　她竭力挣扎，却发现自己竟一点气力都用不出来了，她觉得面前一片迷糊。

　　大火在发疯。

　　随处都是杂物倒塌的声音，唯一不倒的只有火。

　　这时候，火是主宰。

　　任何东西都必须在火中毁灭；但也有大火毁灭不了的，那就是这种永恒的内在痛苦。

　　于是在火中，传出了乃猪的声音：

　　"花蒂玛！你不要怕！我一定永远地伴着你！你……你……不要怕！"

　　稍过些时，又传出乃猪的声音：

　　"花蒂玛！花蒂玛！你在哪里呀？我看不见你！"

　　然后是花蒂玛的声音：

　　"乃猪！我……我对不住你！"

　　哗啦啦……火屋全部塌倒了。

　　第二天早晨，金姐在灰烬里捡到了一条烧焦的金链子，后来她把链子交给了在医院疗治的乃猪。

第二辑　短篇小说

甘榜

甘榜里有一条小河。

河北有一棵高耸的椰树；河南也有一棵高耸的椰树。

河北椰树下住着一家马来人；河南椰树下住着一家中国人。

马来人家有个年轻的姑娘，名叫"妮莎"，喜欢唱歌。

中国人家有个年轻的男人，名叫张细峇，喜欢吹箫。

妮莎有一个父亲和一个哥哥，他们住在河北的浮脚亚答屋里。这幢亚答屋建筑在水上，前面是河，后面是一座丛林，两旁全是咸水树。

张细峇只有一个父亲，没有兄弟姐妹，他俩住在河南的砖石屋里，开了爿"吉埃店"，前面也是河；但后面则是一座只有十几间店铺的小"卜干"。

两家的屋子面面相对，中间仅隔一条小河，河上有座桥，是政府开辟公路时建筑的。公路极平坦，被落日光照得像一条金色的丝带，路边有几个赤膊的马来小孩在水龙头下冲凉。

张细峇坐在桥上，两条腿伸出铁栏杆外面，荡呀荡的，非常优悠自得。

他在吹箫。

妮莎走出家来，悄悄地拴住门，挽着满篮子脏衣服，婷婷袅袅地在浮板桥上行走，听到了箫声，便随声哼起歌来。

唱完最后一句歌词，妮莎抬头对桥上的细昚瞟了一眼，脸上泛起一阵红晕，匆匆将浸在河水里的纱笼捞起，挽着篮子，羞惭地趔回家去。

这时候，她的哥哥哈山坐着小划子，刚从桥洞划出，这是一种三四尺长的小划子，两头尖，船头置一块大石，掠虾者坐在船尾，船身放一只盛虾的瓶子。

哈山划到岸边，纵身跳出划子，两腿浸入水中，从划子里取出渔网，往肩上一甩，用臂力使劲向空间撒开，网边缚了几块铅片，网着水时，掀起一圈水花，便迁徐地沉入水中……然后收网，双手持网细观，将网上的虾逐个撷下，放入瓶中。

张细昚问："几个？"

哈山答："六个。"

"刚才看见令妹在岸边洗衣。"

"她本来在埠上念书，爸爸说行情太淡，赚钱不容易，还是回家来帮下手。"

哈山继续撒网掠虾，这一次却掠到了九个，脸上呈露得意的微笑。

细昚也微笑着："她比去年长得高多了。"

"谁说不是哟，"哈山一边撒网，一边答，"昨天她回来的时候，我差点都不认识她了。"

"她还是像从前一样喜欢唱歌？"

"嗯，她还是像从前一样喜欢唱歌。"

"她还是那么怕羞？"

"嗯，她还是那么怕羞。"

谈话至此，细峇的父亲张番来蹒跚地奔上桥来，绷着脸，彷佛在生气。

"细峇，你在跟谁说话？"他问。

细峇答："我在跟哈山说话。"

"快跟我回去，店里没有人！"

吃过晚饭，细峇伏在柜台上打算盘。

店堂中间板壁上，贴着一张尘封的红纸：

　　五方五土五龙
　　唐番地主神位

张番来"擦"的一声划燃火柴，点了三枝香，插入香筒，然后回转身来，往安乐椅上一躺，吸旱烟。

"我已经同你讲过多少次了，叫你不要跟哈山来往，你偏偏不肯听话。"他说。

"为什么不要跟哈山来往？"

"你别问为什么，我叫你不要跟他们来往，你就不要跟他们来往。"

"他们？"

"是的，连他的父亲和妹妹在内。"

"我不懂。"

番来慢条斯理地叩去烟杆里的烟烬，说道："我们赤手空拳渡过七洲洋，为的是将来返唐山可以显祖耀宗，所以必须克勤克俭，专心做工。"

"这跟哈山他们有甚么关系呢?"细峇显然有些困惑了。

"我叫你勤力做事,别成天胡思乱想。"

"我没有胡思乱想哟?"

"你以为我不知道。"

"你知道了些甚么?"

番来沉吟一阵,继续说道:"总之,你不用管,我叫你不要跟他们来往,你就不要跟他们来往。闲话少说,你快把账结出,天色已不早,早点儿睡,明朝还要到胶园里去做工。"

细峇继续算账,俄顷,又抬起头来问:"但是哈山是个好人。"

"我知道。"

"妮莎也是好人。"

"我也知道。"

"那么,"细峇追问一句,"为什么不让我跟他们来往?"

番来踟蹰一阵,答道:"辰光不早了,快把账结出,好去睡觉。"

经过半小时的沉默后,细峇已将账目结出,伸伸懒腰,用手背掩盖着嘴巴,频频打呵欠,然后没精打采地走进自己的卧房,躺在床上,辗转不能成眠,对父亲的话百思不解。

对河亚答屋有手拍 Tamba 和击 Gong[1] 的声音传来,虽然单调,但是极有韵节。

细峇一骨碌翻身下床,走近窗边,在皎洁的月光下看见妮莎冉冉走过浮板桥,径向海滩奔去。

---

1 钟也,其状颇似中国之大锣。

于是穿衣取箫，踮起脚跟拉开门，门彳亍一声。

"细崽！你在做什么？"是邻房父亲的声音。

"没做什么。"

"为什么还不睡？"

"这就睡了。"

"快睡吧！"

细崽"哦"了一声，便蹑手蹑脚地走出大门。

* * * *

走到海滩边，拣一块平滑的岩石蹲下，开始吹起箫来。月亮发射银色流苏，海水变成深蓝色了。晚风轻轻拂来，带着海藻咸味儿，远处有一两只沙鸥，轻捷地掠过水面，又飞翔到半空。浅水滩上，不时有海水激溅和颠簸，妮莎尽力用手足划水，划过来，划过去，那赤身露体在水中有隐约的曲折轮廓。

她听到了箫声，不禁吃吃发笑。

他听到了笑声，倒有点窘迫了。

"请你回过身子。"她说。细崽就回过身子。

"请你走远一些。"她说。细崽就走远一些。

"请你用手把眼睛蒙起来。"她说。细崽就用手把眼睛蒙起来。

一分钟过去了，细崽问："好了没有？"妮莎答："没有。"

两分钟过去了，细崽问："好了没有？"妮莎答："没有。"

五分钟过去了，细崽问："好了没有？"妮莎没有回答。

细崽睁开眼来观看，妮莎已不见，面前站着的却是父亲。

"还不回去！半夜三更出来作怪？"父亲的口气很严厉。

　　细峇噘着嘴，非常愤懑，但又不敢反抗，只得扔开重甸甸的步子踱回家去，一边走，一边游目四瞩，想看看妮莎是否还在附近，却发现一棵椰树上刻着一颗心，树傍沙地上有谁遗落了一把小刀，拾起来仔细察看，刀柄上有两个字："妮莎"。

　　回到家里，细峇满肚子不高兴，呆呆坐在床边，不想睡。

　　父亲进来了，眼眶里有一点润湿。问细峇：

　　"还不想睡？"

　　"睡不熟！"细峇啰气地答。

　　父亲笑了，在灰白色的胡髭间笑了，一种慈祥而富于人情味的笑。"睡不熟吗？"他说，"反正我也睡不熟，不如让我讲一个故事给你听罢。"

　　接着就开始了他的叙述：

　　"十六年前，我认识了一个马来女人，她的眼珠子跟妮莎一样灵活，但是比妮莎要沉静得多，好像老是带着三分忧郁。她的头发，又黑又长，和妮莎一样柔软，披散在肩上，像朵云。

　　"我们时常偷偷地在一起玩，为什么要偷偷地玩呢？因为她已经有了丈夫。她的丈夫是个不务正业的男人，整日酗酒赌博，而且脾气很坏，稍不如意便会动手打人。

　　"有一天晚上，她忽然奔到我家里来了，脸白如纸，挂着血痕，原来是给她的丈夫殴打过了。我百般抚慰着她，她表示非常感激，就在这时候，天气骤变，忽然下起倾盆大雨来了。这一晚，她没有回家。

　　"当她第二天回家的时候，她的丈夫因为隔夜喝醉酒打伤了一个胶园工人，被马打抓去坐三个月的监。

　　"后来，她怀了孕。我劝她一起逃走，她不肯。过了十个月，她养了一个女孩子。

"她的丈夫依旧天天打她，骂她，三个月的监禁并未使他的脾气改好。她是一个懦弱的女人，将一切不合理的传统观念当作真理，没有勇气反抗，但又忍受不了痛苦的煎熬，内心的矛盾无法获得统一，因此在一个有星有月的夜晚，她独自走到海滩边，径向海中走去，从此一去不返，变成了古老传统的牺牲品。"

说到这里，张番来噙着眼泪，感喟地叹息一声，最后用战颤的声调加了这么一句："她是妮莎的母亲。"

*　　*　　*　　*

第二天早晨，细峇照例赴胶园做工。

太阳冉冉地从海上升起，微风送爽，妮莎独自一个人走到海滩上去拣贝壳，有意无意地发现了椰树上刻着两颗心。下面是一张用小刀插着的白纸，白纸上是一行马来字："我们没有缘。"

从此，静静的甘榜更静了，不再听到张细峇的箫声；也不再听到妮莎的歌唱。

小河依旧平静如镜，有一种神韵的美。

两岸之间有座桥，桥上只有寂寞。

刊于一九五七年八月出版的《星期六周刊》

土桥头——乌九与虾姑的故事

　　土桥头有个三轮车夫，名叫"乌九"。

　　乌九并不姓乌，更非排行第九。七八年前，他背一只包袱，从唐山来到新加坡。别人问他："你叫什么名字？"他微蹙眉尖："我没有名字。"别人再问他："你姓什么？"他也摇摇头，支支吾吾地说了一大堆，完全答非所问。别人诧异了："怎么连个姓都没有？你老爸姓什么？"他搔搔头皮："老早死了。"别人又问："那么你的老母呢？"他感喟地叹一口气："也死了。"于是别人无可奈何地对他上下端详，见他肤色黧黑，便顺口按个花名，叫作"亚乌"。新加坡的华侨以闽籍居多，通常称"黑"为"乌"，把不掺牛奶的咖啡称作"呸乌"，把黑啤酒称作"乌啤"，所以把肤色黧黑的朋友也常常称作"乌什么，乌什么"的。后来车馆的头家娘[1]鉴于"亚乌"的名字太普遍，动了一阵子脑筋，将他改称"乌狗"，以资区别。又过了些日子，乌九觉得"狗"字太俗，且不易书写，更因为新加坡实施紧急法令，在领取身份证时，索性把"狗"字改作"九"，既雅致，又易写，好在用福建音念起来，

1　头家娘即老板娘。

"九""狗"同音，张嘴唤叫，并无分别。

乌九今年二十来岁，体格强健，一直干踏车营生，长年住在"车馆"的宿舍里，单身单口，赚一占吃一占，日子过得颇合板眼，虽然有点含糊，倒也平平稳稳。

车馆位于"梧槽运河"北边，离开土桥头仅数十步之遥，是一幢败颓的三层旧楼，楼梯皆无扶手栏杆，上上落落，都以粗麻绳代替。三楼出租给有家眷的"估俚们"，一排八九间，说得好些有点像"穷人公寓"，其实人口稠密，零乱肮脏，由于地方狭小，大家不得不在骑楼煮饭，因此整天弥漫着氤氲的烟霭，变成了三姑六婆的"吵嘴厅"。二楼则是车夫宿舍，住的全是单身寡佬，每一间房都摆满木板铺位，两张条凳，铺上一块木板，四尺宽，六尺长，车夫们管它叫作"贵里铺"。一个铺位睡两个人，租费低廉，每人月收叻币三元。凡长期居住的车夫们，总在铺板底下放一只"广恒烟丝箱"，配一把铜锁，把衣服杂物等全部放在里面，当作皮箱用。

乌九也有烟丝箱，那是今年年初"鸦片仙"让给他的。"鸦片仙"与他同铺，患咳呛病，瘦得只剩皮包骨，过年时，突然吐了几口血，踏不动车子，只好将烟丝箱出让，赎些草药来吃。为了这只烟丝箱，大家都说乌九发达了。有人还亲眼看见乌九用手指蘸了唾沫在点算钞票，于是消息开始在铺里兜圈子，一传十，十传百，像窝风，挡也挡不住。头家娘几次三番叫他放款，他不放。同伴们几次三番邀他赌"福建四色牌"，他不赌。"鸦片仙"几次三番向他借钱赎药，他不借。他的回答永远是一句："我哪里会有钱？"

有一天，乌九踏车回馆，交了班，提着毛巾短裤去冲凉。"鸦片仙"又病倒了，躺在贵里铺上，大咳大呛。要吃药，没有钱。向乌九借，乌九说："印度人有的是'则知镭'[1]。""鸦片仙"噙着眼泪哀求："印度人的钱，借不得。你借些给我罢？"乌九爱理不理地又是这么一句："我哪里会有钱？""鸦片仙"一气，翻身下床。乌九问他："到什么地方去？"他答："踏车！"乌九劝他不要去，他说："不挣些钱回来，病怎么会好？"说罢，一蹶一颠地走向房门，边走边咳，吐了一口血痰在地板上，也只是用拖鞋抹了两下。

乌九皱皱眉，心像上了锁，很纳闷。于是从系在屋角的晾绳上取下汗背心，往身上一套，大踏步走下楼去。头家娘问他："嗨！去哪里？是不是到熟食档去吃饭？"他答："河边听讲古。"头家娘搔头弄姿地叫起来："等一等，我也去。"但是乌九没有等。

头家娘名叫"扁啊"，今天打扮得特别花枝招展，穿一袭娘惹装：上身是薄纱的甲峇耶，下身是五彩的纱笼，远远望过去，很像潮州班的当家花旦；然而一走近，那满脸的麻点，再加上四十出头的年纪，就什么兴致都提不起来了。

车馆里的男女老少，个个都怕扁啊，只有乌九不怕。扁啊脾气坏，处事单凭直觉，忽喜，忽怒，大概是因为丈夫死得太早。唯其丈夫早死，所以情感无处安放，想找个男人，却又怕人家讲闲话。没有办法，只好不走正路。

现在正是不走正路的时候，沿着运河，亦步亦趋，眼见乌九往讲古摊的肥皂箱上一坐，自己也就不声不响地坐在他旁边。天色已暗，讲古佬划燃火柴，先将美孚油灯点上，然后摊开一本绣

1　向印度人借高利贷，以十元为例，每周归还二元，六周还清，利息特高。

像《精忠岳传》，像煞有介事地饮口茶水，扫清喉咙，第一句便是"岳飞枪挑小梁王"。

乌九平时无娱乐，听讲古，仅花五占钱，虽不如电影或大戏，倒也悠闲自在。扁啊则不同，跑惯了游艺场，看惯潮州班，对这单调的讲古，当然不感兴趣。

"到快乐世界去看香港歌舞团？"她问。

回答是："门票太贵。"

"有脱衣舞，很肉感？"她问。

回答是："不想看。"

"那么，你要到什么地方去？"她再问。

回答是："什么地方都不要去。"

扁啊很气，嘴唇直哆嗦，开了口，却说不出话。乌九脸上装得蛮镇定，只管凝神谛听，不加理睬。这时候，后街赖亚猪的儿子吉宁奔来了，气咻咻地对乌九说："快来！快来！姐姐要被爸爸打死了！"乌九忙不迭地站起身，拉着吉宁便跑。扁啊气得直冒火，狠狠啐了一口唾沫。

赖亚猪住在"刽猪廊"[1]的"鸽笼"里，一家三口，女儿今年十六岁，叫"虾姑"，在街边楼梯口摆香烟摊；儿子今年十岁，叫"吉宁"，还没有上学去读书。亚猪曾在"新福兴车馆"租车营生，因酗酒嗜赌，且体质孱弱，终于变成所谓"无业游民"。乌九没有亲朋，平日较有来往的也只有赖家；过年过节，乌九必有礼到。赖家有事，勿论大小，亦照例参加意见。以目前这件事来说：亚猪在赌馆里输了一场牌九，付不出房租；还不清大嘴林的债，无

1　地名，位于新加坡惹兰勿刹附近。

可奈何，便把闷气出在儿女头上。

"你自己输了钱，"乌九据理力争，"怪不得虾姑嘛。"

虾姑两只大眼睛，对着乌九直发愣，刚合上眼皮，两颗眼泪便从眼角滚了下来。

亚猪说："房租付不出，大嘴林又叫狗屎来追债，家里一粒米都没有，但是她不肯到牛车水去做'五块六'[1]。"

"你真是越老越糊涂了，怎么可以叫自己的女儿去当'五块六'呢？"

乌九的话，一个字像一枚钉，扔在亚猪的心坎里，又刺又痛。亚猪看见虾姑在哭，他也哭了。吉宁看见爸爸在哭，他也哭了。乌九看见赖家全在哭，他也流了眼泪。整个小板房充满阴惨惨的空气。

沉默大半天，还是乌九提出主意。"不必去当'五块六'，"他说，"虾姑学过蝴蝶琴，晚上可以到'南天巴刹'去卖白榄。"

"主意不错，可是没有钱买蝴蝶琴。"亚猪说。

这一次，乌九竟例外地没有说出："我哪里会有钱？"他似乎还有情感。

第二天早晨，他踏着三轮车，经过香烟摊时，随手取一枝"虎头牌"，点上火，深深吸一口，便掏出一卷"老虎纸"[2]，塞在虾姑手里。虾姑不敢接，他也张口结舌地说不上什么来，最后还是说一声"干你老母"，跳上三轮车，飞一般向大坡踏去。虾姑拿着钞票发呆，想不通乌九为什么要骂人。

---

1 暗语，意指牛车水区的下等妓女。(《惹兰勿刹之夜》一篇中出现的"五扣六"为同义。编者注。)

2 即叻币。

其实乌九是个粗人，肚里没有墨水，字汇少，像"干你老母"这种骂人的口头禅，对乌九而言，不仅用处大，抑且含义广。譬如说：乌九曾经在水仙门揽到一个美国兵，兜个小圈子，竟拿到了五块钱，他就用"干你老母"来表示喜悦。譬如说：乌九曾经在"莱佛士坊"，因为走错路线，给"马打"抄了车牌，他就用"干你老母"来表示愤慨。譬如说：乌九曾经被扁啊称作最茁壮的男人，他怕羞了，就用"干你老母"来表示得意。譬如说：乌九曾经在工展的时候，因为人挤，无意中碰到一个马来姑娘的高胸脯，他就用"干你老母"来表示占了便宜……诸如此类，例子极多。虾姑究竟还天真，对于乌九的心思，全不明白。

乌九将历年的积蓄交给赖家后，心里很舒服，晚上常常在梦中见到虾姑微笑。

但是在现实环境里，虾姑难得有笑容。首先，他们发现赖亚猪并没有拿钱去买蝴蝶琴。追究根源，才知道亚猪在赌馆里输了一副牌。就在那天晚上，乌九在街上踏车，见到亚猪躺在雨中，以为他喝了几杯酒，结果是病倒了。虾姑见状，鼻一酸，眼泪滚出眼眶。乌九劝她不要哭，她还说是："砂粒掉在眼睛里。"

乌九很后悔，并不后悔自己将积蓄送给赖家，而是后悔自己将积蓄送给赖家，仍无法购买蝴蝶琴。看看躺在床上呻吟的亚猪，又恼又恨，又觉得他可怜。心忖：应该找个唐医把把脉。正这样想时，有人敲门，是狗屎。亚猪问他："有什么事吗？"狗屎咧着嘴，说是大嘴林的吩咐，不敢不来。亚猪大怒，说话失去分寸，于是你一句，我一句，越说越难听：

亚猪说："你不要狗仗人势，见山就拜，见蚁就踩。"

狗屎说："大嘴林轻易不动肝火，只要虾姑肯……"

亚猪说："狗屎，你不要胡说八道！"

狗屎说："亚猪，大家打开天窗说亮话，别卷着舌头绕圈，你欠大嘴林这条数，期限早过，有字据在他手里，要不是看在虾姑分上，你早就押进，打限房[1]吃乌头饭了！"

亚猪说："这条数与虾姑有什么相干？"

狗屎说："债是你背的，与虾姑当然没有相干。不过，你眼前也吃不到头路[2]，手上又紧，欠大嘴的钱，赖是赖不掉的。你尽管去小坡大坡[3]打听一下，谁不认识大嘴林，有钱，有势，要是惹他动了肝火，万一抓破脸，大家都没有好处。"

亚猪说："放屁！你给我滚！"

狗屎说："小心！大嘴林的拳头可认不得人！"

亚猪大咳，连连吐出几口鲜血。虾姑着了慌，要到"吉祥药局"去请唐医。亚猪不让，因为没有钱。乌九站在旁边，灵机一动，到厨房去拿了点香灰来，据说这是"秘方"。然而"秘方"并不灵，鲜血总是不止。两个孩子在墙角哭哭啼啼，相互拥抱，不敢看。

"别哭，"乌九对虾姑说，"你去请大夫，我回车馆去想办法。"

说走就走，乌九冒着大风大雨，从"刽猪廊"回到"土桥头"。车馆死般沉寂，扁啊正在独酌，看见乌九，笑得十分跋扈，意思是：聪明的女人不应该主动，其情形，等于捕鼠笼不应该主动地追捕老鼠。

"走进来！"她说，"陪我喝杯酒！"

1　监狱。

2　"吃不到头路"即找不到工作。

3　新加坡闹市分两区，一区叫小坡，一区叫大坡。

乌九期期艾艾的："亚猪吐血了。"

"喝下这一杯！"

乌九举杯一口饮尽："亚猪没有钱请大夫。"

"再喝一杯！"

乌九举杯一口饮尽："想问头家娘借三十扣。"

"忙什么，再喝一杯！"

乌九举杯一口饮尽："再不请大夫，恐怕……"

"这是最后一杯！"

他再一口饮尽："嘻！这房子怎么会打转的？"

"你不能再喝了。"

乌九举起空杯："再斟一杯给我？"

"你不能再喝了。"

乌九举起空杯，红淤的眼睛瞪得很大："再斟我一杯？"

扁啊霍地站起，屁股一摇一摆，走进卧室。

乌九将空杯掷在地上，狂叫："有酒吗？"

扁啊蓦地掀开门帘，身围纱笼，胸脯露出一截肉，又白又嫩。

"进来哟！"

乌九站起身来，摇摇晃晃地走入卧房，眼前景物，忽清忽懵。门帘落下后，电灯扭熄。屋外风雨狂作，一扇板门，在风中碰上又吹开，吹开又碰上。卧房里有女人笑声咯咯。

院中有棵芙蓉树，雨打树叶，窸窣作响。风过，一瓣叫落，往下飘，往下飘，飘在水沟里，随水流去，流到大门口，流到虾姑脚下。原来虾姑在家里等乌九拿钱请医，等得不耐烦，赶来察看，在不经意中发现秘密，心似刀割。

虾姑决定糟蹋自己，天一麻粉亮，便走到广东茶楼去找狗屎。

狗屎手提鸟笼，口叼卷烟，含糊的开始使他何等不安。

"有什么事我可以……"

虾姑不待狗屎将"可以"下面的话说出来，心一横，咬牙切齿地说："我答应大嘴林！"

狗屎对这突如其来的发展，缺乏心理上的准备，愣了一阵子，蓦地嘿嘿狂笑，听起来颇具抑扬顿挫。

半小时过后，狗屎将虾姑往大嘴林房内一推，锁上房门，兀自站在门外逗着笼中小鸟。起先，门内传出大嘴林的笑声："走过来！让我亲亲你！"接着是椅子倒在地上。继而，门内又传出大嘴林的笑声："怎么？这样大的姑娘，还怕羞？"接着是花瓶摔在地上。最后，门内无声，狗屎手里的小鸟，在笼中受惊乱跳。

当虾姑走出房门时，已经不再是个小姑娘，心里有点乱，却丝毫没有悔意。她用手指掠掠蓬松的头发，急于要到吉祥药局去，才发觉行路不大方便。

回到家里，房内挤着不少邻居，围了个大半圈，正在叽叽喳喳。吉宁哭得很哀恸。亚猪躺在地板上，两眼眨直，胸口插一柄"巴冷刀"[1]，白衬衫上沾满鲜血，早已断了气。

邻居们发现虾姑不流眼泪，颇感蹊跷。其实，人在绝望时，倒需要冷静地想想。包租婆忽然由强盗变成菩萨，帮着理这弄那，在枕头底下摸出一封信，交给虾姑。信封写着"留交虾姑"，内文是这样的：

　　虾儿知悉：我的病不会好了，家里饭都没有吃，哪还有

1　马来人常用的刀子。

钱治病。所以与其活着大家等死，不如让我早点死去，也好减轻你的负担。我的死，可以换得你们的生。你们要好好活下去，好好做人。我知道我不是一个好爸爸，唯有拿死来求得你的原谅。你已长大成人，我的一番苦心，谅你也会明白。千万不要伤心，要小心照顾吉宁，没有事，不可让他单独过马路。

又及：吉宁的裤子破了，有空时，可将我的旧裤改做一两条，给他穿。

虾姑从眼泪中读完这封信，主意尽失，手里握着一沓钞票，听任邻居安排。有人提议将尸首送到"死人街"，包租婆就下楼去打电话。

中午时分，虾姑带着吉宁回家，弄了些东西吃，又翻箱倒箧地收拾细软。

"姐姐，"吉宁睁大眼睛，"我们到哪里去？"

虾姑答："姐姐带你到有钱人家去住，有吃有穿，全不用我们发愁。"

"姐姐，我不要去。"

"那么，你要什么？"

"我要爸爸。"

虾姑刚开口，有人敲门，是乌九。乌九缩头缩脑，显有内疚，问："你爸爸呢？"

虾姑不出声。

"是不是送进医院去了？"

虾姑不出声。

乌九掏出三张"老虎纸"："这是我向头家娘借来的。"

虾姑愤然从口袋里掏出一沓钞票，掷在地上："这是我们欠你的钱，还给你！"

乌九莫名其妙："你怎么啦？"

狗屎恰巧踏进门来，将鸟笼往桌上一放接口说："没有怎么。告诉你，虾姑已经是林家的人了。"

"大嘴林？"

"出去！出去！你知道这是什么地方，也由得你乱闯乱闹！"

乌九转过脸去问虾姑。

虾姑眼皮一合，眼泪像断了线的珍珠。

狗屎拍拍乌九肩膀："嗨，你在这里捣什么蛋？快出去！我们还要忙着搬家。"

乌九问虾姑："他说的可是真话？"

虾姑转过头去，不想开口。乌九一气，愤然走出，跳上三轮车，毫无目的地随处乱踏。

从此乌九变了，变得十分孤僻，常常兀自躺在贵里铺上，瞪大眼睛看天花板。

头家娘依旧风骚，但不大请他饮酒，说他中了坏女人的"贡头"[1]，已经失去那股生龙活虎的蛮劲。

乌九自己倒并不认真，虽然不再走到河边去听讲古，却学会了逛游艺场，学会了看电影，学会了到牛车水去嫖妓女。他有一句得意话："女人有什么稀奇，脏的一块二，净的五块六，老子有镭，她就脱裤。"

1　盛行于南洋的一种巫术、邪术，会使人生病甚至死亡。

有人劝他："番邦镭，唐山福，不要把辛苦赚来的血汗钱乱花，将来也好回国光耀祖先。"他就嗤之以鼻："钱，钱是身外物；生不带来，死不带去。"这些话出诸乌九之口，极不相称。因此车馆中人，勿论男女老幼，都在背后指手比脚，说他中了"贡头"。

而最荒唐的指摘，莫过于张乃犬的假定，说是"鸦片仙"的暴卒，与乌九合铺有关。

为了这不负责任的指摘，加上他性情的突变，乌九失去了所有的友情。

他整天付了车租在街头乱踏，甚至没有乘客的时候也如此。

头家娘问他："是不是想寻死？"他也支支吾吾地说不出什么名堂。其实，他嘴里不说，心里却自有打算；他希望有一天能够在街上撞见虾姑。

这希望并未落空。一个有雨的晚上，在奥迪安戏院门口，他看见大嘴林挽着虾姑走过来。虾姑打扮得很摩登，牛仔裤，夏威夷恤，还剪了个马尾头。

乌九惊愕于这个发现，心一跳，浑身哆嗦，像触雷。然后忙不迭走下车座，奔上前去，脱口叫声：

"虾姑！"

大嘴林回过头来，两眼一瞪，露出一排金牙，脸色刷地发紫，举起拳头就打人。乌九脚底没站稳，眼前一阵昏黑，倒在地上，不省人事。

这是乌九最后一次见到虾姑，但并不是最后一次遭人殴打。约莫一个星期过后，乌九从惹兰勿刹回来，夜已深，路上行人稀少，横街突然窜出一大帮"打手"，将乌九团团围住，几根铁棍打断了一条腿。

送进医院，医生说："骨已断，非动手术将腿锯去不可。"乌九认为大腿是他的谋生"工具"，锯不得。但是医生说："不锯可以致命。"而且，"腿锯掉了，还可以依靠两只手去求生。"

然而乌九出院后，少了一条腿，却无法依靠两只手去求生。车馆里的估俚们，个个同情他，但没有一个可以帮助他。扁啊已有新欢，咬定牙关，非要乌九迁出不可，理由是：车馆宿舍不是疗养院，不踏车的估俚，不便留宿。

有人劝乌九去读书，说是：识了字可以赚大钱。

乌九不同意。乌九曾经听讲古佬讲过这样的事："从前有一个姓郑的大侨领，目不识丁，结果发了大财，变成千万富翁。大侨领有钱有势后，常常觉得自己不识字，是一件很不体面的事。为了这个缘故，他就将自己的大少爷送到英国去留学，以为儿子读了书，定可光耀门楣。儿子极聪明，在外国下了五年苦功，果然得了什么衔头回来。大侨领高兴得几天合不拢嘴，还摆下几十桌酒席广宴亲朋。有一天，儿子要做生意，向父亲拿点钱。父亲当即开了一张支票，儿子对支票端详一番后，说：'爸爸，你把自己的姓都写错了，这个郑字，耳朵在右边，并不在左边，如果是陈字，就在左边了。'父亲一听儿子的话，非常得意，认为儿子究竟是识字明理的人，一眼便能看出错字。于是又重新开了一张，沾沾自喜地将郑字的耳朵改在右边。到了下午，儿子又来了。大侨领问他：'是不是钱不够？'儿子说：'不是不够，而是银行说爸爸的签名不对，不肯付钱。'大侨领听了此话，不觉大怒，一边拍桌，一边咆哮：'干你老母！读书有什么用，读了书写的字就拿不到钱！反不如我这不识字的老粗，几个字就值几百万！'儿子哑口无言。"

"所以，"乌九加上一句，"读书是没有用的。"

所以乌九变成了乞丐，日日夜夜蹲在土桥头，求取过路人的一点施舍。他的感受渐次麻痹，偶然也会想起虾姑，但已经不若从前那么紧张了。日子一久，竟连虾姑的模样也记不大清楚，直到第二年的中秋节，有人忽然发现运河里浮起一具尸首，连忙跑上土桥头一看，原来是虾姑。乌九有点心酸，暗忖：不知道是被人谋杀的，还是自杀的？

刊于一九五八年四月出版的《中外画报》第二十二期

康乐亭畔

某日黄昏，从"乌必斯"[1]出来，忽然有了一点闲情逸致，独自一个人走到"伊丽莎白女王道"去散步。

从"安德逊桥"走到"康乐亭"，又从"康乐亭"走到"安德逊桥"，走累了，百无聊赖地凭倚着蓝色的铁栏杆。看海，看海上的大轮船，看大轮船的倒影在澄净的柔波中抖动。

微侧的日光灯下，忽然出现了一对会说话的大眼睛。

"有烟吗?"她问。

掏出烟匣，盒内只剩一枝，交给她。她用纤细的手指将烟折断为二，分一半给我。

我替她燃上火。她深深地吸了一口，问:"是不是嫌我长得丑?"

我摇摇头。我的意思是:"根本没有注意到这个问题。"但是她以为我觉得她长得并不丑，因此获得了鼓励。

"请我饮水?"她说。

于是我们沿着彩色的"女王道"踱去，悠闲地走入"康乐

---

1 office 的译音，即办公场所。编者注。

亭"，拣一个树下的位子，向卖甜水的要了两碗"五味汤"。

她说，她很寂寞。

她说，她在北马的山芭里出世，两年前跟随舅父来到新加坡，现在她的舅父已经死去了。

她说，她很年轻，今年才十八岁。

她说，她喜欢像我这样的男人。

我问她："有过几个男朋友？"

"一个订了婚，到曼谷去做生意，结果另外爱上了一个女人。"这是她的回答。

"还有呢？"

她两眼骨溜溜的一转，略带一点羞惭地说："还有一个在槟榔屿，没有订婚，也没有口头上的诺言。"

"其他呢？"

"其他几个，不值一提。"

"因此再也不想结婚了？"我问。

"当我需要结婚时，我还是要结婚的。"

"不是因为需要男人时，才想到结婚？"

她对我回眸一笑："男人为了女人才需要结婚；女人则为了结婚才需要男人。"

多么深沉的见解，出之于她的口，十分不调和。这是一个十八岁的少女，却有着少妇的心境。早熟是女孩子最大的不幸，她早熟，所以不幸。

吃完"五味汤"后，她又向马来人要了一些羊肉沙爹。她说她从小就喜欢吃沙爹。

天黑了，海上升起一个黄沌沌大月亮。半圆形的康乐亭，浸沉在黛色的日光灯中，别有一番情致。我向卖咖啡的买了一包"红印"，给她一枝。

"住在什么地方？"我问。

她笑了，笑得很跋扈："如果我说我每晚的地址都不同，你会吃惊吗？"

我"哦"了一声，带着若有所悟的意味，心忖：原来是一个爱情零售商。

谈到爱情，她表示与其做骑者，不如做马。

"为什么？"我对她的见解感到好奇。

"因为与其爱别人，不如被人爱。"

"被很多人爱？"

她对我回眸凝睇，寻思一阵后，说："有人认为女人是花，也有人认为男人是蜜蜂。蜜蜂可以到处采花，为什么花朵必须等待一只蜜蜂来采？"

我默然，心里有一种说不出的感觉，说是困惑，倒也有点像惆怅。我不知道究竟是她想玩我而给我玩了，抑或是我想玩她而给她玩了？对于这个正在青春发育期的女孩子，我断定她的"世故"是一种伪装。

"到花园里去走走？"我做了这样的建议。

她点点头。

我们沿着女王道走去，一道走到林上校纪念塔时，找到一个黝黯的地方，并排坐在草上。

"你喜欢我吗？"我采取了主动。

"很喜欢。"

"但我还没有吻过你？"

她没有点头，也没有摇头。她没有说"好"，也没有说"不好"。她只是毫无表情地望着我，于是我轻轻地吻了她。她不加抗拒，也无热烈的反应。

仔细端详时，她的唇边有一颗黑痣。

我开始对那颗黑痣发生了特殊的好感，于是我要求她再给我一个吻。她说：

"你像贪吃糖的小孩子一般，吃了一块，还要吃第二块。"

"在女人的心目中，男人永远是个小孩子。"

"在男人心目中，"她说，"女人是母亲和妓女和护士的混合物。"

"再给我吃一块糖？"我期待着。

"讲出一个理由出来，我给你。"

"因为糖是甜的。"

她千娇百媚地瞅了我一眼："你的嘴很会说话。"然而我心里在想：我的嘴很会接吻。

吻后，她愉快地躺在草地上，右手枕在后脑下，含笑盈盈，那诱人的姿势可以入画。

"把你的地址告诉我。"她说。

我仿照她的语气："讲一个理由出来，我告诉你。"

"当我感到寂寞的时候，当我无处可去的时候，当我要接吻的时候，我会来找你。"

于是我取出一张卡片来，交给她，上面印有我的地址。

看看表：九点一刻。

我建议到"奥迪安戏院"去看电影，她反对。

我建议到加东海滩去吃风，她反对。

我建议到快乐世界舞厅去跳舞，她反对。

"那么，你喜欢到什么地方去？"我问。

"想找一个安静的地方去休息，"然后加上四个字，"我一个人。"

我以为她同我开玩笑，她却霍然站起，一本正经地对我说："再见！"

"明天，你来找我？"

"不一定。"

"同样时间，我在这里等你？"

"明天再说。"

说罢，她竟娉娉袅袅地向美芝律走去了，她的举动，荒唐中带着蹊跷，我不禁为之愕然。

猛然想起还有一句话要问她，立即追上去，拦住她："你叫什么名字？"

她举手唤停一辆德示，回过头来："拿点钱给我。"我拿了二十块钱给她。

她坐上德示，从玻璃窗里探出头来，先说了一句"谢谢你"，然后当车子开动时，她说："我叫戴清娜。"

回到家里，对于这回的艳遇，我得不到合理的解释。

冲过凉后，在床上辗转反侧，怎么也不能入睡。扭开收音机，听了几曲流行的"加力骚"，广播员忽然发出如下的一个特别报告：

> 本坡某精神病院日前有一女病人逃出，该病人姓戴，名清娜，今年十八岁，唇际有一黑痣，为精神分裂症患者。市民倘发现此女行踪者，请即电告马打楼。

听完这段广播，我才明白了一切。作为一个市民，我有义务将刚才的经过情形向当局报告。

我立即翻身下床，穿上衣服，想到外面去借打电话，启开大门，竟发现站着一个女人：大眼睛，唇边有颗黑痣。

一九五八年六月二十七日

椰树述趣

我在梦中遇见一个仙人。

仙人说我已经离开尘世，所以使我变成一株椰树。

这株椰树生长在勿洛海滨，很高、很直，而且结满椰子。

某晚，月明风清。沙滩上走来了两个年轻人，一男一女，手挽手，模样甚是亲昵。两人走到我下面，坐在沙滩上，背靠着我，彼此搂抱。

我断定这是一对热恋中的男女；但仔细一看，却发现那女的竟是我的老婆——亚莲。

亚莲今晚打扮得十分花枝招展，盛妆艳服，眼胴息微，比我在世时要皎丽得多。

我恨。恨我死得太早。

然而另一方面却又恨她不该与吉宁热恋；更不该偕吉宁到我下面来谈情说爱。

吉宁是我的好朋友，曾经同在一家中学念过书，而且是同班。

他爱看电影，我也爱看电影。他爱打篮球，我也爱打篮球。

他常常写信到杂志上去征求笔友，我也常常写信到杂志上去征求笔友。

他最讨厌算术课，我也最讨厌算术课。我们志趣相投，因此变成了好朋友。

我二十岁那年结识亚莲，吉宁知道了，十分替我高兴。二十一岁那年我在皇家山公园向亚莲求婚，亚莲颔首允诺，吉宁知道了，写信祝贺我。二十二岁那年我与亚莲在教堂举行婚礼，吉宁知道了，坚要替我当傧相。想不到这样一位好朋友，竟会在我离开人世后，勾引我的老婆。

我很气。尤其是听到他俩的谈话后，我更气了。

吉宁说："给我一个吻？"

"说一个理由出来，否则，不给你。"

吉宁想了一想，油腔滑调地说："因为你太娇娜妩媚了。"

亚莲乜斜着眼珠对他一瞟，佯怒含嗔地说："你的嘴真会说话。"于是仰起头，闭着眼，等待吉宁去吻她。

吉宁的油腔滑调地吻了她。她两腮羞红，像搽了太多的胭脂，眉梢眼角，添了许多风韵。

亚莲笑得咯咯的。亚莲就喜欢吉宁的油腔滑调。

吉宁问她："为什么每一次同我接吻的时候，总是闭着眼睛？"

"因为我在想一个人。"亚莲答。

"想谁？"

"想那已经死去了的丈夫。"

"为什么要想他？"

"我在比较。"

"比较什么？"

"你的吻甜蜜呢？还是他的吻甜蜜？"

"谁的甜蜜？"

亚莲低头沉思。有着杏花烟润的娇羞。我希望她说我的吻远较吉宁为甜蜜，但是她不说。她只用眼珠子骨溜溜地一转，蓦地投入吉宁的怀中，伸出白嫩的手臂，往吉宁颈脖一勾，勾下他的脑袋，让他似醉似痴地吻着她。吻后，吉宁又问她："你爱我呢？还是爱那死去了的丈夫？"

"爱你。"

"既然爱我，为什么他在世时，你不肯与他离婚？"

"如果我不爱你，为什么他在世时，我就常常偷偷地与你来往？"

原来这"贱货"早已"偷偷地与吉宁有来往"了，怎么我一点都不知道，真蠢！我有钱、有势、有地位、有苗壮的身体，哪一样及不上吉宁，可是她却偏偏看中了他，这是什么道理？

"这是什么道理？"吉宁问亚莲，"那时候，我是一个穷光蛋，既无势力，又无地位，而且身体孱弱，你怎么会背着他同我来往呢？"

亚莲撇撇嘴，用撇嘴撒娇来表示她的快乐。她说："我是一个女人，一个好奇心很大的女人。"

"这样说来，你与我来往的原因只是为了满足好奇心？"

"起先只有好奇。"

"后来呢？"

"当好奇心消失时，我便爱上你了。"

"然而你也爱他？"

"他虽然有钱、有势、有地位、有苗壮的身体，但是太俗气。"

不要脸的东西！居然在奸夫面前毁谤我了！难道像我这样的

男人会配不上她？太俗气，别笑死人了，自己不去照照镜子，白麻皮，猪肺嘴，凸额角，扁鼻梁，全凭脂粉来掩饰，一点天然美都没有。唉！算我当年瞎了眼，娶了一个败坏门风的荡妇，死后还要被她詈骂。

"并不是我故意要詈骂他。"亚莲还加上一些不必要的解释，"他实在是一个粗俗不堪的男人，高兴时把我当作洋娃娃，不高兴时把我当作发泄器，与这样的男人生活在一起，你说要不要……"她没有将"要"字底下的话说出来，但是不说，我也明白。她只是想凭借一些不成其为理由的理由，来解释自己不轨行为的必然性。

吉宁这小子平日为人倒蛮聪明，可是在女人面前，他永远是一条糊涂虫。

他对于亚莲的谎话，不仅深信不疑，抑且颇表同情。他说："你有一段非常痛苦的过去，我一直同情你的。如果不是为了这一份同情，我是绝对不会偷偷摸摸同你来往的。我有意从海中，救出一个哀哀无告的灵魂，所以不顾一切地付出了真挚的情感。"

"你真是一个君子。"说着，"君子"的右手偷偷地往亚莲纤腰上一环，亚莲娇滴滴地"唔"了一声，又让吉宁吻了她。这一次，接吻的时间特别长。

我妒火欲燃，苦无办法表示。亚莲与吉宁竟旁若无人地吻了一次又一次。其实，四周的确一个人都没有，除了我，而我只是一株椰树。

夜色渐浓，繁星历乱，东方有一钩新月，无云。海水平静如镜，凉风习习。这热带的傍晚，自有一番醉人的情致。"亚莲。"吉宁亲昵地叫了她一声。

"嗯。"

"我有一句话想对你说。"

"什么？"吉宁踟蹰再四，嚅嚅滞滞地说："我在想……"顿了顿，继续说下去，"自从他死后，你一直在寂寞中度日子。"亚莲笑了，笑得非常妩媚："你在向我求婚了！"

吉宁顺水推舟地反问她："你愿意吗？"

亚莲喜不自胜，情绪十分激荡，紧紧抱住吉宁，吻他的额，吻他的颊，吻他的嘴。

我大怒，立即放下两粒椰子：一粒打在亚莲头上，亚莲头破血流；另一粒打在吉宁头上，吉宁头破血流。两人相继断气。

我醒了。

一九五八年七月十六日

晚礼服

一

莲丝在水仙门一家时装公司任售货员，已有两年。她的薪水并不多，除了付房租和一日三餐之外，就无法再有什么积蓄了。当头家将这套晚礼服放在橱窗里时，莲丝就知道这是她的礼服。

这天晚上，亚峇请她在奥迪安看电影。她告诉亚峇说："那是一件式样非常新颖的蓝色晚装，有一条镶嵌银丝的披肩……"亚峇听了并不感觉兴趣。

莲丝继续说道："任何人穿上这套晚装，都会像新娘一般美丽。"

亚峇笑了笑，还是不感觉兴趣。

亚峇是一个并不高明的运动员，本性善良，但举止粗鲁。他不善于揣摸一个女孩子的心理。莲丝见他爱理不理，便佯嗔薄怒地对他说："你只晓得一套晚装便是一套晚装，你永远不会了解一套晚装对于一个女孩子是如何的重要。"

莲丝通常把男人分成两大类：第一类是"唯心主义"者，把女人看作一首诗；第二类是"唯物主义"者，把女人视作在黑暗处被接吻的工具。

问题是：莲丝从未遇见过一个"唯心主义"的男子，她很烦恼。

现在她板着一张扑克脸，只管生气。亚峇问她："这套晚装要几扣？"莲丝答："二百扣。不过，如果我买，还可以打个九折。"亚峇听了价格，几乎吓了一跳："一百八十扣买一套晚装？"莲丝说："是的，一百八十扣，你觉得贵吗？也许你只管忙着打波，连目前新加坡的行市都不清楚了。告诉你，我们店里还有售价五百扣的晚装哩！"亚峇问："五百扣买一套晚装？"语气带刺。莲丝答："不错，五百扣买一套晚装！"她显然在生气了。

二

第二天是一个晴朗的星期日。

莲丝向阿姅借钱。阿姅说："番山镭就是唐山福，所以不应该乱花金钱。"

星期一早晨，莲丝搭乘巴士到水仙门去上工，极力想把那套晚装忘掉。

这一天，顾客相当多。莲丝始终没有将那套晚装给任何一位顾客试穿。头家到南天饮茶去了，莲丝就偷偷地将那套晚装从橱窗取出，走进试衣室，小心翼翼地穿在身上，对镜子横看竖看，然后自言自语："这套晚装简直是一个魔术师。"她觉得自己越发娇娜妩媚了。

"莲丝，头家回来了！"有人低声告诉她。

莲丝连忙将晚装放回橱窗。头家站在她背后，两只眼睛瞪大如铜铃。莲丝想把手袋里的三十扣交给头家，同时请求他在薪水中扣除其余的一百五十。

但是她没有勇气开口，她知道头家一直主张"诸亲好友，概不拖欠"。

这时候，门外走入两个顾客，一个男，一个女。

头家吩咐莲丝上去招呼。莲丝问他们："两位喜欢哪一种式样？"

女的问男的："乌瓜，你看我在度蜜月时应该穿哪一种式样？"

那男人举止文雅而富幽默感，白色恤衫打上一条蓝色领带，模样甚是斯文。他很有礼貌地说："我觉得蓝色的晚礼服对你最合适。"顿了顿，他继续加上一句："非蓝色的不可！"莲丝立刻想到了那套晚礼服，忍痛含悲地将晚装从橱窗里取出。女客穿上了晚礼服，美若天仙。但她却说："乌瓜，蓝色会不会太忧郁一点，我的意思是在新婚期内穿？"

乌瓜说："我倒觉得蓝色最能代表端庄。"女客不作声，只是对镜照了又照，淡淡地说："还是将它买下了吧，虽然不太叫人中意，但也过得去。"

莲丝一听，怒火欲燃。于是她说："小姐，实在抱歉得很。我的记忆力真坏，这套晚装已经卖出了。刚才有一位太太恰巧也挑中了这一套，而且已经付过定洋。请小姐不如另外再挑一套吧！我们这里还有很多晚装，全是最近从巴黎运到的。"接着，莲丝到里面衣柜里取出一套粉红色的晚礼服，头家呆呆地瞪着她发愣，她则轻轻地对头家说"等一下再解释"。

可是那女客并不喜欢粉红色，她说："还是那套蓝色比较对我合适。"

乌瓜就问莲丝："我们能不能定制一套？"

莲丝说："这些晚装都是现成的，直接来自巴黎，无法定制。"乌瓜寻思一阵后，说："我们愿意多出一点钱，请你将已经收下的定洋加倍奉还那位太太？"

莲丝摇摇头。女客还是吵着要买那套晚礼服。

莲丝怎样也不答应。

三

客人走后，头家用严厉的口气责问莲丝："这究竟是怎么一回事？"

莲丝嚅嚅滞滞地答："当你……去饮茶的时候，有一位……有一位陈太太将它定下了，她要我们今天下午送去。"

头家搔搔头，无可奈何地说："好，好。不过千万不要忘记送去！"

莲丝点点头。

四

话已说出口，现在的莲丝问题是：如何在三小时以内找到一百五十扣。

她想起亚峇，当即打了一个电话给他："是亚峇吗？借一百五十扣给我，好不好？我并不要买那件晚装，但是……唉！这只能说是命运，我月底领了薪水就还给你。"

借款成功。晚装属于莲丝。

下班后，莲丝直向大马路走去，心中十分轻松，忽然听见有人唤她，原来是乌瓜。

"我等你很久了。"他说。

"为什么？"莲丝问。

"关于那套晚装，请你无论如何设法帮帮忙……"

莲丝不理他，径自大踏步地朝史丹福律走去。乌瓜则紧随在后面，口口声声说："请你等一等，我有话同你说。"莲丝还是不理睬他。

第二天，下班后，莲丝发现乌瓜仍在大马路等她。

第三天，下班后，莲丝又发现乌瓜还在大马路等她。

一直到星期三，莲丝伴她的表妹翠芳在密驼律瑞记吃鸡饭。

伙计刚将鸡饭端来，莲丝又发现乌瓜坐在邻桌，正在对她微笑。莲丝低着头，连看都不敢对他看一眼。"什么事？"翠芳错愕地问。

"就是这个男人，"莲丝轻声说，"他跟踪我已有两天了。"

"这有什么不好呢？"

莲丝刚欲启齿，乌瓜已经站在面前。"真巧，"他笑盈盈地说，"我们又见面了。"乌瓜拉开椅子想坐下时，莲丝却愤恚地站了起来，说道："先生，那套晚装已经属于我了，我出钱买的。老实告诉你，那套晚装穿在我身上比穿在她身上要合适得多。你要买晚装，店里有的是，请你不要老是跟着我！"说着，就走。翠芳还没有吃完一碗鸡饭，也只好站起身来跟着走，挪不了两步，却给乌瓜拖住。

一个钟点过后。

翠芬扮作顾客模样，到服装公司去看莲丝。她对莲丝说："乌瓜是一个很斯文的男子，刚从英国留学回来，现在一家建筑公司当工程师。"

莲丝说："别上他的当，他已经有了未婚妻，就在这几天就要结婚了。"

翠芬问："你怎么会知道的。"

莲丝说："我怎么不知道，那天他伴着他的未婚妻到店里来买晚装，偏偏选中了我的一件，所以老是跟着我，希望我将那套晚装转让给他的未婚妻。"

翠芬若有所悟地"哦"了一声，神情非常失望。

五

这天晚上，亚峇约莲丝到加东花园去散步，亚峇说他有一笔款子非付不可，问莲丝能不能设法将一百五十扣还他。莲丝答应明天去想办法，但是明天哪里有钱呢？

回到家里，莲丝急得像热锅上的蚂蚁。问母亲有没有办法可想，母亲说房钱还欠着没有付清。于是莲丝有了一个痛苦的失眠之夜。

星期四早晨，莲丝照例去上班。路过欧罗拉门口，又碰到了乌瓜。她说："算了，算了，那套晚装你拿去吧，请你即刻付我一百五十扣。"

她哭了，哭得十分哀恸，但觉得有人搂抱她。

乌瓜说："我不要晚礼服。"莲丝十分焦急："你不能不要，我现在请求你买下这套晚礼服。"

"我不要。"

"你的未婚妻不是很喜欢它吗？"

"我还没有订过婚。"

"但是她曾经说过：她在度蜜月时要穿这套晚装的？"

乌瓜笑了，边笑边说："她不是我的未婚妻，她是我的妹妹，昨天已到吉隆坡去结婚了。"

"那么，"莲丝用哀求的口气对他说，"请你买下来寄去送给她吧！"

"你是不是很需要这一百五十扣？"莲丝羞惭地点点头。

"好，那么我就把它买下来吧！我想将来总会有用处的。"说着，他伸手去掏口袋，掏了半天，掏出来交给莲丝——一只订婚戒指。

一九五八年七月二十一日

惹兰勿刹之夜

车抵惹兰勿刹，亚九跳下车子，用眼睛往四下瞅了瞅，然后低头急走，走进一条陋巷，找到了那扇油漆斑落的后门，踡曲食指，轻叩数下。

稍过些时，里面传出一阵零乱脚步声，有人问："谁呀？"

亚九故意压低嗓子答："是雅片仙叫我来的。"

门启开后，门内探出一个中年妇人的脑袋："你是雅片仙的朋友？"

亚九很有礼貌地点点头。妇人瞪大一对老鼠眼，只管对亚九上下仔细打量，看了半天，也看不出有什么可疑之处，于是拉开板门，让亚九进去。

里面住户很杂，又脏、又潮湿。妇人冉冉领前，边走边说："非常对不起，这几天马打楼方面查得很严，常常遣派'大狗'来调查，所以不能不小心些。"

"我知道。"亚九说。

"上楼来吧。"

楼梯极暗，妇人"擦"的一声燃上火柴，凭借这一点光华，带领亚九上楼。

走到二楼，妇人忽然回过头来，伸出右手在亚九面前一摊："五扣六！"

亚九闷声不响，从口袋里掏出一张老虎纸，交与妇人，说："不用找了。"

妇人接过钞票，喜得心花怒放："先生，请进去吧。"房门启开，亚九大摇大摆地走了进去。那个名叫玉娇的女人，一见亚九，不觉怔怔半日，失神落魄地睃着来客。

经过一阵难堪的噤默后，女人蓦然嚷了起来："你是亚九！"

亚九也吃了一怔，他觉得这个女人似曾相识，而又十分陌生。他竭力搜索枯肠，却怎样也想不出究竟在什么地方见过她。他贪婪地向她谛视，她有一对宝光灿烂的黑眸珠。

隔了大半天，他才下意识地叫了出来："玉娇，周玉娇！"

玉娇莞尔一笑："你还认识我吗？"

亚九的心突然往下一沉，制不住怔忡，有一种不可言状的情绪激聚着，分不清是悲哀抑或喜悦。"十年不见了，"他话说时嘴唇在哆嗦，"十年前，我们同在一家中学念书。"

玉娇懒洋洋地往床上一躺，用手捏揉着尼龙睡衣，撇嘴撒娇的："十年前，我是篮球队的队长，学生会的主席，自修组的组长，而且是男同学的追求对象，甚至是你，也曾经在加东海边对我说过不少甜甜蜜蜜的话语。"

但是现在——

她的容颜枯槁了，抑郁、病态、眼睛乏神，眉宇间印着两道皱纹，虽然搽着又浓又厚的脂粉，也掩饰不了形态的衰老。亚九感喟地叹息一声："记得开校庆会的那一天，我将你拉到僻静处，趁你不备，偷偷地吻了你一下。"

"我似乎并没有生气，是不是？"

"你只是垂着头，连腮带耳的羞得通红。"

说着，亚九从口袋里掏出烟来，递给她一枝。她用手轻拍床沿，意思叫他上床。他颇感不安，随手拉了一只积满尘埃的破藤椅来，抹也不抹，就坐下了。他替她点上烟，她说："你已经付了钱？"

"我想跟你谈谈。"他说。

女人惶惑地对他匆匆一瞥，似笑非笑地说了一句："随你的便。"

"我问你：离开学校后，你到什么地方去了？"

"嫁人。"

"记得在学校里读书的时候，我向你求过婚，你没有拒绝。"

"不过，那时候你很穷。"

"因此你挑选一个有钱人？"

"是的。"

"现在，你的丈夫呢？"

"死了。"

"怎样死的？"

"三年前，做树胶失败了，不但把家产全部蚀光，而且还欠了别人很多债。"

"因此，自尽了？"

"除此以外，似乎已无第二条路可走。"

"自杀是懦夫的行为！"

"事业上的失败，使他生趣尽失。"

玉娇从床上直起腰杆，将长长的烟蒂子往外一扔。

这狭小板房里顿时静寂下来，空气沉闷得近乎窒息。窗外落雨了，雨声淅沥，檐溜极有规律地响着，与时钟的"嘀嗒"声配成合奏。时钟的长短针指着九点半。

亚九听了玉娇的故事，情绪很低落，像负伤的战士一般坐在破藤椅里。

"告诉我，"玉娇问，"你有没有结婚？"

亚九摇摇头："还不想。"

"有什么特殊的理由吗？"

"这些年来，我一直在想着你。"

玉娇唏吁感叹地说："其实，我又何尝把你忘记过。你是第一个邀请我去参加舞会的男朋友。"

"可能是第一个同你接吻的男人。"

玉娇眼圈一红，差点哭出来。"别提啦！这些都是过去了的事！我虽已失去一切的希望，但也不愿变成回忆的奴隶。"

她又懒洋洋地躺在床上蜷成一团，像条蛇。然后从枕头底摸出一包"双桃牌"，用涂着红蔻丹的手指抽出一枝，衔在嘴上。亚九掏出打火机，替她燃上火。她猛吸一口，缓缓喷出烟霭，左手压在脑后，学着电影明星的姿势，用妖冶的眼光瞟着亚九。

亚九问她："你怎么会跑到这里来的？"

"为了吃饭。"这是玉娇的答复。

迟了一会，玉娇忽然用揶揄的口吻问他："你怎么会跑到这里来的？"

亚九期期艾艾的，回答不出。

玉娇一边解开衣钮，一边嗲声嗔气地说："既来之，则安之，何必再提那些枯燥乏味的往事呢?"

"我还是不明白,"他说,"一个像你这样有才有貌的女孩子,竟会跑到这里来当五扣六?"

"让我再告诉你一些吧,"玉娇把烟蒂子撳熄在烟灰缸里,继续侃侃而谈,"自从我的丈夫自杀后,我的环境愈来愈劣。就在这困难的时期中,我认识了一个中年男子,他说他没有结过婚,后来竟发现他已经有了三个老婆,我是第四个;但是为了生活,我唯有忍气吞声的勉强维持下去。有一天,他忽然匆匆跑来,说不上三句话,门外就闯进一批马打,拿了一张拘票,七手八脚地将他拉走了。"

"这是什么道理?"

"他是一个鸦片走私者。"

"之后呢?"

"我认识了十一姑,就是刚才领你上楼的那一个。"

"但是,"亚九皱皱眉说,"这样做法是违法的。"

"我知道。"

接着两人无语相视了一大阵,亚九用手帕抹去前额的汗珠。他有些局促不安,胸口很闷,想呕,大概是板房里空气太浊的缘故。

"玉娇!"他鼓足勇气说,"让我带你跳出这个火坑吧!今天晚上。现在!"

玉娇咯咯咯地笑不可仰:"别开玩笑了。"

"你是知道的,我一直对你很有好感,如果你肯跟我走出去,也许我会同你结婚。"

"结婚?你愿意同一个'五扣六'结婚?你不怕别人讪笑吗?"

"请你想想过去那些甜蜜的日子，快点跟我走吧！"

玉娇嘴角一牵，带着恍然大悟的意味"哦"了一声："明白了，你想做个大英雄，有意将我从火坑里救出去，是不是？其实，你也未必高贵！我在这里，你也在这里，我俩完全一样谁也不比谁更强！"

亚九霍地站起，挥汗如雨："玉娇，我并不是来同你比强的，跟我走吧。"

玉娇脸色刷地发紫，咆哮如雷："你也不见得是什么正人君子，别假仁假义了，想玩，就上床！"

说着，她竟当着亚九的面脱下睡衣。亚九受惊地倒退几步，退到门背。

门外忽然传来一阵皮靴声，楼上楼下同时有人猛叩房门，几个女人，纷纷发出尖锐的狂叫。

这时候，有人猛叩玉娇的房门。门启后，走进两个持棍的马打。

亚九颇表歉意地对玉娇说："赶快穿上衣服，实在抱歉得很，我要救你跳出火坑，你不肯。"说着，侧过头来对两个马打说："将她带走吧！"

两个马打立即齐声应道："是的，探长！"

一九五八年八月二十五日发表于《南洋商报》

咖啡店闲谈

　　我不知道为什么要将这件事告诉你。我与你素不相识；但是从外表看来，你很像是一个正人君子。你说你已经结过婚了，是不是？我也有不少结过婚的朋友，有的快乐，有的不快乐：有的因为生了女而兴高采烈，有的因儿女太多而垂头丧气；有的觉得老婆很美，所以负起了丈夫的责任；有的觉得老婆很丑，虽然也负起了做丈夫的责任，却常在外边寻花问柳。

　　然而究竟有几个是真正感到幸福的？很少，很少。

　　我？我今年三十岁了。十七岁的时候就上船当海员，每年要在这世界上兜三个圈：大埠像纽约、伦敦，小埠如亚丁、巴生，我全到过。至于女人，这就说来话长了。

　　如果你没有别的事，我想请你喝羔呸乌。我愿意将那天晚上的经过原原本本讲给你听。

　　这件事使我困惑异常，我实在不明白女人的心到底是怎样的。

　　那天晚上，我们的船从印度开到新加坡。因为刚刚碰到发薪的日子，所以很想痛痛快快地玩一夜。我过去也曾到过新加坡几次，除了密娘外，几乎一个人都不认识，密娘是我的远房亲戚，三十岁左右，已婚，丈夫名叫亚牛，是个殷实商人，育有一子两女，住在信托局的房子里，生活很安定。

我一上岸，就去找密娘，送了一些罗马玩具给他们的孩子。

她和亚牛请我到"康乐亭"去吃晚饭，粿条、虾面、沙爹、辣沙之类的吃了一大堆。

饭后，密娘说要替我介绍女朋友，叫我同亚牛先到游艺场的茶档去等候。

约莫一个钟点过后，密娘带了一个浓妆艳服的女孩子来，我说"女孩子"，因为她年纪虽然不小，但是脸蛋儿却长得十分甜蜜可爱。

她叫玉枝。密娘说我与玉枝一定非常合得来。但是事实证明，我与玉枝的个性，并不接近，当亚牛与密娘回家去之后，我发现玉枝是个直率而又诚实的女人。

我问她："想不想喝酒？"她坦率地回答我："不想喝酒，不过很喜欢听听音乐，跳几支舞。"

于是我们走出游场，雇一辆特示，到加东的一家夜总会去。

跳舞时，她告诉我：她不是新加坡出世的，过去一直住在芙蓉，父亲早已亡故，留下一笔不大不小的遗产交给她们母女两人过活。玉枝是个不甘寂寞的女孩子，芙蓉这个地方，对她而言，似乎还不够繁华，因此就提了一只小皮箱，跳上火车，来到新加坡。

她与亚牛是小学同学。在石叻时，她常到亚牛家去小坐，因此与密娘混得很熟，变成好朋友。

密娘介绍她到武吉智马的一家工厂去做女工。"但是，"据密娘告诉我，"她很聪明。"

她有一双灵活的黑眸子，皮肤很白。

她常常向我提出一些不易解答的问题，不过，无论从哪一方面看来，她并不缺乏幽默感。譬如，此刻她提出了一个问题："密娘说你是一只海狼？"

我点点头说："我是一只有良心的海狼。"

现在，我们彼此已经明了各自的处境后，适才的陌生感很快就消除了。

我们一连跳了三支舞，脸贴脸。回到座位，我故意看看表，意思是："时间不早了，要不要找个地方去休息？"我没有将这句话说出口，她已完全明白我的动机。她怡然一笑，幽幽地用警告的语气对我说："不必转坏念头，我不是你想象中的那种女人。"

她告诉我：曾经有过三个男朋友。一个是歌舞团里的男歌手，订了婚，却同别的女人结合在一起；一个是割胶工人，没有订婚，患了一场大病去世；还有一个是根本不能认真的，每星期看一次半夜场。

"看完半夜场呢？"我问。

"这些只好让你自己去猜测了。"多么俏皮的嘴，一句话，就叫人不敢再问下去了。这就是聪明的玉枝。

喂！故事还没有讲完咧，别走，我再请你喝一杯羔呸乌。

现在长话短说，让我将存下的故事，简简单单作一个交代。

我们走出夜总会时，进加东花园去散步。

我问她："你喜欢我吗？"她答："我喜欢你的，不过，我并不爱你。"

我要同她接吻，她羞怯地扭过头去。因此我就更加喜欢她了。

走出加东花园，乘坐特示。我用手臂圈着她的肩胛，她不加抗拒。我低声悄语地对她说："给我一个吻？"

她毫无表情。我吻了她。她还是毫无表情。

我问她："是不是不喜欢我吻你？"她摇摇头。

于是我说："让我们找一个幽静的地方去休息休息？"她也摇摇头。

我提出了一连串问题，问她："为什么不肯跟我到幽静的地方去？"她只笑而不答。

车抵芽茏，她说："这是我的家，再见！"说着，她就单独走出车厢，反手关上车门，悻悻然径向一间亚答屋走去，连头都不回。

她似乎在生气，但是我不懂她生什么气？

回到寓所，我躺在床上转辗反侧，久久不能入睡。

第二天大清早，我雇车去找玉枝。亚答屋里的人告诉我："玉枝小姐并不住在这里。"

"昨天晚上，我亲自送她到这里来的。"我说。

"她来过，坐不了几分钟就走。"

"她什么时候再来？"

"不知道。"

"她的家在什么地方？"

"不知道。"

我完全得不到要领，心中闷闷，走出亚答屋后，又去找密娘。

密娘一见我，就呶呶嘴说："玉枝已经来过了，你们昨天晚上的一切我完全知道。"

"这个女人实在太神秘了。"

"一点也不神秘。"

"她为什么要玩弄我？"

"她无意玩弄你；问题是，她并不愿意给你玩弄。"

"我还是不懂你的意思？"

密娘笑不可仰，笑了一阵，说道："你是一个海员，难得登陆，所以你只希望在这短暂的假期中，获得短暂的快乐；玉枝不是一个海员，她长时期住在陆地上，所以她希望的是长时期的快乐。现在，你应该明白了。"

我还是不明白。

朋友，你知道这究竟是怎么一回事？喂，别走，请坐下来谈谈，什么？你说什么？她是一个好女人？

一九五八年十月一日发表于《南洋商报》

柔佛来客

　　电话铃响了，丝丝懒洋洋地拿起听筒，应道："喂！找谁？"对方也是一个女人，声音很甜："找沈丝丝小姐听电话。"

　　"我就是。你是哪一位？"丝丝问。对方吃吃地笑了笑，答道："我是冯乃大太太，刚从柔佛出来。你并不认识我，但是乃大常在我面前提起你，所以在感觉上，我总把你当作老朋友。乃大曾经叫我来新时打电话给你，不知道你有没有空？我想请你到阿达菲去饮下午茶。"

　　听了这一番话，丝丝竟目瞪口呆地久久说不出话来。她无意同冯太太一起饮茶，更无意同她见面。冯太太是丝丝的情敌，如果丝丝真有决心要将乃大从她手中夺过来的话，不见面，远较见面容易处理。

　　正在踌躇不决时，对方又开口了："哈啰？哦，我以为搭错了线。喂，是沈小姐吗？我是冯乃大太太，刚从柔佛出来。"丝丝张口结舌地"哦"了一声，心中暗忖：多么凑巧的事！你是冯乃大太太；而我在不久的将来也要变成冯乃大太太了。

　　顿了一顿，那位柔佛来客继续说道："乃大认为我俩应该见见面，谈一谈。"

有什么好谈呢？但是乃大为什么要我同她见面？是不是他希望我能与她当面解决这个问题？

想到这一层，丝丝立即转换一种温和的语气，说："哦，原来是冯太太！我真傻，还以为是另外一位冯太太哩。请你原谅我……"

"想请你饮下午茶，阿达菲。"

"什么时候？"

"下午三点。"

"好的，"丝丝欣然允诺，"我一定准时到。"

丝丝就是这样的一种女人，当她需要甚么东西的时候，她是非常友善而温和的。

现在为了夺取乃大，要她牺牲一些自己的矜持，她是毫不介意的。她自信乃大不久即将投入她的怀抱，暂时受些小小的委屈，她决不计较。她知道乃大和他的太太非离婚不可。

因为乃大是一个外向的男人，而冯太太则是一个内向的女人，两人旨趣不同，性格迥异，相处在一起，迟早要分开的。乃大并不爱他的妻子，虽然他从未在丝丝面前说过这句话，不过，在他平常的谈吐中，这种暗示十分明显。在他最近写给丝丝的来信中，他一再憧憬着美丽的远景，希望丝丝能够帮助他建立一个甜蜜的家。他甚至还在信中写下这样的字句："为了幸福的将来，我认为你们两个人应该当面谈一谈，说不定会谈出了一个圆满而合乎理想的结果。"

为了这个缘故，丝丝才肯毅然接受冯太太的邀请。

* * * *

丝丝虽然从乃大那里看见过冯太太的相片，但是见到她本人时，发现她比相片似乎更年轻、更漂亮、更有风度。她穿着一袭美丽的爪哇纱笼，薄施脂粉，既庄重，又不失妩媚。

阿达菲的茶厅中，茶客不多，所以不必麻烦仆欧，丝丝就认出了冯太太。

"沈小姐，请坐。"冯太太很有礼貌地站起来，用一对友善而又好奇的眼光对丝丝上下仔细打量。丝丝坐下了，心中暗自盘算怎样启齿。在谈论这种事情之前，必须详加考虑，绝对不能一开口便是："让我老实告诉你吧，乃大并不爱你，他爱的是我，所以我已下了最大的决心，将乃大从你手中夺过来。"

其实，冯太太未尝不明白丝丝的来意，丝丝如果不太愚蠢的话，她应该多听，少开口。

仆欧端茶来，冯太太笑眯眯地说："乃大常常在我面前称赞你的美丽，现在见到了，果然是这么漂亮，这么秀细，不像我们住在山芭里的女人，成天风吹雨淋，弄得粗手粗脚，叫人看了就讨厌。"话中有刺，丝丝心里十分清楚；但是为了争取乃大，只好忍气吞声。她只是淡淡地问一句："冯太太不常到新加坡来？"

冯太太说："乃大在柔佛州有一座树胶园，不算大，可也不太小。这个园地必须有人管理，而乃大又不常在家，因此事情就自然而然地落到我的头上，既烦且杂，搞得我头昏脑胀。好在乃大对我非常有信心，处理事务时总算相当顺利。要不然，我实在无意忍受这些苦楚的。

丝丝越听越不耐烦，几乎要大声咆哮了：让我走！我并不要听你讲述这些噜苏事情，我要乃大！我要你的丈夫！至于乃大对你有无信心，这是他的事，与我完全没有关系！我要乃大……

但是她没有把这番话讲出来。她只是托着腮，睁大了眼睛灼灼地望着冯太太。她觉得不施脂粉的冯太太，却比浓装的打扮更大方、更庄重、更惹人喜爱。于是她问："难道乃大一点都不为树胶园操心？"冯太太笑了。在银铃似的笑声中，她说："你要知道，这树胶园的事，表面上由我管理，实际上，还得依靠乃大的力量，才能弄得这样有条不紊。"

"为什么？"

"因为乃大是一个了不起的人物，估俚们个个崇拜他。"她顿了一顿，冯太太继续说道："相信你也一定会同意这个看法的。"

丝丝点点头，屏息凝神地听她讲下去，当冯太太讲到她同乃大当初结婚的情形时，丝丝感动得含了眼泪。"你为他吃了不少苦。"丝丝颇表同情地说。

"本来，我是不必为他吃这么多苦的，不过——"

丝丝顺口替她接了下去："不过，你已深深地爱上了他？"

冯太太的长睫毛润湿了，幽幽地答："我想……大概就是为这个缘故。"

丝丝忽然正正脸色，情不自禁地提出了一个十分坦白的问题："但是……乃大爱不爱你？"

冯太太怡然一笑，很纯洁、很安详，像天仙一般可爱："是的，他很爱我。纵然他不大在家，少不免在外头拈花惹草；但是——他很爱我。"

丝丝这才恍然大悟，呶呶嘴，有如刚从糊涂梦寐中醒过来的孩子，对着冯太太的那只圣母型的脸，直发愣。两人相视无语地噤默了一阵。

丝丝问："你们有孩子吗？"

"有。"

"几个？"

"二男一女。"

"然而……乃大还要到新加坡来找我谈情说爱。"

"我并不怪他；也不怪你，因为每个人到了某一时期总会做出一些糊涂事来的。"

* * * *

走出"阿达菲"，丝丝雇车，亲送冯太太到梧槽搭乘驶往新山的巴士。

巴士开动后，丝丝向冯太太频频挥手告别，但是嘴里却在喃喃地说：

"再会吧，乃大！"

一九五八年十月六日发表于《南洋商报》

头家

"喂！请你叫隔壁黄老太太听电话。……喔，对不住，我以为已经接通了……什么？我要打一个长途电话到亚罗士打××号……好的……谢谢你。请你接得快一点。"

他放下了电话听筒，抖巍巍地从口袋里掏出一包香烟，用大指和食指搌了一枝出来，燃上火，猛吸数口。他很瘦，脸色苍白似纸，两眼深陷，满腮胡髭。电话间里又闷又热，但是他怎样也不肯将玻璃门打开。

电话铃蓦地大作，他非常紧张地拿起听筒，问道："是南光咖啡店吗？……麻烦你，叫隔壁黄老太太听电话。"

在等待的时候，他一连吸了好几口香烟，然后将长长的烟蒂子掷在地上，用脚踩熄。

话筒忽然传来微细的声音。

他用衣袖抹去额角上的汗珠，紧张得混身哆嗦："喂！是阿妈吗？我是亚戆。……喂！声音很小，你听得清吗？……喔，我听得很清楚。……甚么？……我很好。你呢？……那就好了。"亚戆眼圈红了，噙着眼泪继续下去，"阿妈，你年纪大了，不要做得太辛苦。二妹的病，好了没有？……喔，还是老样子。……我很好。这两天实在太忙，所以没有空写信给你。……我并不担心，我相信只要多休息，她的病一定会好的。……什么？阿妈，请你讲大声点。"

亚懋又掏出一枝香烟，衔在发抖的嘴唇上，点上火，边吸边谈："什么钱？哦，你是说上个月我从邮政局给的那一笔钱。……什么？……唉，我不是在信里早就告诉过你了。我知道数目不少，但是你为什么总不肯相信我的话呢？……上个月，这里有一家汽水公司，举行猜字游戏，我猜中了，获得一笔奖金。……当然是这么简单的。"

亚懋透了一口气，额角上的汗滴流到嘴角边，有着泪水的咸味："……学校还没有放假，我暂时还不想回来。……功课很忙，不过，老师们都说我功课做得好。……什么？亚发伯到新加坡来过？听别人说我并没有在学校读书？……这完全是乱说！阿妈，请你千万别相信。"

他咬咬牙，极力忍住眼泪，不让流出来，只是抖着声音说下去：

"谁？问我想不想家？"他咯咯地笑了两声，笑得十分尴尬，"想是想的，不过，这是没有办法的事。……我的人缘很好，老师和同学都很喜欢我。什么？有没有女朋友？"

亚懋眼珠子骨溜溜地一转，沉吟半晌，说："有是有的，可是我们之间并无超过普通友谊的情感。……我知道你老人家急于要抱孙子，然而，这件事是无法勉强的。……你何必要知道她的名字呢？……她是我的同学，我们不常在一起，上星期六我曾经同她到皇家山去散步。……我不知道她今年几岁。……她很美，圆圆的面孔，大眼，小嘴，非常文静，不大喜欢多讲说话，有点像二妹。……求婚？这怎么可以呢？至少还要过一两年，才能提出。……阿妈，我有一个问题想问你。"

这时候，接线生忽然用马来话询问亚懋："时间到了，要不要继续打下去？"

亚懋连忙请求接线生加多一次通话时间。

"喂！喂！是阿妈吗？刚才是电话局的接线生，现在让我快点把话说完。……阿妈，我想问你一个问题，你千万不可以生气的。……阿妈，他有消息吗？……我说爸爸有信给你吗？……什么？别人说他已经同那个女人搬到槟榔屿去住了。……阿妈，你肯不肯听我一句话？……你年纪大了，一天能够洗多少衣服？二妹又在病中，家里没有一个男人，万一你也……阿妈，我求求你派个人到槟榔屿去劝他回家……好，好，我不说，我从今以后再也不提这件事了，你千万别生气，我知道你恨他，但是我不过是替你老人家同二妹着想，如果你不愿意，我就不提了。……现在，我还有一个好消息要告诉你……"

电话间的玻璃门忽然拉开了，有人在外边催他快打。

他从嘴边取下烟蒂子，又往地上一扔，对着话筒，慌慌张张地说：

"阿妈，我要出远门了。……今晚就上船。……到新几内亚去。……你当然没有听到过这个地名，它不在马来亚，也不在新加坡。……远是远了一点。不过，我有一个同学是从那个地方来的，他在那里开设一间洗衣店，因为缺少帮手，所以要请我去。……这不是估俚工，否则，我也不肯放弃这里的学业的。……阿妈，你别性急，听我慢慢讲给你听。……这位同学与我私交很好，他希望我同他一起回新几内亚去，在他店中工作，用我的劳力作为股本，所有盈余，全部由我与他平分。……这是一个难得的好机会！我不必花一占钱，就可以做'头家'了！……阿妈请你想一想，你的儿子居然要做'头家'了。……阿妈！阿妈！你哭了？不要难过！这是喜事，你应该高兴！……我们都是赤手空拳打天下的，你别难过，等我发财回来，也好替你老人家吐口气。……你的好日子还在后头呐，你必须看得远点。……"

听筒里传来一片饮泣声，亚戆再也忍不住了，热泪像断了线的珍珠一般，扑簌簌地流下来。

他刚欲开口时，电话局的接线生忽然又问他："第二次时间到了，你还要继续通话吗？"

亚戆再三再四地请求他再加多一次通话时间。

于是线又搭上了。

"阿妈，"他说，"在临走之前，我还有几句话要对你说。……二妹的病一定会好的，你不用担心。……如果爸爸肯回心转意，请你千万不要拒绝他。……还有，我前天汇给你的一百扣，有没有收到？……哦，已经收到了。阿妈，我知道你是很节俭的，但是我还得告诉你，在此后的一两个月中，我恐怕无法再寄钱给你了，因为初到新几内亚去工作，未必一开始就有盈余可派。……不，二妹的病一定要看的，省不得。……你自己也不要太辛苦。……你不用担忧，我已经不是一个小孩子了，我会当心自己的。……喏！你怎么又哭起来了？要知道，你的儿子到外边去当头家，赚镭回来，好让你老人家享几年清福，你应该高兴才是，绝对不要难过。……知道了，我一定会当心自己的。……再会吧，阿妈！你不要太辛苦，晚上早点睡，吃东西千万不要节省，想吃什么，就买来吃。……知道了，知道了。不要盼望我的信，在船上是无法寄信的。……到了新几内亚之后，恐怕工作繁忙，也不一定有空写信。……再会吧！"

电话挂断。

亚戀用衣袖抹去额角上的汗珠和面颊上泪水，唏嘘地叹息一声，掉转身，推开玻璃门，从电话间走出来。

外边围着一堆看热闹的人，中间有一位警长和两个马打。

警长走近亚戀身边，令他伸出手来，然后用手铐将他铐住，押他走出店铺。

有看热闹的人问："什么事情？"

另一个看热闹的人答："这个家伙，年纪轻轻，却专干打劫，今天已经是第三次了！

一九五八年十月十三日发表于《南洋商报》

鹗头与巫七

一

他叫鹗头。他杀死巫七，但是不知道为什么。

根据法医的报告：鹗头身体健康，精神正常，绝对不会平白无故杀死巫七。

鹗头认为：如果一定要找出理由来的，也许是因为巫七待他太好了。

这个理由完全不合逻辑。然而事实也的确如此。

二

事实是这样的：当鹗头最窘迫的时候，连买啰知[1]的钱都没有，只好上街行乞。行乞时，遇到一个完全不相识的陌生人，竟每天赠他购买三餐的零钱，甚至打风落雨，也不间断。

那个陌生人就是巫七。

1　Roti 的译音，即印度麦饼，也作 Chapati，为一般印度家庭常见主食。编者注。

法官问鹦头："你既然识字明理，而且年纪仍轻，为甚不自力图存，偏偏要在街头行乞，接受别人的施舍？"鹦头答："我本来在码头当估俚，收入虽微，但还免强过得去。有一天，我做完工回家，时已清晨四点，看见许多人围在街边，闹哄哄的，才知道家里起了火。我性急慌忙地挤入人堆，可是怎样也找不到我的妻子，于是我不顾救火员的劝阻，径自闯进火屋。推倒正在燃烧中的房门后，竟发现女人躺在地上，头破血流。我当即抱起女人企图冲出火屋，不料走到楼梯的一半时，那倾圯的楼梯蓦然塌倒了。"

"后来呢？"法官问。

"当我醒来时，我发现自己躺在一家医院的三等病房里。家已毁，妻子死去，而最难忍的不幸是：我的双目被火灼伤后失明了。在医院里住了半个月，出院后，孑然一身，不但家破人亡，更由于双目失明，已无法继续原有的工作，因此我失业了。只好流落街头，求取别人的施舍。"

"可是你的双目怎样又会复明的？"

"四个月前，巫七告诉我报纸上刊出一则新闻，说是有一位举世闻名的眼科专家，最近将自印度来新，经此前往香港，他有非常神奇的本领，能使十个盲人，九个复明。巫七怂恿我去求医。我说费用太大，不必试。他说，他的经济力量足够负担我的医药费，如果我拒绝他的好意，他将停止对我所有的帮助。"

法官又问："巫七这样对待你，除了同情心之外，还有其他作用吗？"

"可以说有，也可以说没有。""这句话须要更详细的解释。"

"是的。"鹦头说，"经过三个月的治疗后，我的双目居然复明了。当时，我非常高兴。离开医院，我怀着满腔热诚跑至巫七的'乌必斯'。我觉得巫七应该是我复明后第一个看见的朋友。那时候，巫七在一家进出口行当财库。我刚走进那家商行，就看见两个马打抓了一个职员出来，问别人，才知道那被捕的职员，就是巫七。"

"他犯了什么罪？""盗用公款。"

"你刚才是说他经济力量还算宽裕？"

"他是一个单身汉，没有家庭负担；但是为了要替我付出一笔数目相当大的医药费用，才不得不这样做。"

"这样的解释，很难令人感到满意。"

"当时，我也是非常怀疑的。我找不出任何理由来说明巫七对我所作的牺牲。我几次三番到拘留所去探望他，问他为什么要待我这样好？"

"他怎样说？"

"他只说曾经是我的邻居，可是我想不起究竟在什么场合见过他。"

"此外，他又对你说了些什么？"

"你什么都不说，只是半个月之前，我去探视他，他忽然低声悄语地要我帮他一次忙，我说：'只要我做得到的事，纵使蹈汤赴火，亦在所不辞。'"

"他要你帮什么忙？"

"他说他准备越狱，要求我替他去买一种化学品。"

"什么化学品？"

"一种烈性的麻醉剂，用以麻醉狱卒的。"

三

鹦头在一位药剂师那里，买到了这种化学品，当时，他并没有交给巫七。

理由是：那位药剂师告诉他，巫七所需要的化学品是一种毒物，服用后，可以致命。

因此鹦头意识到巫七在企图自杀了。鹦头又去探视巫七，说是买不到这种化学品，巫七很生气，说他不够朋友，不肯帮朋友的忙。鹦头回家后，想来想去，不知道应该怎样做才好。

三天前，他突然收到一封信。这封信是巫七寄给他的。在信中，巫七承认鹦头家的火是他放的。

放火的动机是：那天晚上，当鹦头还在码头做工的时候，巫七突然走到他家里，企图向鹦头嫂施行非礼。按理，鹦头嫂遇到了这样的事情，应该立即报警。但是她不敢。她有不得已的苦衷。

约莫半年前，鹦头曾经患过一场大病，家里仅有的一点积蓄全部花完，还不够。鹦头嫂急得无法，只好到巫七那里去商借。巫七借了一笔钱给她，还强迫她牺牲清白。

后来，鹦头的病好了，照旧夜夜到码头去做工。巫七借口讨债，一直与鹦头嫂维持着这种暧昧关系。女人既不敢声张，又无法抗拒，只好忍气吞声地迎逢他；一方面则瞒着鹦头去替别人洗衣裳，希望能够早日凑足数目，把这笔债偿清。

就在那次起火的晚上，鹦头嫂已经将钱凑足，决心与巫七一刀两断。

巫七收了钱，却不肯与她断绝往来。女人不理他。他就大力撕破女人的上衣。女人拼命挣扎，被他一拳击倒，头撞着墙角，血流如注。

巫七见已闯下大祸，索性一不做，二不休，将火油泼在地上，燃上火，企图藉此卸脱罪状。

所以，鹦头嫂不是被火焚毙的，当鹦头闯进火屋前，她早已死去了。

四

法官问："以上种种都是巫七自己在信中告诉你的？"鹦头答："是的。"

"因此，"法官又问，"你就痛下决心要毒死他？""是的。"

"监狱戒备森严，你用什么方法送给他？"

"在官方特准家属送饭菜的日子，我将毒物放在菜里。"

"事先巫七知道不？""不知道。"

"那么，你的动机是报仇？"鹦头寻思了一阵，答："不，我的动机是报答。"

"报答？"

"因为巫七在信中要求我饶恕他，以便他能获得心灵上的安宁。"

一九五八年十月二十四日发表于《南洋商报》

新马道上

　　她捧了一堆东西，沿着美芝律，从"新娱乐戏院"门口走过，匆匆赶到巴士站，跳上驶往马六甲的长途巴士。她是个身材矮小的女人，二十岁上下，鹅蛋脸，很甜。当她偶尔对我瞅一眼的时候，两只眼睛像一对发光的宝石。

　　我们坐在一起。她拣了个靠窗的座位，我坐在她旁边。

　　巴士开动了，经市区驶往郊外，经武吉智马律，向新山疾驶。

　　车子不住颠簸，她慌慌张张地捧住她手里的那堆东西，显然有些手忙脚乱。

　　我问她："要不要帮你拿点？"

　　她对我瞅了一眼。含笑盈盈："感谢你的好意，我拿得下，不要紧的。"

　　一会，车子驶过"美世界"，速度加快。她手里有一只小纸盒掉落地上，我伛偻着背，替她捡了起来。我说："还是让我帮你拿一点吧？"

　　她侧过脸，用询问的眼光对我仔细端详，然后分了几包给我。

　　于是我们开始谈话。在谈话中，我知道她和她的阿姅在麻坡，逢到假期，就回新加坡玩几天。她喜欢吃榴梿，喜欢看国语电影，喜欢穿纱笼。

我告诉她：我爱极了红毛丹。抗战时，曾经回过国，直到新马光复才回家，目前马六甲有一家杂货店请我去当财副，在赴马六甲之前，我曾经努力地去寻找一个固定的职业，而到处碰壁。

她告诉我：自从学业结束后，曾在大城试试自己的运气，结果也失败了。所不同者，只是她比我勇敢，有勇气承认失败，提了皮箱回家。谈到这里，我有很多话想问她。

她似乎不愿意重提往事，我只好讪讪地转换话题。

我问她："如果我有空闲的话，是不是可以到你府上去拜访你？"

她沉吟一下，说："恐怕不大方便。"

"那就算了。"我嘴里这样讲，心里却不这样想。

此时，车抵新山，关员上车检查行李。检查过后，巴士直向峇株巴辖驶去。

她讲了一个故事给我听：

"很久以前，"她说，"有一个漂亮的王子爱上了一个女孩子，但是那女孩不爱他。他失恋了，然而并不失望。他一个人跑入山间，孤独地住下，每天祈祷，求上苍使那个女孩也会来到这里。他天天期望着她，他听到一点风声、树声、鸟声、水声，都疑心是她的脚步。可是她终于没有来。就在这时候，另外有一个可爱的姑娘，却跑到这里来了，她可怜他，同情他，愿意陪着他，替他分担冷清。那王子当然非常快活了。可是，有一天，他原来爱着的那个女孩忽然来了。王子高高兴兴地迎接她，要和她介绍那个可爱的姑娘，但是当他回转身寻找姑娘时，那姑娘不见了。据说她看见王子的爱人来了，便偷偷走到崖边，跳下深谷，化身变成一颗星，夜夜抚照着王子和他的爱人，祝福他们。——那边——"她用手向窗外一指，继续说道，"那边就是这个女孩子殉情的地方。"

我叹了一口气，望望窗，窗外一片葱郁。她问我："你觉得这是一个美丽的故事吗？"

"故事是美丽的，"我说，"可是我不爱这悲剧的结束。"

"那末你喜欢怎样的结束呢？"

"我喜欢……"

"恐怕不能变成喜剧吧？"

"我喜欢大团圆，两个女人嫁给一个男人。"

"多么庸俗的想法。"

我笑了，她也笑。

不久，车抵峇株巴辖。我们走下巴士，在附近一家羔呸店里吃东西。

"结过婚吗？"我问她。

她有点忸怩："连个男朋友都没有。"

"像你这样美丽的女孩子会没有男朋友？"

"每一个女孩子都希望能够被人爱的。"

"你呢？"

"我当然不能例外。"

这时，她到厕所去了。

吃过东西，她抢着付账，我不肯。于是我们上车。

她问："你叫什么名字？"

我将我的名字告诉她；她将她的名字告诉我。

我问她："时常一个人搭巴士回麻坡？"

"今天我不是一个人回去的。"她用调侃的口吻打趣我，"我有一个男朋友陪着我。"

窗外落雨了，有点凉。她身上穿得很单薄，我怕她着凉，站起身来替她关窗。她说："不要关，关了太闷。"我当即脱下自己的上衣，披在她身上。她没有拒绝，只是稍稍将身子靠拢一点，依偎着，像一只小猫。

车外雨声淅淅，景色迷濛。我神往在这如梦的境界里，有一种飘然的感觉。我闭目养神。

正当我阖上眼皮时，我发觉她的手在掏我的口袋。我很生气，面对着这丑恶的现实，恨不得给她两个巴掌，但是反过来一想，她必定是受不了生活的逼迫，才干这行当的，我应该同情她，何况口袋里也没有多少钱。因此，我佯装不知，任她摸索。

当我睡了一下后，车抵麻坡。她说："我在这里下车。"

我故意撅起嘴唇，吻了她一下额角。我知道我不应该对一个陌生女子如此轻浮，但我终于这样做了。我的意思是，她既然如此低贱，我何必一定要把她视作天仙。

她没有拒绝我吻她，这足以证明她的低贱。

车停后，她将上衣还给我，娇声嗔气地说："感谢你的好意。"

说着，她冉冉下车。我依旧佯装不知，还殷勤地帮她捧了东西下车。

车子开动时，她站在路边频频向我挥手，看神情，似有无限的依依。

我回到座位，穿了上衣，伸手去摸衣袋，却发现袋里有一张纸条，纸条包着一张五十元的钞票，上面写着："你的皮鞋破了，你的衬衫的领口也坏了，你的表袋里还有当票。看了这些，我断定你的处境一定不太好。这里是五十块钱，对你不一定有什么帮忙，但是买一对皮鞋和一件衬衫点还可以的。请你不要责怪我，并预祝你在马六甲工作顺利。再会吧！希望下次能够在巴士上遇到你。"

看完这张字条，我是内疚万分了，恨不得捉住自己一阵揍打。我怎么可以将一个好人当作……我差点噙了眼泪。

我猜想这张字条一定是在峇株巴辖咖啡店里饮茶时，她到厕所里去写的。

一九五八年十一月五日发表于《南洋商报》

十万叻币

一

这个故事，没有结尾。当我每一次想起它时，总想不出适当的结尾。

现在，让我把故事告诉你，看你有没有办法想出一个好结尾来。

我从未听到过"郑春福"这个名字，也不知道他是一个百万富翁。他为人极其拘谨，年轻时，在"九八行"[1]当杂工，由于勤俭耐劳的关系，再加上自己的奋斗，终于变成商业巨子。

他是一个老实人，平日沉默寡言，不喜欢出风头，更不愿意参加社团活动。

为了这个缘故，社会上知道"郑春福"这个名字的人，也许有；但是知道郑春福是个百万富翁的人，恐怕就不多了。郑春福之被人注意，被人当作酒余茶余的谈话资料，那是他死后的事。

他在临死时亲笔撰了一张遗嘱，一张内容相当有趣的遗嘱。

1　正名是"经纪行"。源自于寄托商会组织贩卖商品时，按例抽取商品价值的百分之二作为佣金予商会，己方仅拿商品贩售价的百分之九十八，故称委托的商会为"九八行"。编者注。

郑春福的长子松年先生，曾经为此举行过"记者招待会"，要求各报记者帮忙寻找一个不知名的女人，俾能实现郑春福的遗志。

为什么呢？因为郑春福的遗嘱里，有着这么一段：

"……我愿意将叻币拾万元赠送一个女人，但是我并不知道她姓甚名谁。她是一个少妇，三十岁左右，约莫五呎一两吋高，眼睛既大且黑。她有一个男孩子，五六岁，名叫'亚猪'。她们母子两人住在一间亚答屋里，门口有一棵香蕉树。她好像在一家工厂里做女工——此外，我就一无所知了。"郑松年将这一段文字大声读出来之后，要求记者们披露此项消息，并根据上述资料设法找到这个女人。他说："为了实现先严的遗志，我已遣人四出寻找，但是我仍希望能够获得报界的大力支持。"

二

消息传出后，轰动全市。有许多三十岁左右的女人，抱着一个男孩子，来到郑宅领取十万叻币的赠金。郑松年是十分困惑了，然而他并不是傻瓜。

对于每一个领取赠金的女人，他只提出一个问题："你在什么地方遇见先严？"

没有人答得出。有的哑口无声；有的则乱撒谎话。郑松年对记者说："事情本身虽然充满了莫测的神秘性，可是，到了适当的时候，我会将这件事的经过情形，一五一十，统统宣布出来，目前，为了寻求真实的结果起见，我不得不暂时守秘密。"

三

事隔三年，郑松年与我已经成为好朋友。

有一天，他请我进晚餐，我忽然想起这件事，他就将经过情形坦白地告诉我。

原来郑春福生前患有严重的健忘症，天资极高，但是思虑机构常常陷入错乱状态。

他喜欢在深更半夜，兀自站立窗前，眺望窗外的景色。

郑家上上下下对春福这种奇异的行为，无不暗中担忧，于是雇了一个男护士来看管他。

某夜，雨很大。男护士因天气转凉而贪睡。春福竟一骨碌翻身下床，穿上衣服，蹑手蹑脚地走出郑宅。时已子夜过后，外边落着倾盆大雨，长街行人稀少，萧条中带点荒凉。他漫无目的在雨中踯躅。

雨像千万条玻璃管子似的鞭打着他，但是他还是漫无目的地在雨中行走。

走着，走着，他忽感到麻痹了，浑身发抖，四肢酸软。

当他走得精疲力竭时，终于绊跌在泥泞中，膝踝擦破，血流如注。

就在这时候，一个女人走来了，发现春福倒在地上，立即伛偻着背，扶他起身。

这是一个三十岁左右的少妇，不胖，不瘦，没有什么特征，身上的衣着也已破烂，一望而知是个穷人。她虽穷，但是在她的眼光里，郑春福也绝不像是个百万富翁。她只觉得这是一个可怜的老头子，深更半夜，还要在雨中奔波，终于绊跌在地。

为了这一点由怜悯而产生的同情心，她气喘吁吁地将他扶回家去。

她问了他很多话，但是老人因为受了些风寒，神志十分恍惚，说不出口，也记不起什么。

他只知道女人住在一间亚答屋里，门口有棵香蕉树。女人有个五六岁的男孩子，名叫"亚猪"。亚猪正在患病，热度很高，常在睡梦中大喊大叫。

这个女人一定是非常疲惫了，而且愁容满面。看样子，她好像没有钱去请医生来给亚猪治病。纵然如此，她还是斟了一杯热茶给春福饮，同时帮他脱去湿漉漉的外衣，用一条破毛巾裹着他的肩胛，然后取一盆热水来，小心翼翼地替他抹伤口，包扎伤口。在她的心目中，郑春福如果不是一个估俚的话，一定是个乞丐，既无亲，又无眷，深夜流落街头，找不到睡觉的地方。

四

"先父病重的时候忽然想到了那天晚上的事。"郑松年继续对我说，"一定要我设法找到这个女人。他还说：'亚猪的热度很高，快些给他找医生！'然后轻轻叹口气，不止一次地称赞那个女人：'她很温柔，她的心肠很好，她很穷。我们必须帮忙她，使她活得容易些！'但是我们到哪里去寻找这个女人呢？"于是我问："三年来，你连线索都没有找到？"

松年摇摇头说："起先，还有不少女人抱着孩子来冒领赠金，现在，连冒领奖金的人都没有了。"经过一番无语相视的噤默后，我向他提出一个问题："那天晚上的事应该有个结束？"

松年说："结束是简单，当我们发现父亲不在家时，立即通知马打楼，到处去寻找。"

"后来怎样？""中午时分，他蹒跚地独自走回来了。大家欢喜若狂——但是他已完全不知自己做过些什么，说过些什么，到过什么地方。"

"既然完全忘记了，怎么会提起这件事的？"

"隔了一年，当雨季刚刚开始的时候，他忽然记起那天晚上的事来了，不大清楚，可是还多少记得。因此就派人分头寻找，找了一年，连个影子都没有。"

"直到现在还没有找到？""没有。"

"这十万叻币准备怎样处理？""我也不知道。"

"但是——凡事总得有个结束？""也许这是一个永远无法有结尾的故事。"

五

是的，这是一个没有结尾的故事。如果我的故事写到这里遽尔搁笔，那是谁也不会餍足的。其实，人生本来是没有结构的，没有结尾的故事可能比向壁虚构者更动人。

但是你不会同意我的看法。我希望你能替这个故事安排一个巧妙的结尾。

至于我自己，我倒愿意郑松年把这十万叻币捐出来，兴建一座医院，造福全新市民。

然而松年不肯；他怕有一天那个好心肠的女人忽然出现了，不能将医院送给她。

一九五八年十一月十四日发表于《南洋商报》

梭罗河畔

阿爸喜欢吹口哨。

阿爸喜欢吹《梭罗河畔》。

阿爸简直随时随地都在吹口哨，吹的是《梭罗河畔》，悠扬飘逸，回肠荡气，十分动听。

他会吹高音；也会吹低调。

他会在兴高采烈时吹；也会在忧郁沮丧时吹。

当我们患麻疹时，他吹《梭罗河畔》排遣愁怀。

当日本兵南侵时，他吹着《梭罗河畔》度过如年的日子。

当他失业时，他不怨天，也不尤人，只是静静地吹《梭罗河畔》。

阿爸的口哨因此变成全家不可缺的东西，它是全家勇气的标志，没有它，我们就没有勇气。

有时候，我们吃过晚饭后，大家伏在桌上做功课。阿爸悠闲地吹《梭罗河畔》，我们几个就会拿铅笔和着他，有眼有板的在桌上击拍。正在做针黹的阿妈常常因此责怪阿爸："你瞧你，老是吹口哨，吹得孩子们做功课都没有心思了！"但是阿爸立刻堆上满脸笑容，把眼睛眯成一条缝，低声答："孩子们平日太少娱乐，也该让他们轻松轻松。"于是大家胆子壮了，索性和着阿爸的口哨，高唱《梭罗河畔》。尽管阿妈频频摇头，我们非常快乐。

我有两个弟弟和两个妹妹。那年，我十四岁，最大。亚发十二岁，第二。亚珍八岁，第三。亚香五岁，第四。最小的是吉宁，还睡在摇篮中。

在我们五个中间，阿爸最喜欢亚发。那年，亚发忽然患了一场大病。阿妈事情很多，除了家务杂事外，还要替人家洗衣缝衽。于是看护的责任就落在阿爸头上了。那时候，阿爸刚被"九八行"的头家辞退，找不到工做，赋闲在家。

亚发病得很厉害，但是阿爸很有耐心。他替亚发折纸，他给亚发讲述"猪八戒大闹高家庄"。

他甚至将《梭罗河畔》当作催眠曲，轻轻吹给亚发听。就在这柔和的口哨声中，亚发的病势一天比一天减轻。阿妈也开始有了笑容。不久，亚发完全复原。

亚发天资高，读书的成绩比我们谁都强。因此，阿爸特别钟爱他，常在星期六的晚上带他到"游艺场"去兜圈子。

当我们升入高中时，阿爸获得一份相当安定的工作。阿妈还是那么忙，所以一到晚上，看管弟妹们的责任就由我来负担。

过年时，阿爸找了一个油漆匠来，将斑驳肮脏的墙壁粉饰一新。附近的马来孩子，常爱到我家来小坐。阿爸不但不讨厌他们，还时时当着他们吹《梭罗河畔》。

我高中毕业后，在一家"九八行"当书记。

不久，亚发也毕业了。阿爸将亚发的文凭摊开在大家面前，虽然一言不发，脸上却呈露骄矜的微笑。

为了庆祝亚发的毕业，阿爸先叫亚珍、亚香和吉宁睡觉，然后带着阿妈和我和亚发去看电影。

我们没有乘搭巴士，大家安步当车。阿妈和我走在前面，手挽手。阿爸和亚发走在后面，两人勾肩搭背。

我不时回过头去张望他们，发现阿爸和亚发谈得十分投机。

原来，阿爸早已替亚发找到工作，再过两天，亚发就要离开老家，去到遥远亚罗士打。

那是一个大雨倾盆的早晨，我们齐赴火车站，给亚发送行。亚发第一次出远门，眼圈有点红。但是阿爸似乎很兴奋，一路上，老是吹着《梭罗河畔》。

过了一年，亚发获得两个礼拜的假期，从亚罗士打回来，与家人重聚。亚发变成大人了，长得比从前更高，更苗壮。

阿爸戴上新配的老光眼镜，要他在面前转过来，转过去。

然而谁也想不到这竟会是我们同亚发的最后一次会面。当假期届满时，亚发匆匆赶返亚罗士打，因为有便人驾驶罗厘车前往亚罗士打，为了省钱这次不坐火车。

过了一天，报上的《联邦版》刊载一则消息，说是亚发乘搭的那辆罗厘车，在崎岖的山岭地带倾覆；亚发就此悄然永逝。

这是一个噩耗，全家黯然。阿爸从此不再吹口哨。

阿妈每天噙着眼泪料理家务，但是她的心已粉碎。家里的空气十分冷阒，丝毫温暖都没有。

我们失去亚发；也失去《梭罗河畔》。

亚珍已十六岁，有人看见她与男同学在海边拍拖。亚香则常常偷东西吃。阿妈瘦了，双眼深陷，颧骨高凸，脸上一点血色都没有。阿爸则添了不少白发。

我一直希望阿爸重吹口哨，可是这希望完全落了空。阿爸似乎已经没有吹口哨的兴致了。

日子过得比黄霉天还闷，谁也不敢在阿爸面前纵声大笑。

有一天，邮差送信来。

我将信交给阿妈。阿妈读信时，眼泪像断线珍珠一般流下。

她吩咐我到芭场去叫阿爸回来。

阿爸回来了，阿妈在大家面前宣布："这是亚发的头家从亚罗士打寄来的信"，然后正正脸色，开始朗诵信的内容：

……我们虽然没有见过面，但是我能在这里看到你们家庭的幸福生活。你们住在芭场附近的亚答屋里，门前几株椰树，椰树前面便是公路，公路旁边有公共水喉，亚香和吉宁到那里去玩水。

阿妈最辛苦，料理家务之外，还要替别人洗衫。

阿爸是个乐天派，闲着无聊时，喜欢吹口哨；忙不开交时，也喜欢吹口哨。

这些都是亚发告诉我们的。

亚发是个好孩子，勤俭而又聪明。当他来到这里做工后，我们一直把当作自己人看待。

那天早晨，打开日报，竟在《联邦版》看到亚发覆车的噩耗。

事情来得太突然，犹如晴天霹雳一般，使我们全家惊愕。

之后，亚发的影子常常出现在我面前。我因此陷入极度的苦闷中，终日难露笑容，不但废寝，甚至茶饭不思。我无时无刻不在想念他：想着他的脸庞，想着他的工作态度，想着他的谈吐……

有一天，亚发的头家从亚罗寄来一只包裹。

包裹里有几件亚发遗物，包括手表、钢笔、衣服、一本日记簿，日记簿里，有两处提到《梭罗河畔》。

一处这样写：

> 我很烦闷，望能够听到阿爸吹口哨《梭罗河畔》。

一处这样写：

> 我很愉快，好像在听阿爸吹口哨《梭罗河畔》。

一九五八年十一月二十一日发表于《南洋商报》

秘密

一

十二年前，一个阳光明媚的早晨。

金娣正在筹备结婚事宜时，忽然有人按门铃。

一个小孩子送来一包纸盒。金娣将纸盒拆开后，发现盒内放着一枝手枪。

在手枪的板机上缚着一张纸条。纸条上面写着这样的几句："小姐，这是送给你的结婚礼物——一枝陈旧的手枪。两年前甘仁发曾经用这枝手枪击毙他的妻子。

金娣看过张纸条，为之错愕不已；但仔细一想，认为这一定是别人跟仁发开玩笑。

她非常信任她的未婚夫。她从小就认识甘仁发。甘是一个温谨善良的男人。关于两年前甘太太的死，她知道得很清楚。

那天晚上，甘仁发与他的妻子刚解衣就寝，衣柜后面蓦地跳出一个小偷，手持凶器，对准甘太太猛射一枪，然后跳出窗口，逃了。当时，还有两个邻居亲眼看见那小偷拼命奔跑。五分钟过后，警察来了，经过一番审慎的侦查，除了甘太太给一个不知名的小偷击毙外，不能证明其他。事情很清楚，与甘仁发完全没有关系。然而，现在竟有人送来了这枝手枪，并且诬指甘仁发是杀妻的凶手。这究竟是怎么一回事？

从纸盒的底层，金娣还发现一封信：

> 小姐，那天晚上我手无寸铁，连一根木棍都没有带。我虽然是个小偷，但是我一生从未拿过手枪。当时，甘仁发挽着他的妻子，刚从外边走入寝室，发现我在衣柜背后偷东西，甘仁发大声吆喝，我吓了一大跳，立即从窗口跳出；然后就听到一声嘹亮的枪响。我以为甘仁发在开枪打我；可是，第二天的报纸上却刊载我枪杀甘太太的新闻。因此，我知道甘仁发谋害了自己的妻子。

金娣读完这一节，混身发抖。

她不相信这是事实，但是怎样也想不出送枪者的用意何在。虽然在过去，她也曾经听到过别人的窃窃私议，说什么："甘仁发同他太太感情并不和睦，时常为了一点小事情就吵起来。"又说："甘仁发向他太太提出离婚的要求，她不答应。"诸如此类的流言，很多很多。

金娣为表示不相信这些流言起见，故意与甘仁发特别接近。

甘太太死后不久，金娣时常偕同甘仁发在公共场所出现。她同情他，并不一定爱他。

一直到最近，甘仁发向金娣求婚，金娣实在想不出有什么可以拒绝他的理由。

现在，她愤恚地读着这封信，发现背后另外还有一节：

……我当时没有足够的勇气到警局去告密，然而我曾经为这件事仔细想了又想：甘仁发枪杀了太太之后，他把手枪放在什么地方？他决不敢藏在自己卧房里，可是在短短五分钟内，他怎样把枪藏起来的？

后来，我发现甘宅的邻居姓黄，那一年，姓黄的中了马票，带一家人到金马仑去吃风了，因此，黄宅一直空关着，无人居住。

甘仁发认定警方不会打开那尘封的空房，所以在匆忙中将手枪藏在黄宅的空房里。

第二天晚上，我根据自己的推断潜入黄宅，果然发现手枪藏在字纸篓里。

我带着枪回家去。

我本有意将这枝枪缴与警方；但因为甘太太的沉冤未白，我始终没有这样做。

昨天，报纸上刊载着你同甘仁发即将结婚的消息，我很替你耽心，所以将这枝枪当作礼物送给你。

金娣将枪放入纸盒内，重新把它包扎好，决定立刻去找甘仁发，准备坦白告诉他这件事。

二

外边落着倾盆大雨，金娣穿上雨衣，雇特示去甘宅。

甘仁发正在家里写信。他是一个态度文雅的中年人。金娣将纸盒交给他，说："这是刚才一个小孩子送来的。荒谬、无聊，我当然不会相信这是事实，不过，问题是我们应该怎样处理它？"

甘仁发很有礼貌地请她坐下，斟了一杯茶，说："不要看得太严重。"

他燃上烟斗，安详地打开纸盒，将短枪握在手中，横看竖看，然后读信，慢条斯理地说：

"好，我们立刻把这包东西送到警局去，你先走一步，我拿雨衣。"

三

二十分钟后，他们走进警局。金娣把经过事情告诉警长。警长说："这种事情在我们看来是极其平常的。"说着，按了按门铃，进来了一个杂差。他说："请道胜先生来。"道胜先生来了，是一位白发苍苍的老年人。

警长把手枪交给道胜，说："请你将两年前那粒从甘仁发太太胸内取出的子弹，放在这枪里，看它适合不适合？"道胜拿了手枪走出办公室。

警长对金娣解释道："他是一位子弹专家，从来不会错，等一下，你们就可以得到了答案。"

半小时过后。地下室传来一声枪响。警长笑道："这是你们带来的手枪，现在道胜先生在做试验。再等几分钟，便可以知道真相了。"

又过十分钟。

金娣悄悄地看了一下仁发。甘仁发坐在沙发上，右腿搁在左腿上，抽着烟斗，态度十分镇定。

她自己的情绪倒不免有点紧张起来了，她想：万一这枝就是当年枪杀甘太太的那一枝，又怎么办？

道胜进来了，笑嘻嘻的对他们说："你们放心好了，打死甘太太的不是这枝枪，一定是谁故意跟你们开玩笑。"说罢，他将手枪交还警长。

警长站起身来，说道："果然不出所料，想必是送枪者有意要破坏你们的好事。"

警长拍了拍甘仁发的肩膀说："你做得对，遇到这样的事，应该来找我们。"

警长又与金娣握手："回去吧，不要再为这件事操心了。"

但是金娣忽然脸色转白，两只眼睛直直地瞪着那纸盒里的手枪。

这枝手枪在纸盒里，占据的地位特别少。很显然的，这不是小孩子送来的那一枝。

这枝的枪颈很短。

甘仁发在门外唤她："金娣，我们走吧。"金娣歇斯底里地嚷了起来："不，不，我不再跟你走了。"

甘仁发又回到办公室。

她说："仁发，你在拿雨衣的时候，换了一枝枪。"

一九五八年十二月一日发表于《南洋商报》

蓝宝石

我们在水仙门坐上的士。

老陈用流利的马来话，将目的地告诉司机；然后燃上一枝"三个五"，对我说：

"事情交给我来办，一定让你称心满意。我虽然不是专家，但是对于宝石的鉴别能力特别高。在新加坡，我知道有些孟加厘开设的店铺里，藏着不少价格低廉而质量颇好的宝石。据说有的来自泰国，有的来自尼泊尔，有的来自喜玛拉雅山麓。如果你是一个外行，不懂得怎样同他们做交易，你准会吃亏上当，甚至会付出最高的代价购得几粒赝品。你刚从香港来，对这里的情形完全不清楚。所以当你选中了你心爱的宝石时，千万别性急，让我来同他们讲价。"

我点点头。

车子经美芝律，拐入阿拉伯街。这是一条并不十分整洁的街道，两旁多数是孟加厘或巴基斯坦人开设的店铺，处身其间，可以感到异国情调。

我是第一次来到新加坡，打算经此前往英国办货。离开香港的时候，我的未婚妻一定要我在新加坡买几粒精致的宝石给她。因此，当我抵达狮城后，第一件事便是找老陈。老陈是新加坡的土生，抗战时曾在国内，与我同在重庆的一间大学里读书。光复后，他回南洋，我回香港，我们虽然隔得很远，但是这些年来，彼此常有信札往还。

老陈是"新加坡通"，他熟悉新加坡的一切。

新加坡是一个非常有趣的城市。在中心区，有夜总会，有大酒店，有电影院，有跳舞厅，更有高大的建筑物，具备着一切现代化城市必须具备的条件。然而——当你走到横街陋巷时，你竟会发现自己置身在十九世纪的旧时光里。阿拉伯街就是这样的一条旧式街道。我们的车子在一家孟加厘开设的店铺前面停下，老陈付了车费，下车，我跟在他后面。

老陈东张西望地走在前面，走了一阵，忽然趑趄着，侧过头来，对我说："先到这一家去试试。"在走进店铺之前，他还悄悄地警告我："记住，千万别性急。如果你看中了那一粒，不可让他知道你心里的意思，否则，他一定会漫天讨价的。"

"难道我一句话都不能说？"他踟蹰一下，说："最好不要有什么表示。"

"如果他们向我提出问题时，我也不答？"

"随便他问你什么，你只说太贵就成。因为这样做，他会自动减价。"

然后走进店铺。一个年老的孟加厘，嘻嘻地迎上前来，用手指将老光眼镜往额上一托，一边蹒跚地行走，一边用生硬的英语对我们说："请坐！请坐！"

我们坐下了。

老陈执礼甚恭地同他打招呼，告诉他："我们是来买宝石，而且要上好的宝石。"

老人一连说了五六个"是的"，伛偻着背，拖一张小圆枱在我们面前，然后走到后房去，小心翼翼地端出一只玻璃盒来，放在圆枱上，任我们挑选。

"请你们自己挑吧，我一会就来。"说着，他竟踉踉跄跄地走到后房去。

我不禁为之愕然了，悄悄地对老陈投以怀疑的一瞥，老陈低声下气地说："也许去端咖啡了。"我问："买东西还有咖啡喝？"

"这是他们做交易的手段之一。"

"他不怕我们偷走几粒？"

"他知道我们绝对不敢做出这种事情的。"

"真奇怪。"

"别奇怪了，让我们来仔细察看这些宝石吧。记住，千万不能表露你的心意，无论他开什么价钱，你必须告诉他太贵。"

于是低头看宝石，看了大半天，我指指一粒长方形而光彩夺目的蓝宝石。

"我喜欢这个。"我说。

"嘘……"老陈将食指横在嘴唇前，意思叫我不要声张。

稍过些时，老人果然端了咖啡壶出来，替我们每人斟一杯。然后打开了话匣。

在以后的两小时里，我们像久别重逢的老友一般，尽坐着闲谈。

我佯装对他的谈话极感兴趣，耐心谛听，希望藉此构成友善的空气，使他降低价格。

老陈更老练，对他所说的一切，无不称颂道好。

老年人很喜欢讲话，唠唠叨叨的，总是谈个不完。他的头发白如银丝；他的胡髭也白如银丝；他的牙齿大都已脱落，但是他的谈锋很健。

他说今年已经六十七岁了。十五岁来到新加坡，所以对于狮城的过去，了若指掌。

谈呀谈的，尽谈些新加坡的掌故，谈凯兹夫人的"咖啡机器"，谈柯尔门街的"伦敦旅馆"，谈五十年前的天气，谈莱佛士坊的演变……

我听得实在有点不耐烦了，举起手来，用手背掩住嘴唇，打了呵欠。

老陈知道我再也听不下了，只好主动地同他讲价。老陈问他："这一粒？——"

"哦，哦，宝石！"老年人忽然想起我们是来购买宝石的，也就如梦初醒地问我们："两位喜欢哪一粒？"

我指指长方形的蓝宝石，故意压低了嗓子说："这一粒似乎还不错；然而也不太理想。"

他用枯涩的眼睛望望我，带着歉意说："对不起，我这里货品不多，竟没有件可以使两位看得入眼的。"说着，他微微一笑，眼睛眯成一条缝，和蔼可亲地继续说下去，"你们两位真好。这个年头，像你们两位这样年轻而有礼貌的，实在不多。"

老陈也斜着眼珠对我一瞟，用国语轻轻对我说："这也是他的一套功夫，先恭维你，使你不好还价。"

老年人继续说道："我的老婆前几年患脑溢血遽尔死去，留下我一个人苦守这铺头。"

"你没有小辈？"

"有一个儿子，喜欢航海，离家后音讯全无，有人说他覆船身亡，又有人说他发了疯。总之整整十年了，我完全得不到他的消息。"

"你不觉得寂寞？"

"我还有希望。"

"希望是一种虚无飘渺的东西？"

"然而只有它才能使我继续活下去。"他苦笑着，我们也陪着笑。

大家噤默一阵，我再也忍不住了。我说："这粒长方形的蓝宝石要多少钱？"

老年人轻轻嘘口气，慢吞吞地对我说："如果我的儿子还在人世的话，也跟你一样高大了。"说这话时，老人故意将后边一句说得特别大声。老陈对我霎霎眼，用耳语说："叫他不要抬高价钱！"

我刚要开口时，这年老的孟加厘已经伸出手来撷取那粒蓝宝石。然后抖巍巍地送到我面前。

"这是我送给你的礼物，"他说，"为了你肯这样耐心地听取一个老年人的废话！"

一九五八年十二月八日发表于《南洋商报》

苏加

一

"苏加"失踪了。苏加是一只鬈毛而黑白相间的狮子狗。

尤疏夫为此非常闷闷不乐，三天来，总是将自己关在卧室里，不露笑容，不思茶饭。

陈太太对陈先生说："我很替尤疏夫耽心，这样下去，他会病的。"

陈先生毫不介意地说："他过去并不喜欢苏加。"

"可是现在苏加不在了，这孩子才第一次感到了寂寞。"

"你的意思是再替尤疏夫找一只来？"

"不，"陈太太说，"我希望你到南洋商报去刊登一则寻找苏加的启事，也许有仁人君子见到了广告，会将苏加送回来的。"

陈先生沉吟一阵，淡淡地反问她："你觉得有这样做的必要吗？"

她说："尤疏夫不是我们亲生的，但是终归是我们的孩子。我们既然收养了他，就应该设法使他快乐。虽然他是一个马来孩子，然而现在他已经改姓陈了！"

陈先生听了这一番话，咬咬嘴唇，不作声，寻思一会，挟了公事包，驾车去罗敏申律，先到南洋商报刊登广告，然后回"乌必斯"办公。

二

第二天早晨，寻找苏加的启事广告刊出了。

中午时分，陈太太正在厨房里煮咖喱时，电话铃响了。尤疏夫上学去了，家里没有人，陈太太只好匆匆洗了手，性急慌忙地走到客厅，拿起话筒，发现对方是一个女人。陈太太问："找谁呦？"对方答："你们是不是走失了一只狮子狗？""是的。"

"三天前，我们这忽然走来了一只狮子狗，鬈毛，黑白相间，不知道是不是你们走失的那一只？请你们派个人来看看。"

"下午一点半左右，我们先生会带着孩子到府上来的，请问府上的地址是……？"

陈太太从书桌上找到一枝铅笔，潦潦草草地记下地址，挂断电话。

半小时过后，陈先生和尤疏夫一同回来了。大家立刻坐在餐桌边吃咖喱。

陈太太兴奋地说："我们刊登的广告已经发生效力！"

尤疏夫紧张得几乎跳起来："找到苏加了？"陈太太说："刚才有个女人打电话来，说是三天前有一只鬈毛而黑白相间的狮子狗走到她家里。"

"鬈毛，黑白相间，那一定是苏加！"

"吃过中饭，你们两人按照这个地址去看一趟。"

陈先生正在患感冒，精神很坏，本来不想去，但是陈太太家务杂事太忙，一时又抽不出空来，没有办法，只好牺牲"午睡"，带领尤疏夫去找苏加。饭后，两人匆匆盥洗。

陈太太取了一百块钱出来，交给陈先生说："这是我们在启事答应出的赏金。"

陈先生将钱放入口袋后，同尤疏夫一起坐上车子。

一路上，陈先生噤若寒蝉；尤疏夫也默默无言。陈先生虽然嘴上不说，但心里总不免有些纳闷，认为用一百块钱去购回一只狮子狗，实在不是一桩聪明的事情。

三

下午两点半，陈先生带着尤疏夫回来；但是没有苏加。

陈太太问："苏加呢？"尤疏夫淡淡地答了一句："那不是苏加。"

"不是苏加？"陈太太将信将疑，"这似乎是不可能的。"

尤疏夫耸耸肩，双手一摊："妈，我很倦，想回房去休息。"

陈太太无可奈何地点了点头。她是一个聪明女人，心里细得很，随便什么事，一过眼，肚里就明白。从尤疏夫的表情里，她知道这事情并不如此简单，其中必有蹊跷。

因此，她问："怎么会不是苏加的呢？"陈先生讷讷迟疑地说："这只狗和苏加完全一模一样，但是尤疏夫硬说它不是苏加，我也有点糊涂起来了。"

"你是不是想省下这一百块钱？"陈太太单刀直入地问，"你平日对苏加似乎不太喜欢？"陈先生连忙为自己分辩："请你相信我，这些钱我是准备付的，可是尤疏夫一味说它不是苏加，我怎么可以将钱交给人家？"陈太太困惑地踟蹰一下，说："把经过情形告诉我。"

"那是一座简陋的亚答屋，"陈先生燃上一枝"红印"，慢吞吞地说，"当我说明来意后，那个打电话的妇人跑出来同我谈话。她是一个中年妇人，约莫四十岁上下，但是脸上皱纹很多，一望而知，她的过去并不愉快。我问她：'苏加在不在这里？'她说：'三天前有一只鬈毛而黑白相间的狮子狗，从外边走来。今天早晨看到了商报上面的广告，我就打了一个电话给你们，但不知道是不是你们所要寻找的那一只？'然后我问她：'狗在哪里？'她说：'在我父亲房内。'说着，她带我们进入她父亲的卧房。"

"她的父亲一定年纪很大了？"

"不但老，而且是个盲人。"

"盲人？"

"他的房间很狭小，最多只有七呎见方，一张床，一只枱子，十分简单。他坐在藤制的圈椅里，目无所视的神情，很可怜，也很寂寞。看样子，他静静地坐着，无所事事，好像专心在等待死期的来临。"

"你们见到那只狗没有？"

"见到了，在老盲人的怀抱中。"

"是不是苏加？"

"起先，我以为是苏加；后来……"

"后来怎样？"

"那妇人提高了嗓子对瞎子说：'阿爸，这位先生带着孩子来看这只狗。'瞎子听了这句话，点点头，闷声不响，嘴角微微一牵，呈露出一个非常可爱的笑容。尤疏夫瞪大了眼睛，直直地对那只狗发愣，那只狗只是竖了竖耳朵，头一侧，不吠，也不跳下来迎接我们。"

"那就一定不是苏加了？"陈先生用手搔搔头皮，微蹙眉尖，困惑地说，"照我看来，它就是苏加；但是尤疏夫硬说它不是。我正欲将一百块钱交给妇人时，尤疏夫却一把拦住我，不让我付。他说：'阿爸，这不是苏加，我们回去吧！'于是我们就回来了。"

陈太太轻轻嘘了一口气，细味着陈先生的叙述，她忽然悟出一个道理来了。她说："自从我们收养尤疏夫之后，我们始终没有把他当作亲生的儿子看待。他一定是非常寂寞的，既得不到父爱，又得不到母爱，有了家庭，却没有家庭的温暖。这是我们错误，我们过去忽略了尤疏夫，也忽略了苏加。现在，苏加已经走了，不能让尤疏夫再走。苏加已经找到了一个老人的温暖；我们必须给尤疏夫一个甜蜜的家庭。"

陈先生忽然感到一阵难言的激荡，咬咬下唇，挟起公事包，朝门外慢慢走去。走到门口，回过头来，对陈太太说："我去上班，那一百块钱交给尤疏夫去买一只狮子狗吧！"

一九五八年十二月十七日发表于《南洋商报》

在胶园里

他的胆量非常小，是个懦夫。当我到胶园里来参加工作时，他早已在了。

他生长在北方，但身材很矮小。大家都叫他"亚傻"，他并不生气。因此我也叫他"亚傻"了，却始终不知道他的真姓名。

有人说他年轻时在中国当过马夫；也有人说他在北方玩过猴子戏。但是我都不相信。

有一次，山芭里出现了一只老虎。胶工们组织"打虎队"，我问他："亚傻，你见过老虎没有？"

"没有。"他怯怯地答。

"快穿上衣服，跟我一起去打老虎。"

"不，我还有很多事情要做。"说着，他缩头缩脑地走回宿舍。

别人齐声笑他胆小，他也不作任何表示。他就是这样一个懦夫。

如果你吹大一只纸袋，偷偷地站在他背后，用力将纸袋拍破，他就会像兔子一般跳起来。

如果有人戏弄他，或者平白无故地捆他一下，他也只会愁苦地一笑，然后静静地走开去。他能够忍受任何委屈，却从来不知反抗。

胶园的"葛巴拉"名叫张芋头，身高六呎，体格雄伟，大眼，高鼻，嘴唇油光光的，永远好像刚刚吃过东西没有抹干净。此人脾气暴躁，稍不如意，就会大发雷霆。

记得那是一个落雨的早晨，亚傻坐在宿舍门口吃香蕉，随手便将香蕉皮掷在地上，恰巧张芋头走过，不留神踩中香蕉皮，朝天滑了一跤。

"干你……"张芋头从地上爬起来，眼睛鼓得大大的，吊高嗓子，破口大骂道，"你是不是存心要跟我开玩笑？"

"对不住。"亚傻吓得浑身哆嗦，连声音都在发抖，"我实在是无心的，请……请你原谅我。"但是葛巴拉一点都不肯原谅他，狠巴巴地举起拳头来，正想击打亚傻时，让我一把挡住了。

我说："别欺侮他，要打，找个身材同你差不多的人！"

于是葛巴拉用鼻音"哼"了一声，瞪瞪眼无可奈何地走开了。我当即回头来看亚傻，原来他已逃进宿舍里边。我很生气，认为亚傻简直不像是个男子汉。

半个月过后，正是农历新年，我们有两天假期。

大除夕我带亚傻到甘榜里去看戏、喝酒、赌钱。回来时，已经黑夜向尽。外边爆竹声不绝于耳，但是我已疲惫到了极点，未及解衣，上床便睡。

我做了一个梦，梦见我仍在甘榜里赌钱。但是在睡梦中，我嗅到一阵刺鼻的焦味。睁开眼来一看，整个亚答屋变成了火海。火，火，火，到处都是火，我被大火包围着，简直呛得上气不接下气，刚要冲出火屋，两腿一软，晕倒了。

待我醒来时，亚傻正在用冷手巾替我抹额角，我问他："这究竟是怎么一回事？"

他说："孩子们玩爆竹，不小心，碰到易烧的东西，幸亏胶工们多数回家过年去了，整个宿舍里只有三个人，你、我和亚德。我们因为喝多了几杯酒，所以感受麻木了。当我发觉起火时，火势已经非常炽烈。"

"我怎么会晕倒的呢？"

"火势太猛，你吸不到氧气。"

"可是，谁救我出来的？"

他微微一笑，用食指点点自己的鼻尖。我颇表错愕地问他："是你？你怎样将我救出来的？"

"很简单。"他说，"当我发现你被火包围时，我抬头看屋梁，就看到一根大木梁尚未着火，连忙取了一根粗绳来，往上一抛，打了个结，从这一边飞身荡到那一边，跳下来，搂着你，再从那一边飞身荡到这一边。"我嘘了一口气，紧紧地握着他的手。

他憨憨的瞪大眼睛瞪着我。我说："你救了我性命，不知道应该怎样报答你才好？"

他笑了，笑着的嘴角一片春。他说："这算不得什么，请你不要看得太严重。在我，这是一件非常容易的事。你要知道，我从前在中国时候，跟过马戏班，专门表演空中飞人，赚过大钱，穿好的，吃好的，玩好的。"

"后来为什么不干了？"我递了一枝烟给他。

他一连吸了几口，沉思着，神往在烟霭缭绕中，眼眶潮了。

隔了很久很久，他才讷讷地说："五年前当我们在云南表演的时候，我结识了一个非常美丽的女人。她每晚都来捧场，看见我时，必怡然作笑。有一天，我表演完毕了，走进化妆间，忽然发现她坐在我的帆布椅上。我问她：'有什么事吗？'她说她有汽车，想邀我到湖边去散步。我答应了，她很高兴。这天晚上，我们在一家三等旅馆里寄宿。第二天早上分手时，我们相约晚间在河边再见；可是到了约定的时间，她不来，却来了一群打手。"

"你被他们打了一顿？"

"不但被打；而且还坐了两年监牢。"

"有什么道理要坐监牢？"

"因为那美丽的女人是个有夫之妇，她丈夫很有地位，很有钱，很有势。"

"后来怎样？"

"出狱后，我失去了勇气和自信，技术生疏了，不敢再作空中表演。"

"这三年来，你一直在马来亚？"

"三年前，我从云南进入缅甸，再从缅甸来到马来亚。"

"你是一个有技术的人，应该回到你本行去工作？"

他微微一笑，神采飞扬地说："过去，我对于空中表演的事情，想都不敢想。"

"为什么？"

"因为我害怕。"

听了他这句话，我憬然悟到胶工们叫他亚傻的道理来了。其实，他并不傻，他只是胆怯而已。"一个胆怯的人，"他说，"是绝对不能表演空中飞人的。"我点点头。

他洋洋得意地继续说下去："但是，今天我好像又表演了一次，而且表演得很好。也许我已忘记了恐惧，也许我已恢复了自信。"

　　我对他出神地愣了一阵，然后我才完全明白了。这个被别人称做"亚傻"的胆小鬼，在精神上，曾经病了一个时期，今天他已重获信心。他终于将"可怕的过去"忘得干干净净，在一个偶然的机会中，变成了一个勇敢的人，所以，我拍拍他的肩膀说：

　　"亚傻——"我突然感到这个称呼实在对他并不适合，因此，有点窘，立即向他抱歉，"对不住，我不应这样称呼你，但是我不知道你姓什么，叫什么？"

　　他笑容可掬地说："不要紧的，叫我亚傻好了。"

　　于是我用亲善的语气对他说："亚傻，我知道你已经有了足够的勇气了，你快些离开这里，回到马戏班去表演你的绝技吧！因为——你根本不是一个胆怯的人。"

一九五九年一月七日发表于《南洋商报》

椰林抢劫

　　哈山和亚六坐着吉普车在公路上巡逻。

　　天气很热。亚六将车子拐入树荫下，停止了引擎摩托，掣车，然后慢条斯理地取出香烟，递一枝给哈山。哈山一边掏出手帕抹汗，一边吸烟："今天特别热，也许会下雨？"

　　亚六探头窗外，眯小眼睛向天空扫了半圈，说："后面有乌云。"

　　两人静静地坐在车厢里吸烟。"昨天看见令妹。"哈山说。

　　"是的，"亚六答，"爸爸说行情太淡，赚钱不容易，还是回家来帮一下手。"

　　"她比去年长得更高。"亚六点点头："前天她回来的时候，我差点都不认识她了。"

　　"她还是像从前一样喜欢唱歌？"

　　"她还是像从前一样喜欢唱歌。"

　　"她还是那么怕羞？"

　　"是的，她还是那么怕羞。"

　　这时候，原先在断断续续地播送训令和消息的无线电，忽然大声吼了起来。

"注意，所有的巡逻警车请注意！七条石的椰林里发生枪劫！"

亚六便立即扔去烟蒂，将车子转上公路，以最高速度向肇事地点驶去。

无线电继续报告："……司机被杀死，一位中年妇人受伤极重，凶手可能有两人，彼等持有武器，发现疑犯时应准备射击……"亚六当即将巡逻车驶得比风还快。哈山则取出腰际的手枪来。

哈山问："我们离开肇事地点有多远？"亚六答："四条石左右。"

接着，无线电又传出下列指令："……公路两端暂时断绝交通……正在十二条石的八十八号巡逻车，请速驶肇事地点，凶手可能仍在椰林附近，彼等持有武器，应随时准备射击……"

八十八号巡逻车就是哈山和亚六的那一辆车。于是亚六一边驾车一边也取出手枪来了。过了几分钟抵达肇事地点。公路旁边停着一辆黑色的奥斯汀，车门开着，里面没有人。

哈山跳下巡逻车，先对四周扫了一圈，然后蹑手蹑脚地潜入椰林去。亚六站在后边掩护他。

椰林里静悄悄的，一点声响都没有。

两人都在椰林中搜索，东张西望，十分小心。哈山忽然倒抽一口冷气，惊惶地趑趄了。

"在这里！"他压低嗓子说。亚六连忙赶过去，发现草堆里躺着一男一女，男人已死，女的伤势极重，神志已不清。女人旁边，有一个约莫八九岁的男孩子蹲在地上。

亚六伛偻着背，用和善的口气问他："你叫什么名字？""乌峇。"孩子瞪大了受惊的眼睛。

"乌峇你不要怕，我们是马打，赶来保护你的。"亚六即直起腰肢，游目四瞩，然后继续问他："告诉我，究竟是怎么一回事？"

乌峇张口结舌地答："母亲带着我到十八条石去买些东西，经过这里时，忽然传来一声枪响，车胎爆了，金发只好停车，金发是我们的司机。"

"后来呢？"

"后来椰林里走出两个坏人来，用枪指着我们，要母亲除下颈链和戒指，母亲不肯，金发就同他们打了起来。金发打不过他们，被他们用枪打死了，母亲大哭大嚷，坏人很生气，也对她开了两枪！"

"坏人们逃到什么地方去了？"

孩子举手向后面一指："从那边芭地里逃走的。"

"走了多久？"

"刚刚逃出去的，不到五分钟。"哈山闻言，立刻奔出椰林，向芭地急急奔去，结果一无所获。

回来时，亚六对哈山说："快将这个受伤的女人抬上车子！"

"为什么？"

"送她进医院去急救。"

"凶手还没有捉到怎么可以立即离开？最低限度，我们应该在这里寻找　些线索。"

"但是她已奄奄一息，再迟，就无法救治了。"

"让我打电话去叫一辆救伤车来？"

"等救伤车开到，这个女人早就断气了。快，别同我争辩，帮我抬她上车。"

两人合力抬着那女人，哈山还在嘀咕："上峰有命令叫我们缉拿凶手，你却……"

"救人要紧。"于是他们将伤者放在后边，亚六抱着乌峇上车。

车子驶得很快，乌峇坐在哈山与亚六的中间。无线电忽然又大吼起来，乌峇吓了一跳。哈山安慰着他："不要怕，孩子，这是无线电呢，马打楼正在捉拿打伤你妈妈的坏人。"

乌峇定了定神，苦笑着："哇！把我吓死了。"亚六对他说："不必怕，有我们在。"

一会，公路上忽然出现一排铁丝网架，一位警长走上前来，哈山说："一个女人给劫匪枪伤了，伤势很重，赶着送往医院去急救。"警员问："这个小孩子呢？"

"伤者的儿子。"

"那末，"警长点点头，"快去吧！"

亚六发动引擎，接着又加了一句："听说劫匪经这地逃走了。"

警长微微一笑，说："我们的包围圈越来越紧，相信劫匪是逃不走的了。"

然后，车子驶出警戒线，乌峇说："好像打仗一般，真有趣！"

亚六问他："你在什么地方读书？"

"前面甘榜里。"

"你爸爸是做什么的？"

"我们自己有一座很大很大的树胶园。"

"你爸爸一定很有钱了？"

"爸爸有很多很多的钱。"

"他现在在什么地方？"

"他在新加坡，没有事不常回家。"

说到这里，车子已经抵达医院，男护士将伤妇抬进去急救，亚六蓦然取出手铐来往乌峇手上一铐！乌峇竭力挣脱，无效。哈山两眼瞪大，莫名究竟，问道："你为什么将他铐起来？"

"我已经抓到悍匪了。"

"谁？是这个小孩子。"

亚六用鼻音"哼"了一声，呶呶嘴，说："小孩子？他比你的年纪还大。——他是一个侏儒！"哈山目瞪口呆地愣了大半天。

乌峇奸笑着问亚六："朋友，算你眼力好；但是你凭什么证明我不是一个小孩子呢？"

亚六答："第一，在椰林里，你说那个司机名叫金发，我查过死者的身份证，发现他并不叫金发；第二、你说你在前边甘榜里读书，据我所知，前边的甘榜里还没有学校；第三——"他顿了一顿，抬起乌峇小手，说道："你的食指和中指给香烟熏得太黄了！"

一九五九年一月十五日发表于《南洋商报》

这就是爱情

一

圣诞节晚上，王氏夫妇在"快乐舞厅"给我介绍了一个男朋友。他的名字叫曾亚明。

曾亚明风度翩翩，相当潇洒；但是他不是我的理想对象。第一，他太高；第二，他的下巴太尖。我不喜欢尖下巴的男人。

在跳舞的时候，他说他在麻六甲街一家九八行当财库。我说我在罗敏申律一家红毛商行任打字员。

然后谈到嗜好，他喜欢园艺，我喜欢集邮。

然后谈到跳舞，他喜欢勃罗斯，我喜欢加力骚。

然后谈到电影，他喜欢西部片，我喜欢文艺片。

然后谈到男女之间的关系，我们的观点几乎完全相左，他认为女人必须因为男人而需要结婚；我认为女人必须因为结婚才需要男人。

于是我说："难道我们的爱好没有一样相同？你喜欢打羽毛球吗？"

"不。我喜欢打篮球。"

"喜欢榴梿吗？"

"红毛丹。"

"你喜欢狗吗？"

"猫。"

"你最喜欢的颜色是什么？"

"蓝色。"但是我说："我喜欢的颜色却是橙黄。"

他露齿微笑，很幽默地说："不要紧，我下次同你见面时，一定穿蓝色西装，结一个橙黄领花。"我们继续跳了几支舞之后，彼此之间有更多的发现：他喜欢古典音乐，我喜欢时代曲。他喜欢娘惹装，我喜欢旗袍。他喜欢勿洛大酒店，我喜欢西滨园。

我们的距离越来越远。王先生看看腕表，忽然问道："你们肚子饿不饿？"我摇摇头。

但是曾亚明却说："我饿了！"我望望他，他也望望我。我们有会于心地哄笑起来。王氏夫妇颇觉好奇，问我为何发笑。我耸耸肩，两手一摊。亚明却扮了一个鬼脸。

大家站起来，走出舞厅，乘车去康乐亭吃宵夜。我吃沙爹，亚明吃粿条。我喝咖啡，他喝茶。吃过宵夜，亚明送我回家。我以为他会吻我，结果只是握了手。

第二天早晨，王太太打电话来说："亚明对你印象很好，曾在王先生面前赞你美丽。"

"我也对他的印象不错。"我说。

"那末，你打算什么时候再见他？"

听了这个问题，我不禁怔了一怔，因为我知道我与曾亚明是无法相处的。

话虽如此，当天下午我接到了一件礼物：是一束用橙黄色纸盒装的蓝色康纳馨。

二

半个月过后，王太太告诉我曾亚明最近结识了一个新的女朋友，姓张，名叫芝茵。

"是很高大的？"

"你认识她？"

"不，只是瞎猜而已。"

我说话时，声音微微有点发颤。其实，我对这个"新闻"，不能完全无动于衷。虽然还没有到达嫉妒的程度，但是至少也不免有些激荡。这种情感是不易解释的，打个譬喻，有点像心爱的电影明星突然宣布结婚，纵然与你无关，可是你也会吃醋。之后，我将曾亚明完全忘掉了。

三月初，我认识了叶世杰。

那天我们在后园打羽毛球，一共三个人，恰巧叶世杰持拍走来，凑成双打之局。

休息时，世杰邀我晚上到皇家山公园去走走，我答应了。那天晚上，我发现叶世杰的趣味与我极相似，喜欢集邮，喜欢加力骚，喜欢文艺片，喜欢打羽毛球，喜欢吃榴梿，喜欢狗，喜欢橙黄色。因此我与叶世杰几乎每天见面了，我将他介绍给王氏夫妇认识。王太太也觉得世杰是个"理想中的对象"。

有一天，世杰打一个电话给我，说他受了点风寒，卧病在床。我说："晚上如果没有事，我就来看你。"可是下午四点钟左右曾亚明忽然来找我，说道："今天是周末，晚上想邀你去看一场电影，到海边去吃风？"

我心里无意接受他的邀请，嘴上却连声道好。

三

他在晚上八点钟来到我家，接我去珍珠巴刹吃饭，他问我："近况如何？"我将世杰的事告诉他。然后我问他："张小姐好吗？"他说："她的母亲病倒了。"

我说："希望张小姐的母亲早占勿药。"

他说："希望你的朋友叶世杰早日痊愈。"

从珍珠巴刹出来，我们到"国泰戏院"去看了一张以西部为背景的文艺片。看过电影，我们到加东海滩去吃宵夜。亚明谈了许多集邮的经验，我完全不懂。

十二点过后我们从一条幽静而又漆黑的小径走出来，亚明蓦然吻了我，我颇感错愕。

"对不起！"他说。

"没有什么，我倒觉得你有点对不起张小姐。"这句话说得亚明哑口无言。他很窘，我也非常不安。走出小巷后就跳上特示，坐在车厢里，大家不言不语。

车抵家门我下车，他轻轻说了一句："希望叶先生早日痊愈。"

到了下个礼拜，世杰的伤风果然痊愈了。天气炎热，世杰提议下班后到"中华游泳池"游水。世杰技术很好。他常在水中嬉弄我。

第二天，曾亚明又打电话给我，他说："晚上有空吗？想请你到太子酒店去跳舞。"

我说没有空。"明天呢？"

"另有他约。"

"是不是约好了世杰?"

"是的，"我说，"他似乎很认真。"

"你呢?"

"我也相当……喜欢他。"

电话遽尔挂断，但是我猜不出亚明为什么要这样。

星期六晚上，叶世杰约我到"加东花园"散步。我俩并排坐在石凳上，看海，看小岛，看岛上的灯火点点。此外，海风习习，繁星在苍穹霎眼，夜景苍茫，花影扶疏，像梦，却是美丽的现实。"我喜欢海。"世杰说。

"我也喜欢。"

"我俩对于事物的爱好几乎完全相同。"

"是的。"

他伸手搂住我的肩膀，轻轻吻了我。他问："你肯嫁给我吗?"

这突如其来的问话将我愣住了，我不知道说些什么好。

隔了大半天，我才张口结舌地对他说："让我……考虑，考虑，过几天……再答复你。"

回到家里，有一种不可言状的感觉激聚在心头。我吞了两粒亚士北罗，出了一身汗，却彻夜未睡。

早晨起来，头仍沉重。吃过早餐，我打电话给曾亚明。我不知道为什么这样做，但是我觉得非这样做不可。我问他："晚上有空吗? 想不想到海边去走走。"

他说："好的。"

中午时分，世杰打电话来，邀我到"罗敏申公司"去进午餐。我怕他重提婚事，也就信口捏造个理由拒绝了。

晚上，我与曾亚明在伊丽莎白女王道上见面。月圆似盆，海波闪烁。我问他：

"张小姐的母亲痊愈了没有？"

"已经痊愈了。"

"你常常跟她在一起？"

"她嫁人了。"

我吃了一惊。他脸上挂着怅惘的神情。大家都噤默着。迟了一会他霍地站起，挽着我的手，走近海边，凭倚栏杆，俯视海水。我对他说："叶世杰昨晚向我求婚。"

"你的意思怎样？你答应了他？"

"他的志趣与我十分相投。"

"哦。"

"但是，我不愿意嫁给他。"说着我竟抽抽噎噎地呜咽起来了。

当我再度抬起头来时，我发现亚明脸上有一种奇异的表情。他叫了我一声。我垂下眼波。

很久很久，他才低声悄语地在我耳畔说："我开始集邮了，而且还学会了加力骚。"

"其实，"我说，"我并不反对西部片，同时，我也喜欢红毛丹和猫的。"

亚明忽然伸手搂住我的身腰，第一次疯狂地吻了我。吻后，我轻轻地告诉他：

"我今天买了一本蓝色的集邮簿。"

他说："我也买了一盆橙黄的野玫瑰。"

一九五九年一月三十日发表于《南洋商报》

生日礼物

窗外有雨。窗外有株芭蕉树。雨打芭蕉，淅沥作响。时已五点半，小添福惘然站在窗边，若有所思。他的母亲走过来，问他："你在想些什么？"他一言不发，掉转身，径自走到大门边。

母亲又问他："你到什么地方去？"他爱理不理地答了一句："出去走走。"

"这样大的雨？"添福噙着眼泪，说："我不想耽在家里。"

"为什么不想耽在家里？今天是你的生日。等你爸爸回来后，我们下面吃。"

"我不要吃面！"

"那末，你要什么？"添福脸一沉，咂咂嘴，拉开大门，直向雨中冲去。冲到街口，还隐约听到母亲在身后叫他："快回来！"他狠狠地吐了一口唾沫，翻起了衣领，冒雨过街，在对街的骑楼下踽踽独行。他想起早晨的情景，因为想收养安国伯公家里的一只小狗，着实给母亲骂了一顿。

他心里很纳闷。

雨很大，他似痴似醉地在雨中行走。走呀走的，不觉来到梧槽律的巴士站。

每天傍晚时分，他的父亲总在这里下车的。他的父亲是一个好人，没有念过大学，早年当过估俚，凭自修，终于成为副工程师。半年前，在巴丝班让做工的时候，不留神，摔断一条右臂，从此心情大变。他本来爱说爱笑，出院后，连笑容都不露了。现在，他被调赴新山做工，每天一早由此搭乘巴士，下午六点左右必在此处下车。

当添福走到巴士站时，巴士刚到。

父亲第一个下车，一见他，就用惊诧的口气问："添福，你到这里来做什么？"

"来接你。"添福说，脸上挂满雨丝。

"你瞧你，湿得像只落汤鸡，着了凉，可不是闹着玩的。"

于是父亲挥手招停一辆特示，父亲平日非常节俭，为了怕儿子着凉，不得不忍痛一下。

坐在车厢里，父亲问他："你母亲知道不知道你来接我？"

"不知道。"父亲眉头一皱，略带一点谴责的口气说："这行为实在不对。"

添福噘着嘴，不出声。父亲继续说下去："你母亲一定会很焦急了，再说，我今天也回来得迟了一点。"然后两父子默然不语。

车子在倾盆的大雨中驰行，添福忽然发现一只小猫正在车前。小猫看见了疾驰而来的特示，有点慌张，来不及走避，终于给车轮辗过了。

添福歇斯底里地狂叫起来："让我下车！让我下车！"他陡然打开车门。

父亲一把捉住他的衣领，立刻吩咐司机停车。车子尚未完全停好时，添福已跳出车厢，如飞地奔到肇事地点，终于在水沟边找到那只小猫。小猫没有死，两只受惊的眼睛鼓得很大。

添福伛偻着背，对它仔细察看，才知谊它的前腿折断了，正在流血。

父亲说："伤势很重，你我都已无能为力了。"添福眼眶里充满了泪水，伸手轻抚小猫的颈脖，声音颤抖，对父亲说："爸爸，你必须想办法，不然，它一定会死去的！"

但是他的父亲说："一只断腿的小猫，就不再是一只小猫了。你上车去吧，母亲还等着我们回去吃晚饭哩。至于这只小猫，让我来对付它吧。"

添福抬起头望望父亲，发现他的左手握着一块石头。"爸爸，"他哀求道，"我们必须想法子救它，不能让它死去。只要……只要我们能够设法阻止它继续流血，它还是可以活的。"

"不，"父亲的口气非常坚决，"这是没有办法的事，你先上车去吧。"

添福开始呜咽了，他边哭边嚷："我求求你！我求求你！"四周很静，但闻雨声浙沥。

父子俩默然地站在雨中，相对好一阵子。然后，添福听到父亲手里的石头掉在地上的声音。

添福心里的一块石头也落下了。他小心翼翼地用双手将小猫捧起。父亲俯着身子，掏出手帕，开始替小猫包扎伤口。然后撕下衬衣的一角，索性将小猫的四只脚扎在一起。

"这样，它就不能动弹了。"接着，添福捧起小猫，随同父亲急急再上车。

车子开动时，小猫静静地躺在添福怀中。父亲脸上开始呈露了笑容，说道："今天晚上，我本来计划带你到奥迪安去看电影的，现在可不成了。"

"爸，我不要看电影。"

"今天是拜六。"

"今天是我的生日呀！"

父亲这才怔了怔，憬然想起，前几天曾经答应给添福送生日礼物的，如今他竟把这件事忘记得一干二净。他心中很难过。

回到家里，母亲正在门口等候，看见了特示，立刻大声呼唤道："添福，是不是你同爸爸一起回来了？天哪，真把我急死了！你们知道现在几点钟？你们——你们究竟在搞些什么？"

父亲说："我们救活了一只受伤的小猫。"

"快去换衣服！"母亲说，"瞧你们两父子，全身湿漉漉的，还不赶快去抹身？"

然后母亲从添福手中接过小猫，兀自走到厨房去。

添福换好了衣服去看小猫时，小猫已经舒舒服服地躺在竹篮里了。

竹篮里放着两件添福的破衬衣，小猫侧卧着，嘴边有个搪瓷盆，盆里盛着牛奶，小猫正在用舌舐吮。添福咧着嘴，将竹篮捧入客厅，取了一条干毛巾来，慢慢替它抹干身体。

父亲点燃了烟斗，悠闲地扭开收音机。

"爸爸。"添福轻轻叫了一声。

"嗯。"

"你想它的伤势痊愈后，会不会走路？"

爸爸微微一笑，吐了一口烟，说："你爸爸断了一条右臂，可不是一样在做工。"

添福笑了，脸上的惆怅也完全消失了。

这时，母亲已经将晚餐煮好了，有鸡，有肉，还有长寿面。

母亲对添福说："祝你生日快乐。"

添福点点头说："我快乐极了。"

晚上，雨未晴，风很大。窗外的芭蕉叶响起一阵淅沥声，很密，很零乱，很急促。

添福心情平和，因为他的小猫不必再受风雨的摧残了。

父亲在床上吸烟。

母亲问他："为什么不睡？"

"因为……我心里有一种不安的感觉。"

"什么？"

"前些日子，我曾经答应送一件生日礼物给添福的，但是，我竟忘记了。"

"你已经送了一件很好的礼物给添福了，快睡吧，明天一早还要到新山去。"

母亲揿熄电灯，窗外雨声转大，芭蕉叶在风中飘舞。

一九五九年二月五日发表于《南洋商报》

山芭月夜

一

亚凤从小没有父母，今年十六岁，给丁锦河两夫妇收领做养女，还是一个月以前的事。

丁锦河是个农艺家，在山芭里辟设农场，养鸡饲鸭，种蕉植椰，日子过得很好，只是膝下并无小辈。如今，收养了亚凤后，两老就不像过去那么寂寞了。

亚凤长得很美，瓜子脸，尖下巴，极黑极黑的眸子，微向上翘的薄嘴，叫人一见就喜欢。

但是她究竟还年轻，住在这偌大的农场里，熬不住这空落落的感觉。

这天傍晚，亚凤闲着无聊走出农场，到溪边去散步。落日光赛如一撮火，将晚霞烧得通红，看起来，令人有奇丽的感觉。然后夜色四合，天边挂着一个团圆月。

蓦地，她依稀听到一阵幽幽的口哨声。她颇感好奇，迎着口哨声信步走去，走过小溪，在椰林背后发现一座浮脚厝。浮脚厝很小，最多只能容纳两个人。她心忖："不知道谁住在这里？"

正这样想时，一个男孩子突然从椰林中走出来，约莫十八九岁，正在吹口哨。

亚凤目瞪口呆地睖着他。他停止吹口哨，嘴角边旱露了笑意，他问道："你找谁？"

"我……我……"亚凤支支吾吾的，"我只是随便走走。"

"你住在什么地方的？"

"后边农场里。"

"为什么过去没有看见过你？"

"我才来这里一个月。"

"告诉我你叫什么名字？"

"亚凤。"

"你知道我叫什么名字？"

"不知道。"

"我叫大目李。"

"你一个人住在这里？"

"我的家就在山后边，这座浮脚厝是我亲手盖的，没有事，我就走到这里来休息。"

说到这里。远处忽然传来了唤叫亚凤的声音，她回头一看，丁先生已经站在溪边。

"吃晚饭了，"他说，"快跟我回去！"

二

吃晚饭时，丁先生警告亚凤以后不要再走近那间浮脚厝去。"为什么？"她的眼珠瞪得很大。

"因为大目李是个疯子。"

"疯子?"亚凤大吃一惊,她然后喃喃自语:"他看起来好像很正常。"

"这两年来,他的病情似乎比以前减轻,整整两年,他没有用武力袭击过别人。所以,他的叔叔就准许他在溪边游玩。""但是——"亚凤仍感惶惑,"年纪轻轻怎么会发疯的?"

于是丁先生说了这样的一个故事:"大目李的母亲是个非常美丽的女人,在山后甘榜摆个粿条档,她因为工作太忙,所以将大目李寄居在小叔家里。有一晚,大目李思家心切,趁月光皎洁,兀自经芭地回到家里,竟发现家里起火了,母亲被人刺毙。待至凶手落网,才知道凶手是长年在外边驾驶罗厘车的父亲。就从这个时候开始,大目李抵受不住过度的惊吓,终于失去了理智。早几年,他还常常用武力袭击别人,近两年,类似的事情从未发生。为了这个缘故,他的叔叔也就不再将他禁锢在家里了,希望凭借正常的生活,来恢复他混乱的理性。"

"那末,"亚凤好奇地问,"他为什么要在椰林里另盖这间浮脚厝呢?"

"他目击自己的家给大火焚毁,因此,在无人看管时,就亲手盖了那间亚答屋,虽小,但是给他一个人休息倒很够了。"

三

某日清晨,亚凤走出农场大门,发现信箱上插着一束鲜花,她不知道是谁送来的,可是她立刻想到了大目李。她不敢将这件事告诉丁先生,生怕大目李的叔叔获悉了,会将大目李再度禁锢起来。然后，一个月光洁白似银绸的夜晚，丁太太忽患腹痛，丁先生忙不迭地驾驶车子，赶着到甘榜去找医生。整个农场只有亚凤一个人。她在厨房里洗碗，四周很静。

木门"呀"的一声启开了，亚凤猛一回头，吓得混身发颤，连手里的菜碟也松手摔在地上。

那是大目李，腰际插着一把巴冷刀。他目不转睛地睖着亚凤，一步又一步地迈过来，极其斯文地伛偻着背捡起菜碟的碎片，然后慢吞吞地就伸出两臂，圈住亚凤的颈脖。

"你不要怕，"他说，"我绝对不会伤害你的。"亚凤不说话，只是望着他发愣。

第一次见到大目李时，亚凤只把他当作一个男孩子，现在知道他并不是。他的身材相当高，体格魁梧，肩膀宽壮。他轻轻地吻了她，然后一把将她抱起，走出厨房，就直向屋外奔去。

亚凤的眼前一阵昏黑，她晕倒了。

四

当她醒来时，才发现大目李已经将她抱到浮脚厝里。这是一间很粗糙的房子，里面没有家具，没有灯火，地上铺着一张草席，四壁糊着旧报纸。

大目李很温柔地用手抚摸她的秀发。她也不再感到畏葸了，仔细端详大目，觉得他黧黑英俊，极富男子气。他用舌尖舐湿了嘴唇，轻轻吻她的额角。

屋外忽然起了一阵嘈杂声，几个人在下边大声高喊："大目李！快点走出来，只要你将亚凤交还给我们，我们绝对不会伤害你的！"

亚凤探首门外，俯视下面，发现七八个马打持着枪械，将浮脚厝包围了。

她竭力保持镇定，低声地劝大目李："我们走下去吧，他们不会伤害我们的。"

"我知道。""那末，为什么不下去？"

"如果下去了，他们又要将我锁起来的。我决不能失去你，我不能！"

但屋外蓦地传来了一声枪响，有人大声唤叫："大目李，你再不放亚凤下来，我们就要开枪了！"大目李脸色一沉，怒不可遏，霍然站起身来，从腰间拔出一把巴冷刀，狠巴巴地走到门边，叱道："亚凤是我的！你们休想从我手里抢去！谁敢上来，我就一刀将他刺死！"

接着，下面射来一枪，刚刚射中大目的胸膛，大目两腿一软，终于倒了下去。

亚凤大哭。大目叫她不要哭，说了一句"你是我的"就双脚一挺，断了气。

隔了很久很久，马打发现屋内并无动静，遂悄悄地走上来拯救亚凤，可是谁也想不到，亚凤竟用大目手中的那把巴冷刀，刺入自己的心脏，倒在大目身旁。

带头的那个马打受惊地问："怎么亚凤也自杀了？"

探长匆匆走上来，见状，不禁为之一怔，叹口气说："他们两人真会如此相爱！"

一九五九年二月七日发表于《南洋商报》

机器人

一

　　本院诚聘广告员一名，能刻苦耐劳，无不良嗜好，体格强健者，请即驾临××律本院宣传部面洽，合则日薪贰拾元，供膳。

二

　　林春寿从病房走出，眼看护士们将细侨推入手术间。医生对他说："现在你没有事了，你可以到外边去走动走动。"

　　在手术间门口，细侨躺在病车上，瞪大了受惊的眼，抖着声音对父亲说："阿爸，你答应我的，别忘了，等我动过手术，你买一只大洋娃娃给我。"春寿含笑点头，护士们将手术间的房门关上。

　　时间过得很慢，春寿焦急地在手术间门前踱步，摸摸口袋，里面空空如也，心忖："我不能欺骗细侨，我答应买一只洋娃娃给他的，我一定要买给他，但是钱呢？"

向朋友去借？他没有朋友。自从被九八行头家辞退后，整整一年多，他无法找到一份比较安定的工作。一个没有职业的人是不会有朋友的。

然而现在他必须立刻找到一些钱，即使自己挨饿，也非给细侨买一只洋娃娃不可。

他匆匆地走到电梯口，下得楼来，在询问处借打一个电话给中学时代的董老师。

"是董老师吗？我是……是春寿，林春寿。我想……"说到这里，他脸一红，咽一口唾沫，将要说的话也咽了下去。"哦，林春寿，"董老师说，"很久不见你了，你好吗？"

"我……我……我想……"

"你想怎样？"林春寿想向董老师借几十块钱的，只是不好意思启齿，结果竟改成了："我想……请你介绍一份工作。"

董老师在电话中沉吟一阵，然后用低沉的语调说："学校里人浮于事，一时很难安插，不过，今天的《南洋商报》好像刊载了一则"事求人"的小广告，你查查看，如果适合，不妨去试一试。"挂断电话后，林春寿有意无意地进入候症室，从报架上取下《南洋商报》，果然看到这一则小广告。

那"日薪贰拾元"的优厚待遇，使春寿禁不住心头乱跳。

三

林春寿忙不迭地走出医院，乘搭巴士，按照广告上的地址，赶抵那家戏院。

找到了宣传部，发现已经有三个应征者先他而在了，其中有一个是马来人。

宣传部主任姓陈，脸容清癯，身形瘦小，衔着雪茄对大家解释，声音很响：

"本院日间将上演一部巨片，片名《机器人大闹黑松林》，为加强宣传起见，我们想聘请一位体格健全而能刻苦耐劳者，来扮演机器人，每天自上午十一时起到晚上十时为止，站在戏院门口，供来宾欣赏。其间除两次进餐时间外，非必要时不能擅自离开，特别是观众入场或散场的时候。"

"一天要站十一个钟头？"

"你只要呆呆地站在那里，将自己想象作机器人，毋需作任何表情。"

接着是一阵难堪的噤默。三个应征者各自叹口气，摇摇头，知难而退，剩下林春寿一个没有走。

陈宣传主任乜斜着眼珠对他瞅了一眼，问道："你愿意干不？你说。"

林春寿迟疑一阵，期期艾艾地说："我想请陈先生预支两天的薪工。"

"这是什么话？事情还没有做，你就想拿钱？"

"我的孩子突然病倒了，现在中央医院开刀，我答应买一只洋娃娃给他的。"

宣传主任踟蹰了良久，然后说："这样就是吧，你今天就上班，晚上十点钟，我给你四十扣，连同明天的薪金一起算给你。可是你千万不可拿了钱去，明天不来了。"

林春寿感激得几乎流了眼泪。宣传主任拿了一套预先特制好的"机器人服装"，叫春寿立即穿上，然后站在戏院门口的烈日下。那服装是很重的，穿在身上，有点头昏脑胀。

到了晚上十点钟，春寿已经精疲力尽了。陈主任果然交了四十扣给他。

他匆匆忙忙地赶到了"快乐世界"，就在玩具店里买了一只大洋娃娃。

然后，他乘搭巴士赶往中央医院，问过护士，才知道细侨动过手术后，情形十分良好。他要进病院探视，护士说："他已经睡熟了，不要吵醒他，你明天早晨再来吧。"春寿不想回家，却坐在病房门口假寐。他手里捧着那只洋娃娃，脑海中万斛思潮，充满了痛苦的回忆。

四

是在半个月之前，他与香琳吵了一架。香琳大怒，口口声声要离婚，春寿不肯，她就带着大侨回新山娘家去居住了。在这半个月中，春寿曾经几次三番地要来与香琳复合，俱遭香琳拒绝。

春寿一气，索性打了个长途电话给香琳，故意捏造谎言，说是已经有了新的对象，愿意随时到律师楼去。就在这时候细侨忽然患了急性盲肠炎。他急得如热锅上的蚂蚁，将唯一值钱的东西——结婚戒，送入大押后，总算对付了医药费。

但是香琳不知道。他不想让香琳知道了耽忧。

现在细侨已经度过了危险时期，然而以后的日子怎样熬呢？

五

他想呀想的，远处忽有鸡啼传来。东窗方曙，晨曦朦胧。睁开惺忪的眼来时，护士已经站在他面前。"现在你可以进去了，"护士说，"你的儿子已经醒了。"

春寿霍然站起，用手掠掠自己的头发，挺起胸脯，堆上一脸慈祥的笑容，捧着洋娃娃蹑足走入病房。细侨一见父亲，咧开了嘴，高兴得什么似的。春寿把洋娃娃放在他枕边，细侨快乐得噙了眼泪。细侨问他什么地方找来的钱，春寿就把自己做广告员的事告诉他。

六

十一点钟。春寿依时抵达戏院，陈主任拍拍他的肩膀，说他做事有信用。

他穿上机器人的服装后，站在烈日下，任由路人参观，他动也不动。

有一个女观众指手划脚地对她的丈夫说："这是真人，我可以同你打赌！"

但是她的丈夫却反对，他说："这怎么会呢？如果是真人，那就太惨了，这赤道边缘的太阳，可不太好受。"他听了诸如此类的对白后，唯有目无所视地望着前边。他的脑海里只有一件事：怎样活下去？

忽然，他在观众中发现了两张使他颤抖的面孔。

香琳！是香琳与大侨。

大侨指着父亲说："妈，你看，这个机器人多有趣！"

香琳穿着旗袍，虽然朴素，却比以前更加美丽了。

春寿望着她。

她望着春寿。

春寿没有说话。他现在是一个机器人，一个机器人，怎么会说话呢？

她低声对他说："我刚才从新山出来，希望你原谅我过去的错误。我回过家去了，见不到你，房东说细侨病了，我又赶到中央医院，细侨告诉我：你在这里，我就来了。"

春寿依旧呆呆地站在那里，望着香琳，默不作声。

香琳继续说道："护士说细侨后天就可以出院了，从此，我们应该好好做人。春寿，我知道你是很痛苦的，你有向上之心，无奈这个残酷的社会，它总不肯让好人抬头！"

春寿仍然没说话，他的感情就像潮水一样涌起来了。

这时候，围观的人中忽然有个人高声嚷了起来："大家看啊，机器人流眼泪了！"

一九五九年二月十三日发表于《南洋商报》

风波

礼拜日，金狮到联邦收账去了。

礼拜一，金太太到莱佛士坊去买东西，发现那个男人跟在她后面。

礼拜二，金太太到水仙门去做衣服，又发现那个男人跟在她后面。

礼拜三，金太太没有出街。

礼拜四晚上，金太太与女朋友在游艺场里闲荡，又发现那个男人跟在后面。

她开始意识到事情的不寻常，匆匆走避，心存怯意，暗忖：如果金狮在身边，也许就不会发生这样的事情了。之后，金太太一连两天没有出街，为了害怕遇到那个男人。

礼拜日，她到牛车水一家酒楼去参加一位旧同学的婚宴。在宴会中，那男人竟笑嘻嘻地向她走过来。她有点害怕，但极力保持镇定。那个男人说："是金太太吗？"

"是的，你贵姓？"

"我叫巫四。"

"但是我们并不相识？"

"你不认识我，可是我已经认识你有半年了。"

"这究竟是怎么一回事？"

"半年前，你同金狮在大同酒家结婚，对不对？"

"你……怎么会知道的？"

"因为我是私家侦探。"

金太太对这突如其来的发展，显然感到莫名其妙，心里止不住怔忡，情绪极其不安。她不知道巫四要求于她的是什么，因此她大胆地问道："你跟踪我已经有几天了？"

"不错。"

"有什么事吗？"

"我们到那个角落处去坐下来谈谈。"巫四说。两人从贺客群中挤了出来，走到大堂的角落，拣个卡位，相对面坐。金太太睁大眼睛，静候巫四开口。

巫四问："你怎样认识金狮的？"

"在朋友的圣诞舞会上。"

"那不过是半年以前的事？"

"大约七个月左右吧。"

"所以你对金狮的过去完全不清楚？"

"我只知道他是一个老实人，我愿意有一个老实的丈夫。"金太太说。

"金狮是一个老实人？"巫四忽然仰天嘿嘿大笑，笑了一阵，正正脸色，继续说下去，"你想不想知道一些关于金狮的过去？"金太太沉吟一下，点点头。

巫四掏出香烟，燃上一枝，一连吸了几口后，说："你的丈夫不是一个正常的男人！"

听了这句话之后，金太太脸孔一板，气得双目圆瞪，立刻抖着声音替金狮辩护：

"你不能随便侮辱好人！"

"金太太，你先别生气，让我把事情的经过，详细讲给你听。然后你就明白了。"

据巫四说：金狮是一个"沙特"[1]狂精神病患者，在没有发作的时候，举止行为和常人完全无异；但是一旦发作起来，他就会立即失去理智，让兽性克服了人性，陷溺于偏狂，以虐待女性为快，而变成了一种纵恣的畸形的行为。

"可是，"金太太说，"我与他结合已有半年，从未发现过他在精神上有什么不妥的征象？"

"那是因为他的病还没有发作的缘故。"

金太太眉头一皱，对于巫四话语，仍表怀疑："你怎么会知道他有这种精神病的？"

"两年前，金狮同一个名叫亚喜的女人过从甚密，有一天晚上，两人共赴勿洛海滨，拣了一棵椰树下面，坐在海滩边，开始谈情说爱了。谈得正高兴时，金狮对亚喜说了一句'你的眼睛真美丽'，那病就发作了。金狮伸出双手扼住亚喜的粉颈，亚喜还以为金狮想吻她，所以闭着眼睛不加抗拒。就在这时候，亚喜发觉金狮两只手是冰凉的，而且也特别用力，显然超过了爱抚的程度，这一下，她才惊醒了，拼命挣扎，总算没有把命送掉。"

"有这样的事？"

1　现通用译名为"萨德"，即萨德侯爵。

"我可以对天发誓证明这是事实。"

"你又怎么会知道的？"

"因为我是私家侦探。"金太太颇感惶惑地想了一想，说："我还是不相信。"

巫四从口袋掏出一张相片，交给金太太："这是亚喜的照相，你也许可以从金狮的抽屉或旧皮夹里找到同样的一张，到那时，你一定会深信不疑了。不过，在搜查时，千万不可让金狮知道，他的旧病常常会因为受不了过分的刺激而发作的。"

说着，巫四站起身来与金太太告辞。分手时，还频频叮嘱她小心戒备。

金太太点了头，心里总不肯相信这个陌生男人的话。

晚上，金太太在婚宴没有结束时，就雇车回家了。回到家里，先冲凉，然后开始搜查金狮的旧皮箱。那旧皮夹里竟藏着一束情书，每一封信里都写满了甜若蜜糖一般的字句，每一封信的署名都是亚喜。金太太这才认真恐慌起来了。

她开始杌陧不安，整天不露笑容，脑子里尽是些可怕的念头，心绪十分不宁。

三天过后，金狮从联邦回来，红光满面，神采飞扬，丝毫没有不正常的迹象。

倒是金太太自己脸色苍白，容颜枯槁，一望而知她近来精神不大好。

"你怎么了？"金狮问。金太太凄然一哭，也不言语。

吃过晚饭后，天气特别燥热。金狮认为太太的精神不济，多半是因为闷在家里太久的缘故。于是他提议到海边去走走，金太太不加反对。

两人坐上车子，由金狮驾车，经独立桥，转入加东，径向勿洛驰去。

"我们到什么地方去？"金太太问。金狮板着脸，两眼直瞪着前面，但闷声不响。

车子驰抵勿洛滨，金狮并没有像旧时那样带太太到熟食档去吃东西。他只是拉着金太太的手，慢慢向海滩边走去。

四周漆黑，但闻潮水拍岸的声音。

金太太心里卜卜乱跳。

金狮将她拉到一棵椰树边，并肩坐下，说了许多关于此行的种种事情。

金太太只在耽心他的旧病复发，对于他的话几乎完全没有听到一句。

然后，她忽然听到了一句："你的眼睛真美丽！"

她开始混身发抖，接着是一双冰凉的手圈着她的粉颈。

她终于大声叫了起来，拼力挣扎脱身，歇斯底里地奔上公路。……

当她醒来时，她发现自己躺在病房里。医生站在她面前，和蔼地对她微笑着。

她依旧惊魂未定，犹有余悸。医生劝她好好地静养，不可胡思乱想。她定了定神后，问道：

"我的丈夫呢？"

"办公去了。"

"他是一个沙特狂的精神病患者。"

医生笑笑，不作任何表示。

下午五时半，金狮来了。金太太一见他，就吓得混身发抖。

医生站在一边，观察到这种情形，立即弓下腰去对她解释道：

"如果金先生真是一个沙特狂患者，他怎么会送你进医院的？"

金太太想了一想，觉得医生的话语十分有理，心中也就安定了许多。

进晚餐时，金太太问金狮："有个名叫亚喜的女人，你认识不认识。"

"你怎么会知道她的？"

"我在旧皮夹中，翻出不少她写给你的情书。"

"是的，有一个时期，我们彼此的情感很好。"

"既然情感很好，为什么不结婚？"

"因为，"金狮说道，"她是一个有夫之妇，丈夫名叫巫四，是个沙特狂患者。"

一九五九年三月二十七日发表于《南洋商报》

过番谋生记

　　亚祥刚刚学会说话的时候，母亲就对他说："你长大了，应该过番去发财，发了财，回唐山来光宗耀祖。"

　　亚祥十二岁的时候，母亲病了，长年躺在床上，无人照顾，于是掏出一只金戒指，买了个童养媳回家，准备养大了给亚祥当老婆。童养媳名唤亚婵，胆量非常小，一见生人就脸红。

　　亚祥十五岁，隔壁金水叔从南洋回家小住，母亲知道他是老资格的旧番客，一定要他带亚祥过番谋生。在饯别宴上，金水叔说："带一个新客出门，比带条牛在身边还要麻烦，不过，看在老邻居的份上，就帮你们一次忙吧。"

　　这样，亚祥就在鹭江埠头上了船，临走时，母亲一把眼泪一把鼻涕地哭得上气不接下气。亚婵则呆呆地站在床边，连哭的勇气都没有。

　　亚祥抵达石叻后，先在金水叔家"隆帮"[1]食住。不久，金水叔介绍他到码头上去做估俚，第一天赚了一扣多钱，回家时，唐山寄来一封信，是亚婵具名的，说是母亲旧病复发，死了。

　　这天晚上，亚祥闷声不响地走出家门，兀自走到牛车水，遇

1　隆帮为暂借之意。

到了一个满面宫粉的娼妇，跟她走上"鸽子笼"，竟把第一次做工赚来的镭全部交给她了。

一个礼拜过后，他觉得微微有点发烧，金水叔带他去找医生，才知道是那天晚上出的毛病。

从此，他再也不敢亲近女人了，甚至偶尔想起唐山的亚婵，也觉得害怕。

他在码头上做了一年多之后，节吃俭用，总算剩了二百多扣，亚婵写信来，只说乡下的壮丁都一批一批地出洋了，田园荒芜，连短工都搭不上，苦得很。亚祥知道亚婵不识字，这信一定是请别人代笔的，所以写了不少"苦"字，却始终没有提到镭。

亚祥打开了"烟丝箱"，从纸包里取出五十扣来，走到二马路的一家金铺去，托他们将钱汇给亚婵。

又过两年，亚祥到联邦割胶去了。割胶的工作虽然辛苦一些，但是工资大，容易出头。

在这辛勤的岁月当中，亚祥常常梦见自己变成了头家，捧着大批金银珠宝，坐着大洋轮回唐山，在鹭江埠头买下许许多多楼房。然而他从未梦见过女人。

有一天，不知道什么"大日子"，胶园里的工人成群结队地到小埠头去游乐，只有亚祥不去。别人问他："亚祥，你一个人留在这里做什么？跟我们去喝杯酒。"

喝酒要花镭，他不愿意。他宁可在甘榜里饮羔呸乌。

饮完羔呸乌，夜渐深，月色皎洁，景色如画。他独自一人踩着芭路[1]田园，行经河边时忽闻草丛间有人在呻吟。亚祥好奇心起，拨开草丛一看，原来是个马来妇人，约三十岁，有一对迷人的眸

1　芭路即泥径。

子。"你怎么啦?"亚祥问。

女人娇滴滴地说:"摔了一跤,大腿受了伤,正在流血。"

"你家住在什么地方?"妇人用手指指前面的亚答屋,说:"就在那边。"

"我抱你回去。"

"谢谢你。"

于是亚祥将她抱起来匆匆向亚答屋走去。妇人瞪大了眼珠望他,脸呈微笑,似乎完全忘记了腿上的伤痛。走进亚答屋,里面很黑很黑,没有第二个人。

妇人擦亮火柴点上油灯,坚持要亚祥坐下,递一枝烟给他,还斟了一杯椰酒。

亚祥不吸烟,啜一口椰酒后,问:"你一个人住在这里?"

"我的丈夫去年死去了。"

"没有孩子?"

"没有。"

"你一个人不觉得寂寞吗?"

妇人妖冶地笑笑,不说话,慢慢走到亚祥身边,投身在他怀中,努起嘴唇,要同亚祥亲嘴。

然后,妇人吹熄油灯,一连斟了几杯椰酒给亚祥。亚祥醉了。

第二天起身时,妇人端了一只首饰盒给亚祥看,说:"这里至少可值一万,你若同我结为夫妇,这一盒东西就送给你。"

亚祥想了一想,终于在首饰与亚婵之间作了一个抉择。

他与首饰结了婚。

婚后,亚祥买了座小胶园。不久,胶价陡涨,亚祥赚了不少钱。

亚祥俨然头家身份了,将赚来的镭又买下几座小胶园。亚婵还常常有信来，亚祥也常常寄些小钱给她。

又过了五年，亚祥养了两个孩子，好像什么都已齐备了，只差还没有回过唐山去显耀一下。

他开始有点快快不乐了。妇人问他："有什么心事吗？"

他说："想回唐山去一次。"

"回去做什么？"

"母亲死了这么些年，还没有落葬。"

妇人寻思一阵，觉得他的理由很充分，也就答应了，让他回去一次。

"不过，"妇人又说，"你必须喝下这杯草茶。"

"为什么？"

"我要你在九十九天内回到这里。"

"如果超过了限期呢？"

妇人笑笑说："我在这草茶已经放下'贡头'，你若在九十九天内赶回来，我有药替你解毒，否则，你就会死在唐山。"为了使妇人安心起见，亚祥喝下了这杯草药，然后提了一只皮箱和一把雨伞，匆匆赶到石叻，在石叻埠登上大洋轮，怀着骄傲的心情遣返唐山。

回到唐山，发现亚婵还在那盖头破房子里等他，还是那么死心塌地。

亚婵已经不再是个女孩子了，有大大的眼睛，高高的胸脯，长得十分茁壮。

两人见面时，彼此都不认识了。当亚祥道出自己的姓名后，亚婵高兴得热泪直淌。

"你回来了？"

“是的，亚婵，我回来了。”

“发了财？”

“是的，我发了些财。”

“要不要再去？”

“要的。”

“你再不想在唐山住？”

“番山还有点生意要做。”

“打算在这里住多久？”

“一个半月。”

“不能多住一个时期？”

“不能。”

纵然如此，亚婵还是挨门逐户地走去告喜讯。当天晚上，亲自下厨做了几味好菜，请了几位小乡邻来，算是替刚从番山归来的丈夫洗尘。这些年来，亚婵从未纵声发笑过。现在，亚祥回来了，破屋子里甚至在三更半夜也会有咯咯的笑声传出来。

亚婵在一夜之间由少女变成了少妇，她只会噙着眼泪发笑。

她很高兴，清早起来，给男人倒净面水，煮早点，拉着他到田野去看她亲种的菜蔬和荳类。

亚祥的离家已有多年，如今处身在这村舍田圃间，远瞩群山，少不免有了些依依之感，开始憧憬于宁静的隐居生活。然而这不过是偶发的思念罢了，家乡再好也不能不回番山。

他只有一个半月的时间，不能再多留一天的。在这一个半月，两夫妇没有一刻分离过。亚婵从亚祥处体验了人间的温暖，亚祥从亚婵处接受了万种柔情。

大家都觉得很是快乐。

但是快乐的日子最容易消逝，六个礼拜的"假期"迅即届满。那无限痛苦的离别之夜，偏又逢到大风大雨。两夫妇相对而坐，一盏洋油灯，四只噙着泪水的眼睛，你看我，我看你的，浸沉在静思的幻想中，谁也有千言万语要说；可是谁也不知语从何起。

有雨水从破屋顶的碎瓦间滴落来，亚婵忙不迭的端了木面盆去盛水。

亚祥终于开口了："该找个泥水匠来修理修理。"

"不要紧，别浪费辛苦赚来的番山镭。"

"我走后，你一个人住在这里，一定很寂寞。"

"只要你常常寄些信回来，我就不觉得寂寞了。"

"好的，我一定多给你写信。"

接着是一阵难堪的沉默，灯火在两人默默无语的相对中随风跳跃。

隔了半晌，亚婵才幽幽地问：

"什么时候再回唐山？"

"也许一年，也许三年，也许……"

这"也许"下面的话语虽然没有说出来，却已经使亚婵惊骇失色了。她期期艾艾地问：

"如果三年不回，那么要等多久？"

"也许……也许要隔十年八年！"

亚婵饮泣起来了，泪水一颗继一颗掉下来。

亚祥劝亚婵不要难过，她就猛 咬牙，坚决地说：

"就算十年八年，我也等你！"

听了这句话，亚祥眼圈一红，差点没哭出声来。屋外风声呼呼，雨像玻璃管子一般。

亚婵要亚祥上床休息，亚祥摇摇头。

亚婵说：“你一早就要赶路，不睡怎么可以？”

亚祥说：“我还要收拾东西。”

于是他霍然站起，开始把一些零零碎碎的东西全都收拾在皮箱里。

后院忽有鸡啼报晓声，亚婵内心纷乱，急急下厨去炒了一盘面出来，双手端到亚祥的面前，要他吃了好有力气赶路。

此时，晓色迷濛，人寰犹静，亚祥吃过炒面后，悄悄看了亚婵一眼，发现她的脸上漾着一朵愁云。

亚祥从腰带里掏出一把钞票来：“这些镭你留着慢慢花，到花完了，写信给我，好让我再寄给你。”

女人收了钱，张口结舌地说：“你……你这就走了？”

“迟早终归要走，你不必悲伤。”

提到了“悲伤”两字，女人竟“哇”地放声大哭了。亚祥将她搂在怀中，用抚慰的口吻对她说：“我要回来的，亚婵，你听我说，我一定要回来！”

“你想办法早些回来。”

“好的，我一定想办法早些回来。”

“明年春天？”

“好的，就明年春天。”

“回来了，千万不要再去番山！”

“好的，回来了就不去番山。”

这些都是谎话，但是单纯的亚婵却因此获得了新希望。由于这新希望的形成，亚祥才能跺跺脚，撑开油纸伞，提着皮箱，踏上了泥泞的山径。

亚婵要送他，他说道：“远送千里，终须一别，倒不如在此分了手，也可以免得你淋湿衣衫。"

但是亚婵宁可淋湿衣衫，仍旧紧紧跟在后面。

亚祥见她在雨中急急跟随，于心不忍，也就掉转身来，与她合撑一伞。

一路上，亚婵没有说过一句话。

抵达渡头时，亚祥把伞交给亚婵："我要上船了，这雨伞还是你拿去罢。"

"不，"亚婵说，"出远门的人怎么可以没有雨伞？"

"雨大，你回去的时候，没有伞，会着凉的。"

"我从小就淋惯了雨水，不会病，还是你拿着的好。"

"我进城去买把新的。"

"不，还是你拿去用。"

"不，还是你拿去用。"

"家里只有这一把伞，落雨下田，没有伞十分不便。"

然而亚婵还是不肯接受。

船老大催客上船，亚祥望了望亚婵，拨转身，跳进船舱。

亚婵呆立河边，目睹小船一摇一幌的行远去，尽让雨水将自己淋成落汤鸡一般，却不自觉。

她的脸颊上挂满了水滴，分不清那是雨水呢？抑或泪水？

半个月后，亚祥如期回到了番山，那"贡头"的毒终算是没有发作。

三个月后，金水叔从石叻转来一封亚婵的信，信上亚婵说："告诉你一个好消息，我已经有喜了。"

一年过后，金水叔又从石叻转来一封亚婵的信，信上说："孩子已经出世，是个男的，白白胖胖，十分可爱，鼻子微微有点儿塌，很像你。你曾经答应我今年春天回唐岛的，现在树上已有蝉鸣知了，你为什么还不回来？"

又过了一年，胶价狂涨，亚祥在睡梦中见到了亚婵的微笑，翌晨醒来，不知不觉地变成了富翁。亚祥高兴得如同神仙一般，在大伯公面前供了香烛，还在家中广宴乡邻。

马来老婆提议到新加坡去玩几天，顺便给孩子们兑些金器。

于是亚祥带了一家大小离家赴新。

在新加坡的时候，亚祥第一个拜访的朋友就是金水叔。

金水叔最近去过唐山一次，上月才回来。亚祥背着马来老婆偷偷地问他："有没有见到亚婵？"

他说："见到。"

"你见她时她的身体好不好？"

"身体倒很结实，只是精神总有点恍惚。成天抱着孩子，走到河边渡头去，呆呆地坐在河边，不笑，不哭，不说话，只管瞪大了眼睛痴望着河水。如果有人走去跟她讲什么话，她也好像完全没有听到似的。我上船的那天，风雨很大，亚婵依旧抱着孩子坐在渡头边。我立即走上前去，劝她不要淋在雨中，她却一动不动地望着河水说：'他答应春天回来的！他答应这一次回来后不再回番山去了！'我听到心酸，也流了几滴眼泪。我劝他不要让孩子淋在雨中，她竟嘿嘿痴笑起来了。"

"为什么发笑？"

"我也不知道。"

金水叔说："不过，当我用手去摸那孩子，他的额角已经冰凉了！"

一九五九年四月三、四日发表于《南洋商报》

在公馆里

春丁伯悠闲地躺在安乐椅上，手里拿着一本以广告为主的《新春特刊》翻了几页，觉得没有什么好看，呶呶嘴，将书本往茶几上一放，合上眼皮，有意养一回神。

电话铃响了，是树胶经纪温亚九打来的。亚九说："伦敦胶市沉静，纽约行情未予鼓励，午市呆滞，闭市多数落一打里。"

挂断电话，顺手撷了一根牙签，咧开嘴，剔去齿缝间的菜叶后，伸了个懒腰，正想走进"客房"去睡觉时，门口忽然传一串清脆的笑声。回过头去一看，原来是公馆的财副叶福炎带了两个交际草之类的女人进来了。这两个女人，一胖一瘦，虽不漂亮，却打扮得十分花枝招展。

叶福炎堆上一脸阿谀的笑容，大声嚷："春丁伯，我替你介绍，这位是莲丝小姐，这位是露茜。来，来，刚好四个人，我们不妨打八圈麻雀牌。"说着，自说自话地走进坐办室去叫金姐拿牌出来。春丁伯对于这种"赢了不能收，输了非付不可"的牌局，素来不感兴趣；但是整个公馆没有别人在，他若拒绝，岂不扫了福炎的兴。于是乜斜着眼珠对那两个女人悄悄打量一下，觉得那个名叫莲丝的胖女人，皮肤很白，心一动，也就坐上牌桌去了。

第一副，春丁伯做庄，拿了两个一花，还碰出双番东，结果自摸九索，食了一千一百二。叶福炎立即使使眼色，意思是：这是"陪太子读书"式的麻雀，旨在索油，不在赢钱。纵或有甚么大牌，也应该放弃不食，怎么可以第一副就食大牌，害得那两个娇滴滴的小姑娘连手汗都沁了出来。但是春丁伯今天的手气特别好，而心情又是特别的坏，所以一反往日"索油麻雀"的打法，逢牌就做，有"和"必食。

四圈结束，春丁伯一人大赢，那两个交际草表情尴尬，连笑容都不露了。

叶福炎趁春丁伯进入厕所的机会，匆匆赶去低声问他："你怎么啦？这样打下去，还有什么油可索，那两个小姑娘快要急出心脏病来了。""她们急什么？"

"因为她们没有钱付。"

"只要你有，就行了。"

"不错，我有钱，然而，我们的目的是利用打麻雀的方式，送点小钱给她们。"

"为什么？"春丁伯佯装糊涂。"为了博得她们的欢心。"

"为什么要博得她们的欢心？"

"可以索油啊！可以索油啊！"

"对不起，我没有索油的心情。"

于是两人又回到牌桌上，金姐绞了几把热手巾给他们，春丁伯抹了抹秃头，又提起衬衣抹了抹肚皮，然后伸出手去继续洗牌。他的牌风仍顺，一连又食了几手。叶福炎莫明究竟，用脚在台底下轻踢春丁伯，但是春丁伯完全不理会他的暗示，垂着头，将全副精神贯注在牌张上。

他食了一副清一色后，他十分自得地说："番山镭是唐山福！"

福炎不懂他的意思，目瞪口呆望着他。"二十年前，"春丁伯一边打牌一边喃喃自语，"我春丁在唐山脚下耕种，吃过元宵酒，给人拉去打了几圈牌，输了三十扣，付不出，眼巴巴地看别人将我的老婆拖到柴间里。第二天早晨，我发现她悬在大树上，自尽了。我一气，就提了个包袱，一村过一村，沿途结合同伴，赶到鹭江埠头，指着海水发誓：我若发了财，一定将这成条街的房子买下来，也好耀宗显祖，替我那死去的老婆出口气。"

说到这里，他又食了一副二千五百六。洗牌时，他点上一枝烟，继续喃喃地说下去：

"这样，我就过番来了，上船时，连买一张三等舱的钱都没有，幸亏客栈头家帮忙找了个担保人，不但替我办好出口手续，连船票也暂时挂在账上，由我抵达石叻后，分期摊还给他。来到石叻后，起先'隆帮'在朋友家里，不久就找到一份工作，每月十五扣，每年一百八，五年之后，我买了一块田。十年之后，我买了一个胶园。朝鲜打仗，我发了一笔财。直到最后几年，才算交了正运，炒树胶、开九八行、设工厂……没有一样不顺利，仔细想来，也实在有点好笑。"

叶福炎正正脸色，问他："你勤俭积粒起家，今天变成头家是极其自然的事，有什么可笑之处？""你还不明白我的意思？"

"不明白。"他瞪大了眼睛对叶福炎一看说："想我当年打麻雀输去三十扣，竟然连老婆的命也送掉了；如今为了想索油，竟用打麻雀的方式，将老虎纸一千八百的送给全不相识的女人，你不觉得可笑吗？"

叶福炎不答腔，脸上有股悻悻然的表情，对于春丁伯当着莲丝和露茜的面发表这样的谈话，显然十分不满。牌局在极其沉闷的空气中进行，大家板着脸，谁也不言语。春丁伯虽然想起了惨痛的往事，可是牌风却并不因此而转坏。

在后四圈，他"食糊"的次数多过其余三家的总和。八圈结束，三输一赢。

春丁伯问叶福炎："还要打吗？"叶福炎摇摇头，取出小抽屉，点算筹码。

点数结果，春丁伯赢了二千九百扣。叶福炎当即掏出支票簿来，开了一张仄，交给春丁伯，带了两个交际草，扬长而去。

春丁伯接过现仄，看了看，懒洋洋的往安乐椅上一躺，竟呵呵呵地兀自发笑了。

金姐听到笑声，知道牌局已告结束，捧着一只塑料的牌盒出来，冉冉走去收牌。

"金姐！"春丁伯望着她背影叫了一声。金姐回过头来，问他："有什么事吗？"

"你到公馆来做过几年了？""十一年。"

"丈夫呢？"

"早就死了。"

"怎样死的？"

"他在吉隆坡的时候，因为孩子病了，向人借了一笔钱，后来又逢到失业，给人追债追到无路可走，没有办法只好用一把刀子割破自己的喉管。"

"你的孩子呢？"

"现在寄养在吉隆坡的一个朋友家里。"

"为什么不带到新加坡来?"

"一来孩子大了,带在身边不方便,二来他在吉隆坡读书。"

"现在几年级?""高中三。"

"已经读到高中,谁给他的教育费用?"

"除了我,还有谁呢?"

"你的人工并不大呀?"

"够他学费了。"

"你的儿子毕业后是不是想找事做?"

金姐摇摇头,说:"如果我能积起一些钱来,我准备送他进大学去继续读书。"

春丁伯沉吟一阵,用鲤鱼打挺的姿势站了起来,走到金姐面前,对她说:"这二千九百扣是我刚才打麻雀赢来的,下学期你将你的儿子送到大学去罢!"

一九五九年四月八日发表于《南洋商报》

丝丝

我第一次见到"丝丝"是在乌节律的一家酒吧间里。

她兀自坐在角隅处，懒洋洋地伏在桌子上，圆睁双目，透过玻璃杯凝视唱片柜边的两个英国水兵。她穿着一袭娘惹装，两颊泛红，看样子，至少已有三分醉意。

酒吧间的生意很清淡，一共只有四个客人——丝丝和我和两国英国水兵。

我坐下后，向仆欧要了一杯威士忌。丝丝笑吟吟地走过来，嘴上衔着一枝骆驼烟，问我有没有打火机。

我替她点上火，她就拉开藤椅，一屁股坐在我旁边，喷了一口烟，向仆欧要一杯蔻拉沙。

她年纪很轻，笑起来十分妩媚，但是举手投足无不具有一种世故美。她能够讲很多种方言，也能够喝很多种不同性质的酒，更能够与很多不同种族的男子相处。

谈到新加坡，她说："这是一个非常可爱的城市。所以我不愿意离此他往。"

我们谈得很投机，因此喝了不少酒。夜深时，我的眼花了，一个丝丝忽然变成三个。她站起来，说要回家去了。我愿意送她回去，她不要。

她走后，我掏钱付酒账，掏了半天，才知"荷包"被人扒去了，没有办法，只好将手表留给酒吧主人。我猜想"荷包"一定是丝丝扒去的；但是我并不恨她。之后，我常常见到丝丝。在武吉智马的马场，她挽着一个红毛老头子的手臂。在快乐舞厅的舞池中，她同一个印度年轻人跳森巴。在莱佛士酒店的餐室内，她与一个马来商人同席对杯。在水仙门的服装公司门口，她独自一个人看橱窗。在厦门街的街边，她有说有笑地吃虾面。……

每一次见到我时，她总是笑吟吟地同我打招呼。有时候，偶尔也会碰到她的男伴与我相识的，可是谁也不清楚她的身世和过去。

有一晚，侨领何有田先生请我到"京华餐厅"去参加一个慈善机关举办的派对，席间，我又遇到丝丝。有田先生邀丝丝跳了一支蒙宝舞，嘻嘻哈哈的，模样十分亲昵。

我颇为错愕，但是有田先生对我说："如果你用世俗的眼光来看丝丝，那末她就是一个坏女人；然而事实上，她却有一颗非常善良的心。她很穷，可是她常常捐钱给我们这个慈善机关。"

"你知道她的身世吗？"

"我只知道她是一个好心肠的坏女人。"

此时，音乐台上正演奏《莫忘今宵》，我走到丝丝面前，邀她共舞，起舞时，我细声地对她说："时常见到你，可没有机会跟你谈话。"

"你想跟我谈些什么？""谈你的过去。"

"为什么？"

"也许因为我很关心你。"

"如果你真的关心我，就不必知道我的过去了。"

"算我是个好奇的男人吧。"

她咬着嘴唇沉吟，然后怡然一笑说声"也好"，拉我离开舞池，走入电梯，走出"首都戏院"，跳上特示。我问她："到什么地方去？"

她说："给你看看五年前的我。"

车子驶抵芽茏，丝丝带我走入一家坐落在横巷里的小旅馆，熟门熟路地问伙计开了一个房间。关上房门后，我问她："我们到这里来做什么？"

她微微一笑，掏出烟来，点上火，慢条斯理地说："五年前，我父亲将我带到这里，给我穿上一袭新衫裤，还炒了一碟粿条给我吃，待我吃过粿条他走了，临走时，对我说了三个字：'不要怕'。那时候，我只有十四岁，完全不明白他的话意；更不明白他为什么要这样做。我一个人耽在房内觉得十分无聊，想出去走走，发现房门已经上锁，没有办法只好上床休息。刚合眼，房门就'呀'的一声启开，门外走进两个男人来，一胖一瘦的，瘦的问：'中意不中意？'胖的频频颔首，咧着嘴笑得唾沫都流了下来。然后瘦的退了出来，胖子将房门一锁，就像饿虎一般扑到我的身上……"

"之后，有没有再见到你的父亲？""没有。"

"你也不知他为什么要你干这种事情？"

"据旅店的伙计告诉我，父亲在打麻将时欠了别人一条数，拿不出现钱，就将我卖给别人抵偿。"

"因此，你就进入了另外一个世界。"

"我进入了另外一个悲惨的世界。"

我若有所悟"哦"了一声，心中就骤然起了一种不可言状的感觉来。我问："你爱过人吗？"

她寻思一阵，说："有一次，我在雨中摔了一跤，有个年轻男人来搀扶我，他长得很英俊，好言好语安慰我，还雇特示送我回家。车抵家门，我邀他上楼喝杯酒，他答应了。我们谈得十分投机，他常常对我微笑。我斟了几杯烈性的洋酒给他饮，他醉了。他就站起身来要走，我说等雨停后再去吧，他又坐下了。但是那天晚上，雨始终没有停过。"

"后来怎样？"

"我们几乎天天在一起，直到他发现我是一个坏女人之后，买一张飞机票，由新加坡飞到槟城，从此就一去不返。"

"所以你再也不愿付出真挚的情感了？"

"谁愿意出钱购买一个坏女人的情感？"

"真挚的情感不是用钱可以买得到的。"

"但是我只有一个身体。"

说完这句话，她霍然站起，拉我一同走出旅店。我问她："要不要送你回家？"

她挥手招停一架特示，上车之前，匆匆说了这么一句："我另有约会，改天再见吧。"

我递了一张卡片给她，说："如果有什么事需要我帮忙的话，打电话给我。"

她接过卡片，可是一直没有电话给我。

三个月过后，我忽然在报纸上看到这样一段新闻：

妇人邹丝丝，住××律××号，圣诞前夕十一时许，在东陵某酒吧饮酒，醉后大发雌威，翻桌倒椅，并用酒瓶击伤该酒吧东主之头部。今在法庭被控醉后非法伤人，被告认罪，法官判伊入狱一年。

看过这条新闻后，我曾经到监狱去看过她一次，她见了我，只是凄苦地笑笑。

"里面的日子不比外边坏，"她打趣的告诉我，"可惜就是不能喝酒。"

"下一次，我带些可口的小菜给你。"她摇摇头说："我非常感激你的好意，但是……我希望你不要再来看我了。""为什么不要我来了？"

"因为，"她顿了一顿，继续说道，"我不想使那止水似的心境再度搅起波澜。"

这样，我就没有再去看她了。一年后，我收到一封她的来信，信上说：

> 我已出狱，本来想来看看你，但是我没有勇气。明天早晨我要到砂胜越去了，我有女朋友住在古晋，日子过得很好，也许她可以给我一些帮助的。再会了！

一九五九年四月十一日发表于《南洋商报》

瞬息吉隆坡

一八八五年四月十五日黄昏，亚来躺在病榻上，目不转睛地望着窗外景物。在将逝的落日光中，那泥泞而又肮脏的马结坊充满了腥臭的味道。

这几天，他的咳嗽病越来越厉害了，喉咙老有浓痰堵塞着，呼噜呼噜的，总咳个不停，好容易咳出一口，第二口痰立即涌将上来。

英国人罗杰先生常来探视他，说他患的是支气管炎，没有什么特效药物，除非试一试欧洲各地习用的"蒸气疗法"。亚来起先不肯试，后来因为病况转剧了，心内焦急，只好冒险尝试一下，结果依旧毫无起色，于是改请唐医来把脉。

唐医的药茶未必有什么帮助，只因天气比较正常，亚来的咳嗽也就减少了。亚来喜不自胜，立刻恢复他那繁重的工作，每天一清早起身，就到矿场、农场、铺头、猪栏、牛栏、石灰窑、采石场去视察或督工，一直要忙到天黑时才能回家。正因为太忙碌的缘故，所以从上礼拜起，他的旧病又复发了。

这一次的病势似乎很凶，不但痰多咳多，而且痰中还经常带血。

亚来的肺部本来就不大健全，经此一咳，体力大减，整天腰酸背痛，茶饭不思。在这种情形下，他不得不暂停工作，躺在家中休息。在休息的时候，忽然想起了唐山，决意等待病愈后回家乡去看看。志英和亚玉来探病，他把这个意思告诉他们，希望他们能够在他离隆期间代管他的产业。志英问他："为什么忽然想回唐山？"

亚来一边咳，一边把浓痰从嘹亮的咳声中吐将出来，吐在地上，喝口茶，他有气无力地说："离家已经三十年了。也该回去看看。"

"这里不是你的家吗？"亚玉用手向窗外一指，"你试看，那谐街的庙，那病房，那学校，那民房，几乎没有一样建筑不是在你赞助下完成的。你为学校介绍教员，你为华人建立娱乐场所，你为他们做中担保，你为他们调解纠纷，你设法减低矿工们的伙食费用，你协助政府建筑铁路，你给华人兴建了全吉隆坡为数过半的民房……但是现在你却说要回唐山去了。"

亚来感慨万分地叹了口气，说了四个字："叶落归根。"

阿玉还是喋喋不休的："这里是你的家，这里有你的一切，回到唐山去，你只是一个普通的陌生人。"

亚来凄苦地一笑："三十年前，为了实现一个梦想，我离开了广东，跟着一群年轻人来到马来亚，然而我的心仍旧留在惠州淡水。"

说到这里，前事旧影，顿时兜上心头。他想起了当年的"新客"的情景。

那是秋收农忙过后不久，亚来才十七岁。乡下出世，一个番山归来的旧客，说南洋是个好地方，到处是黄金，只要有气力去抓，保证可以满载而归。亚来听得心动，提起包袱，冒着风雨，走到沿海大埠和其他壮丁合在一起，搭上了南往新加坡的船只。大家像猪般挤在一堆，吃不好，睡不着，遇到大风浪时，人像吊在空中兜圈子，非常难受。亚来曾经亲眼看到有人染了热病，不幸死了，就给外国船长命令水手将他装入布袋，不管三七廿一就往海中一掷。

亚来总算获得菩萨的保佑，一路上没有发病。

抵达马六甲后，由一位同乡介绍在矿场做工，克勤克俭，只换得几件粗布的衣服，粗饭淡菜，理发钱和一些香烟。

他很失望，对他的亲戚透露了归意，亲戚给他一笔旅费，他就从马六甲回到新加坡。在新加坡，他走进一家赌馆，结果把旅费全部输清，没有办法，只好束紧裤带，徒步走了二百多里，在罗古的锡矿当厨子。

想到这里，亚来牵牵嘴角，忍不住咯咯作笑起来。他记得当年头家叫他买菜时，总爱多加几占让他私赚；他又记得每次发薪时，矿工们总会送几占小钱给他作赏。

他将这些小钱积起来，在罗古矿场附近开设猪圈，将乳猪养得肥肥的，高价卖出去，低价收矿苗。

嗣后，他将这宗买卖扩充到拉沙[1]。

在拉沙，他结识了"双溪乌戎"甲必丹的保镖，因为大家都是客家人，而且又是惠州小同乡，所以结交不久就变成莫逆。

这时候，他又结识了志英。志英给他的帮助很大。他的买卖

---

1 即现在之芙蓉郊外，那时候芙蓉并不存在。

因此一天比一天发达了。但是好景不常，罗古矿场忽然起了争端，两名马来矿主开始互相残杀，战斗极激烈。亚来及其友人在这次纷争中屡遭突击。甲必丹的保镖伤了腿，亚来则逃入大芭隐居在一个烧炭人的家里，以为从此可以高枕无忧了，不料刚刚合上眼皮，马来人又赶来猛袭，亚答屋给他们放了一把火，亚来的屁股因此受了伤。

然而亚来是一个有毅力而能吃苦的好汉，纵然臀部在流血，也能摸黑逃出重围。

这是亚来一生中最危险的遭遇，此刻想起来，仍觉可怖。然而这一次的死里逃生，使许多矿工都对他另眼相看了。当时志英愿意退到幕后去活动，郑重推荐亚来出任要职，亚来的组织的天才于焉获得了发挥。

亚来是个不甘寂寞而有雄心的组织家，当拉沙甲必丹的权威日趋没落，他下了最大决心前往吉隆坡开发新矿。

吉隆坡的新矿，骤然间变成了中马居民的淘金窟，大家争先恐后地踏上征途，都怀着征服"新世界"的雄心。

新矿开采顺利，亚来立成巨富。

一八六五年，他娶了一个马六甲土生女子为妻。那时候，他年纪刚过二十八。

现在，他已经四十八岁了。这二十年的奋斗，使他心神交瘁了。

他的肺部本来就不大健全，早在几年前，大夫们无不劝他多休息，但是他不肯。他觉得还有许多重要的事需要他去完成，因此忽略了自己的健康。

他的气管炎几乎每季都要发作一次，常常咳得上气不接下气，但是总没有这一次厉害，这一次，一开头便发高热，四肢酸溜溜的，胸闷，心悸，颞颥疼痛，口内干苦，白天不想吃东西，夜晚又辗转不能入睡，痰很多，每一口都带有血丝。

志英坐在病榻边，劝他静心休养。

然而亚来不是一个好静的人，他有他的志向，他有他的计划。他想家，他想唐山，他愿意叶落归根，他愿意回到唐山去寻找自己的一颗心。

想着想着，他的眼皮合上了，志英和亚玉知道他倦极欲睡，也就蹑足退了出去。

亚来终于走入了梦境，大摇大摆地回到惠州，乡邻夹道欢呼，无不比手划脚地说："这是我们的亚来，他赤手空拳渡过七洲洋，替那边的华人建立了许许多多丰功伟业，现在回来了，准备为他的家乡创设学校、医院、农场、慈善机构……替家乡的父老兄弟造福，为下一代探求快乐……"

这个梦境使他流连忘返，因此就没有再醒过来。当家人发现他已经长逝时，他的嘴角边还挂着一丝笑意。

一九五九年四月十四日发表于《南洋商报》

奎笼

斜月低垂，海面平静如镜。有流星蓦然堕海，夜风送爽。奎笼里的人都上岸去了，留下大吉和他的母亲两人守夜。时已八点，老人吩咐大吉将渔网放下海去，然后又提了一盏很亮很亮的汽灯来，小心翼翼地吊在水面上。

汽灯刚吊好，老人忽然用手一指，兴奋地说："你看，有人乘坐小船到奎笼来了。"

"是谁?""看不清楚。"

大吉抬起头来，眯细眼睛远眺，隔了很久，才故意压低嗓子说："原来是莲娟。"

听语气，大吉好像并不愿意见到莲娟；其实，只有母亲心里最明白，一个像大吉这样的年轻人，经常住在孤立在海中的奎笼里，当然不会不感到寂寞的。

因此，母亲走到里面去了，好让他们毫无拘束地谈些话。

小船划抵奎笼，用粗绳圈往木桩上一套，大吉伸出手去，将那个名叫莲娟的女人抱上棚板。

"几天没有看见你了，"莲娟说，"为什么不上岸到甘榜里来找我?"大吉垂着头,不答腔。

莲娟继续说:"昨天晚上,新加坡有一班歌舞团到这里表演,只演三场,明天是最后一场,你上岸来,我买好票请你。""我不想看。"

"这是很难得的机会,为什么不去凑凑热闹?""不想去。"

莲娟不再出声了,两人并排坐在棚板上,有意无意地望着渔网,但见梭冬、江鱼之类的鱼在灯下穿来穿去。四周很静,依稀可以听到前面钓鲨船的木桨声。

大吉板着脸,回过头去,悄悄看了莲娟一眼,觉得她很丑,心里不觉一沉,暗忖:同这样难看的女人生活在一起,还会有什么幸福呢?于是他想起了第一次遇见莲娟的情景。

那是两个月前的一个雨夜,大吉因为耐不住奎笼里的寂寞之感,兀自摇了小船,上岸进甘榜去作乐。他走进一家咖啡店,喝下几枝大乌啤,醉了,提着一盏风雨灯,摇摇摆摆地在芭路上行走。雨很大,芭路泥泞,他滑倒在地上,频频呻吟。邻近有间亚答屋,住着一个老头子和一个年轻的大姑娘,两人听到呻吟声,冒雨走出来,合力地扶大吉进屋。老头子嗅到了浓郁郁的酒气,知道大吉喝醉了,连忙吩咐姑娘搬入客厅安睡,把床让给大吉。夜深时,大吉酒意尽消,忽然听到房门"呀"的一声启开,有个黑影蹑手蹑足地走进来,但是看不清是谁。迟了一会,一个半裸的女人已经睡在他身旁了。他不由得大吃一惊,低声悄语地对她说:"姑娘,是不是外头睡得不舒服?我……我也应该走了。"但是姑娘紧紧地搂着他,不让他走。……第二天早晨起来,老头子出海打鱼去了。大吉要走,姑娘却冲了一杯羔呸给他饮。饮完羔呸,姑娘撑了一把雨伞送他到海滩,说了这样一句话:

　　"我叫莲娟！下次上岸一定要来找我。"大吉一言不发，坐上小船，直向奎笼划去。回到奎笼，大吉老是想着那个名叫莲娟的女人。莲娟长得很丑，但是大吉是个寂寞的孩子。一个在奎笼里工作的年轻人，总会忍受不住寂寞的。因此，过了三天后，大吉又上岸去找莲娟了，莲娟一见他，喜得心花怒放。煮咖喱，又采槟榔，忙这忙那，为的是想博取大吉的欢心。大吉彷彿是个完全不解风情的粗汉，接受了殷勤的招待，却连笑容都懒得一露。莲娟问："为什么老是愁眉不展？"大吉悄悄地对她投以一瞥，看到了那副丑陋的脸相，立即受惊地奔了出来。自从这一次后，大吉差不多有一个礼拜不上岸。然而奎笼是寂寞的，他需要有个年轻女人陪他，莲娟虽然丑陋，但是终归是个年轻的女人。所以，在一个有风有雨的夜晚，他不想耽在奎笼，就上岸去找莲娟。莲娟的父亲忽然提出了婚姻问题，大吉眉头一皱，不点头，也不摇头。之后，他宁可在奎笼里度着寂寞的日子，再也不到甘榜去了。有一天，莲娟亲自坐了一只小船到奎笼里来找他，他送了一些江鱼大虾给她，又有一天，莲娟又到奎笼来了，大吉很生气，叫她以后不要再来。她废然地离去，她的脸上挂着两行酸泪。

　　但是——

　　现在莲娟又来了，借口要请大吉去"听歌"，其实无非想与大吉多些接近的机会。因此噜噜苏苏的又追问一句："听说这一班歌舞团的节目很好，为什么不想去？"

　　"奎笼的事情多，分不开身。"

　　"父亲常常提到你，他说你是个好孩子。""我知道。"

　　"父亲希望你搬到甘榜里去居住？""太远了，来回不方便。"

　　莲娟不作声了，呆呆地睐着这黯淡的浩浩大海，沉湎在无极的幻想中。斜月更低了，照着海波，泛起橙黄色的漪涟。微风习习，带着潮湿的咸味。有沙鸥轻掠海面，几颗很亮的大星在天边闪烁，像在询问什么似的。

渔网里出现了几条争夺食饵的大鱼，大吉霍地站起，用熟习的手法作第一次起网。

莲娟帮他将网里的鱼虾倒入竹篮，然后取刀披鳞脱壳。

工作做完，大吉淡淡地对莲娟说："你该回去了。"

"迟早。"

"你是女人，夜晚在芭路上行走是很不方便的。"

"我……我还有几句话要告诉你。""什么？"

莲娟羞赧地低头，偏过脸去，用手捉揉着衣服，想说，又觉得不好意思开口。

"还有什么话要说的？"大吉跟着追问一句。

莲娟期期艾艾的，"父亲希望我……我们能够早点结婚。"

"结婚？"大吉没有好声气地说，"我连自己都养不活，还能养你？"

"父亲还有十依葛的芭地，他老人家说，如果我们结了婚之后，他准备连同那间亚答屋一起送给你，算是我的嫁妆。""我不要。"

"你不要芭地？还是不要结婚？"

"两样都不要！"莲娟闻言，吓得心头乱跳，瞪大了眼珠，不动地望着大吉直发愣。

夜凉似水。海风是凉的，天上的星星也是凉的，奎笼是凉的，莲娟的心也是凉的。

想不到这魂牵梦萦的"幽会"原来是这样的冷清，这样的无情，这样的残酷，她觉得自己不该来了。她沮丧地站起来，走下小船，手执木桨慢慢地划离奎笼。

大吉坐在棚板上，若有所失地望着渐次远去的小船。心里有点怅然，眼眶里含着晶莹的泪水。就在这时候，他忽然像看到什么，下意识地惊叫起来。

母亲走出来问他："什么事？""你看——"他用手一指，"莲娟为什么将船划到海外去？"

正感惶惑时，见坐在小船上的莲娟蓦地站起，竟尔纵身跳入海中去了。

大吉当即坐上自己的小船，匆匆向肇事地点划去。

然而已经太迟了。当他在海水中找到莲娟时，这个面貌丑陋的女人已气绝了。

大吉怔怔地望着她的脸，感到麻痹了，一时辨不出痛苦与喜悦之别了。他只是机械地划着木桨，将小船划到海滩边，抱起莲娟的尸体，挨挨蹭蹭地向亚答屋走去。

莲娟的父亲见到尸首，像受了极大的打击，惊惶失措地用手掩着自己的脸庞。

大吉痛苦地说道："我对不起她，我对不起她。"

莲娟父亲忽然歇斯底里地狂叫起来："你不但对不起她，你还对不起她肚子里的那块肉！"

一九五九年四月十七日发表于《南洋商报》

酒徒

姚亚喜同太太吵了一架，悻悻然走出家门，在大马路漫无目的地闲荡。走到勿拉斯荅沙律，看见许多人挤上巴士，才知道武吉智马有赛马。心忖，反正闲着无聊，不如到马场去找刺激，也好将刚才所受的怨气暂时忘记。于是掏出荷包，先取出马牌，然后点数一下钞票，还有六七十块，虽然不多，只要存心消磨时间，也可以对付一个下午了。

跳上巴士，将马牌挂在胸前，买了车票，车子就颠簸着从市区驶往郊外。

半小时过后，车抵武吉智马。亚喜向报贩买了一张《南洋商报》，边走边查阅老桂的预测。

走入马场，时已四点多，第三场已赛过，第四场尚未开始。

亚喜走到售票柜，排在长龙尾端，准备按照老桂的预测去买票。老桂预测梁杰生骑的"嘉华年会"在此场可获优胜，然而"嘉华年会"是冷门，根据核数机的水银柱，一张五元的独赢票可派百元左右。

亚喜平时专赌热门马，只因今天心情恶劣，故很想一敲冷门，于是掏出两张拾元钞票，买了四张独赢。然后悠闲地走到酒吧去，付三块钱，挑了个靠窗的座位，向仆欧要了啤酒与蛋糕。

就在这时候，他遇见了旧日同窗欧阳民。

欧阳问他："为什么气色这样难看？"他感喟地叹口气："同太太吵了一架。"

"为什么？"欧阳张大了眼睛。"因为，"亚喜眉头一皱说，"她要我戒酒！"

"这也不是什么了不起的事情，何至于要吵架？""唉，我们不谈也罢。"

外边看台上忽然传来一阵喧哗声，原来马匹已起步，播音机里有报告员在报告比赛的情形。

"嘉华年会"一路都在后面，谁也不会觉得它有什么希望；可是一转入直线，梁杰生开始频频加鞭，"嘉华年会"如飞追上，抵达终点时，居然压倒群雄。

亚喜为之心花俱放，兴高采烈地拉着欧阳出去看彩金派额，结果独赢票每张分九十五元，亚喜买了四张，共得三百八十元。领到彩金，亚喜坚邀欧阳再去喝酒。欧阳不想喝，但经不起他一再怂恿，也就去了。亚喜兴致高，一口气喝了半枝勿兰池[1]。

走出酒吧时，他已经有了三分醉意。欧阳劝他不如回家去休息，他说："还想赌一场，试试运气。"

欧阳陪他走到售票柜，他打开手里的《商报》一看，老桂预测此场"诚虔者"的赢面颇大。

他将刚才赢来的钱，全部购买"诚虔者"的独赢，一共七十张。

1　白兰地的闽南语说法。后文"万兰池""拔兰池"与之同义。编者注。

欧阳以为亚喜喝醉了。他说没有醉。

赛马开始，"诚虔者"健步如飞，转入直线，一马当先，轻易夺获冠军。派彩每张是六十五元。亚喜赢了四千五百余元，领得彩金后，一定要请欧阳回市区去庆祝。

两人走出马场，雇了一辆的士，直驶乌节律。

进入一家酒吧，欧阳怕他饮醉了后回不了家，所以怎样也不让他多饮，但是他不肯。

欧阳说："你今天刚刚为了饮酒的事和嫂夫人吵架，如果再喝醉了，回到家里，嫂夫人必不甘休。""我才不怕她！"

"家和万事旺，你今天赢了这么多钱，也该让她高兴高兴。"

"暖，别说扫兴话了，我们先来两杯威士忌吧！"

女招待端了两杯威士忌来，坐在亚喜身旁同他打情骂俏。

亚喜一边饮酒，一边调情，咧着嘴只管发笑，将家里的事完全置之脑后。

吃晚饭的时候，亚喜好像对那个女招待着了迷似的，怎样也不肯离开酒吧。

没有办法，欧阳只好陪亚喜在酒吧进餐。饭后，亚喜又喝了不少。

夜深时，亚喜已经酩酊大醉。欧阳扶他出酒吧，想送他回家，又怕姚太太看见了他的醉态，火上加油，可能使事情更糟。因此挥手招停一辆的士，送他到一家上等旅店去开了一个房间，等他沉沉入睡后，自己回家。

一年过后。

姚亚喜在"快乐世界"游艺场遇到欧阳民。

亚喜的气色较前越发难看了。"一年不见，"欧阳问，"你可好?"

亚喜叹口气,说:"我的太太已经同我离婚了!""这是怎么一回事呀?"

"她责我整天只知道酗酒,不务正业,把个家弄得一塌糊涂。"

"其实,这也怪不得她,一个女人总不肯与安全赌博的。嫁了个不务正业而成天喝酒的丈夫,当然会走。不过事情既已过去,你也不必伤心了,赶快把酒戒掉,抬起头来,重新好好做人。""已经来不及!"

"只要有决心,什么事情都不会太迟。"

"你……你还不知道。"

"不知道什么?""我病了。"

"每个人都会生病的,应该找个医生诊断一下。"

"看过了。"

"医生怎样说?"

"说我饮酒太多,影响了心脏。"

"为什么不趁早医治?"

"医生说,这里没有办法,非到澳洲去动手术不可。"

"那末立刻到澳洲去!"听了这句话,亚喜耸耸肩,两手一摊抖着声音说:"没钱。"

欧阳民眼睛瞪得很大:"记得你去年在武吉智马赢过四千多块钱,难道都花光了?"

"唉,算我倒霉,提起这件事,我还有点不大明白。如果现在我手里有这笔钱的话,或者我还有得救。"

"说起来,都是你自己不好。你倘若肯听嫂夫人的话早日戒酒,这笔钱也可以留到紧急时派用场了。"

"但是这笔钱并不是我喝酒喝掉的。"

"不是喝酒怎样用掉的。"

亚喜垂头丧气说:"也许是给别人偷去了吧,不过到现在我还不大明白究竟是怎么一回事。我只记得那天早晨醒来后,我发觉躺在一家旅店里,起身时,想起了那赢来的四千多块钱,连忙伸手到口袋里去摸,结果遍找不着,急得我若热锅上的蚂蚁,暗忖:这钱可能给别人偷去了;但是没有钱付房租是犯法的行为,想打电话回去,又怕太太发脾气,没有办法,只好从窗口跳出来,偷偷地从防火梯逃走。"欧阳闻言惊诧地高叫:"糟了!糟了!"

亚喜莫名其妙,问他:"你究竟是什么意思?"

欧阳说:"那天晚上你喝醉后,为了安全起见,我擅自替你取出那四千五百块钱,交与楼下账房间代为保管,当时还请他们待你醒来后将钱还给你。"

于是两人立即雇车去到那家旅店,查询之下,果然那笔钱还在。

事后,亚喜对欧阳说:"如果当时你能理智一点,我也不必吃这么多苦了!"

欧阳说:"如果当时你能理智一点,我就不必这样做了!"

一九五九年四月二十一日登表于《南洋商报》

甘榜小事

　　甘榜在燃烧中，黑烟直冲天空，星月无光。这只名叫"班映"的黄狗现在一跛一跛地走到了五条石。它已受伤，大腿中了子弹，很弱，也很疲惫；但是依旧聚精会神地嗅探公路，希望藉此能找到它的主人"乌峇"。五个钟点以前，乌峇在人嘘马嘶枪林弹雨的战乱声中，给几个日本兵用粗麻绳绑住双手，经此公路他去。

　　"班映"不知道他们为什么要拉走乌峇；它只知道失去了乌峇，它就失去一切。

　　它与乌峇本是好朋友，日本兵没有来时，乌峇如果外出，一定用软软的手指抚摸它的头颈，轻声对它说："好好守候大门，别让坏人进来。"

　　乌峇就是这样一个体贴温和的好主人，然而现在他被日本兵拉去了。

　　"班映"在泥泞的公路上行走，一边喘气，一边回忆：

　　五个钟点以前，乌峇同他的父亲到羔呸店去探听消息，芭场[1]上忽然来了一辆坦克车，哄隆哄隆地驶过来，将新生的谷秧连根

1　芭场即农地。

拔起。"班映"见此情形，不由得怒往上冲，立即放声狂吠，可是怎样也无法使坦克车后退。"班映"觉得自己没有尽了职，心里很难过，稍过此时，乌峇同他的父亲回来了，坦克车蓦地跳出两个日本兵，持着枪要乌峇跪在地上，乌峇不肯，日本兵立刻扳动枪机掣，乌峇的父亲性急慌忙地上前挡住，"嗒"的一声，没有中乌峇，却击毙了老人。乌峇怒不可遏，指着日本兵破口大骂，日本兵一拳将他击昏，用粗麻绳绑住他的双手。"班映"当即纵身向前，咬紧日本兵的裤子不放，日本兵大怒，对准"班映"一枪，"班映"受了伤倒地，伤在后腿，然后甘榜起火了，四面八方拥来许多日本兵，战斗开始，不少居民在枪林弹雨中倒下去。"班映"跟着乌峇被驱走，勉强站起来，拼命追赶，追了一条石路程，它已精疲力尽了，大腿上的血仍在流，肚子又饿，而那条公路似乎特别长，一直伸展到地平线下面，永无尽头。

纵然如此，它还是不肯停下来躺在路边休息。它只是一跛一跛地嗅探着公路。走呀走的，四条腿完全无力了，嘴巴吐着白沫，后腿上的伤口在剧痛，没有办法，只好滚到公路旁边的泥地里合眼睡去。

在睡梦中，见到了乌峇，乌峇没有责备它，但是它自己则深感惭愧与内疚，它没有尽职守住芭场，所以从此再也不敢骄傲地翘起尾巴了。

天亮了，芭地里有鸡啼报晓。

"班映"比昨夜强健得多，张大了嘴，打个呵欠，挺起四脚，爬上公路，继续前进。

中午，它抵达另外一个甘榜，看外貌与它原来住的那个甘榜极其相似：亚答屋、椰树、芭场、水龙头、穿着娘惹装走来走去的女人……一切都差不多，只是这里没有战火、没有坦克车、没有日本兵、也没有刺耳的枪声。"班映"走进了甘榜，首先看到一间亚答屋。

它逡巡在篱笆的外边，篱笆门开着，但是它不敢走进去。它嗅到牛肉的香味，喉际一阵发痒。

一个穿着娘惹装的中年妇人出来了，笑嘻嘻地对"班映"看看。"班映"终于翘起尾巴左右乱摇。女人伛偻着背，眯细眼睛去察看它后腿上的伤口，看了一回，受惊地叫起来：

"哇！这可怜的小东西还在流血！"说着妇人拨转身，匆匆走入屋内。稍迟，带着一个少女走出来。

少女手中端着一只搪瓷菜碟，碟里盛满清水。"班映"伸出干涩的舌头来，忙不迭的舐吮清水。之后，女人幽幽地说："虽然受了伤，还不至于死去。想必它的主人一定给日本兵枪毙了，在这兵荒马乱的年头，最不值钱的东西就是人命！"

少女愁容满面地说道："妈，请你不要这样说，我怕！"

然后，少女将"班映"抱入屋内，取了一点稀薄的白粥，和以牛肉给"班映"吃。"班映"感激万分，吃完白粥后，一跛一跛的走到少女面前，频频摆动尾巴，表示嘉悦。

然后，它慢慢地走到门口去睡觉，希望睡醒后，再去寻找乌峇。

傍晚时分，天空忽然出现了两架轰炸机。妇人连连拍拍它的背脊，叫它不要乱叫。

"班映"停止了狂吠，那两架飞机即时无影无踪。"班映"颇表自得地蹲下身子，以为自己已经尽了应尽的责任。

吃过晚饭，甘榜一片宁静。亚答屋的母女俩也已上床安息。

夜渐深，"班映"躺在门外，瞪大眼珠，不敢再睡。篱笆外边突然出现了两个日本伞兵。

"班映"分不清这两个是好人抑或坏人，只好闷声不响地走上前去试一试。

它走到一个伞兵的脚前，那伞兵愤怒地用皮靴猛踢"班映"。"班映"痛极倒下了，嘴里呜呜地呻吟，日本兵非常野蛮，踢了一脚还不甘休，竟迈开步子，准备再加一脚。

"班映"本能惊跳起来，使劲一跳，用利牙紧紧咬住伞兵大腿，死也不放。伞兵持枪猛击它的头部，它还是紧紧地咬着他的大腿。然后伞兵扳枪射击"班映"。

另外一个伞兵立即神色慌张，低声地说："糟了，你这样做不是存心将甘榜的居民全部惊醒？"说着两个伞兵即向后逃去。

"班映"又中了一枪，躺在地上，但是嘴唇还咬着一块黄布和沾着鲜血的腿肉。

亚答屋内亮起了灯光，妇人持手电筒带着少女走出大门。他们在草地发现躺在血泊里的"班映"。妇人深深地叹息一声，就吩咐少女将"班映"抱进屋内。

在一盏美孚灯下，"班映"的呼吸十分迫促。

两个女人都知道它已受了重伤，但是不知道应该怎样办才对。

妇人说："如果不是因为这一声枪响，那两个日本兵可能不会这样快逃的，万一他们冲进屋里来，我们就不堪设想了。"少女噙着眼泪说："想不到这小东西竟救了我们！"

说着，少女轻轻地抚摩"班映"的背脊。"班映"知道自己的末日已到，从此再也见不到乌峇了，再也不能获得乌峇的饶恕，再也不能骄傲地翘起尾巴。

它虽然身中两枪，然而并不觉得痛苦。

躺在那少女的怀抱里，它感到一种新的温暖，闭上眼，终于快乐地死去了。

一九五九年四月二十四日发表于《南洋商报》

采椰

一

在实利己律的一家旧书铺里，亚狮买到一本《神秘的催眠术》。

这是一本早已绝版的奇书，记载许多不可思议的催眠术，其中有一节叫做"精神感应"的神奇方法，特别使亚狮感到兴趣。

据说"精神感应"是一种脑力斗争，施之于儿童、老人或孱弱的病人有奇效。

于是亚狮走去找添福叔了。

添福叔是个有钱人，十几岁就跟同乡来到新加坡，起先在码头上当估俚，后来改行割胶，积了些钱，买个小胶园。那一年，胶价陡涨，他就娶妻成家。妻子很贤慧，只是没有生子女。添福叔中马票时，老婆死了。老婆死后，他一直郁郁寡欢，稍不如意，即大发脾气。

现在，年纪大了，添福叔将胶园里的事交给葛巴拉，自己则在加东盖了一座红毛厝，独自一人住在里面，雇了几个佣工，吃吃玩玩，享受清福。

当他看见亚狮时，一开口便是："你还赌马不？"

"我已经完全戒掉了。"

"常到乌节律去饮酒吗？""也戒掉了。"

"马也不赌，酒也不饮，闲着无聊时，你在做些什么？""看看书。"

"别撒谎！我虽然老了，也未必如你想象中的那样容易受骗。"亚狮呵呵大笑，边笑边说："我知道你不会相信的，不过事实上我已经有了一个多月没有赌马没有饮酒了。"

添福叔半信半疑地说："能够这样，我很替你高兴。"

说着，他开始对亚狮上下仔细打量，然后举杯倾饮勿兰池。亚狮微微笑着，然而他却在嘀咕："为什么他可以乱饮，而我不可以？也许是他有一百万叻币存在银行里，而我没有。"

此时添福叔忽然一本正经地对他说："亚狮，我正在计划更改我的遗嘱。"

"怎样改法？"

"我准备将我的财产捐给慈善机关。"

"哦。"亚狮显然很不高兴。

添福叔呷了一口酒后："不过，今天听了你这一番话，我倒愿意给你一个最后机会了。我有意介绍你到永宁伯的乌必斯去做工，从下面做起，看你能不能吃苦？"

亚狮点点头，表示同意。其实，他早已胸有成竹，他准备用"精神感应法"来对付添福叔。

根据书上的记载：

若以精神感应法施之于脑力较弱者，较易见效，过去之试验证明：凡耽酒或嗜烟者，对于催眠术或精神诱发之反应，远较其他充满活力之成人易于感受……

于是亚狮颇想趁此一试了。他开始集中自己的思想，希望凭借那本魔术书上所指出的方法，迫使添福叔做一桩违反其心愿的事情。

亚狮在脑中重复地这样想：你将给我一杯酒……你将给我一杯酒……你将给我一杯酒，你将给我一杯酒……你将给我……

隔了很久很久，添福叔开口了："我想你还是搬到这里来住吧，一方面既可以常常陪着我，另一方面也好让我来对你作更进一步的观察。"

亚狮没精打采地答了一句"好的"，心内却非常失望。暗忖：这精神感应法并不容易生效。

想着，想着，添福叔忽然笑容可掬地说："关于饮酒的事，医生多数认为只要不狂饮，偶尔饮一两杯，对健康不但没有损害，而且极有裨益，所以，我并不反对助兴式的饮酒。现在你要不要喝半杯勿兰池？"听了这几句话，亚狮高兴得几乎要跳起来了，连忙摇摇手，彷佛演戏似的："不，不，我一点都不想饮，我已下了最大的决心要戒酒。"

二

在以后的两三个月中，添福叔对亚狮的操行极感满意。而永宁伯方面对亚狮的工作态度亦无微词，只说："亚狮有时候喜欢睁着眼睛做梦。"

有一天，亚狮在花园中闲步，发现添福叔亲自爬上椰树梢去采椰子。这椰子长得很高，别说是上了年纪的添福叔，即使是腕力极强的亚狮，也不敢冒险爬上去。

但是添福叔却毫不在乎。他说："我身体强健，决不会出事的，你放心好了。"

亚狮眉头一皱，睐着添福叔久久不开口。他又想起那本魔术书来了，心中油然地起了好奇。他希望将自己的愿望种植在添福叔的脑海里。

吃晚饭时，他与老人相对而坐。他开始集中思想，聚精会神地凝视着他：

……今晚九点钟时，为了采椰子，你爬上那棵最高的椰树，一松手，就跌了下来。……今晚九点钟，为了采椰子，你爬上那棵最高的椰树，一松手，就跌了下来。……今晚九点钟，为了采椰子，你爬上椰树，一松手，就跌了下来。……今晚九点钟，为了采……

添福叔忽然若有所悟地说："关于采椰子的事情，上次你说很危险，起先我还不觉得，现在想起来，倒有点可怕了。"

亚狮不理他，只管瞪大了眼睛看着他：……今晚九点钟时，为了采椰子，你爬上那棵最高的椰树，一松手，就跌了下来。……今晚九点钟……

添福叔对亚狮看了看，颇感诧异："你最近脸色很难看，总是恹恹的没有一点精神，是不是永宁伯那边的工作太吃重把你累坏了？"亚狮摇头不语。脑海中只有：今晚九点钟，为了采椰子，你爬上那棵最高的椰树，一松手，就……

时已八点一刻，两人吃过晚饭，在客厅小坐。添福叔在看晚报，亚狮则仍在用思想捶敲他。

八点半，添福叔兀自上楼去了。亚狮满头大汗，口很干，心里怔忡不已，忙不迭走到酒柜旁去倒了一杯勿兰池喝。勿兰池加强了他的思想力。

……今晚九点钟时，为了采椰子，你爬上那棵最高的椰树，一松手，就跌了下来。……今晚九点钟，为了采椰子，你爬上那棵最高的椰树……

三

客厅里的落地大钟当当当地敲了九下。亚狮神不守舍地走到花园里，耳朵边好像有人在对他低声悄语：……今晚九点钟，为了采椰子，你爬上那棵最高的椰树……

他有如"梦游人"一般，木然走到那棵椰树边，非常敏捷地爬上树梢，俯视下面，感到一阵晕眩，一松手，跌了下来，恰巧跌在假山石旁边的大金鱼池里。

碰到了冷水，亚狮这才如梦初醒地惊叫起来。佣工听到喊声，慌忙走来将他救起。

事后，添福叔打了个电话给永宁伯：

"亚狮明天不来上班了。……什么？他工作态度很好……但是有一件事你不知道，今晚他又酗酒了，背着我爬上最高的椰树，一不小心，竟跌入金鱼池里。……不行，我已经给他一个最后考验的机会了，他自己不争气，怪不得我。这遗嘱非改不可了。"

一九五九年四月二十九日发表于《南洋商报》

女朋友

和坤今年已十八岁了，但是还没有一个女朋友。

母亲问他："为什么不找个女朋友作伴？"他说："找不到。"

母亲又问他："究竟是找不到呢，还是你不去找？"他说："我不知道。"

当母亲再唠叨时，他就蹬蹬脚，没好声气的答了一句："我没有钱！"低着头，往外急走。

走进九八行，头家要他送两百扣到惹兰勿刹去。

"快去快来，"头家说，"搭乘巴士时要特别小心！"

和坤点点头，袋好银纸，走出九八行，直向巴士站走去。

跳上巴士，无意中遇到了小学同学吕再发。

再发口衔"三个五"，头上梳得光光的，身穿五彩夏威夷恤，完全阿飞打扮。

"喂，和坤，你还认得我吗？"他捉住和坤的手腕问。和坤面露惊诧之情："是你。"

"是的，正是再发。"

"到什么地方去？"

"喝酒。"

"被人请食？"

"不是。"再发咧着嘴，露出一排发亮的金牙，笑得如同鹭鹚一般，十分神秘。

巴士抵达惹兰勿刹时，和坤下车，再发也下车。两人在街角分手时，再发忽然建议：

"来，我请你喝酒去！"

"不会喝。"

"那里有很多漂亮的女人，任你拣，你中意哪一个就可以叫哪一个陪你喝。"

听了这句话，和坤沉吟不决了。和坤无意去喝酒，但有意去看看那些漂亮的女人。

"我们只坐一会就走？"和坤问。

"忙什么？"

"还有一件事没有做。"

"什么事？"

"头家叫我送一笔钱给别人。"

"送钱给别人用，还不让那个收钱的人多等一回，来，来，我带你到一个好地方去，你一定没去过的。"

所谓"好地方"，原来是一间新酒吧。这是一种新鲜的娱乐场，像餐馆，又不是餐馆；像舞厅，又不是舞厅。里面黑蒙蒙的，面积不大，有酒，有歌，有女人。

进门处有个美国音乐柜，只要放进一角硬币，就会自动奏出你所喜爱的曲子来。和坤平日最爱时代曲了，什么《桃花江》《玫瑰玫瑰我爱你》之类的流行歌，都能背得滚瓜烂熟。

如今跟着再发走进酒吧后，第一件事就想听一曲葛兰唱的

《我爱恰恰》，于是他丢了一枚硬币在音乐柜里，葛兰这就恰恰恰地唱起来了。

和坤高兴得什么似的，坐停后，竟糊里糊涂地同女招待要了一杯万兰池。

女招待是个十分可爱的女孩子，圆鼓鼓的脸型，配着一只红艳无比的樱桃嘴，不笑也已经够动人了，她一笑起来时，媚得令人魂飞魄散。

问题是，她并不是一个女孩子，她是一个女人。她的一颦一笑无不具有一种世故美。

和坤从未喝过酒，现在吞下一口热辣辣的万兰池后，禁不住猛烈地咳呛起来。女人十分体贴，用纤纤玉手轻拍他背。然后，他嗅到一阵廉价的香水味，香喷喷的，十分刺鼻。他的神志有点恍惚了，眼前又昏又黑，蓦然出现不少星星。

他紧紧搂着女人，想吻她，她却急急偏过头去，还咯咯地痴笑起来。

再发对他说："和坤，别动手动脚的，你醉了。"

和坤对他笑了笑，直着嗓子说："我没有醉!"说着，鼓着嘴唇去吻女人的脸颊。

这一次，女人并没有抗拒，让他抱，让他吻。和坤第一次接触到女性的胴体，心里乱糟糟的，显然有些手忙脚乱了。女人站起身来，又到酒柜边去取过两杯万兰池。

和坤不想喝了，但是女人一定要他喝。两杯酒下肚后，他用舌尖舐舐嘴唇问：

"你，你叫什么名字？"

"水娘。"

"喜欢我吗？"

"喜欢。"

"晚上陪我去看电影?"

"不想去。"

"或者到西滨园去跳舞?"

"不想去。"

"或者到勿洛去吃宵夜?"

"也不想去。"

"你为什么不想去呢?"

"心绪不宁。"

"你有些什么心事吗?"

"不告诉你。"

"也许我可以给你帮一点小忙?"

"你帮不了的。"

"把你的心事告诉我!"

水娘低着头,沉吟不决;但经不起和坤一再怂恿,终于支支吾吾地说了出来。

"母亲病了。"

"为什么不找个医生看看?"

"没有镭。"

听到镭子,和坤不觉一怔,久久寻思后,举杯一口呷尽,横了横心,咬牙切齿地说:

"这里有两百扣,你先拿去应急。"

水娘接过镭,往袋中一塞,掉过脸去,亲昵地吻了他,一次又一次。和坤咧着嘴发笑,喜得心花怒放。再发趁此走到音乐柜边,丢了一枚硬币进去,点了一首《心心相印》。

　　和坤乐不可支了，搂紧水娘一阵子乱吻，水娘又取了两杯万兰池来，和坤连拒绝的勇气都没有，只是在露齿痴笑，将酒一杯又一杯地喝下肚去。

　　酒吧收市，和坤已经酩酊大醉了，由再发护送回家。翌晨醒来后头很痛，冲过凉，未进早餐，就去九八行，头家一见他，立刻大发雷霆："叫你送钱，你送到什么地方去了？"

　　"我坐上巴士后，乘客很挤……"

　　"别噜苏了，把钱还给我！""钱？"和坤张口结舌地说，"钱给扒手偷去了。"

　　"什么！"头家怒嚷。

　　"给……给扒手……偷去了。"

　　头家闻言，两眼圆睁，怔怔地对和坤看了大半天，然后用手朝外一指，直着嗓子说了三个字："滚出去！"

　　这样，和坤就离开了九八行。他心里很难过。但是当他一想起水娘，他立刻会产生一种轻松而又舒徐的快感。他觉得自己的牺牲很有价值。

　　傍晚时分，他身上还有二十几扣，跳上巴士到惹兰勿刹去寻找水娘。

　　水娘还是像昨天一样美丽，只是愁眉不展的，彷彿心事重重。

　　"你母亲的病好点了没有？"和坤问。

　　"今天我找医生来看过了，说要送医院开刀。"

　　"那么就把她送医院吧。"

　　"钱呢？"

　　"昨天不是已经给了你两百？"

　　"不够。"

"差多少？"

"最少还要两百才够。"

和坤十分踌躇了，为难地低下头，想不起有什么方法可以找到这两百块钱。

一个失业的人，去那里找两百块钱呢？

水娘在他身边开始耸肩饮泣，那呜呜咽咽的哭声，就像小刀子般，刺着他的心。

最后，和坤拍拍她的肩膀，轻声安慰她："别难过，我有办法，你在这里等我，要不了一个钟头。"说着，和坤离开了酒吧，水娘用手绢抹干眼泪，款款站起，继续招待客人。

但是一个钟点过去了，和坤还没有回来。

两个钟点过去了，和坤还没有回来。

三个钟点过去了，和坤还没有回来。

直到酒吧快熄灯的时候，和坤才垂头丧气地走来了。水娘问："有没有找到镭？"他摇摇头。

水娘脸一沉，兀自提着手袋，急急离开酒吧。

第二天，和坤又到酒吧去找水娘，但是水娘对他十分冷淡。

第三天，和坤又到酒吧去找水娘，水娘和再发坐在一起，嘻嘻哈哈，模样十分亲昵。

和坤见状，眼火欲燃，一把揪住再发的衣领，大声咆哮：

"你早就知道水娘是我的女朋友，你怎么可以……"

再发阴险地笑了笑后对和坤说："不错，我知道水娘是你的女朋友，但是你也该知道水娘是我的老婆！"

一九五九年四月三十日发表于《南洋商报》

粿条档

有一个时期，我寄宿在惹兰勿刹一家旅馆里。

长期住旅馆，在一般有家室的人看来，似乎是不大好的；但是对于一个单身汉，住旅馆实在很方便。这家旅馆的设备还算不差，冲凉房、洗衣架、麻雀牌……样样都有，只是没有厨房。

没有厨房，住客必须到外边去吃饭。

我刚刚搬进去的时候，对于这"吃"的问题，还不觉得有什么不便；然而日子一久，也就感到憎嫌了。新加坡地处热带，中午时分的温度往往最高，为了吃一顿饭，必须穿上衣服，在烈日当空，火伞高张的情形下赶来赶去，实在不是一桩有趣的事情。

旅馆附近没有菜馆，吃东西，必须走几条街。雨季来临的时候，我常常走到楼下羔呸店去，叫两只生熟鸡蛋加几块啰知，就当作一餐饭了。这样吃法，虽不理想，也可以免去雨淋日晒之苦。

我希望羔呸店的头家能够找个马来人来卖咖喱。但是羔呸店的头家对我说："下礼拜起，有了一个名叫廖两的老头子要到这里来摆粿条档了。"

这是一个喜讯，因为我素来嗜吃炒粿条。

粿条档"应市"的那天，恰巧大雨倾盆，羔呸店里人客很少，我就叫了一碟五角钱的炒粿条。廖两是个六十开外的老年人，很瘦，就像竹筒一般。他的手艺不错，炒出来的粿条十分可口。

"炒得很好。"我对他说。他笑嘻嘻地答了一句："你是第一位食客呢。"

说罢，他吩咐他的女儿走到我面前将碟子收去。他的女儿年纪还很轻，约莫十八九岁，穿一套已经褪色的花布衫裤，脸蛋是圆圆的，长得很美。

"叫什么名字？"我问她。她含羞地拨转了身子，不开口，廖两看到这种情形，立刻笑嘻嘻地代她回道："她叫亚香。"

"她以前读过书没有？"

"在甘榜里的时候读过小学，"依旧是廖两代她回答，"考试成绩不好，算术老是跟不上，索性不读了。"

亚香听到父亲过份直率的话语，不由兜脸澈腮的脸孔胀得通红，带着抗议的口气叫了一声"阿爸"，把嘴嘟得高高的，意思要他少说几句。我知道亚香窘了，不再问下去。

从此，我变成粿条档的老主顾。每逢天热或落雨的日子，懒得出街，我连衣服都不换，到羔呸店去吃粿条。廖两的粿条炒得不错，咸淡适宜，清滑爽口，凡是吃过的人说比别档好。

这样，他生意就好了起来，连羔呸店的营业也转旺了。

廖两心里很高兴，每一次见到我时，少不免要说上这么一句："你是第一位的食客，生意全靠你。"

"那是完全因为你的手艺高，才会有这么多的食客。"

于是他笑了，我也笑了，连正在洗碟的亚香也偷偷地窃笑了。

我难得看见亚香发笑，竟发现她那清明无邪的笑容非常美丽。

正因为亚香是个美丽的女孩子，旅馆里的阿哥们就常常交头接耳地说：

"这粿条档的生意好，与廖两的手艺一点关系都没有。"

换言之，食客们所以常常去吃粿条，并不是因为廖两炒得好，而是因为廖两的女儿长得漂亮。当时我听了非常生气，认为这恶毒的流言万一传入廖两耳中，必定会伤害他的自尊心。

我的猜测没有错，不到一个礼拜，廖两也听到这流言了。对于这件事，他从未在任何人面前说过自己的意思，只是脸上笑容消失了，老是病恹恹的，一点精神也没有。

有一天，我为着赶写一篇小说，走到楼下吃粿条的时候，已经是下午两点了，廖两尚未收档，正在洗碟。这洗碟的工作向来是亚香做的；但是亚香不在。

"怎么今天不见亚香呢？"我问。

廖两淡淡地答了一句："她今天有点不舒服。"

"什么病？"

"没有什么，只是受了些风寒。"

"你该找个医生看看。"

"不要紧的，只是小毛病，过几天自己会好的。"

但是过了一个礼拜仍不见亚香来到。问廖两，他也说不出一个所以然来。

又过了十天，粿条档上依旧不见亚香。廖两生意一天比一天地清淡，食客们都不知道到什么地方去了。羔呸店头家看到这种情形，他本来不想开口的，现在也不能不说话了：

"廖两，"头家说道，"你的女儿身体好了没有？"

提到女儿，廖两脸孔一板，悻悻然地答了一句："她好了，我要她在家里。"

"为什么不带她出来帮手？"

"女孩子还是耽在家里的好。"

"但是，"羔呸店头家问，"你一个人会忙不过来。"

"忙？这一向生意这么清淡，还说忙？"廖两显然是心里不高兴了。

羔呸店的头家顿了顿，就直截了当地问："廖两，你知道近来你的粿条档生意清淡的缘故吗？"

"不知道。"

"如果你不生气，我就把这清淡缘故告诉你。"

"什么？"

"叫亚香来，生意会转好的。"

"这个不行！"

"为什么？"

"我不能让亚香当女招待！"

"谁让亚香来当女招待？我的意思是与其把亚香留在家里，不如叫她来帮帮你，再说，亚香这女孩子真够运，她来了，生意就好了；她不在，食客们就到别处去了。"

廖两沉吟一下，就说："二十年前，亚香还没有出世，我在吉隆坡炒粿条，大家都说我的手艺好，生意也十分兴旺。"

"时代不同了，"头家说，"二十年前，只要手艺好，银纸就会源源进来，可是现在不同，单靠手艺，赚不了钱。我看，你还是叫阿香来吧。"

廖两显然不同意这个看法，他绷着脸，闷声不响。羔呸店头家的忠告并没有使他有所改变。

然而固执不能解决问题，粿条档的生意越来越淡。

在一个星期六的中午，暴雨如注，我懒得出街，就下楼去吃炒粿条。但是羔呸店的头家对我说："廖两不做了。"

"为什么？"

"因为生意太淡，他连这个月的租钱都付不出。"

没有办法，我只好叫两个生熟鸡蛋充饥，吃过鸡蛋，羔呸店头家走过来同我搭讪：

"其实，廖两这老头子头脑实在太旧，只要肯带亚香来，事情一定会有办法。"

就在这时候，亚香忽然进来了。羔呸店头家问她："有什么事？"

她说："我阿爸病了，叫我来跟头家商量一下。"

"好的，你要多少钱？"亚香摇摇头："我今天不是来跟头家借钱的。"

"那末，你来跟我商量些什么？"

"阿爸想重开粿条档，但是一时手上凑不齐数目，所以关于租金方面，能不能等开了档再付？"

"你不是说你阿爸病了？"

"是的。"

"既然病了，怎么可以出来做工？"

"这一次，由我来炒。"

头家听说亚香出来主持，喜得心花怒放，不但满口答应，而且还借了二十块钱给亚香拿去给廖两找医生看病。

三天过后，我到羔呸店去吃炒粿条，发现亚香的手艺很坏，又咸又黏，难吃极了。

但是大出我意料之外，粿条档的生意特别好。

一九五九年七月三日发表于《南洋商报》

热带风雨

一

团圆月，像盏大灯笼，挂在椰树梢，又圆又亮。椰梢有猴啼，深夜的热带风，正在芭蕉叶上摸索阒寂。我刚从噩梦中惊醒，望望窗，窗外有流星悄悄堕海。

这盖着亚答的浮脚厝，沿海而建，下面是水，睡在地板上，可以听到鱼儿跃出水面的声音。

墙上的日本自鸣钟，铛铛铛地敲了五下。

天未明，附近奎笼里仍有点点渔火。我已足足睡了六个钟头，跳浪吟引起的疲惫，此刻已经完全恢复。邻房传来新郎的鼾声，很微细，也很有节奏，四周静悄悄的，我依稀听到前边有人呼唤"苏里玛，苏里玛"，这个呼唤又彷彿来自我心中。

昨天从巴丝班让乘坐摩托小船来到此地，初初进入这甘榜，一切都像十分陌生。我的堂姐是个娘惹[1]，爱上了那个名叫"莫罕默·宾西"的马来渔夫，选定吉日结婚，母亲盼咐我带些米、鸡和

---
1 土生的华侨女子。

老虎纸来道喜。

结婚的仪式完全按照马来传统：第一晚，在女家举行婚礼，请嘉甲证婚，撅起嘴唇吻鸡蛋，吃 Nasi Braini，坐花椅。

七个钟点以前，贺客们纷纷经芭路而达芭场，主人在场上早已用木板搭好平台，在香蕉树和棕榈树上挂满红颜绿色的小电灯，雇一班马来乐队，拍羯鼓[1]，击 Gong，或歌或舞，有说有笑，热闹诙谐兼而有之。一曲《梭罗河之恋》，骤然引起贺客的欢呼与鼓掌。

有人高呼："苏里玛。"一个十八九岁的马来姑娘，就婷婷袅袅地走到麦克风前去唱歌。

她很美，美得像一朵淡黄的槟榔花。

她穿一袭淡黄色的甲峇耶，薄纱制的，围着一条五彩纱笼，束得很紧，越发显得身段苗条。

那一双黑而有光的眸子，增加了我对现实环境的迷惘，因此所得的各种印象，不免重叠起来，想把握，无从把握。夜渐深，乐队演奏的时间已完。贺客中凡是好饮的，无不酩酊大醉。住在山芭里的，拎一盏风雨灯，唱着笑着走回家去。

有人把树上的颜色电灯扭熄了，我还独自站在"浪吟台"上。我贪婪地欣赏着这办过喜事的芭场，那份从热闹渐归于冷寂的零乱，那份静。

一个白发白须而肤色黧黑的老头子，踉踉跄跄地打从浪吟台经过，走到后边，提高嗓子问："苏里玛，你在哪里？"

"我在采红毛丹吃。"

1　羊皮鼓，马来乐器之一。

"时间已不早，该回去唾觉啰！"

"这里的红毛丹很甜。"

"跟我回去吧，明天一早就涨潮，还得去掠虾。"

于是我看到苏里玛跟着老头子，婷婷袅袅地朝海边走去。

夜色朦胧，我看不清她的面目，但是我隐约看到一排洁白的牙齿，她在笑。

迟了一会，懋叔以女方家长的身份，走到芭场来，张罗周至地打发了很多事情后，见到我，擎起风雨灯，哑哑嘴说："跟我回去吧。"他走在前面，我在后面跟。

走进浮脚厝时，我发现这筑在水面上的亚答屋像只船，很长，两旁全是板房，每排三四间，一共有七八间之多。懋叔知道我有点好奇，带我走到最前面晒渔网的地方，看海，看团圆月，看远处的灯塔一闪一闪。

懋叔说："你在这里食风，我去铺席。"

我兀自坐在木栏上，目无所视的望着海天；心里却在惦念那胸脯高高的马来姑娘。

我轻轻的自言自语："苏里玛。"

身后立即传来了亲昵的回答："叫我作什么？新加坡来的先生。"回头一看，竟是她。

这里没有灯，但是一双清明无邪的眼睛，已经将我的心事完全看穿了。我有点窘，她却笑得很甜。"你怎么会来的？"我问。

她伸手指指那间板房："我就住在这里，只有两个人，父亲与我。"

"刚才听到你唱《梭罗河之恋》。"

"为什么不请我跳浪吟？"

"我不敢。"

"城里来的先生也怕羞？"

她似乎不肯相信，扬扬眉毛，嘴角边挂着温情的笑意。这时，戆叔来了，看见我同苏里玛在谈话，就笑嘻嘻地对我说："她叫苏里玛，甘榜里最会唱歌的女孩子。"

我说："我们已经相识了。"苏里玛垂着头，对我横波一瞅，怪不好意思地踅回板房去。

我用手背掩盖在嘴巴上，打呵欠。白天坐过几个钟点的摩托小船，早已将我弄得十分疲惫，入夜又参加了这充满牧歌情调的结婚仪式；再加上那个马来姑娘的娇媚，我的情绪开始动荡不宁。躺在地席上，戆叔将油灯捻熄。月光从窗外透入，比灯还亮。四堵灰木板壁，空落落的，缺少喜庆门第的轻松空气。我睁着眼，虽倦，可还不想睡。心甚烦，被一对清明无邪的眼睛缠绵着，若有所获；又若有所失。我在想：她懂不懂忧愁？这小小的甘榜，究竟让她看到了些什么？一条鱼；或者一个外地来的生客，哪样可以给她较多的喜悦？

邻房的油灯也捻熄了，新娘的笑声像猫头鹰夜啼。

我强自闭上眼皮，不听，不想，直到新娘的笑声停止时，才跌入梦境。

现在，天还没有亮，我已经醒过来了。我依稀听到前边有人轻唤苏里玛。爬上窗口，果然看见苏里玛跳入两头尖的小划子，由她的父亲摇橹，凭着月光，向西缓缓划去。

潮水涨得高高的，划子左右摇摆，却乐得苏里玛大声歌唱：

一家女儿做新娘，十家女儿心里痒，

浪吟鼓声咚咚敲；敲得心中只想郎。

榴梿一出当纱笼，爱嚼槟榔满口红，

第三毛丹四山竺[1]；哪样能比我郎疼？

这时，东方已经泛起鱼肚白。在晨曦中，小划子渐划渐远，苏里玛的歌声亦渐远渐细。

稍过些时，太阳出海了。太阳的手指正在戏弄汩汩海水，鲜明、华丽、难把握，不停顿。我眼中出现一片金黄相错的幻景，因此感到迷惑。天亮了，咕咕鸟已在树梢呼朋集伴。

盥洗完毕，走出浮脚厝，想到海边去看看这初阳照耀下的小甘榜时，不意在一株笔直的椰树下，看见戆叔弓着腰在检视小船。"戆叔，你这样早就起身？"我问。

叔笑眯眯的："为了送你姐姐到男家去举行婚礼。"

这才使我想起马来人的婚礼是在女家举行仪式的，第二天新郎偕新娘回家探省父母，男家于此时再度广宴亲朋。于是我问："要不要我去？"

戆叔想了想，说："店里只有细岳一个人，你帮我看店吧，不用去了。"

说着，戆叔缚住缆索，领我到前面的小卜干去。

这是一座几十间店铺的小街场，戆叔的吉埃店就在右端第二家，不大，可是生意倒不坏。戆叔少年时"过番谋生"，在马来亚娶亲，老婆生了个女儿后，患病亡故，留下戆叔一人，勤俭积粒，不但将女儿抚养成人，而且还独资开了一家吉埃店。

1　一种热带水果，味甚甘美。

懋叔对此颇感自傲，说了一句"这是我赤手空拳打出来的"，便领我走入店堂。

店堂的板壁上吊着一个红底金字的神位，上面写着：

五方五土五龙
唐番地主神位

懋叔先同我介绍细昝，然后掉转身去，掏出火柴，点了香，非常诚虔地捧香膜拜。拜完，将香插入香筒。这一个动作使我感到诧异。据我所知，堂姐早已加入回教；难道懋叔依旧信奉菩萨？难道懋叔还想将来返唐山去"显祖荣宗"？我正想问他时，他先开口：

"好好替我看守店铺，别乱跑。马来人大多已经会看秤星了，不可以在斤两上占他们的便宜，做买卖，第一要诚实。"

交代清楚后，懋叔立即迈开脚步，朝海滩低头急走。

细昝同我差不多年纪，圆面孔，短鼻子，两耳兜风，十分有趣。他对我看看，我也对他看看。大家不作声。

门口有只安乐椅，谅必是懋叔坐惯了的。因为没有顾客上门，我就坐下休息。

太阳已经升得很高，天际无云。何处有山雀和鹦鸟聒噪，那骚声时断时续，彷佛几个老婆子在吵嘴，和着火燥的空气，在热带的近午震抖着，这里停了，那边又起。

躺在安乐椅上，刚阖眼，就做了一个梦，梦见些什么，我完全记不清。

忽然我又听到有人在我耳畔，低声叫唤："喂！新加坡来的先生！"

二

抬头一看，面前出现了一双也陌生也熟习的黑眸子。

那是苏里玛。

原来她们父女两人，掠得了不少虾，提到鱼虾行来卖。

"有什么事？"我问。她含笑盈盈，隔了大半天，才说："买一粒椰子糖。"

我从玻璃瓶里拿了一粒给她，她剥去包纸，将糖往嘴里一塞，含着糖，愣巴巴地望着我，不声不响。迟了一会，她的父亲从对面"鱼虾行"走过来，走到苏里玛背后，对她说：

"回去吧。"她连头都不回，挥挥手，十分厌烦的，"你先回去，我就来。"

"耽在这里做什么？别叫鸭都汉密见到了，又将你抱进鱼虾行。"

"他敢！"

"唉，"老人叹息一声，边走，边嘀咕："跟你妈的脾气完全一样，就爱倔强。"

老人离开街场后，我端了一张四方凳给苏里玛坐，问她："谁是鸭都汉密？"

"鱼虾行的头家。"

"他很喜欢你？"

"我不喜欢他。"

"为什么？"

"他已经有了四个妻子。"

"他是可以这样做的。"

"即使他一个妻子都没有，我也不愿意嫁给他！"

"他想娶你？"

"是的。"

"他很有钱？"

"他是甘榜里最富裕的人，除了鱼虾行，他还有几百依葛的树胶园。"

"嫁给有钱人该是一桩非常幸福的事呵！"

"我倒并不觉得。"

"有钱人有的是钱，有了钱就可以购买快乐。"

"没有钱的人就得不到快乐了。"

"没有钱的人只有梦，谁也不能从梦境里取得什么。"

苏里玛瞪大眼珠，在我脸上寻找解答。嘴里低声吟哦，不知道在说些什么。隔了半晌，她忽然顽皮地说了一句"你的眼睛很大"，立刻不经心地垂下眼波，羞怯地对我偷偷一瞥，掉转身，跳呀蹦的，径向海边奔去。我久久望着她的背影发愣，重新枯寂地坐在安乐椅上，心中有点异样的感觉，彷彿失去了什么，又彷彿获得了什么。算算时间，我来到这小小的甘榜还不足二十个小时，但是生命的丰满，已将我的感情与理性，完全混乱了。

太阳高高地挂在中天，东方有乌云。

细峇走过来，讲了一些关于苏里玛的事情给我听。

他说：苏里玛的父亲是个"哈夷"[1]，曾赴麦加朝过圣，年轻时

1　到麦加朝过圣的回教徒，戴白帽。

颇有作为，现在穷了，仅靠掠虾为生。

他说：苏里玛的母亲长得非常美丽，曾与别人私恋，内疚万分，终于跳海自尽。

他说：苏里玛的父亲欠了鱼虾行头家一笔款子，迄今尚未还清。

他说：鱼虾行的头家十分喜欢苏里玛，有意按照伊斯兰教的规定，与四位妻子中的一位离婚，然后再娶苏里玛为妻。但是——苏里玛不肯嫁给他；苏里玛的父亲也不肯。

"既然不肯，事情不就解决了。"我说。

"事情并没有解决。"细峇说。

"为什么？"

"因为苏里玛的父亲欠鱼虾行一条数。"

"欠钱还钱，总不能拿苏里玛当作银纸还给他？"

"问题就在这上面，鸭都汉密曾经公开表示过，只要苏里玛肯嫁给他，这条数马上可以一笔勾销；否则，就要通知马打来拉人了。"

"我不相信会有这样的事。"

细峇的嘴巴往下一弯，露出一个轻蔑的微笑，轻轻哼了一声，不再说什么。

我问他："什么时候吃午饭？"他走到隔壁咖啡店去，向马来饭档买了两碟白饭和一盘咖喱鸡。吃饭时，细峇用手捞来吃，我有点不习惯，问他："有没有刀叉？"他说："没有。"

饭后，我很疲倦，躺在安乐椅上，刚合眼，就做了一梦，梦见苏里玛嫁给鸭都汉密。

一觉醒来，细峇在旁捧腹大笑。我问他为何发笑，他说我在梦中大叫苏里玛。

我很窘。

傍晚时分，戆叔托人带口信来，说是今晚在男家过夜，叫我多住一日。

店铺提早打烊，细峇留在店中，我刚回浮脚厝去冲凉，百无聊赖地走到沙滩上去散步。天气很闷，一点风信都没有。乌云密匝匝的，很低很低，好像一伸手就可以摸到似的。

远天有闪电。沿着黑沉沉的大海，缓缓地踯躅在沙滩。海上是一片静谧，忽然听到有人呼唤："新加坡来的先生！"游目四瞩，发现岩石上有一堆衣服。

我悄然爬上岩石，用眼睛搜寻海水。

海波滟滟，我看到海波中隐隐约约有个人影，游过来，游过去。

稍过些时，水面露出一个女人的面孔。那是苏里玛。

"回过头去！"她说。我就回过头去。

"将衣服丢在沙滩上！"她说。我就将衣服丢在纱滩上。

"闭着眼睛！"她说。我就闭着眼睛。

三

当我睁开眼来时，苏里玛已经穿着一袭美丽的爪哇纱笼。

我邀她坐在岩石上，共看平静如镜的大海。那梦样的情绪，最令人神往陶醉。

她低声问我："什么时候回新加坡？"

"明天。"我答。她颇感诧愕地问："不想多住几天？"

"本来预算今天回去的。"

苏里玛脸色一沉，温婉的笑容消失了，绷着脸，撅起嘴，眉宇间呈露着不愉快的神情。

海上忽然吹来一阵大风。棕榈树的树叶在风中飘舞，像红毛神甫的长头发。

轰雷掣电，大雨即将来临。"快下大雨了，不如回去吧！"我说。

她昂着头，好像完全没有听到我的话语一般，咬咬牙，极不自然地问我："回到新加坡之后，打算再来吗？"

"不一定，"我答，"有机会，就来；没有机会，就不来。"

"难道我们这甘榜里，没有一样东西值得你留恋？"

天边雷电交加，海风加紧。我说："快下雨了，不如回去吧？我们回到家里去谈。"

苏里玛不理我，只是加强语气问："你说，你说，是不是这里没有一样东西值得你留恋？"

"有是有的。"

"什么？"

我正欲开口时，海上蓦地吹起一阵狂风，天就一个大点一个大点地落起雨来了。

我说："走罢。"

她不肯走，拼力拉住我的衣袖，问我："快说，究竟什么东西还值得你留恋？"

我性急慌忙地迸出了一个字："你。"

此时，大雨倾盆，赛如万马奔腾。

……我渐次由迷蒙到完全清醒，一双清亮的黑眸，锁不住青春的喜悦，即使是暴雨，也冲洗不了那诱人的光辉。环顾四周，那绿油油的椰林，那小卜干，那伸展在海中的奎笼，那远处小岛上的点点灯火……全都看不见了，我面前只有滔滔的雨水。

"应该找个地方躲避一下。"我说。

"来，那边有间破石屋，没有人居住。"

我们爬下岩石，手拉手，拼命向破石屋奔去。奔进石屋时，大家气塞喉堵，久久说不出一句话。破石屋一共有三间，我们进去的那一间，两边有墙，另外两边则已倒塌。据苏里玛告诉我：

这里原来住着一家有钱的中国人，打仗时房子给炮火轰毁，房子里的人全部逃入"大芭"，迄今犹未归来。

我们躲在角隅，紧紧偎在一起。雨水从残檐挂下来，有如两幅水晶帘子。苏里玛说："这个世界彷彿只有你同我两个人。"

"我喜欢你。"我说。

"不要走。"她说。

"最好别提这些。"她佯嗔薄怒地说："我不许你回去。"

"不能不回。"

"为什么？为什么？为什么？"

天边传来一串震耳的响雷，我吓了一跳。

我好像在做梦，但是苏里玛是真实的。

大家嚛默着，隔了大半天，她才打破沉寂：

"你有过女朋友吗？"

"没有。"

"为什么不找一个？"

"找不到。"

"应该有个理由？"

"连我自己也不知道。"

"回到新加坡之后会不会想我？"

"会的。"

"既然要想我，为什么要回去？"

"我的家在新加坡。"

"那末，为什么不再来？"

"有机会，我就再来。"

"什么时候？"

"大概在我学业结束后。"

"还有多久？"

"三个月。"

"不能提早一些？"

"不能。"

她不再出声了，抿着嘴，款款站起，走到里面一间败颓的小屋去。迟了一会，她在里面叫唤我："新加坡来的先生，到这里来。"

我走到里面，从那只忍住笑而含娇带俏的小嘴上，我看出一种暗示。于是，我们相视着，有会于心的无语相视。

雨，越落越大。

雨象征着生命多方的图案画。

苏里玛坐在地上，灼灼地望着我。

我也坐了下来。骤然间，我感到一阵寒冷。她的眼睛像电光一般，刺得我头昏目眩。

我故意阖上眼皮，佯装睡觉。

她闷声不响。

过了很久很久，我才听见她的低声细语："你睡熟了没有？"

我继续不出声，继续阖着眼皮。

之后，我就真的睡熟了。当我醒来时，雨已停，太阳刚刚出海，不知何处有咕咕鸟的叫声。

苏里玛已经不在我身边。

我知道她生气了。

回到浮脚厝，遍找苏里玛不着。中午时分，戆叔回来了，因为怕我荒废学业，立即到芭地里去采一些红毛丹来，装入纸袋，匆匆陪我赶往码头，叫我搭乘摩托小船回新加坡。

四

过了三个月，学期结束。因为成绩不坏，母亲愿意拿出一些钱来，买一样纪念品赏给我。我不要。母亲问我要什么。我说："考试时弄得头昏脑胀，想到戆叔那里去住几天，散散心。"母亲答应了，还将购买纪念品的钱交给我。

离别了三个月的小甘榜，一点变动都没有。椰林还是绿油油的，小卜干还是静悄悄的，海水依旧平静如镜，咕咕鸟依旧呼朋集伴……甚至连那一份热闹的空气都没有改变：芭场上仍有"淡蓬"声传出，几个马来音乐师正在试奏乐器。甘榜里的年青男女，无不穿红戴绿，口嚼槟榔老叶，笑嘻嘻地参加婚礼去。

"事情实在凑巧，"我说，"上次来时，姐姐结婚；现在又有人在办喜事了。"

戆叔坐在安乐椅上，吸一口旱烟，鼻孔里透出两条青烟："她的年纪也不小了，正是嫁人的时候，只是那白发斑斑的老父，此后就更加寂寞了。"

"她是谁?"

"你不知道吗?"戆叔颇表诧异:"今天是苏里玛出嫁的日子!"

我不觉为之一怔,心内闷闷,彷佛被人当胸搋了一拳,很久说不出一句话来。一切都像十分陌生,又极端荒唐。眼前突然出现了金红相错的星星,我差点晕厥过去。戆叔以为我中暑,吩咐我坐下之后,倒了一杯雪水给我饮。

饮过雪水,神志不再像刚才那么恍惚了。我问:"新郎是谁?"

戆叔答:"就是鱼虾行的头家——鸭都汉密。"

"苏里玛并不喜欢他,他已经有了四个老婆。"

"但是,"戆叔唏嘘感叹,"又有什么办法呢?她的父亲欠了鱼虾行一条数,再不归还,准会让马打抓去吃乌头饭的。"

我默然,似乎不大相信戆叔的话语,咬咬牙,就匆匆赶到浮脚厝去。

浮脚厝里张灯结彩,十分闹哄。到处挂着彩花和缀上红白蓝三色的彩带,再加上来宾们身上的红绿衣着,叫人看了,无不感到眼花。

我走入礼堂,发现这伊斯兰教的结婚仪式并不含糊。我看到新郎和新娘端端正正地坐在一张粉饰过的草席,接受亲友的祝福。

这种仪式只有和处女结婚时,才能举行;但是让一位处女嫁给鸭都汉密,我有点不服。

苏里玛含羞地垂着头,脸上并无笑容。她的衣饰特别讲究,头上梳挽了一个美髻,髻边插着一些炫耀的金饰;脚登缀缕金线的爪哇拖鞋,脚上还系着一对金环。

当她抬起头来时,一见到我,就凝眸痴视地对我发愣。她似乎比三个月前瘦了些,纵然浓施脂粉,但仍掩饰不了心情的萧索。

她的眼睛充满了惊诧，在受惊的眼睛里，我看到晶莹的光芒，那是泪光。

五

这一晚，我没有到芭场去跳浪吟。戆叔邀我去看"电影戏"，我推说头痛，想早点睡。

其实，我何尝睡得熟。远处传来班盾歌声，轻松而又悠扬；只是我的心却像铅般沉重。

躺在草席上，我的脑海中只有一双含泪的眼睛。

整个浮脚厝，除了我，没有第二个人。人们都到芭场上寻欢作乐去了。

四周静悄悄的，地板下面常有鱼儿跃出水面的吱吱细声。

蓦然外边响起一阵零乱的脚步声。

启门一看，几个马来人抬着苏里玛，手忙脚乱地走到前房去。

一个说："天气太热。"

另一个说："她整日没得到片刻的休息。"

一个说："她的身体很弱。"

另一个说："这几天，她常常愁眉不展的。"

听了这些话，我赶到前房去观看，才知道苏里玛在筵席上突然昏厥。她的父亲找了一瓶"怡保驱风油"来，搽在她的鼻端与额角。她终于睁开带涩的双目，未开口，又落泪水。鸭都汉密站在灯光下，不说话，也不作任何表示，只是静静地望着苏里玛。

对于我，这有点像离奇的梦魇。

我悄然回房，躺在地席上，心境虚廓，彷佛失去了一些什么，不经意地参加这一角的冲突。

在情感上，倒应该说是得到了什么。

然后，我听到几个人的脚步声向外而去。

然后，我听到苏里玛的父亲与鸭都汉密在我门口交谈。苏玛里的父亲要鸭都汉密留在这里，自己则到芭场里去招待来宾。

然后，我听到椰梢有猴啼。

然后，我的意识渐趋迷蒙……我似乎听到前边有人呼唤"苏里玛，苏里玛"，这个呼唤又像是来自我心中。

然后，我听到一阵急促的脚步声和哭喊声。

我立刻从地上爬起来，拉开房门，但见鸭都汉密站在走廊里，指着苏里玛背影怒叱："你到什么地方去？快回来！你不回来，我就叫马打来抓你的父亲。"

但是苏里玛只顾低头急奔。

鸭都汉密也不追赶，眼巴巴地望着苏里玛，任她奔出视线。

他很生气，见到我时，还指手划脚地说了一句："这个女孩子简直是在发疯！"说着，就大踏步地向芭场走去。

这突如其来的发展，使我顿感兴奋。我知道苏里玛的去处，因此匆匆忙忙地穿上衬衣和皮鞋，扣上房门，快步追去。

海上有风，吹得椰叶悉悉作响。潮水向海滩滚滚卷来，何处有鸥乌啼叫。

走了十数分钟之后，我发现前面有个黑影，正朝着破石屋的方向急急走去。

走进破石屋，苏里玛背靠残壁，睁大了眼睛，灼灼地望着我。

"知道你会来的。"她说。

"只是来得太迟了。"她略一凝眸，幽幽地说："还不迟，如果你有决心的话。"

"我当然有决心。"

"那么，带我到新加坡去。"

"不能这样做。"

"为什么？"

"因为你是个有夫之妇了。"

苏里玛愤恚地咬咬牙："既然如此，何必再回来？"

"我以为你不会答应鸭都汉密的。"

"我并没有答应，是父亲作的主。"

"但是你已经是他的人了。"

"只要你肯带我离开此地，我还是属于你的。"

"带你走？"

"我同他只举行过仪式，实际上，还不是夫妇。"

"但是在法律上，你是他的妻子。"

"你不肯带我走？"

"我不肯触犯法律。"

苏里玛听了这句话，愣巴巴地望着我，要哭，哭不出；要说，又不知语从何起，眼睛里充满悲哀的激情，在痛苦惶遽中，终于沉默下来。

远处有了犬吠声。我连忙走出破屋，举目远眺，却发现十几个人影，各自擎着火把和风雨灯，沿沙滩，快步走来。

"苏里玛，"我说，"他们来了。"

颓壁背后蓦然传出一连串疯狂的笑声。

我踅入破屋，苏里玛说她的发针掉在地上了，我俯首去搜寻时，给她用石块击破了头颅……

六

当我渐次由迷蒙渡到完全清醒时，阳光已经上了窗棂。我躺在地席上，戆叔坐在旁边。

"苏里玛呢？"我问。

戆叔叹息一声，答："当我们赶到破屋时，眼看她飞也似的奔向大芭。"

"大芭里尽是毒蛇猛兽。"

"我们分头搜寻，这是一座杂生着包皮青白桦、毛杞、山松的丛林，无路可通，走不了几步，就纷纷回了出来。"

"苏里玛有没有回出来？"

"没有。"

我立刻跳起，刚刚迈开脚步，就让戆叔一把拖住。他问我："你到什么地方去？"

"去找苏里玛。"

戆叔噙着眼泪说："不必找了。"

"为什么？"

"因为，"他说，"天亮后，我们集合在林外，企图会同保安团作第二次搜寻时，却发现几只老鹰在林上打圈，有的哇哇乱叫，有的俯冲入林，据眼光锐利的年轻人说，那些老鹰从林间飞起来时，嘴上还咬着染血的肉块！"

刊于一九五九年十月号《南国电影》

马场喜剧

肥仔在峇拉司勿沙律跳上巴士，直向武吉智马驶去。今天星期三，新加坡赛马的第二天，马迷不太拥挤，是下手的最佳日子。他挤在马迷群中，走入马场，先在售票柜前，用贼眼扫了一圈，找不到合适的对象，便走到前面去。

第三场的马匹正由马童牵着，在沙田上踱步，许多马迷围在短栏外边，精神贯注地察看马的状态。这是下手的好时光，可惜没有一个具备"猎取"的条件。

肥仔干这一行已经有三年的历史了。三年来，他从未失过手。这并不说明他的手法比别人熟练，而是他行事审慎，若非绝对有把握，轻易决不下手。最近这几个月同行被马打抓进去吃乌头饭的，一天多似一天。肥仔早有洗手不干之意，无奈求职困难，"归正"无门，一度在麻雀馆当捞家，后来给人发现了，差点弄到头破血流。

于是只好"重作冯妇"，因为不干，没有饭吃；干呢？不一定没有饭吃。

前天下午，肥仔在莱佛士坊干活，非常顺利地"猎"到了一只"荷包",那"荷包"的主人是个漂亮人物,西装革履,模样十分入时,然而"荷包"虽不"哥送",却装着一大叠当票。

他很失望。但是肚子饿了,没有办法,只好去向孟加厘借"则知镭",言明不出一星期,连本带利归还。因此肥仔打定主意:星期三到马场去捞一笔。

马场不失为一个下手的好地方,但管理极严,过去在马场活动的"同行"几乎没有一个不落网。肥仔为人素来谨慎,尤其因为挑选了这个不易得逞的所在,他就格外小心翼翼了。

现在他已走到餐厅门口,用贼眼对里面瞅了一圈,不见马打,也不见暗牌,于是咬咬牙,不惜付出三元购买一张茶券,大摇大摆地走入餐厅。

他拉开藤椅,煞有介事地坐下来,向仆欧要了一杯咖啡。

这时候,门外走进一个女人。二十几岁,惹娘装,不算美,但体态十分动人。

从她的衣饰上,肥仔断定她是一块"肥肉"。

她的颈上挂着一条珠项链。她的手袋,是最新颖的巴黎货。——里边有多少?值得发掘。

她趑趄在门口,两只眼睛骨溜溜的一转。

寻人?抑或寻位子?

肥仔当即以"猎艳家"的姿态走上前去,用一种温和谨良的口气问她:"小姐,这里还有一只空位子。"她颇表感谢地对肥仔回眸一笑,跟在肥仔后面,走进餐厅,与肥仔同桌而坐。

肥仔开始作"下手"的准备了,先用友善的眼光对她看了一下,然后问她:"喝什么酒?"她爽快地答道:"威士忌"。于是肥仔向仆欧要了两杯威士忌。

酒来了，肥仔举杯祝她幸福。她一口饮尽。

肥仔又向仆欧要了两杯威士忌。她从手袋里掏出一包"红印"，递一枝给肥仔。

肥仔接过香烟时已看到这手袋是怎样启开的。

他静候机会。那女人呈露着焦躁的神态，东张西望，彷佛在寻找什么人似的。

丰满的手袋放在她的手肘边。

肥仔趁她回过头去的时候，用一种非常迅速的手法，启开手袋，取出钞票，然后又轻轻地将它关上。——这些动作都是在一霎眼间完成的。

他"得手"后，正想站起身来走出餐厅时，女人回过头来了，娇滴滴地问他：

"你有笔和纸吗？"

肥仔从口袋掏出一本小型备忘录，连同原子笔一起交给她。肥仔心中暗暗祈祷，希望她不要去打开手袋。

女人款款站起，走到后边酒柜上去写了几行字。

肥仔深恐露出马脚，正想挪开脚步时，忽然有一只手在他肩上拍了一下。

肥仔吓了一跳，回过头去，那女人却含笑盈盈地说："这是你的笔！"

肥仔接过笔，女人忽然正正脸色，继续对肥仔说道："请你帮我解决一个难题，可以吗？"

"什么难题？"肥仔紧张地问。

她扬扬眉毛，低声说："你看见门口站着那个男人？"

"哪一个？"

"穿蓝色西装的。"

"是不是身材很高的那一个?"

"正是。"女人点点头,还加上这样的一句解释:"他已经跟我一下午了。"

"为什么要跟你?"

"是我的丈夫雇他来监视我的。"

"监视?"

女人微蹙眉尖,继续说道:"我必须去会见我的情人,再过两小时,我的情人就要飞到曼谷去了。我们本来约定在加东花园见面的,只是因为这个家伙老是跟随着我,使我无法去赴约。所以我就索性乘坐特示来到马场,希望凭借马场人多,躲开他的视线,在雇车去飞机场与我的爱人会面。可是,现在这个家伙又来了。"

"你要我怎样帮助你呢?"

"能不能用钱贿赂他?"

肥仔一听,觉得事情不妙,心忖:她既然被人追随,事情就更加容易戳穿了。于是他说:"千万别贿赂他,设法挤入人堆,避过他的视线。"

女人困惑地哀求他:"请你帮助我。"

肥仔咬咬嘴角,笑得十分勉强,说了一句"也好",便挽着女人,匆匆走出餐厅。

两人走上看台,在人丛中,遽尔分手。

肥仔立刻离开马场,直向巴士站走去。跳上巴士,他心中不免暗自庆幸。

巴士转入武吉智马律时,肥仔伸手去摸口袋,却发现口袋里除了一张纸条外,竟空落落的一无所有了。

他抖巍巍地掏出那张纸条。仔细察看，原来上面写着这样的字句：

　　大胖：你偷了我手袋里的钞票——哟，我的颈链又不见了。但当你看到这张字条时，我已经将这些东西拿回来了，而且另外还有一只荷包，很丰满的。你的手法已旧，远不及我的科学化。你为什么不退休呢？

署名是：一个被人跟随的太太。

肥仔看完字条，不禁捧腹大笑。

他失去了荷包，还笑？

这个笑不是完全没有理由的。

——因为被那女人扒去那只"丰满的荷包"，正是前天下午在莱佛士坊猎来的，里面装着一大叠当票！

初恋

亚峇坐在巴刹口，等待客人来擦鞋。

等了十分钟，没有人来擦鞋。等了廿分钟，没有人来擦鞋。等了半个点钟。

一个穿蓝色衫裤的女孩子，从吉宁街徐步走过来。她的头发很浓、很黑，梳着两条长辫，没有什么特别的地方，看起来有点像两条马鞭子，乌油油的绑着两只蝴蝶结。

亚峇的肌肉突呈紧张，伸长了脖子去凝视那个女孩子，然后轻轻地嘘了一口气。

那个女孩子听到了他的嘘气声，几乎要在他身边站停下来，几乎要对他嫣然作笑，几乎要开口了……但是那些都是"几乎"而已，并没有成为事实。

她只是用跳舞的步伐走入巴刹。

亚峇很是失望，却不气馁。他自言自语道："不管她是谁，她一定在这里附近工作。我将于明天吃中饭的时候见到她，而且后天也能见到她，大后天我将请她吃咖啡了。"

这天晚上，亚峇睡觉时说了一句梦呓："明天，后天，大后天，然后我将邀她吃咖啡。"

第二天中午，亚峇果然又见到她。

第三天中午，亚峇果然也见到她。

一切依照理想实现。

亚峇在第四天中午，邀请那个女孩子到巴刹里去喝咖啡。两人相对而坐，很窘。

"我叫亚峇。"亚峇说。

"我知道，"那个女孩子说，"刚才你已经告诉过我了"。

"哦，我的记性真坏。"

"我的记性太好。"

"你觉得我的名字好不好？"

"一个人的名字，只是一个名字，它不能代表一个人"。

"那么，还是继续叫我亚峇吧。"

女孩子沉吟一阵，抬起头来，两只眼珠子骨溜溜的一转，嗲声嗲气地说："你要不要问问我的名字叫什么？"

"你叫什么名字？"亚峇嚅嚅滞滞地问。

"亚虾。"

亚峇用近似呻吟的口气"哦"了一声，重复一句："亚虾。"

"你不喜欢这个名字？"

"我喜欢。"

"为什么？"

"因为亚虾很好。"

喝完咖啡，亚峇付了二角八，走到街上，亚峇想学一下摩登人物的姿势，用自己的手臂去挽她的手臂，却又不敢。

两人只是并肩而行，态度十分安详。亚峇陪亚虾走到她的工作所在，久久发愣，不知说什么好。

"明天？"他说。这句话连他自己都弄不懂是什么意思，但他希望亚虾能够懂。

亚虾居然点点头，说声："好的。"

于是分手。

分手后，亚峇神志有点恍恍惚惚。整整一下午，呆呆地坐在巴刹口，等待客人前来擦鞋。

客人来了，第一个穿的是黄皮鞋，他涂了白鞋油。第二个穿的黑皮鞋，他涂了白鞋油，第三个穿的是白皮鞋，他竟涂了黑鞋油。

他给客人重重捆了一巴掌，晕倒在地，却做了一个梦，梦见亚虾对他微笑。

第二天中午，亚虾微笑着走来看亚峇。亚峇觉得她比昨天更美丽了，但是他不喜欢那两条长长的辫子。

亚峇邀她去喝咖啡，她不去。她说："明天是星期日，不做工，到我家里去玩。"

"为什么？"

"因为我的母亲想看看你。"

"为什么？"

"因为她是我的母亲。"

亚峇点点头。亚虾写了自己的地址给他，低垂着头，半嗔半笑的，拨转身去，走了。

亚峇的神志又有点恍恍惚惚了，但没有擦错鞋油。这天是星期六，他把赚来的三扣，到印度店去买了一件彩色恤。

星期天，他穿着彩色恤到吉宁街去找亚虾。

亚虾不在，出街买东西去了。亚虾的母亲叫他到房里去坐，这是一间尾房，很小，很狭，只能放一张床，床颇大，谈话时，因为没有椅子，大家坐在床沿。

亚虾的母亲比亚虾更美。

她们家里除了一张床外，墙上还有一面大镜，亚峇心中暗忖：每天早晨，这两个女人一定抢着照镜子。

镜子旁边有一扇窗，探头窗外，可以俯视长街，亚虾和她的母亲，常在无聊的时候，探头窗外，去俯视长街，看看街上有没有漂亮的男人经过。

每逢星期日，母女两人常常并肩伏在窗棂上俯视，其余的日子，亚虾的母亲便独自一个人观看，而且可以比较自由地观看。

母女之间的竞争使她们的生活颇具生气，虽然亚虾的父亲已经死了两年，两年来，她俩同睡一床，共守寂寞。

亚虾的母亲名叫三姑，见到亚峇后，越看越有趣。

"你喜欢我家亚虾吗？"三姑问。

亚峇发现三姑的眼睛像两粒宝石，熠耀多姿，有着一种夺人的魅力，多看几眼，会感到头晕。现在，他有些头晕了。

"你喜欢我家亚虾吗？"三姑见他不答理，放大嗓子追问一句。

他失神落魄地摇摇头。

"怎么？"三姑十分诧异，"你不喜欢她？"

他继续失神落魂地摇摇头。

"哦，"三姑若有所悟地说，"你也没有不喜欢她。"

隔了大半天，亚峇开口了："明天，我请你到巴刹里去喝咖啡，好不好？

三姑惘然，不知他用意何在。"你同亚虾两个人去喝吧。"

"不——"亚峇一本正经地说,"我要同你单独去喝。"

"如果是谈论婚姻的事,你不必征求我的同意,你直接去问亚虾好了,她已经不是一个小孩子。"

"我不要同她结婚。"

"为什么?"

"因为她是一个小孩子。"

"你自己年纪也不大。"

"但是我不喜欢比我的年纪轻的女人。"

三姑瞪大了眼睛,细味亚峇的话语,却百思不得其解。她是十分困惑了,无法应付这位女儿的男朋友。

她希望亚虾早点回来,但亚虾还不回来。

第一次,她遇到了一个可畏葸的男人。这男人的年纪还不足十八。

她的心在突突地往上撞。

亚峇的心也在突突地往上撞。

她想伏在窗棂上去看街景,却让亚峇一把拖倒在床上,亚峇情不自禁地捧着她的脸颊,像野兽一般疯狂地吻她。

吻后,他霍然站起来,夺门而出,走下楼梯时,恰巧碰到亚虾。

亚虾问他:"到什么地方方?"

他竟放声大哭了。亚虾紧紧地搂着他,问他为何混身发抖,他说:"我怕!我怕死了!"

父与子

"这怎么可以呢?"秀兰正正脸色,粗声大气地对我说:"她比他大得多,简直可以做他的母亲了。"

"也不见得,"我故意压低嗓子,"大目今年十七岁;而那个——那个女人也不过二十二岁。"接着,我掏出一枝香烟来,点上火,深深地吸了一口,继续说道:"不过,我对这件事也颇感不安。"

"颇感不安!"秀兰两眼一瞪,"这个女人完全是个吸血鬼!"

我见她火气很大,只好善言相劝:"事情未必如你想象中的那么糟,千万别动火,我来想办法。"秀兰抿嘴寻思,觉得我的话也不无道理,于是,"好,我把大目交给你吧,吃过晚饭后,我希望你好好儿跟他谈一谈。你必须在他做出任何笨事之前,解决这件事。"

"何必这样忙呢?"

"昨天晚上,"秀兰满面愁容,神情十分焦躁,"他对我说他不想继续求学了;他又说男人必须早婚,而且准备婚后立即到外边寻找职业,冀求自食其力。"

　　我忍不住哈哈大笑起来，笑了一阵，问："他有什么本领可以自食其力？秀兰，我劝你不用太过担忧，大目这孩子的个性，我最清楚，他之所以这样说，目的无非想表示他对这个女人是十分认真的。其实，事情并不严重。"话虽如此，吃过晚饭后，我坐在客厅里看晚报，大目回来了，满面春风，说是同"那个女人"在"国泰"看电影。

　　我问他吃过晚饭没有，他答："吃过了，在康乐亭吃粿条。"然后我一本正经地对他说："大目，你年纪轻读书要紧，不必这样急于找对象。再说，那个女——她叫什么名字？"

　　"她叫玛莉。"

　　"玛莉的年纪比你大得多。"

　　"爸爸，"大目极力向我解释，"玛莉的年纪并不大，她只是比较早熟……"

　　"大目，她与你不太相配。"

　　大目呶呶嘴，老气横秋地答："但是我们彼此相爱。"说着，他忽然感到一阵羞惭，两颊胀得通红。隔了大半天，才期期艾艾地加上一句："她是一个好人。"

　　"也许玛莉并不坏，不过，你们年龄相差太多。她比你大了五岁，这，这怎么可以？"

　　大目听了我的话，撅着嘴，板着扑克脸。我当即轻拍他的肩膀，用慈祥的口吻劝他："找别的女孩子一起玩吧，最好找那些年龄比你小的女孩子。"

　　"我不能这样做的，"大目态度十分坚决，"我曾经对玛莉许下诺言，此生不再与第二个女人来往。""谈判"陷入僵局，大目已经完全着了迷，任我怎样劝，也劝不醒。如今之计只好实行秀兰的建议了：将大目送进学校去住读。

于是我说："大目，你必须与玛莉断绝来往，否则，打从下学期起，你搬到学校里去住。"

大目听了我的话，暂时一言不发，只是怔怔地对我发楞。我问他："你觉得怎样？"

他感喟地叹息一声："如果你要我改为住读，我当然只好搬到学校去住了。不过，"他顿了顿后，咬咬牙说，"我在放假或周末还是要找玛莉一起出去玩的。"

我含笑不语。我认为事已获解决，只要大目肯住读，日子一久，他与玛莉间的"感情"必然会冷淡下来。

这时候，我忽然想起了乱七八糟的贮藏室。"如果你没有别的事，不妨到贮藏室去将你的那堆旧书整理一下。"大目毫无表情，废然走进贮藏室。

半小时过后，他从贮藏室走出来了，手里拿着一本皮面烫金的日记簿。

这本日记簿是我的。"拿来。"我说。

他贼忒嘻嘻地："爸爸，让我们看看里面写些什么。"

"拿来还给我，"我叱喝道，"这是一本旧日记，里面记着的事，你绝对不会发生兴趣。你在什么地方找到的？"

"那只樟木箱里，锁坏了。"大目一边说话，一边翻阅日记。

半晌过后，他非常幽默地念出这么一段：

"一九三四年九月十六日。亲爱小天使，明天下午我必须见到你，依旧在那株芭蕉树旁边；依旧两点正。我有几句非常重要的话要告诉你。我的父母是一对思想陈旧的老年人，他们今天向我提出警告：要我与你断绝来往！他们的理由是：你比我大了四岁，我们并不相配。"

大目念到这里，油腔滑调地对我瞅了一眼："原来你也有过这样的经验？"

我很窘，趁其不备将日记簿抢了过来："除了这一段之外，你还看到些什么？"

他耸耸肩，嘴角挂着一片胜利的笑意。

我兀自翻阅日记，又发现了这样的一段：

"一九三四年十月二日。父亲迫我搬进学校去住读，而且一定要我与小天使断绝来往。奈何！奈何！"

我再也不敢看下去了，因此讪讪地转换了一种语气："大目，我刚才未免有点冲动，我想……关于你住读的事，我们过几天再商量吧！"

大目似笑非笑地点点头，然后问我："玛莉呢？我能不能继续同她来往？"

我瞠目不知所答。我说："这是我的初恋，你是知道的，一个男孩子第一次坠入情网时的感觉是怎样的。至于你与玛莉的事，让我向你母亲去解释一下。"

大目高兴得几乎跳了起来："爸爸，你真好！"

我将日记簿塞入口袋后，对他说："大目，你现在已经是个大人了，我希望你不要将这件事告诉你母亲。时间不早了，你去睡吧。"

大目去后，我继续翻开日记簿来阅读。

其中有一段是这样的：

"一九三四年十月六日。亲爱的小天使，我下周就要被逼搬进学校去住读了，一切手续都已办妥。我很难过；但是我的心是永远不变的，我曾经对你许过诺言，我一定遵守它。我希望在放假的日子或者周末同你在一起玩……"

看到了这些肉麻的字句，我有一种无法描摹的感觉。

合上日记簿，我走入卧房。秀兰已上床，脸上搽着冷霜，看起来十分年轻。

我走近床沿，轻轻抚摸她的柔发，吻了她，情不自禁地叫了她一声：

"亲爱的小天使！"

秀兰用诧异的目光睐着我："很多年没有听到你这样叫我了。还记得不记得，那天晚上我们无处可以寄宿，你带我走进那家旅馆，登记时，你的手只是嗦嗦发抖，不知道应该写什么好。"

我感动地颔首。

但是我还是不想将大目发现日记簿的事情告诉她，因为那一年当我的父母迫我搬到学校里去住读的时候，我曾经劝诱秀兰离家出走，跟我到外埠去注册结婚。

红灯码头

在新加坡市区吃宵夜，通常有三个地方最热闹：五丛树脚、厦门街、红灯码头。自从市政府在"五丛树脚"辟成"康乐亭"后，厦门街的虾面依旧受人欢迎，而红灯码头的宵夜档就不像从前那么兴旺了。因为生意给康乐亭抢去了。

许多人喜欢到现代化的康乐亭去吃宵夜，但是我却觉得红灯码头的情调比较好。

我在罗敏申律一家报馆工作，每晚看完大版出来，喜欢到红灯码头去坐一会，吹下风，吃点沙爹、鱿鱼之类的东西。

有天晚上，天气又闷又热，我离开报馆后，第一件事便是到红灯码头去喝雪水。

时已十二点过后，吃宵夜的人不多。我挑了一个靠海的座位，看海，看海上的大轮船。

这里没有嘈杂的人声；也没有亮得刺眼的日光管。这里只有海水拍岸的声音，以及几盏昏黄不明的电石灯。我喜欢这里的淳朴和宁静。

喝完雪水，发现两个马来估俚因赌纸牌而起争执，然而那是极其斯文的吵嘴，声音细如蚊叫，谁也听不清他们在说些什么，就坐在他们身边的都听不清。

邻桌有一对混种男女在吱吱喳喳地谈情，那女孩有双宝光璀璨的眼睛。

我贪婪地凝视着她的脸。她有点窘，故意偏过脸去，避开我的视线。

就在这时候，那男的忽然歇斯底里地惊叫起来。几个人本能地回过头去观看，才知道有人跳海轻生。吃宵夜的人无不大吃一惊，码头上顿时掀起一阵骚动。

两个勇敢的水手脱下衣服，跳入水中，岸上的小贩们用电筒搜照海面。在离岸十呎处的地方，水手们找到了轻生者。三人上岸后，大家围拢来观看，竟发现轻生者是一个白发皤然的老翁。

经过一番人工呼吸后，老翁苏醒了。有人问他："老伯伯，你已经这样大的年纪了，为什么还要去自杀？"他叹了一口气，不说什么。

于是，我俯下了身子，将他搀扶起来，端只凳子给他坐，我还向马来小贩要了一杯姜汁茶。

看热闹的人围着圆桌，七嘴八舌的，你一句，我一话，问他为何轻生。

他只是愕愕地对大家痴望着，怎样也不肯开口。大家看见问不出根由，也就各回到原座。

圆桌上，剩下我同他两个。

我们面面相对，谁也不先开口。就在这时候，一个马打走过来，问他："你为什么要去跳海？"

老头子还是不肯说话。我灵机一动，立即站起身来，替老头子解围："他……他是我的朋友，我认识他。"听了这句话，马打对我仔细打量一番，然后问我："既然是你的朋友，那末就请你告诉我，他为什么自杀？""他……他并没有自杀。"

"不是自杀，难道是游泳？""他年纪大了，怕热，站到海边去食风，不留神，就跌落海中去了。"

马打在沉吟不决地"唔"了一声，细味我的话语。

于是我又加上一句解释："你想，像他这样年纪的人，还会自杀吗？"

马打看看老人，觉得我的话也不无道理，于是取出记事簿来，向我们索取身份证，抄下姓名和地址，又发还给我们。当他知道我是新闻记者时，他说："如果上边要传问，我会打电话给你的。"说罢，马打就自顾自走了。

老头子用感激的神情望着我，隔了大半天后，才抖着声音说出三个字："谢谢你。"

我问他："像你这样的年纪，为什么要自杀？"他闭嘴不语。我说："请你把自杀的原因告诉我，你若守口如瓶，岂不是存心与我作对了？"他困惑地睃着我，似乎完全不明白我的话意。

我继续向他解释："你要知道，刚才我在马打面前冒认你是我的朋友，而且还为你撒了个谎。马打已经将我的身份证号码抄去，他若是打电话来传我去问话时，你说，我怎样回答他？"

老头子寻思一阵，皱皱眉，用一种凄楚而又抖颤的声音，开始叙述自己的往事："我一直住在柔佛，今天才出来。我在柔佛州有几百依葛树胶园。"

"如此说来，你是一个有钱人？"

"我十八岁就从唐山来到新加坡，来时身无分文，但是经过几十年的勤俭积粒，我终算在柔佛买下了一座树胶园。"

"你家里还有什么人？"

"我的老婆在上星期，患了一场急病死去了，现在家里只有一个儿子。"

"你儿子今年几岁了？""三十一。"

"结了婚没有？"

"五年前结的婚，已有两子一女。"

"你的媳妇待你好不好？"

"我的媳妇还算贤慧。"

"既然有一个这样美满的家庭，为什么还要轻生？"

老头子微微叹了口气，脸上呈露着一种无限悲痛与神情，说道："因为我的儿子，我的儿子！""你的儿子不孝顺你？"

"不，不，他是一个……好孩子！他很孝顺我！"

"他既然那么孝顺你，那你应该感到满足了！"

老头子痛苦地垂下头，似有不少难言的隐痛。我当即取出了香烟来，递给他一枝。点上火后，他一连吸了几口烟，定定神，继续说下去。"几十年来，我把所有的希望全部寄托在这个孩子身上，给他好的穿，给他好的吃，给他受教育，还给他娶了一个好媳妇。"

"那么，我想他一定做了什么背逆你的坏事了？"

"没有，没有，"老头子频频搓手，还作了这样一个解释，"他是一个非常好的孩子，从来也没有做过半桩坏事。"这话语使我莫名其妙了。从他的神态上看来，他似乎对自己的儿子颇表不满，但是在言词之间，却又是如此矛盾。

因此，我怕他把话题扯得太远，立刻单刀直入地问他："老伯，你还没有说出轻生的理由来，究竟你为什么要跳海呢？你的家庭是那么的幸福，很多人都比不上你的。"

他吸了两口烟，刚欲开口时，眼眶里忽然噙满泪水，痛苦地绞着双手："唉！想不到会有这样的事情！""什么事情？"我问。

他把烟蒂往地上一掷，说："你要知道，我有钱，有地位，有一个美满的家庭，我不愁穿，不愁吃，事实上，什么都不愁！""所以说，你不应该轻生。"

"但是上礼拜，我的老婆病死了。"

"老年失伴，固然是一件悲痛的事情，不过，人老了，终归要死的，你何必因为失去老妻而寻短见？"

"你不明白，我并不是因为失去妻而自尽的。""那么，究竟为了什么？"

老头子抬起头望望天，泪水就像断线珍珠一般，一颗颗从脸颊上掉下来，半晌过后，才说：

"我的老婆在临终时，她嗫嚅了半天，但到后来终于用非常微弱的声音，对我说了一句话。""说什么？"

"她说，我的儿子并不是我生的，她骗了我三十一年！"

发表于《南洋商报》

榴梿花落的时候

　　我到廖内岛去访问张牧师，正是榴梿花落的时候。亚答屋前发散着一股浓烈的异味，似香，也有点臭。夜色已四合，夕阳的最后余辉从树隙照过来，芭地上的落花残瓣就泛起一片金光。

　　几个马来小孩伛偻着背，在门口拾花须。我问他们："张牧师是不是住在这里？"

　　他们不约而同地指指亚答屋："喏！就是这一间。"

　　我对亚答屋仔细端详了一番，门牌号码没有错，但是里面的空气似乎不大对。

　　里面有一架古老的留声机，正在嘶嘶地唱着周璇的《小小洞房》。

　　走上木梯时，我嗅到酒味。我站在门口张望，趑趄着，不敢走进去。

　　客厅里坐着一个男人和一个女人。女人衣饰平常，头发亦已灰白，两眼深陷，满额皱纹，看样子，最少也有五十岁了；但是身上还搽着太多的廉价香水。

　　她手里拿着一杯酒，一边喝，一边咯咯作笑，与那个男人挤眉弄眼的，心情十分愉快。

我看不到那个男人的面目，因为他背着我坐。他的身材很高大，肩膀宽大；但头发亦已苍白。我断定他不是张牧师，所以决定退出来。

刚转身时，那个女人忽然嚷了起来："喂，你找谁？"

"找……找……"我期期艾艾的欲言又止。

那个男人回过头来了，我发现他很老，约莫六十上下，肤色黧黑，两眼无神。

"你找谁？"女人又追问一句。

"我——我找张牧师。"

女人一听此话，立刻笑不可仰了："他来找张牧师的！哈哈！请进来，喝杯酒！"

"我，我不会喝。"

"怕什么？进来吧。"女人边笑边说。我走了进去，她替我斟了一杯酒，然后款款站起，走到留声机旁，换了一张唱片。这一次唱的是《遥远寄相思》。

老头子开始同我交谈了，他指指那个女人说："她叫黄亚娇，我的老情人。"

黄亚娇抓了一把花生在我面前，又侧过脸去同老头子打情骂俏了。

这是一个相当尴尬的场合，处身其间，很窘，而且非常局促不安。我终于变成了一个不买票的观众，坐在第一排，看一对老年人演出并不高明的喜剧。

从他俩的谈话中，我知道老头子是个海员，每年榴梿花落的时候，就到这里来探望亚娇一次。他俩在三十年前，已经相识，因为老头子同别的女人结婚了，所以变成了错失的姻缘。

"但是，"老头子对我说，"我还是每年要来看她一次的，她实在是一个非常可爱的女孩子。"

"别撒谎了，"黄亚娇嗲声嗲气地说，"如果我可爱，你也不会在香港同那个女人鬼混了。"老头子深深地叹息一声，说："那时候，我实在太昏聩，要不是因为她有钱，我怎样也不会跟她结婚的。"

"现在你不是有钱了？"

"唉，如果那时候我能像现在这么清楚，事情就不至于弄成今天这个样子。"

"今天，你已经是个有钱人了。"

"钱是身外之物，算不了什么，重要的是：一个人精神必须有所寄托，特别是到了老年。"

黄亚娇举起酒杯，在唇边碰了一碰，又放在桌上，然后感慨地说："在我心目中，你永远是年轻的；可惜姻缘已经错失，也只能责怪命运不济。"

"都是我的错！都是我的错！"老头子内疚神明地痛骂自己，"要不是我贪图小利，不但你毋需在这里受苦；就是我，也不必每年偷偷地赶到这里来看你一次！"

"你能每年来一次，我已经心满意足了！"

"亚娇，你实在待我太好了，我对不住你，我……"

"别这样责备自己，来，我们干一杯！"

他们各自举杯，老头子将酒一口饮尽；黄亚娇则舔了舔酒杯。

然后他们开始沉湎在回忆中了。

他们笑，他们怨，他们饮酒取乐，他们互拍肩胛。

老头子说："当一个人进入老境时，他不再对未来有所憧憬了。他想的是过去，他希望得到年轻时曾经喜欢过的东西；而且对于年轻时做过的事情，有一种空茫的渴望，想再做一次。……说起来，也许你不相信，我现在虽然有钱有家有儿女，但是却生存在这一年一度的幽会里，没有这个幽会，我的生命就完全失去生存的价值了。所以，你应该知道，我是怎样地需要你！"

这一番酸溜溜的话语，听得我汗毛都竖了起来。我实在坐得不耐烦了，刚想告辞时，老头子蓦地站起，拍去身上的花生壳，说："唉！又是一年过去了。"他说，"我也该走了，明年十月榴梿花落的时候再来。"

他伸手与黄亚娇握别，眼眶有点湿。

此时，天色已黑。亚娇到里面叫了一个男孩子出来，要他陪老头子出去搭车。

老头子走后，我侧过身去向黄亚娇道谢。黄亚娇正在收拾酒瓶、酒杯以及桌面上果皮花生之类的杂物。她的动作很敏捷，但是脸上一点表情都没有。

这时候，后房走出一个男人来。

他是张牧师。黄亚娇在替我介绍说："这就是你要找的张牧师，他是我的丈夫。"

听了这句话，我不禁为之久久发愣。

张牧师执礼甚恭地同我握手，笑嘻嘻地说："希望那位老年人没有使你感到拘束。"

我们坐下后，他继续解释道："这件事实在是莫须有的，不过，为了使一个老年人能够在精神上获得慰藉，内人不得不每年这个时候要在他面前演一出戏。"

"你觉得有这样做的必要吗？"我依旧莫明究竟。

然而牧师却说："如果对我们并无损害，而对他还有些帮助的话，这样做一下，也不见得会有什么坏处。"

"我总觉得这件事有点……"

张牧师接口道："有点奇怪，是不是？其实，这完全是一桩好事，因为万一让他知道黄亚娇已经死去了，他会伤心得无法继续生存。"

"黄亚娇已经不在人间？"我大吃一惊。

张牧师点点头，说："二年前，黄亚娇住在这间亚答屋里，我们没有见过她，但是邻近的马来人都说她是个坏女人。我们搬来后，榴梿花落了，那个老年人从遥远的香港赶到此地，他把月玲——我的太太——当作了黄亚娇。为了不愿使他太过伤心，我们将错就错，殷勤地招待他，让他高高兴兴来，又高高兴兴去，永远不告诉他——黄亚娇已经死去了。"

"可是，黄亚娇是黄亚娇，张太太是张太太，两人面貌不同，难道他连这一点都分不清？"

张牧师捧腹大笑，笑了一阵后，说："哦，我忘记告诉你了，他……他是一个瞎子！"

虾池

一

亚琼忽然从睡梦中惊醒，倾耳谛听，才知道金榜与金福在后边大声争吵。

自从他们的父亲故世后，他们常常为了一些小事吵得面红耳赤。金榜要将海边的那个虾池据为己有，金福不肯。所以金榜不但恨金福，也恨亚琼。

昨天晚上，亚琼病了。她害怕金福会愤而出走。

说起来，这已经是半年以前的事了，那时，金榜有意将亚琼送回麻坡去，金福却极力反对。亚琼感激金福的帮助，暗中爱上了他。待至昨天晚上，一个奇迹终于发生了，金榜恶言恶语地要亚琼立刻离此回麻，还掴了她两巴掌。亚琼受了委屈，却不敢顶撞他，只是躲在厨房里，哭得像个泪人。迟了一会，金福回来了，劝她不要哭，她可咽不下这口冤气。金福情不自禁地搂抱她，发现她在发抖。金福用抚慰的口气叫了她一声，她就像小猫一般投在金福怀中。这时候，金榜在前面呼唤金福。金福松了手，三步两脚地走入前院。五分钟之后，这就传来了打架声。

亚琼是个胆小鬼，自幼在麻坡街边长大，没有亲，没有眷，一度在有钱人家搭过工，因为摔破了一只饭碗，给头家赶出来。正感到不知所从时，遇见金榜的父亲把她带到这里当查某婢，已经有五年了。五年来，亚琼受尽金榜的辱骂，始终不敢反抗。现在她长大了，但是胆量之小，依旧同老鼠一般。

听了打架声之后，她吓得浑身发抖，因为关心金福的缘故，还是悄悄地走到前面去。

厅里只有金榜一个人，金福不知到什么地方去了。

金榜一见亚琼，怒容满面地叱道："小鬼站在这里做什么？还不去睡？"

她用舌头舔湿了嘴唇，期期艾艾的，似乎有话要说，可是又不知道说些什么好。

金榜嘴角一牵，笑得十分尖刻："赶快去睡！不然，同金福一起入海喂给鲨鱼吃！"

亚琼退到后房去，吹熄灯，解衣就寝。

夜深时，前面又传来一阵打架声。亚琼两眼瞪得大大的，不敢起身去张望。

不久，鸡啼报晓。亚琼一骨碌翻身下床，她走进厨房准备早餐。此时晨曦方现，旭日未升，潮水高涨，金榜两兄弟必在虾池掠虾。

早餐弄好了，亚琼端着茶托入厅，金榜刚从井边走来，大模大样坐在桌边，等吃东西。

亚琼给金榜斟了一杯茶，轻声问：

"金福呢？"

金榜蓦然地呵呵大笑，笑了一阵后，说："金福吗？他给我赶走了。你若不听话，我也要将你赶走的！"

说着，他狼吞虎咽地，一连吃了好几块啰知。

吃过早点，他用衣袖抹抹嘴唇，飞也似的向虾池奔去。亚琼望望窗，窗外有海雾。

二

一个钟点过后，亚琼跑到甘榜里，说金榜将自己的兄弟淹毙了。芭路上，拥来不少掠虾的人，大家围着金榜，空气十分紧张。

金榜神色安详，绝无惊惶之色，他承认会与金福吵过架，但是并没有淹毙金福。

有人问："你们为什么事吵架？"

"为了一只猫。"

大家回过头去问亚琼："你知道他们吵些什么吗？"

亚琼失神落魄地站在那里，双目定睛，呆如木鸡。当别人提高了嗓子追问她时，她只是淡淡地说：

"如果金福认真要走时，他不会不告诉我的。"

金榜鄙夷不屑地对她一瞅，叱道："我知道金福是个傻瓜，想不到他竟会这样傻！"

大家听了这句话，竟齐声哄笑起来了。

稍迟些时，有人在屋外找到一只死猫，问金榜：

"是不是金福杀死的？"

"不是。"

"谁杀死的？"

"我。"

"为什么？"

"因为它把我的裤子抓破了。"

"所以你们起了争执？"

金榜点点头。

稍过些时，警长带着马打乘车而来，用严厉的口气盘问金榜。

金榜态度从容，含笑作答：

"如果我真的淹毙了金福，那么，他的尸体呢？如果找不到尸体，就可以证明我是无辜的。"

三

他们从早晨一直搜到晚上，甚至做了小船到对面小岛，也没有找到金福的尸体。

大家都说："也许金福真的出走了，我们不能随便冤枉好人。"

但亚琼却说："如果金福认真要走，他不会不告诉我的。"

"他为什么一定要告诉你？"警长问。

"因为我爱他。"阿琼答。

警长又问："也许他不爱你呢？"

"如果他不爱我，他就不会告诉我的；但是我知道他如果是认真要走，他不会不告诉我的。"

大家就又哄笑起来了。

天色漆黑，警长吩咐大家擎了风雨灯再到海边去搜查。

结果，还是一无所获。

他们找不到金福的尸体；也无法找到活着的金福。

然而亚琼却口口声声说："如果金福认真要走，他不会不告诉我的。"

警长对她说："在没有找到确实的证据之前，我们无权逮捕一个可能是无辜的人。"

四

海雾又起，天快亮了。搜查者纷自各处归来，皆无线索。亚琼坐在虾池旁的枯树杆上，双目带涩，脸色苍白，看见众人空手而归，就喃喃地自言自语：

"如果他认真要走时，他是不会不告诉我的。"

然后警长来了。亚琼忙不迭抓住了他的衣袖，苦苦哀求："请你千万不要放弃搜查！"

"我们已经尽了最大的努力。"

"非要找到金福的尸体不可，要不然，金榜就可以逍遥法外了。金榜是个坏蛋，在无人看管的时候，他什么事也做得出来！"

这时候，金福的爱猫也跑来了，绕着亚琼的大腿兜圈子。亚琼没有注意到它，只是圆睁眼睛望着警长发愣。

白猫饿了，咪咪咪地一叫。

亚琼站起身来时，白猫又绕着她的小腿兜圈。警长用抚慰的口气对她说："亚琼，我们是已经尽过最大的努力了，再找，也是枉费精神。"

亚琼的失神到了极点，她只是喃喃地说："如果金福认真要走，他不会……"

说到这里，她遽尔停止了，瞪大眼睛凝视虾池。

潮水退了，虾池里出现不少枯树杆。金福的白狗兀自奔入泥浆，一下子变成了黑狗。

亚琼站在泥径上，大声唤它回来。

它竟跃入了一支大树杆，然后又咬着一只皮鞋走出来，走到亚琼面前，将皮鞋放在泥径上。

亚琼捡起皮鞋一看时，忽然歇斯底里地喊起来：

"就在这里！在这里！金福的尸体在树杆里！"

几个人匆匆奔入虾池，不到十分钟，就将金福的尸体拖了出来。

警长走到亚琼的面前，轻拍她的肩胛，对她有会于心地笑笑。

但是亚琼不笑，亚琼的眼眶里含着泪水。

她只是淡淡地说了一句："如果金福认真要走，他不会不告诉我的！"

第三辑　微型小说

巴刹里的风波

这天晚上，巴刹里的茶档，挤满了茶客。

一个卖白榄的中年人，踉踉跄跄地走过来，走到一个肥胖得近乎臃肿的茶客面前，欠着身子，堆上一脸笑容，很有礼貌地问他："头家，这是你的吗？"

大胖子乜斜着眼珠，不耐烦地投以一瞥，咧咧嘴："你说什么？"

卖唱人又追问一句："头家，这是你的吗？"

"究竟什么东西？"卖唱人摊开抖巍巍的手，手里是一只荷包。

大胖子接过荷包，用怀疑的态度问他："你在什么地方拿到的？"

"头家，"卖唱人凄凄惶惶地答，"刚才你在巴刹口，跳下三轮车，付车费时，遗落在地上。"

"因此给你拾到了？"对方十分自得地频频颔首："是的。"

"你看过荷包里的东西吗？"大胖子粗声吆喝。

"看过的。""里面有几多镭？"

"一百六十几扣。"大胖子阴冷地哄笑起来，他的笑声引起了大批茶客的注意。他说：

"荷包里既然有一百六十几扣，你为什么要还我？"卖唱人非常斯文地答了一句："君子路不拾遗。"

茶客们听到这句话，竟不约而同地鼓起掌来。大胖子又问："为什么不在巴刹口还给我？"

"头家，请你不要埋怨我。刚才叫了你好几声，你都没有听见，没有办法，只好跟到这里。"说罢，卖唱人扭转身子，走了。

茶客们的眼睛全部集中在大胖子身上，凝神期待，彷彿此事不该结束得如此草率。

"等一等！"大胖子果然开口了。卖唱人听到呼唤声，立即站停。

"回来！"卖唱人回到大胖子面前。大胖子打开荷包，从里面取出一叠钞票，用手指蘸了唾沫，开始一过又一遍地点数。数完，觉得没有错，脸上漾开一朵安慰的微笑，然后从荷包里拿一点"奖金"送给他。卖唱人接过"奖金"，蓦地痴笑起来，笑得有些歇斯底里。

他高高擎起那份"奖金"，目的在引起四座茶客们的注意。原来那只是五占镍币。

茶客们立即议论纷纷，用嗤笑来答复大胖子的悭吝。卖唱人用略带讥讪的态度对大胖子鞠一个躬，故意大声说了一句："感谢！"回身就走。走不了几步，他忽然晕倒在地。

大家受惊地围拢来观看，其中有一个穿着上装的年轻人，忙不迭地弯下腰，去替病者按脉。

经过一番诊断后，年轻人对大家说："不要紧的，让我来照顾他，我是医生。"

这时候，有一位好心肠的女客问道："医生，请问你，他患的是什么病？"

"营养不良。"这是医生的回答。

接着，医生吩咐伙计："快拿一杯热茶来！"伙计立刻端了一杯热茶。

卖唱人咕噜咕噜地连饮数口，黳开枯涩的眼皮，有气无力地说："感谢你！"

这件事哄动了整个茶档，连旁边鸡粥档和糖水档的食客也围拢来观看热闹。

所有看热闹的人都在埋怨大胖子的吝啬："五占，五占，五占可以买些什么？"

大胖子羞赧地垂下头，佯装听不到，自顾自在吃叉烧包。

医生搀扶着卖唱人，拿了一点烧卖虾球之类的东西给他吃，然后向大家建议：邀卖唱人拉一段曲子，并且要求大家慷慨解囊。全座热烈鼓掌。

卖唱人用衣袖抹去嘴角上的油腻，开始自拉自唱。他的拉唱技术，俱不高明。

他拉了一阕《汉宫秋月》，曲终时，居然博得了全体的赞声。

于是这位热心的医生向伙计借了一只碟子，首先从自己口袋里掏出二十扣，往碟子上一掷，然后向每一位茶客索取他们的施舍。筹款结果，成绩斐然。一共是五十八扣六角半。

医生将钱点数后，全部交给卖唱人。后者感激涕零地向大家频频道谢。然后冉冉地走出茶档。

十分钟过后，在牛车水的一条横街，大胖子和那个医生终于找到了卖唱人。

"哈哈，"大胖子高兴得久久合不拢嘴，"今天的买卖可不算坏，净赚三十几扣，真够运！"

卖唱人笑嘻嘻地掏出钞票，大家平分。

这时候，那位好心肠的女茶客忽然带了两个马打来。三个家伙见势不妙，正想溜之大吉，却被马打逐个抓住。马打问那位女茶客："请问小姐，你怎么会识透他们的骗局？"

女茶客侃侃而谈："当这个卖唱人晕倒在地时，那个冒牌医生却在病人左手腕的右边按脉，而脉搏的跳动是在左手腕的左边。"说着，她打开手提包，将自己的身份证交给马打观看。

马打看过身份证后，立即恭恭敬敬地说道："谢谢你，郑医生！"

一九五六年六月二十三日

手枪与爱情

一

车子开到树荫下，停了。汤伟光伸手挽住莉莉的颈脖，想吻她，她故意闪避着，扭开油镖旁边的无线电，电台正在播送"奥斯卡勒凡"奏的《蓝色狂想曲》。这是一辆崭新的"纳许"，一九五〇年式，有冷热气设备，有无线电。只要莉莉肯点点头，这漂亮的车子就可以归她所有；或者一半会属于她。

但是莉莉却说："不，伟光，我暂时还不想结婚。"

"为什么？"伟光问。

她不答。

伟光说："我知道为什么。你总以为当年你爸爸用手枪强迫你母亲答允，而结果照样恩恩爱爱，非常快乐地过着日子。你就是喜欢像你爸爸那样粗鲁的人，一直等待着同样的事情会发生在你的身上。可是我偏偏不是那样的男人，我反对用武力来强迫别人的意志，我需要的是一个伙伴，彼此谅解，通力合作，却不需要一个因受武力威胁才答允嫁给我的妻子。"

"伟光，我们不要争论吧！"她说，"辰光不早了，假使我们明天要到大酒店去参加舞会的话，还是早些回家去休息。"

伟光有点生气。绷着脸，咬着下唇，把车子开到莉莉家门口。

莉莉下了车，问："明天你什么时候打电话给我？"

伟光说："我不打，而且从今以后再也不打给你了。你想参加明天的舞会，你自己去好了，我不会来伴你了。再会！"

说罢，就开动车子走了。

莉莉走进自己的卧房，心里很不舒服。

妈妈穿着睡衣，趿着拖鞋进来。"莉莉，今天怎么这样早就回来？"她问。

"不早了。"莉莉："妈妈，爸爸是不是真的用手枪强迫你答允的？你用什么方式使他这样做？"

妈妈笑了，有点得意。"我也不知道，不过我当时实在很犹豫不决，因此你爸爸就掏出了手枪。"

"后来呢？"

"那一晚，我们从浅水湾游泳归来，我同你爸爸一起坐在车子里，你爸爸突然一把抱住我，用手枪顶住我的腰眼，嘴里说'你答允不答允？不答允，我就一枪开死你。'我笑了，他就开了车子，在山里兜了一整夜，第二天，我俩就在婚姻注册处完成了结婚手续。"

这个故事，莉莉已经听过十遍以上，但她依然对它非常感觉兴趣。她崇拜像她爸爸这样粗鲁的男人；她不喜欢懦弱的，斯斯文文的小白脸。她很希望汤伟光有一天会变得很像自己的爸爸。

妈妈伸伸懒腰，打个呵欠，说道："孩子，快睡吧。"走到门边，又回过头来对莉莉说："唔，我倒忘记了，你表哥周启明现在住在华都饭店三〇三号，刚从上海来，明天你打个电话给他，抽个时间伴他上街去买点东西。"

二

莉莉扭熄台灯，在床上翻来覆去，了无倦意，左思右想，越想越烦，她承认自己爱伟光；更晓得伟光也爱她。但是她很不满意这种平凡的结合。她是一个不平凡的女孩子。她有她的理想，决不能像普通女孩子那样平平凡凡的认识了一个男子，毫无波折地结婚了事。当然，现在伟光是不会再来了，他很顽固。然而这不是他的错。他不喜欢跳舞；不喜欢派对；加上有时候妒忌心很大，譬如……

想到这里，莉莉忽然若有所获。她从床上跳起来，摇了一个电话。

"是启明吗？……我是莉莉。……很久没见你，你好吗？舅舅在上海好吗？……明天大酒店有一个盛大的舞会，我想邀你伴我一起去。"

三

两天以后。

莉莉又打了一个电话给妈妈。

"哈啰，妈咪，我已经同伟光结婚了。"

"我知道了，"妈妈说，"刚才启明告诉我关于昨晚大酒店舞会的一切。我很高兴，事情同当年你爸爸追求我的时候完全一样，祝福你！我的孩子。"

莉莉说："那是没有办法的事，我只好使他妒忌，吃醋，才达到了目的。"

"我了解你。启明告诉我你如何在启明面前献媚，以致伟光吃醋了。这件事使我想起黄玉敏来。当年我同黄玉敏一起在浅水湾游泳的时候，你知道我是多么快乐啊！后来你爸爸实在看不过了，才……"

"哟！妈妈你从来没有提起过黄玉敏这个人。"

"你爸爸不准我提他。"

"为什么？"

"因为那时候我是爱极了玉敏，而且正准备要同他结婚，你爸爸就掏出了手枪。"

一九五〇年三月十六日发表于《香港时报》

黑色爱情

为了接洽一笔生意，我从新加坡驾车去怡保，经过吉隆坡时，我想起了曾亚卿。

亚卿是我的表弟，我们从小就在一起长大。他是一个盲人，一直在盲哑学校读书。为了这个缘故我们的感情虽好，但见面的时候不多。三年前，我接到他的来信，说他已经毕业了，准备到加影去接办一间农场。又过了些时，他来信说："已经结婚了！"并希望我能够找个机会去看看他们。他信上说他的太太名叫秀珍，是一个非常美丽的女人。

现在我既已到了吉隆坡，就想趁便去探望一次亚卿。

从都门到加影不过几十条石的路程，不算太远，黄昏出发，入晚八九点即可抵达。

但是这一天的天气很坏，离开吉隆坡时，乌云已四布，走不了十几条石，天色大变，轰雷，掣电，竟下起倾盆大雨来了。

抵达加影时，已是十点敲过。全区漆黑，据说：电力厂已遭雷劈破坏，暂时无法继续发电。

我将车子驾得很慢，在黑暗中，克服了不少困难，终于找到亚卿的农场。

亚卿和他的太太正在客厅里聊天,知道我来了,立即走出来,亲昵地拉着我的手,引导我进入客厅。客厅里一片黑暗,伸手不见五指,连一枝洋烛都没有。亚卿说:"厨房里本来还有半枝洋烛,断电后,怎样找也找不到了,大概已经给老鼠吃去。"接着,亚卿同我介绍他的太太,由于四周漆黑的关系,我只能听到她的声音,却无法见到她的模样。

三年前,亚卿虽然写给我的信不多,但是每一封总不免要称赞秀珍几句,说秀珍如何美丽,如何可爱,如何大方,如何娇娜妩媚——好像他自己并不是一个盲人。

惟其如此,我每一次读过他的来信后,就感到蹊跷。他是一个盲人,怎么会知道他的妻子是个美丽的女人。如果说是别人告诉他的,那是别人的感觉,不是他自己的感觉。

现在我们三个人一起坐在客厅里,因为太黑的缘故,我反而产生了一种空落落的寂寞之感。亚卿是个盲人,惯于在黑暗中摸索,所以他一点也不觉得不自在。在这种情形下,他变成了明眼人;我却变成了瞎子。我看不见他;也看不见秀珍,但是我听得到秀珍的声音。

"这些年来一直希望能够见见你。"她说:"亚卿常常在我面前提及你,他说你为人最忠实,对朋友的态度最诚恳。"她的声音很柔和,充满了友情的口气。

"这一次来到中马,"我答,"主要的目的就是来见你。"

她笑了,笑得很自然。她说:"想不到今天会下这么大的雨,更想不到你会冒雨来看我们,尤其想不到的是,电力厂竟会暂时停止供电。实在对不住,我们连仅有的半枝洋烛也不见了。"

"不要紧的。"

"听说你不喜欢拔兰地，所以我斟了一杯威士忌，放在你右手边的茶几上。"

我摸到了酒杯，边喝边想：亚卿的太太究竟是怎的一个美人？我故意掏出烟盒来，划亮火柴，企图凭借火柴的光芒看清她的模样，结果还是看不清。亚卿对我说："这个农场，如果没有秀珍的帮助，绝对无法成立的。秀珍是我的眼睛，盲人不能照顾农场里的一切。"

亚卿谈到自己的眼睛时，并不埋怨失明是件惨事。秀珍对于这件事的态度亦然如此。

秀珍说："亚卿是农场老板，我不过是一个伙计而已；但是一开始，我就爱上这个老板了。"然后，她讲了一些关于亚卿的日常生活给我听，"亚卿并不寂寞，他有收音机，也常常要我将报上的小说念给他听。"从她的谈话中，我发现她是一个非常热情，非常温柔，理解力非常高的女人。她对于亚卿的情感，也非常真实。这些印象全是我凭借自己的听觉获得的。

在短短的一小时内，我已深深地爱上了她的声音。

为着赶路，我不得不站起告别。秀珍依依不舍地对我说："从怡保回来时，无论如何请你再来看我们一次。你是知道的，你的来访，可使亚卿获得最大的喜悦。"

我与他们握别后，匆匆驾车赶返吉隆坡。一路上，我有一种奇异的感觉：我虽未看清秀珍，但是从她的声音中，我竟看到了她的美丽。

正因为如此，我才体会到像亚卿这样的盲人，怎么会知道他的太太是如何美丽，如何可爱，如何大方了。

谁说盲人看不见事物？

一九五八年六月十三日发表于《香港时报》

情书

此刻伏在桌上给你写这封信，我的心还在突突地往上冲。你也许以为我连你的姓名都不清楚，其实，当我坐上你的车子后，我发现坐垫上有一本《失乐园》，扉页上写着你的名字——麦小娟。

昨天，为了收一笔款子，我驾车去元朗，过了大埔，忽然大雨倾盆，车胎在中途爆破，使我无法继续行驶。我坐在车中，静候路过的车子载我去元朗。

你来了。你一人驾车来自大埔。我站在雨中拦住你的去路。你停下车子，问我："出了什么事？"我说："车胎爆了，希望你能载我一段路程。"

你打开车门："上来！"我跳上你的车子，来不及向你道谢，你的美丽已使我震慑了。

画家笔底下的天仙都有一对大眼睛，你的眼睛并不大，但是在我的心目中，你比天仙还要美。就在这一霎那间，我已深深地爱上你了。

我自问不是一个薄幸的年轻人，像这样一下子就坠入情网的情形，过去从未有过。

坐在你身旁，我忘记了自己的车子，我忘记了雨，我忘记了到元朗去的目的。总之，除了你之外，我什么都不记得。你的态度极其大方，常用爽朗的言语驱除沉寂。我十分欣赏你的谈吐，更觉得你的一颦一笑无不带有一种世故的美。

"你到什么地方？"你问我。"元朗。"

"你知道我到什么地方？"

"是不是粉岭？"

"给你猜中了。"

"到粉岭的别墅去度假？"你摇摇头，轻倩地一笑："去看一匹在粉岭食风的马。"

"冒着这样大的雨？"

"它曾经替我赢过不少钱。"

从这一段简短的谈话中，我已知道你是一个情感非常丰富的女人。

"我喜欢情感丰富的女人。"我说。

但是你却用调侃的口吻对我说："我对马的情感的确很丰富；不过对男人，特别是陌生男人，我的情感非常冷淡。"

"不见得。"

"你不相信吗？"为了证明你在说谎，我用脚踏下车掣。你受惊地侧过头来问我："做什么？"我没有回答，只是伸手将你拦腰搂住，情不自禁地吻了你。

你不加抗拒，很久很久，不说一句话。车外的雨，越下越大。雨声打在车顶上，淅淅作响。

"请你原谅我。"我说。你还是不作声，两滴眼泪从你的眼梢簌簌滚下。

"为什么要流眼泪？"我问你。你用手指抹去泪水后答："当我感到喜悦时，我就流泪。"

然后，你又开动车子；但是你不再用爽朗的言语来款待我了。你只是默默无言。在无言的默默中，我们有会于心地彼此领悟了。

不久，车抵元朗。你将你的地址告诉我，要我想到你时写信给你。我答应了。

别离时，虽然握过手，你还从发鬓上取下一朵紫色小花："送给你。"

"为什么？"

"让你今晚有一个好梦？"

我说了一声"再会"，踉跄下车，直向雨帘冲去。

我回过头来向你挥手；你坐在车厢里也向我挥手。

你的车子开动了，我依稀还听到你在大声呐喊："别忘了，写信给我！"

＊　＊　＊　＊

是的，我一定要写信给你的。今晨起身，没有吃早餐，就伏在桌上写这封无法投递的情书给你，因为刚才在日报上，我看到了这样的一则新闻：

> 在离粉岭不到三英里处，适遇山洪暴发，该车被冲翻后，滚下山坡，驾车者惨遭焚毙。据调查后，车主为一年轻女子，家境富裕，名叫麦小娟。

一九五八年六月十五日发表于《香港时报》

榴梿糕与皮鞋

放学回家，妈妈对我说："二叔要你到他家里去一趟。"

二叔住在牛车水的一条横巷里，用木板盖的房子，很小、很狭、很脏。

他是一个五十开外的老头子，单身单口，没有老婆，也没有子女。为了这个缘故，所以妈妈时常吩咐我去替二叔做点琐碎小事。

从中峇鲁到二叔家，搭乘福利巴士，只花五占钱，妈妈却给了我五角。

抵达二叔家，二叔要我把他的一双破皮鞋，拿到珍珠巴刹对面的陈皮匠处去修理。二叔前些日子，为了一点小事，曾经与陈皮匠吵了一架，所以不好意思自己送去；但是论手艺，在牛车水一带，陈皮匠的功夫，堪称第一。

二叔取了一张旧报纸，刚将皮鞋包好，门外蓦然走进一个中年妇人和一个男孩子。妇人手里拿了一封信，向二叔询问一个不太容易找到的地址。

当二叔很有礼貌地给他们指点方向时，我发现那个孩子左手捧着一盒榴梿糕；右手则握着一条在吃。他正在抚弄二叔家的小花狗，模样很天真，看来不过十一二岁，同我的年龄差不多。我看他吃得津津有味，心里很难受，差点连口水都流了出来。

"这榴梿糕甜不甜？"我问。

"很甜。"

"什么地方买的？"

"我们是在二马路的一家杂货店买的，这家杂货店一边卖杂货，一边卖皮鞋。"

我心里希望他肯送一条给我尝尝，可是他很小器，没有送给我。

他们走后，二叔把皮鞋交给我，然后从口袋里掏出两扣来，对我说："细仔，这是我仅有的两扣，如果不够，你请陈皮匠通融一下，过几天再补给他；但是千万不要说这一对皮鞋是我的。"我知道二叔穷，曾经不止一次地问妈妈："为什么二叔要一个人住在那里，而不与我们住在一起？"妈妈的回答总是："他爱他的小房子。"但是我并不觉得那小房子有什么可爱之处。妈妈说："因为你还没有成年，所以不懂这个道理，无法了解你二叔内心的感觉。"

"那么小，那么脏？"我说。

妈妈微微一笑："在那个小房子里，有着他的梦，也有他的回忆。"

妈妈的话语，我听不懂；也不想懂。现在我脑海里所渴望的只是榴梿糕。

我把皮鞋挟在腋下，刚出门，二叔又千叮万嘱："叫陈皮匠立刻补，愈快愈好！"

走在路上，我一心一意想吃榴梿糕。心忖：这榴梿糕一定香甜可口，买几斤回去，也可以让母亲尝尝滋味，可能母亲一辈子都没有吃过这样好吃的东西。

于是我又搭乘巴士回中峇鲁。回到家里，径自跑入卧室，从抽屉里取出我的积蓄来。这些积蓄是妈妈平时给我的车费中省下来的，一共十扣。自从父亲亡故后，妈妈维持这个家庭已够辛苦了，如果我再向她要钱，她一定会非常伤心的。

我将那十扣暗暗塞入口袋，又乘巴士去二马路，先到那家杂货店买几斤榴梿糕；然后又到陈皮匠那里，把二叔的破皮鞋交给他。

他看了又看，皱皱眉说："破得这个样子，实在不能再补了，干脆去买一对新的吧！"

说着，他将破皮鞋又交还给我。我挟了破皮鞋和榴梿糕，若有所失地站在街角，心像上了锁，很纳闷。想起坐在破藤椅上等待皮鞋穿的二叔，我实在没有勇气将破皮鞋去还给他。

我漫无目的地在二马路徜徉，走得很慢，走到杂货店门口时，我趑趄着，最后终于又走了进去。"我想把这些榴梿糕退还给你们。"我对杂货店头家说："不知道你们这里最便宜的皮鞋要多少钱一对？尺寸要跟这对破皮鞋一样大小。"我甚至还告诉他这皮鞋是替二叔买的，因为他的破皮鞋已经破得无法再补了。头家寻思着，只管用眼对我上下细细打量，然后跨上木凳，从货柜上取下一个鞋盒，我偷偷地看了看那贴在纸盒上的标价纸：十四元。

我说："这榴梿糕是我刚才在这里花了八扣半买的，我另外还有三扣半，凑起来，一共只有十二扣，请你帮帮忙吧。"头家为难地皱皱眉，只是用手搔头皮，搔呀搔的，蓦地伸出手来，将我的榴梿糕和三扣半全部收去，然后从纸盒里取出一对新皮鞋，用旧报纸一包，交给我。

我感激得几乎流下眼泪，他笑容可掬地拍拍我的肩胛："拿去吧，你是一个好心肠的孩子。"走出杂货店，我虽然失去了榴梿糕给我的喜悦，但是已换得了更大的安慰。

回到二叔家，我忽然忆起父亲在世时曾经说过的一句话："雨过天晴后的太阳更光亮；不经患难不知快乐之可贵。"因此我想：为了使他更快乐，应该先让他不快乐。

于是我对二叔说："这皮鞋已经破得不能再补了。"

二叔微微一笑，毫不介意地说："没有关系，把皮鞋还给我吧，总还有几天可以穿的，等我有了钱，去买对新鞋。"

我把纸包交给他。当他打开旧报纸发现那对新皮鞋时，他的手发抖了，下唇在哆嗦，眼眶里噙着眼泪，久久说不出一句话。

我请他试一试。他慢条斯理地穿上新鞋，横看竖看，觉得非常满意。

然后走到床边，从墙上取下一只纸盒来，递给我，原来盒里全是榴梿糕。

我不觉为之一惊，弄不清这究竟是怎么一回事。

他则用一种温良善和的口气对我说："你与那孩子说的话，我都听见了。所以——当他们回来的时候，我将小花狗同他交换了这些榴梿糕！"

一九五八年七月十一日

伊士迈

我认识伊士迈是在"邮政总局"门口。

那天下午，我到邮局去寄了两封担保信，走出大门时，伊士迈拿了一叠"马来亚独立纪念首日封"来向我兜售。我平时并无集邮的嗜好，但他硬把我当作外地来的游客，唠唠叨叨地一定要我买几个。

经不起他的一再纠缠，我买了三个，好在所费不多，送给朋友倒也可以联络一下感情。

当我付钱给他时，他问我："要不要兑换货币？"我摇摇头。

他又问我："要不要买婆罗洲的皱人头？"我摇摇头。

他又问我："要不要找女人？"我也摇摇头。

我将三只"首日封"放入口袋时，穿过马路，径向莱佛士坊走去。伊士迈却紧紧地追随着我，低声细语的对我说："头家，让我带你去见见法蒂玛吧，她是一个非常美丽的女人。"

我站停了，拨转身去，很有礼貌地对他说："我不是刚从外地来的游客，新加坡对于我已经一点新鲜感都没有了。

他堆着一脸阿谀的笑容，说道："那么，让我请你喝一杯Culo

Malaka 吧？"

"喝一杯什么？"

"头家，这是一种用沙莪、白糖和椰浆制成的甜品，十分可口。"

我一边摇头，一边走入羔呸店。他居然也跟我走了进去，他说："非常口喝，想喝点水。"

坐下后，我向伙计要了一瓶乌啤。他也要了一瓶乌啤。

一杯下肚后，他开始盛赞法蒂玛的美丽了。他说她有一对会跳舞的眼睛。他说她有一个蛇样柔软的体态。他说她的小嘴充满了迷人的魅力。他说她的一颦一笑十分娇娜妩媚。

"如果你见了她，"他说，"你一定迷着的。"

但是我不想见她。他问我："为什么？"

我说："我没有找女人的兴趣。"他笑了，笑得十分不自然。他说："法蒂玛的美丽，可以使没有兴趣找女人的男子，也会对女人发生兴趣。"

然后他告诉我：法蒂玛是一个十九岁的女孩子，丈夫失了业，家庭陷入困境，没有办法，只可以……

"她是一个有夫之妇？"伊士迈颇表同情地点点头："为了吃饭，不得不抛头露面。"

"有没有孩子。"

"一个。"

"男？还是女？"

"一个男孩子。"

"几岁了。"

"三岁。"

他的话语使我为之沉吟不置，心里搅起波纹，骤然间，我变得十分伤感。

"你要我去找一个有丈夫有孩子的女人？"我问。

"我只想证明她是一个家庭妇女。"

"惟其是家庭妇女，你更不应该鼓励她堕落。"

"先生，你是一个有钱人，所以不了解穷人的痛苦。假使她不堕落，她就不能活下去了。"

"如果我是她，宁愿饿死，也不堕落。"

"她若不走这条路，挨饿的恐怕就不止她一个人了。"

说着，他举杯一口饮尽，耸耸肩膀，愁苦地一笑，神情极为萧索。

他伸手到裤袋里去掏钱，准备付钱账，我不让他付。

"跟我去找法蒂玛吧。"他怂恿着我。我摇摇头。

"看起来，你很像是一个好心肠的头家，但是你却不肯去拯救一个苦命女人。"

走出羔呸店，伊士迈同我握手道别时，一个十几岁的擦鞋童忽然气急咻咻地奔来。

"伊士迈，"他大声嚷道，"我找你很久了，原来你在这里。"

"有什么事吗？"伊士迈问。擦鞋童上气不接下气地说："法蒂玛要我到这里来找你，说是阿里已经昏过去两次了，叫你立刻回家去！"

伊士迈听了，一言不发，就慌慌张张的朝罗敏申律匆匆奔去。我茫然望着他的背影，有一种难言的激荡结聚在我心头。我刚欲挪开脚步时，擦鞋童就拉拉我的衣袖："头家，要擦鞋吗？"

不待我考虑，他已经将我的脚捧上鞋箱了。

他埋头替我擦鞋。我就乘机问他："伊士迈是你的好朋友吗？"

"伊士迈住在我们隔壁。"

"你刚才说阿里昏过去了，阿里是谁？"

"阿里是伊士迈的儿子。"

"正在患病？"

"是的。"他一边擦鞋，一边颔首："病得很厉害。"

"什么病？"

"整天咳嗽发热，热度很高。"

"为什么不找个医生看看？"

"看是看过的，只是没有钱买药。"

"伊士迈每天在邮局门口卖'首日封'，多少总可以赚几个钱。"

"赚来的钱，连自己吃饭都不够，再加上房东天天追讨房租，哪里可以替孩子去买药？"

"但是他刚才竟同我在一起饮酒？"

"他的个性是这样的，每一次逢到不可解决的问题时，他就去喝酒！"

我若有所悟的"哦"了一声，然后问他："你们住在什么地方？"

"丹绒百葛。"

"肯不肯带我去找一下伊士迈？"

"你找他有什么事？"

"没有什么，"我说，"只是刚才他想问我借一点小钱，我没有答应，因为我怕他拿了我的钱去喝酒。现在，既然知道他的儿子病得这样厉害，我很想送些钱给他。"

擦鞋童听了我的话，将信将疑地用眼对我上下打量。打量了半天，才点点头说：

"好的，我带你去。"于是我挥手招了一辆三轮车。

坐在车上，我问他："有一个名叫法蒂玛的女人，你认识吗？"

他侧过头来对我愣了半天，然后反问我："你不认识她？"

"我从未见过她。"

擦鞋童咽了一口唾沫，略带一点嘎音地答："法蒂玛就是伊士迈的老婆哟！"

一九五八年八月四日发表于《南洋商报》

巴生河边

一

"喂！你要到什么地方去？"

"巴生。你呢？"

"我到港口去，刚好顺路，上车罢。"

二

"贵姓？"

"我姓郑，名叫亚瓜。"

"你是巴生人？"

"不是。"

"到巴生去作什么？"

"看一个女朋友。"

"一个女朋友？"

"是的。她与我在三年前就相识了。"

"还没有结婚？"

"没有。"

"为什么不结婚？是不是找不到对象？"

"对象有的是，只是没有钱，我在马来亚混了十几年，女朋友到处都有，但是荷包哥送，袋底无镭，怎么可以结婚？"

"你一向干什么营生？"

"我是玩技术的，十几年来，始终跟随歌舞班在马来亚东奔西跑。"

"一个玩技术的？怪不得你只有一只耳朵，大概那另外一只耳朵是在玩技术失手时弄掉的？"

"你猜错了，我出世时就只有一只耳朵。"

"每个人都有两只耳朵，为什么你只有一只？"

"因为我的父亲也只有一只耳朵。"

三

"你说你到巴生去看一个女朋友？"

"其实……未必完全为了她。你要知道，我们的歌舞班因为生意清淡，在安邦演出三天就解散了，团员纷纷来到吉隆坡，有的搭乘火车北上怡保槟城，有的搭乘火车南下新加坡。只有我，两手空空，连买一张三等票的镭都没有，忽然想起巴生那个女朋友，路近，即使不搭巴士，也走得到，所以决定到巴生去。刚才，我实在走得精疲力尽了，没有办法，只好坐在路边休息，希望有个好心人驾车经过，顺便载我去巴生。先生，你真是一位好心人。当我向你挥手时，你竟肯停下车来。我非常感谢你，所以不能对你说谎。我此次去巴生的目的，只是为了想找一份工作。"

"如果我是你，我宁愿耽在吉隆坡挨饿，也不到巴生去。"

"为什么？"

"因为吉隆坡地大人多，找工作比较容易。"

"但是我已经三年不见那个女朋友了。"

"这样说来，你一定很爱她？"

"不。像我这种四海为家的男人，哪会有真实的感情？"

"这样说来，她一定很爱你？"

"她知道我是一个到处为家的男人。"

"你此次去巴生，事先有没有通知她？"

"我昨天在吉隆坡寄了一张明信片给她，我说我将搭乘巴士，因为我不想让她知道我已穷到连车票都买不起。"

"到达巴生后，你身无分文，准备用什么方法去使她感到快乐？"

"她不大在乎物质享受，只要有我陪她在一起，她就感到快乐。她是一个十分有趣的女孩子。"

"她一定对你很痴心。"

"我也不大清楚，因为我们相聚的时间并不长，前后不到三天，我们只在旅店里度了两日两夜，大家不想吃东西，也不觉得疲倦。分手时，她没有流眼泪，因为她知道像我这种男人决不会有真实的情感。"

"你们已有三年未见？"

"整整三年。"

"三年来，有没有通信？"

"我偶尔想到她的时候，就写几个字给她。但是她从不回信，因为我没有固定的地址。"

"也许她现在已经有了别的男朋友？"

"她不是那种水性杨花的女人，平日沉默寡言，不大容易与陌生男人亲近，除了我。"

"我不相信。"

"不相信吗？到了巴生，如果你肯陪我去看她，你就会明白的。"

"别那么自信，说不定当你推门进去时，她正在和别的男朋友接吻。"

"不会的。"

"既然她这样好，你为什么不与她结婚？"

"我不想结婚，因为无镭。我只想去看看她，问她：'三年来，你好吗？'如此而已。"

"她不知道你到巴生去的目的是找工作？"

"她不知道。"

"可能她还以为你特地去看她的？"

"很可能。"

四

"她叫什么名字？"

"莎乐玛。"

"一个马来女孩子？"

"一个温文贤淑的马来女孩子。"

五

"瞧！河边站着一个女人。"

"啊——就是她！"

"她手里还抱着一个小孩子！怎么，你的脸色很难看。"

"我……我忽然感到一阵头晕。"

"要不要停车？"

"不要。"

"你不想见见她？"

"她已经不认识我了。"

"你真的不要停车？"

"我相信她已经结婚了。"

"你怎么知道的？"

"她手里不是抱着一个小孩子。"

"所以打算跟我一起到巴生港口？"

"反正我是一个四海为家的男人。"

"真有趣。"

"慢！快点停车！快点停车！"

"干么这样紧张？"

"你没有看见吗？她手里抱着的那个孩子只有一只耳朵！"

一九五八年八月八日发表于《南洋商报》

老虎纸与两颗心

一

加东有座红毛厝，很大，连花园占地廿依葛，高高的墙，长长的廊，却永远缺少点热闹。

头家姓叶，名叫鹦头，拥有太多的树胶园连自己都数不清，日子过得舒舒服服，算是有福气了，但是很寂寞。

这人从小被娇养坏了，所以健康太差。父亲是个估俚，当年在马交上船，赤手空拳渡过七洲洋，来到石叻后，勤俭粒积，加上伯公"多隆"，不久便成巨富，赚得不少番山镭。

鹦头现在已经六十开外了，既无亲，又无眷，终年守着这偌大的园子，心境是十分荒凉的。三十年前，他娶过亲，但由于身体太坏，始终没有同房。女人多愁善感，被"禁锢"了十多年，病了，终于悄然归于永息。

于是孤独的老人是有其悲哀了，若说是痛苦倒也未必，只是用钱买来的快乐并不归落实地。

二

大除夕。叶鹦头忽发奇想：捧了一大叠老虎纸和一大堆信封，在每个信封里装一百块吩币，每个信封上即印着自己的地址，然后亲自驾了车子，将这些信封掷在狮城的偏僻地区。

然后回到家里，吩咐下人备一席丰盛的酒菜，说是请了几位客人来吃"团年饭"。

客人是谁？连他自己都不知。他的意思是：这些信封一定会被人捡去的，捡去信封的人一定会发现封内的老虎纸；而那些发现了老虎纸的人中间，可能有比较忠厚的人会按照信封上的地址来送还的。

但是这不过是一个"可能"的假定而已，或者会有人来，或者无。就在这"有""无"之间，叶鹦头不啻对人性作了一次测验，说是开玩笑，又像极其讽刺。

好在叶鹦头有的是钱，花一点小钱而能满足自己的好奇，他很高兴。

现在，他兀自坐在红烛边，引颈而望；纵然毫不能为力，还是殷殷期待。

夜渐深，望望窗，一窗风雨。时间拉不住，依旧不见有人来。叶鹦头的操心显已落空，这世界似乎并无一点光明。

夜更深。忽然有人按门铃。

是一个年轻人，居然因为捡到了信封，按照信封上的地址，走来将钱送还给鹦头。

鹦头非常高兴，立即请他同席对杯。席间，来客自称姓杨，名非凡，是一家报馆里的杂役。此人身材颀长，二十岁左右，羞

怯、躲藏、不善辞令，说时带点嚅滞，所以看他就比听他更感
兴趣。

他有一对梦幻的大眼。"什么时候来到新加坡的？"鹦头问。

"五岁。"

"父母呢？"

"早已亡故。"

"有什么别的亲戚吗？"

"没有了。"

"不觉得寂寞？"

"那是没有办法的事。"

"你每月可有多少收入？"

"一百扣。"

"但是你冒着风雨从大坡赶到这里，为的是要将信封里的钱送
还给我？"

"这不是我的钱。"叶鹦头十分同情他的身世，也非常欣赏他
的为人。

就在这时候，忽然又有人按门铃。是一个少女，也是来送还
信封的。

叶鹦头喜出望外，非常兴奋地邀她同桌进餐。她略一凝眸，
看见杨非凡在座，有点不好意思，正拟拨转身子时，给鹦头一把
拖住："难道不肯陪一个孤独的老年人吃一顿团年饭？"

她踟蹰一阵，终于坐下。她姓余名叫水娘。

叶鹦头替两个年轻人介绍相识，然后亲自斟一杯威士忌给她，
问道："家里还有什么人？"

"母亲。"

"靠谁来负担家庭？"

"母亲替别人洗衫。"

"你呢？"

"我在一家黄梨厂当女工。"

"每月收入有多少？"

"几十扣。"

"但是你竟冒着风雨从大坡赶到这里，为的是要将信封里的钱送还给我？"

"我以为你也是像我一样的穷人。"

叶鹦头闻言，乐不可支，认为这世界未必是完全没有希望的。一对贫穷的年轻人，居然会拾到了老虎纸冒着风雨送来。他举杯敬祝来客健康。

然后他问余水娘："你有什么愿望？"余水娘脸上漾起一朵温婉的笑容，想说话，又好像说不出口。经过几番欲言又止后，才期期艾艾地答："我希望有一个家。"

"这个愿望倒不难实现。"

"但是，我希望有一个幸福的家。"叶鹦头和颜悦色地问："什么样的家庭才算幸福？"

余水娘的眼波低垂，幽幽的，"只要不愁吃不愁穿，丈夫性情温和，这样的家庭对我已经是非常幸福的了。"叶鹦头颔首称是，然后侧过头去问杨非凡："你有什么愿望？"

杨非凡寻思一阵，答："我希望有一点自己的事业。"

"想做头家，不愿当估俚？"杨非凡摇摇头，用一种坚定的口吻答："并无野心，只想自力更生。"鹦头听了，认为非凡很有志气。

"但是这不过是一个希望而已，未必能够成为事实的。"

"也未必不能成为事实。"说着鹦头举杯预祝他们的愿望早日实现。

深夜三点过后，叶鹦头因为太兴奋的关系，饮多了几杯酒，脸色通红，睡意颇浓。余水娘和杨非凡站起身来告辞。

三

三个月过后，叶鹦头收到一张红色的喜帖，上面印着这样的字句：

我俩情投意合。订于 × 月 × 日在婚姻注册所结婚。

署名是：余水娘与杨非凡。

鹦头看了这张喜帖，喜之不尽，于是送了一份礼物给他们。这是一个喜幛，三呎见方，很薄，上面镌着"两颗心的结合"六个字，因为这薄薄的喜幛是用纯金铸的。

一九五八年八月十一日发表于《南洋商报》

皇家山遇艳

这是虚构的故事。

设想有一个山芭青年到新加坡来游历。

此人从小就在山芭成长，今年三十多岁了，没有到过大埠，来到石叻后，对于狮城的一切，无不感到新鲜。他是一个普普通通的年青人，不穷；也不富裕。不漂亮；也不丑样。

狮城的繁华感，使他眼花撩乱。他到过勿洛，也到过西滨园，他到过康乐亭，也到过珍珠巴刹。他到过快乐世界，也到过跑马场，他到过奥迪安戏院，也到过蓄水池。

但是他没有去过皇家山。

设想这是一个有星无月的仲夏夜。

他在狮城已经玩了两个多星期，忽然袭起一股乡愁，独坐窗边，百无聊赖。

——在这座大城里，我最寂寞。

这可怕的念头驱使他走出旅店，走进一家"酒吧"。在两个钟头里，喝了几枝乌啤。

从酒吧出来，时已深夜过后，长街极寥落，行人稀少。他在静寂的街上踯躅，脚步零乱，颞颥有点痛，想必是喝多了酒的关系。

他走进阜家山公园。公园里虽然有灯，但极黝暗。他的游兴颇浓，拾级而上，想一口气爬到山顶。在距离山顶还有二三十级的地方，他忽然发现一个少女娉娉袅袅地迎面走下。

她很美，美得令人蚀骨销魂。他不敢朝她正视，匆匆的一瞥，只觉得这个女人有着夺人的媚艳。女人站停了，用最美的表情凝视他。

他的心，像十五只吊桶七上八落。

当这无言相对的一刹那过去后，女人忽然微笑了，这一笑，带着天仙的纯洁意味。

他发现她有一对只能求之于梦寐的眼睛。

然后女人启齿了，是一种低沉而充满魅力的声音："我——我知道这些话是不应该同你说的……但是，夜色太美了，……也许你会与我一样地感到寂寞、孤独……"

听了这几句有如银铃一般的话语后，他想开口，却期期艾艾地什么都说不出来。他只会笑。

因此女人就继续用低沉而充满魅力的声音说下去："我想——如果你不反对的话……我们可以一同散散步。"这一次，他终于紧张地迸出了两个字："好的。"

女人又笑了，边笑边说："我的家，就在这里附近……"

于是两人默默无言地走下山坡，又默默无言地走出公园，又默默无言地踱蹀在长街。

十分钟过后，他们走到一幢浮脚厝面前，这浮脚厝面积很大，有花园、有羽毛球场，气派豪华，一望而知是个大富之家。

一个身材魁梧的男佣工出来迎接他们。

走进客厅后，女人递了一枝烟给他，然后咐吩男佣准备酒菜。

"我已经喝过不少酒了。"他说。

"再陪我喝一点。"她说："因为今晚我颇有点喝酒的兴致。"

在幽幽的灯光底下，山芭青年发现女人的肤色特别白哲，黛黑的眸子灼灼有光。她的秀发很长，垂披双肩，看起来，绝无庸俗之感。他很高兴，也有点怕。

他庆幸自己能够获得这样的艳福，可是又想不出任何理由来解释这件事情的不可思议。

佣工走进来，说是酒菜已经摆好了。

女人挽着来客的手，冉冉走入餐厅。这餐厅布置极富丽，灯火辉煌，陈设精致。

来客举杯敬祝主人健康，并表示谢意。

女人说："我知道你心里觉得这件事情有些蹊跷，但是请你相信我——我实在太寂寞了。"

"像你这样美丽的女人也会寂寞？"

"美丽是女人的最大不幸。"

"你的父母呢？"

"早已亡故。"

"没有兄弟姊妹？"

"没有。"

"其他的亲戚呢？"

"我只是一个人，所以很寂寞。"

"为什么不……"

"我懂得你的意思，"女人黯然叹息了，"他已经死了，死去已三年，在海上。"

"是不是因为风浪太大，船翻了？"

女人摇摇头说："几个凶恶的海盗忽然跳上船来……唉，别提这些伤心事吧，免得扫兴。"

于是举杯，一口饮尽。

山芭青年从未有过单独与女人相处经验，何况是这样美丽的女人。

他喝下几杯酒之后，不免有点神不守舍了。

吃过东西，他们走入花园去乘凉，清风徐来，花香扑鼻。佣工们各自回房休息，整个大宅第浸沉在静寂中，很安宁，像极了童话里的境界。

山芭青年脸热怕羞。女人将红艳无比的嘴唇凑过来。两人情不自禁地拥抱在一堆。

稍过些时，女人款款站起，挽着来客的手，不说一句话，将他引入浮脚厝，进去了自己的卧房。女人一言不发，还自走到屏风背后去更衣。迟了一会，女人换上一件尼龙睡衣，婀婀娜娜地从屏风背后走出，体态丰腴而富诱惑力。

她的潇洒如仙女的神韵，使正在热情得发傻的来客再也无法控制自己了。

他咬咬牙，心一横，伸手抱住女人，狂吻她的颈脖。

"我从来没有吻过一个女人。"他说。女人也醉了，用纤纤玉手解开他的衣钮。

就在这时候，来客忽然脸色一沉，踟蹰起来了。

他下意识的感到事情有些不妥。

女人瞪大眼珠对他发愣，他则竭力苦思，经过一番视察后，他说："我们忘记将房门关上！"女人怡然一笑，说道："不必起身，让我来关吧。"说着，她噘着小嘴，轻轻一吹，那房门就"嘭"的一声，关上了。

来客大惊失色，站起身来欲走，女人将他一把拉住，苦苦哀求，竟至抽抽噎噎地饮泣了。

来客回过头来时，女人脸颊上已经挂满泪水，定睛一瞧，那几滴眼泪竟是血液！

* * * *

故事到这里结束，你一定会说它太荒谬，其实我在开头时已经说过了：这不过是一个虚构的故事而已，用不着说真的。

一九五八年八月二十九日发表于《南洋商报》

出卖爱情

一

离家出走后，寄宿在芽茏一家旅店内，我需要钞票与女性的慰藉。这天黄昏，我正闲着无聊，陈银狮忽然打了一个电话给我："今晚有事吗？"他问。

"没有。"

"快去冲凉，"他的语气带着命令的意味，"冲完凉，到我这里来，我请你吃饭。"

"有什么特殊的事情吗？"

"没有事情，"他说，"只是家里来了两位女朋友，因此想到你。"说罢，电话挂断。

二

这是一个非常可爱的女孩子，端凝文雅，常常低垂眼波，有点怕羞，不喜欢多说话。她很年轻，看起来不足二十岁，但是她的一颦一笑，无不具有一种世故美。

她叫美玉。据说刚从山芭出来，结过婚；也离过婚。

经银狮介绍后，我拉着她躲在角隅处聊天。她似乎很老实，对于我说的每一句话，全都相信。我告诉她，我因为与父亲意见不合，最近才脱离家庭走出来。她听了心里非常难过，还流下几滴同情泪。之后，她开始对我诉述自己的身世了，我倾耳谛听，却不知道她在说些什么。我只觉得她有一对动人心魄的眼睛。

她看起来不像是个有钱人家的女孩子，但是她的手指上戴着一只金戒指。

时间过得很快，一下子已经过了深夜。银狮发现我同美玉谈得很投机，就怂恿我送她回家，我也斜着眼珠子对她一瞅，她羞赧地垂下头去，不反对。

走出陈家，我问她："去哪里？"她说："我住在芽茏。"

恰巧在我住的旅店附近。

于是我们雇车去芽茏。在车厢里，我说肚子有些饿，有意请她吃宵夜。她点点头。

我们找到一间街边的熟食档，吃了一盘白切鸡，一盘炒粿条，三枝乌啤。

美玉不会喝酒，所以两杯下肚后，脸色通红，神志有点恍惚。

我问她："要回家？还是跟我到旅店去谈谈？"她只笑不答。

三

翌晨醒来，我的心情轻松极了。美玉只是瞪大了眼睛睖着我，很驯顺，像一只小猫。我一再吻她，她毫无悔意。

四

一个星期过后，我手头的现款即将用完。

我问美玉："你有钱吗？"

她摇摇头，眼睛里充满了迷惘的神情："你需要钱用？"

"我很穷，再过几天，可能连吃饭都成问题。"

她眼圈一红，噙着眼泪，差点哭出声来。我问她："怎么？难道连你也同我一样窘迫？"

她强作笑容："我只有五块钱。"

"你的金戒指呢？"

"是铜的。"我的心突然往下一沉，觉得前途茫茫，莫知所从："我们必须立刻想些办法来解决我们的经济困难，你肯同我合作吗？"

她耸肩饮泣了，但是她说："只要你有办法，我一定按照你的办法去做。"

五

我竭力搜索枯肠，终于想出了类似"放白鸽"的办法，征得美玉同意后，就打了一个电话给亚乌。亚乌在一家吉埃店里当财库，十分好色，然而无胆量。他与我曾经同在一间小学读书，平时连一杯咖啡都不肯请人饮，但是一见女人，就会甘心情愿地拿出老虎纸来，成叠成叠地乱花。在电话中，我告诉亚乌："给你介绍一个女朋友，刚从山芭里出来的，很漂亮。"

亚乌听说我要替他介绍女朋友，高兴得连话都说不出来了。

我约他在旅店门口见面。过了一刻钟，他乘坐特士匆匆赶来。我对他说："这个女人一直住在山芭里，这次来探亲，不料亲戚离此他往，因此被困在旅店，迫得无法，只可以出此下策。你要知道，她不是干这一行的。"

"要多少钱？"

"一百块"。

"不行。"

"说不定五十就可以，你自己上楼去跟她讲。"

"几楼？"

"三楼十八号房。"

亚乌兴冲冲地奔上楼去。

六

我悠悠自得地喝了一瓶乌啤，然后按照预定计划，走上楼去叩门。我曾经事先与美玉约好，等待亚乌进房后，我即以丈夫的姿态出现，责备亚乌勾诱美玉，硬要拉他去马打楼，迫他讲数。

但是我敲了半天门，里边一点动静都没有。

我吩咐伙计开门。伙计用钥匙试探几下，说是里边上了锁，无法启开。

我请求伙计站在长凳上，从气窗里望进来。伙计看了半天，颇觉错愕地对我说："里面一个人都没有。"我不信。

要他从气窗爬进去开门，门启开后，果然不见美玉和亚乌。

七

这究竟是怎么一回事？我百思不得其解。

我有意无意地走到窗边去，却发现梳妆台上放着一张字条，上面潦草地写着这样几个字：

> 你介绍给我的男朋友是个好人，你想利用我替你找钱，我不是不愿意，只是我比你更穷，因此不得不利用你替我寻找男朋友。对不起得很，我是一个以寻找男朋友为职业的女人。

一九五八年九月三日发表于《南洋商报》

街戏

一

多数人不相信"鬼",因为没有人见过。

多数人相信"神",但是又有谁见过呢?

二

阴历七月,传说是阴间大赦鬼魂的月份。每年这个时候,甘榜里少不了要演几台街戏。

尤其是碰到丰年,有钱人就说愿意出些钱,派人到吉隆坡或者新加坡去请潮州班、福建班、广府班、平剧、甚至歌台来唱。

三

新马一带戏班子不算少,但是到了"中元节",若非预早几个月接洽妥当,临时是绝对无法请到班子的。

我们这甘榜,因为地近矿场,出力出钱的人多,所以五个月前就约定了一个大班子。

四

当这个班子开到时，庆祝中元节的筹备委员会刚在芭场上搭好大戏台，当天晚上，就演出《观音菩萨走仙桥》。全甘榜的居民，勿论男女老幼，无不搬了长凳，匆匆赶赴芭场观剧。

芭场上鼎盛沸腾的，到处是人。小贩们来自四方，卖糖水、卖粿条、卖薄饼、卖啰惹、卖沙爹、卖日用品、摆书摊……总之，应有尽有，挤得密不通风，有如肉屏风一般。

台上则锣鼓铙钹齐响，嘭嘭嘭，咚咚咚，响得观众无不感到头晕耳聋。

甘榜难得有一次热闹，居民们无不兴高采烈。

五

第二天中午，筹备会主任吩咐我去和班主商量，要他们演出应景戏：《目莲救母》。

班主说："这出戏本来是轻易不肯演出的，但是筹备会的盛情难却，只好勉为其难地演一晚。"

我问他："为什么轻易不肯演出这个戏?"他微微一笑，告诉我下面这个故事。

六

从前，戏剧圈内，有一个名叫"马成功剧团"的班子。

班里有两个生角：一个叫"赛昆仑"，是武生；一个叫"郭锦培"，是二花脸。

两人搭班以来，因为大家都是单身汉，所以感情极好，同住同吃，一若手足。

某晚，马成功剧团上演《目莲救母》。这是一出老旦主演的武戏，很能叫座。叫座的原因是飞钢叉，演员都凭真功夫；但是出岔子的事是不会有的。所以班主每喜故弄玄虚，轻易不贴此剧，除非是"各界情商"，或者营业惨淡的时候。

戏上了。演员们个个落力，演来精彩百出。尤其是反串刘青堤的赛昆仑和饰演大鬼的郭锦培，一拍一合，火爆异常，极获观众好评。

落幕后，前台掌声如雷。观众无不站立不走，要求演员谢幕。不料幕拉起后，郭锦培面向观众鞠躬，而那位反串刘青堤的赛昆仑却僵直地躺在台上，鲜血似泉涌出，两眼眨白，死了。观众大哗。

幕落。班主慌忙奔出，发现郭锦培手里握着的那把钢叉，染有鲜血。毫无疑问地，郭锦培在演戏时刺死了赛昆仑。

这是一桩离奇的命案。按照情理，郭锦培与赛昆仑私交其笃，平日素无争执，既无仇，又无怨，郭锦培当然没有理由去"谋杀"赛昆仑。

但是据内行中人说：《目莲救母》虽然用的是真钢叉，只要拍挡熟练，绝对不会出岔子，更无发生"命案"的可能。郭赛两人，既然合作有年，这次事件，似乎不是意外。

因此，郭锦培以"误杀罪"入狱，接受法律上的处分。

事后，有人谈论此事，总觉得其中必有蹊跷。没有人敢说郭锦培杀死赛昆仑是故意的；也没有人敢说他是无意的。根据检场的说："此事有鬼作祟。"因为在《目莲救母》上演之前，曾经发现一头黑猫从台上窜过。

十年后。郭绵培出狱。

孑然一身，潦倒不堪。郭锦培受尽生活逼迫，没办法，只可以去找老班主马成功。

马成功说："搭班不成问题，不过你十年未登台，叫座力已经完全失却，如果你肯屈就一下，串演跑龙套，我是非常欢迎的。你去考虑考虑。"

郭锦培听了，心里一阵子发酸，没说什么，低头走出。

之后，日子过得更惨，常常有一顿没两餐，饥寒交迫，一筹莫展。

他想自杀。就在此时，马成功忽然亲自跑来，说是剧团营业太差，今晚贴演《目莲救母》，演刘青堤的正梁武生患了急病，一时找不到合适的替身。

"你肯不肯客串一晚，"马成功咧着嘴问，"如果演得好，可以立刻搭班。"郭锦培顿感希望无穷，立即允诺。开锣前，郭锦培走入化妆间，发现饰演大鬼的正是赛昆仑的弟弟小昆仑。

两人正在"对戏"的时候，检场人忽然神色慌张地走来告诉他们："台上有一只黑猫走过，上演时，大家千万要小心。"小昆仑点点头。郭锦培也点点头。

戏上了。郭锦培特别卯上，演出优异。不料，幕落后，郭锦培依旧躺在台上不起。

同十年前的赛昆仑一样，郭锦培的胸口被刺了一叉，而小昆仑的钢叉上，染有鲜血。

毫无疑问的：小昆仑刺死了郭锦培。这究竟怎么一回事？难道小昆仑故意杀害郭锦培，想替兄报仇？抑或郭锦培触景生情，内疚难释，故意凑上叉尖，自杀了？

或者是——鬼在作祟？谁也无法肯定。

七

"所以，"班主对我说，"这出戏本来是轻易不肯演出的，艺员们都犯忌，尤是在七月，因为七月是孤魂野鬼游访人间的月份。不过，贵筹备会既然决定要点演，我们当然不好意思拒绝。"听了这一番话后，我匆匆赶返筹备会，对主任重新讲一遍《目莲救母》的故事。

主任忽然面如土色，十分紧张地吩咐我："快去告诉班主，今晚不必上演《目莲救母》！"

"班主已经答应上演了。""叫他别演？"

"不一定会出岔子的。"

"叫他别演，"主任说，"因为刚才我走过芭场时，发现台上有一只黑猫。"

一九五八年十月二十日发表于《南洋商报》

某种情感

施天送第一次看见那个女人，是在星期一早晨。施太太因为隔夜打牌，起身特别迟，随便弄了一些早餐给天送吃后，已经九点敲过。天送挟了公事包，匆匆忙忙地赶到街角，挥手招停一架沿途兜客的特示，坐进车厢，发现她坐在旁边。

她并不很美。

她有一只鹅蛋脸，大眼，小嘴，秀发过肩，很年轻，约莫廿岁左右；但是不很美丽。

天送打开手里的《南洋商报》，先读标题，然后悄悄地对她一瞅，心中突然搅起波澜，有一种难言的感觉激聚在心头。天送不是十七八岁的年轻的小伙子了，看见女人，就会引起许多莫须有的遐想。他今年已经三十四，太太贤慧而又美丽，膝下还有两个儿子。他有一个幸福的家庭，为人忠厚诚恳，平日生活正常，从无邪念。

但是——

当他同那个女人坐在一起时，竟无端端地，情绪紧张起来了。

车抵二马路，她下车，天送也跟着下车。她朝莱佛士坊的方向走去；他也朝莱佛士坊的方向走去。走到银行区，她走进一座大楼。

二

傍晚时分，天送公毕返家。

天送将早晨的事情坦白告诉太太："见了她之后，我一直心神不属。你说奇怪不奇怪？"

太太听了，嫣然一笑，不作任何表示，便走到陈家去打麻雀了。

这天晚上，天送吃晚饭，闲着无聊，带了两个孩子到"国泰"去看电影。然而坐在黑暗中，他的脑海里只有一个念头——她。

回家后，太太雀战未返，独自上床。躺在床上辗转反侧，总是睡不熟。

翌晨起身，太太因为打牌辛苦了，睡得很酣。

天送自己弄了一点吃后，挟了公文包，到街角去等沿途兜客的特示。

特示打面前驶过的很多。但是天送并不上车，他在等候那个秀发过肩的女人。

九点零五分，她来了，依旧一个人坐在车厢里，依旧坐的是霸王特示。

上车时，她有意无意地对他瞟了一眼，立刻兜腮澈耳的涨得通红。

两人默默地并坐着，谁也不说一句话。

她依旧在二马路下车，天送没有下，忽然地觉得她比昨天美丽得多。

三

中午下班，天送独自一人到罗便臣公司去进午餐，十分钟过后，他发现那个秀发过肩的女人也来了，偕同另外一个马来少女，冉冉走到靠窗的角隅处，相对而坐。有说有笑。

天送心头乱跳，一种奇异的感觉使他坐立不安。他已无心进餐，只是睁大眼睛，灼灼地睽着她。她很年轻，她很美。她很可爱。

他对她并无企图，但是每一次见到她时，他就心烦意乱了。

"难道这是爱情吗？"他说。"不会的，绝对不会的。"他自己回答了自己。

四

晚上，孩子上床后，天送对太太说："那个女人，那个在特示里遇见的女人，我今天发现她的美丽使我感到惶惑。"

"有这样的事？"

"我知道我的感觉完全是莫须有的，但是我不能不告诉你，因为——"

"说下去。"

"我竟老是想着她，想得神思不复。"施太太"哦"了一声，不作任何表示。

第二天，施太太一早起身，弄了一顿丰盛的早餐给天送吃。天送照例挟了公事包去办公。黄昏返来时，施太太问他："今天怎样？"

"我没有见到她。"

然后坐在沙发上，阅读晚报。读过晚报后，伸个懒腰，抬头看太太，发现客厅打扫得非常干净，心中暗暗喜欢。

稍过些时，太太端了饭菜出来。他发现太太浓妆艳服，打扮得十分漂亮。

"有什么节目吗？"天送问。

"没有。"施太太笑嘻嘻的答。

"那末，为什么打扮得这么漂亮？"

她俏皮地说了一句"女为悦己者容"，嘴角一牵，笑得像朵花。

接着，她从窗柜里取出一枝拔兰地，斟了两杯，笑吟吟地对他说："吃过饭，我们到奥迪安去看电影。"

"你不打牌？"

"陈家遣人来叫过我了，我不想打。你要知道，我们已经有六个月没有在一起看电影了。"

五

第二天早晨，施天送又与那个女人同车。这一次，完全是巧遇，天送没有故意等候。两人并肩而坐，依旧互不搭讪。

吃午餐时，两人又在罗便臣公司相遇，也不交谈。

下午五点，天送公毕回家。太太问他。"有没有见到她？"

"没有。"天送撒了个谎。

吃过晚饭，施太太陪天送下象棋。天送问她："为什么不出去打牌？"她说："戒掉了。"天送大愕，但喜不自胜。

六

星期五，天送没有见到那个女人。星期六，也没有见过。他猜想她患了流行性感冒，因为最近流行性感冒很猖獗。

他希望星期一能够见到她；但是到了星期一早晨，他在街角等候，足足等了一个多钟点，始终不见她的影子。

这天晚上，当他回到家里，他发现太太的脸色非常难看。

"你发烧了？"他问。

"有一点。"

于是拿"探热针"来一量，太太的身热竟高达一百零三度。天送强迫太太睡在床上，还请医生到家里来替她诊断。

到了十点钟，施太太热度未退，而且浑身发抖。天送紧紧地抱着她，她才坦白承认在吃醋。

天送笑不可仰，一再表示绝对不会变心。

"除了你之外，"天送说，"我不会爱上第二个女人。"

施太太微微一笑，睡熟了。

深夜过后，施太太醒了，热度已退，在天送耳畔，幽幽地说："我爱你。"

两夫妇拥抱热吻，共赴梦乡。

早晨起来，天送照例挟了公事包去上班。他在街角搭乘特示，没有见到她。中午时分，他在罗便臣公司吃饭，也没见她。

暗忖：也许她也病了，但是我一点都不关心她。

从这个时候开始，他知道他自己的病也痊愈了。

一九五八年十一月二十六日发表于《南洋商报》

美娣

亚瓜在打限房里吃了几个月"乌饭豆"后放出来，已是无家可归了，呆呆地站在街角，茫然莫知所从。

他有意去看看美娣。

几个月前，美娣的父亲欠大鼻赵一条数，还不出，又抓破了脸，没有办法，索性将美娣送给大鼻赵抵数。亚瓜为此气恼万分，常常去巴刹饮酒。有一次醉后寻人出气，结果坐了几个月监。

现在，他已走到赵家，发现门口挂着一块金字招牌，上书"××酒家"四个字，不禁为之久久发愣。他问司阍的孟加厘："这里有没有一个名叫美娣的女人？"

孟加厘摇摇头答："不知道。"

亚瓜想走到里面去询问，可是身边没有钱，不敢进去。他感喟地嘘口气，掉转身，刚欲迈步时，迎面走来了六姐。两人对面错过，同时间忽又回过头来。

亚瓜问："你是大鼻赵的阿婶？"

六姐也鼓大了惊讶的眼："你是美娣的朋友？"

亚瓜点点头，忙不迭地询问："你有没有见到美娣？"

六姐唏吁长叹，一开口便说："说来话长。"然后建议到对街去喝一杯羔呸。

坐停后，六姐开始她的叙述：

"就是那天你叫我送信给美娣的深夜，外边落着大雨，我睡得正酣，忽然传来一阵乱糟糟的声音。我即披衣坐起、看窗，发现花园中几个人拖着美娣走入大楼。我慌忙穿衣上楼，看见大鼻赵怒容满面，举起手，掴了美娣一巴掌！过两天，家里来了一个乌龟婆。美娣就糊里糊涂地给大鼻赵卖给人家去当五块六。"

"你知道她的地址吗？"

"不知道。"六姐答："但是猜想起来，如果不在牛车水，一定在惹兰勿刹。"

"金福呢？"

"这可怜的孩子，因为摔碎一只金鱼缸，也给大鼻赵赶了出去。"

六姐摇摇头，说："到什么地方去找？"

亚瓜闻言，怒不可遏："大鼻赵这个家伙也实在太可恶了！"

六姐呷了一口羔呸继续讲下去："说起大鼻赵，这也是报应，他已经被马打抓去了。"

"抓去了？"

"大鼻是个吃人的没良心东西，放印子钱，收保护费，欺侮良家妇女，还干着走私的勾当。"

"他走私什么？鸦片？"

"是的。"

"你怎么知道？"

"这件事发生在两个月之前，"六姐的眼珠子骨溜溜地一转说，

"一天晚上，大鼻赵躺在安乐椅上，我端一碗燕窝给他，他问我牛仔有没有回来，我说还没有。他吩咐我迟点睡，到大门口去等牛仔。于是我即刻跑到大门口去等候，等不到几个字，便听到一阵零乱的脚步声，抬头观看，原来牛仔被几个暗牌与马打押着走过来。牛仔一见我即高声狂喊：'六姐！快报告大鼻哥，事情出了岔子，叫他快逃！'马打立刻掩住他的嘴，命令我启开铁门。门启开了，几个暗牌与马打就快步冲上楼去。大鼻赵正在吃燕窝，看见暗牌就吓得连手里的碗也掉在地上。牛仔十分窘，红着脸向大鼻赵求饶。他说'都是我不好，请你原谅'。大鼻赵狠狠地啐了一口唾沫在地板上，刚要举手击打牛仔时，却给马打们铐上了手铐！"

"这样大鼻赵就被抓去了？"

"我也只好另赴他处搭工，过了一个月，才听说大鼻赵的房子卖给别人开酒店了。"

亚瓜沉吟一下问："这些日子，你始终没有见过美娣？"

"没有。"

"我想找她？"

"你不妨到牛车水或者惹兰勿刹去打听打听。唉，这个女孩子也真可怜。"

说罢，六姐掏钱付账，两人分手。分手后，亚瓜到处去找美娣，结果完全得不到消息。

然后夜色四合，亚瓜在熟食档吃些东西，百无聊赖地踯躅街边。

走到红灯码头，凭栏俯视，海水荡漾，水影中彷佛美娣在对他微笑。

于是他想起了第一次约美娣到快乐世界去游乐的情形。

于是他想起了美娣在加东海滩向他许下的诺言。

于是他想起了美娣的父亲用巴冷刀刺入自己的胸膛。

于是他想起了同美娣最后的一次见面的光景，他请六姐送信，要美娣逃走，事机不密，给大鼻赵知道了，因此种下今日的恶果。想到这里，眼泪像泉水般涌出眼眶。

他想死。

蓦地听到一句尖锐的呐喊："跳海！有人跳海！"

他神思未复有点恍惚，以为别人在唤他，侧过头去一看，原来码头左边围着一群人。

他匆匆走去，挤入人群，发现已经有几个年轻人自告奋勇地跳入海中去拯救。

有人用电筒照射。有人在海水中游来游去。

忽然，有人狂呼："在那边！在那边！"

几个在水中的年轻人，立刻依照岸上人指示方向游去。

不久，自杀者已被救起。她喝了太多海水，虽然施以人工呼吸，终告香消玉殒。

亚瓜挤入人堆，猛然大吃一惊，原来自杀者正是美娣。

他不由自主地狂呼起来："美娣！"

接着，十分哀恸地紧抱美娣，边哭边嚷："美娣！你不能死！你不能死！"

围观者无不用诧异的目光睐着他。

马打来了，伸手指着美娣的尸体，问亚瓜"这是谁？"，亚瓜目瞪口呆的，答不出话来。

马打又问他："她是你的什么人？"亚瓜也依然呆着，答不出话来。

马打叫他走开，他就懒洋洋地站起身，痴头痴脑地离开人群。

他走了一阵，走到邮政总局，挑一个无人注意的角隅躺下了。

月亮上升时，他已昏昏入睡。

他做了个梦，梦见同美娣结婚，住在舒适的浮脚厝里夫唱妇随，日子过得非常甜蜜。

他希望这不是梦。醒来后，依旧是梦，懊恼万分。他深深地叹了一口气，又阖上眼皮。

夜深矣。

一九五九年一月十二日发表于《南洋商报》

遗产

　　火车抵达吉隆坡，亚牛走出车厢，一眼就望见发叔和翠玉站在月台上。

　　亚牛从小就不喜欢发叔，但是现在见了他，心里也有点高兴。

　　自从母亲逝世后，除了发叔之外，他再也没有第二个长辈了。

　　月台上挤满了人，行路极不方便。就在这拥挤的月台上，当他第一次离家赴新求学时，母亲曾经噙着眼泪塞卷钞票在他手里。就在这拥挤的月台上，当他第一次自新回隆度假时，母亲堆着快乐的微笑迎接他。

　　现在，母亲已经不在人间了，这拥挤的月台虽然并不减少热闹，但是他的心境却非常萧条。

　　他怀着萧条的心情走到发叔面前，发叔扮着扑克脸，抿拢嘴，不露笑容。

　　翠玉见了久别重逢的丈夫，少不免婆婆妈妈地淌几滴眼泪。

　　亚牛一边用左手圈在她的肩膀上，一边伸出右臂去同发叔握手，然后执礼甚恭地说：

　　"多谢你到车站来接我。"发叔的态度冷淡，说话时声音很难听："我到这里来，因为我有不少话要跟你谈。"听了这句话，亚牛心一沉，有如冷水浇头，兴趣尽失。

翠玉知道丈夫受窘了，立即讪讪地转换另外一个话题："亚牛，你已经一年多没有回来了，吉隆坡多了不少高楼大厦，你见了，一定会高兴的。"

于是三人并肩走出车站，乘坐发叔的那辆破车，缓缓向半山芭驶去。一路上，大家噤若寒蝉。

车子经过光艺戏院时，翠玉开口了："发叔到我们家去吃饭吧，饭后，你们俩个就可以好好地谈一次话了。"发叔说："我不吃饭。"

"今晚特地为了亚牛煮咖喱，并没有什么好菜，发叔如果没有事情……"发叔不待她将话说完，抢着道："我不在这里吃饭，我要跟亚牛说的话，并不需要那么长的时间。"

不久，车子抵达亚牛家，由翠玉领前，陆续进入亚答屋。

坐停后，翠玉泡了两杯羔吓出来。发叔燃上一枝烟吸了几口说："亚牛，有件事要同你商量。"

"什么？"亚牛张大了眼睛。发叔又一连吸了几口烟，然后用低沉的语调说："关于你母亲的遗嘱。""遗嘱？"亚牛问道，"遗嘱上说些什么话？"

发叔只管抽烟，两只眼睛骨溜溜地乱转，隔了大半天，他才说："你母亲把这个农场交给你，我并不反对，因为地价便宜，亚答屋也不值什么钱；不过……"亚牛咧着嘴，等他把话说下去。

发叔吸了几口烟，将烟蒂揿熄在烟灰缸里后，啜口羔吓，继续说道："不过，那只保管箱里的东西，应该有个公平合理的解决办法才对。"亚牛没有作声，心忖：母亲已经将他扶养成人，给他受了高等教育，她的责任已尽。至于那保管箱的东西，发叔爱怎样处理，他决不反对。

发叔又说："根据法律，我是无权提出这个要求的；但是法律不能不合情理，而按情理上，这只保管箱里的东西该由我与你平分。"

亚牛寻思着，不表示任何意见。

"自从你父亲故世后，"发叔说，"我不知道帮你母亲做了多少事情，单以这个农场来说，如果不是我，恐怕就不会有今天。你母亲平日勤俭积粒，总不会有积蓄，据我的猜揣，她的积蓄一定全部放在保管箱里。她不能将所有值钱的东西全部交给你！"

亚牛还是不作声。发叔霍然站起，用食指点着亚牛的鼻尖，叱道："如果你明天不同我一起到银行去启开那只保管箱，我必定到法院去控告你！"

"控告我？"

"你应该知道，你母亲生前曾经向我借过几次钱，全有借据在我手里。"

说着，发叔悻悻然走向门口，还回过头来对亚牛说："明天早晨我在乌必斯等你！"

这时，翠玉愁眉不展地从厨房走出来，问亚牛："发叔为何发脾气？"

亚牛叹了口气说："他要一起到银行去开保管箱。"

翠玉想了一想，拉着亚牛走出亚答屋，指指前面的一排木瓜树，说："发叔最喜欢吃木瓜，这些是阿妈特地为他种的。发叔虽然脾气暴躁，但是阿妈从不顶撞他。阿妈常常含泪忍悲地对我说：你父亲只有一个兄弟。她老人家要我好好相待；我希望你也好好对待他。"

第二天，早晨十点钟。亚牛与翠玉雇车至发叔的乌必斯，然后三人相偕赴银行启开保管箱。

"随便箱内有些什么，"亚牛对发叔说，"我一定与你平分。"

发叔颇表满意地笑笑："我知道你会明白的。"

当他们三人进入银行后，走下地窖，按照手续，取出保管箱，放在桌上一看，大家不觉发了一怔。亚牛心里骤然浮起一阵不可言状的轻松的感觉。

保管箱里藏着一叠陈旧的纸张，其中有一些已经变为黄色了。这些黄色的纸张，原来是一个小孩子的铅笔画，并不好，但是曾经得过奖。此外，画图下面压着一本作文簿。这本作文簿是亚牛在小学六年级时写的，全是一些"人生于世""光阴过得真快"之类的句子。作文簿下面是一张小学毕业证书。毕业证书下面是一张亚牛在新加坡升入中学时拍摄的照片。再下面是一束书信，全部是亚牛在新加坡寄宿时写来的……

此外，一样值钱的东西都没有。

但这些不值钱的东西在母亲的心目中，是宝藏，是她的希望，是她的信仰。

当亚牛看过这些东西后，抬起头来，恰巧与发叔的眼光接触了，你望我，我望你，一种奇异的感觉使他们彼此有会于心。

发叔脸上的那股严肃的神情完全消失了，眼角眉梢，微微呈露着和善的笑意。

亚牛第一次感到发叔给予的温暖。

发叔的猜测并没有错，保管箱里的确藏着一些有价值的东西。

问题是在：发叔和亚牛妈对"价值"的估计，并不一样。

一九五九年二月二十日发表于《南洋商报》

牛车水之晨

天朦朦亮，牛车水的丁加奴街，很静。远处有犬吠。一辆印度人赶着的牛车，满载草料，迂缓地经此转入吉祥街。

破门楼子的颓墙中间，金娣走出"鸽子笼"，坐在楼梯口发呆。

一个马来小贩坐在人行道上用扇子扇火，炭上有一堆羊肉沙爹，正在冒烟。

七岁的带喜看得嘴馋，用敏捷的手法偷了一根沙爹，给姐姐发现了，一定要他还给马来人。

带喜不肯，金娣大怒。两人争吵起来，闹得面红耳赤。就在这时候，亚瓜踏着脚车经过此地，下车问明事由后，从表袋里取出两角钱来，笑嘻嘻地交与金娣。

金娣没说什么，接过银币，交给带喜一角，要他付与卖沙爹的。

亚瓜拿出一枝烟，衔在嘴上，点上火，深深吸了一口，问："老伯还没有起身？"

金娣摇摇头。

带喜一边吃沙爹，一边插嘴道："爸爸一夜没有回家。"

"他又到俱乐部去了？"

带喜说："爸爸昨晚大发脾气。"

亚瓜问金娣："到底为什么又要同老伯吵架？"

金娣背转身子，两肩抽搐，呜咽着，拉起衣角抹泪水。

"金娣，"亚瓜用抚慰的口吻对她说，"你别伤心，任何困难都有办法可以解决的。"

金娣低着头，直淌眼泪，怕给亚瓜看见，偏过脸去，抖着声音替自己分辩：

"他成天打牌，不肯到码头去做工，哪里还会有什么办法？"顿了一顿，又咬牙切齿地说："这样的日子啊，活着受罪，死了倒还干脆！"

"你瞧你，年纪轻轻，尽说这泄气话。他老人家近来身体不好，常常咳，人瘦得如同竹竿一样，怎么能到码头去做估俚工？"

说到这里，人行道上有两个年轻人扶着老张回来了。金娣见状，大惊失色，忙不迭赶上前去询问："爸爸，你觉得怎么啦？"

扶者说："你父亲才赌牌九的时候，忽然晕过去了，快扶他上楼去憩憩。"

于是亚瓜帮同金娣一起将老张扶上楼去。老张刚上床，就吐了一口血痰。

亚瓜要去请医生，门外走进一个大胖来。老张问："你来做什么？"

大胖涎着脸，贼忒嘻嘻的："大目哥叫我来追数。"

"没有。"大胖仰天嘿嘿地狂笑，笑了一阵说："你尽管在牛车水一带打听打听，有谁不知道大目哥，要是你不识相，小心他……"

"随便他要怎样就怎样好了！"老张一气，又吐了一口鲜血在地板上，大胖以为自己惹了祸，立刻缩头缩脑地赶速退了出去。

亚瓜知道老张病情不轻，急急忙忙出去找医生，刚拉开房门，包租婆进来了。她说：

"刚才看见你有人客在，所以给你留点面子。现在，请你把房钱交给我。"

老张听妇人说完，早已怒上眉梢，用手使劲拍了一下床沿，大声叫道：

"钱！钱！钱！难道没有钱的人就不能活下去了吗？"

包租婆鄙夷地对他一瞅，没好声气地说："能不能活下去是你们的事，我要的是钱！这房租已经给你欠了两个多月，你究竟打算付不付？"

金娣恐怕父亲再动气，立刻将包租婆拉在一旁，好言好语地劝她再宽限几天。

"他病了，"金娣说，"刚才还吐了两口血。"

包租婆无可奈何的对病人愣了一阵，跺跺脚，才气汹汹地走了出去，"嘭"的一声关上房门。带喜正又吵着要吃东西，金娣说："爸爸病了，你还吵？"

但是带喜究竟是个小孩子，他哭了。

老张被孩子哭得心酸，一定要金娣到楼下去买一碗潮州粥来。

粥买来了，金娣不吃。老张问她："为什么不吃？"她说："不饿。"老张噙了眼泪，抖着声音说："金娣，你比从前瘦得多了。"金娣鼻一酸，连忙拨转身子，站到窗边饮泣。老张翻下床来，跌跌撞撞地走到金娣身边，抚着她的肩膀，轻轻叫了一声："我的孩子！"金娣大受感动，反扑倒在父亲的身上，泣不成声了。

老张说："金娣，这些日子你也够苦了，都是爸爸害了你。"

她哭得像个泪人，边哭边说："爸爸，你千万别这么说。"

"我是一家之主，我……我一定要拿点办法出来。"

说着，亚瓜带了一位唐医回来。唐医把过脉后，对金娣说："这叫做富贵病，不是短期可以治得好的，应该多休息，多进补食，切不可过分劳动。"

然后唐医开了一张药方，走了。

老张责怪亚瓜不该浪费金钱去请医生，亚瓜说："有病总是要看的。"

"但是，"老张说，"我连买药的钱都没有呢。"

亚瓜从金娣手里抢过药方，说道："我去买。"

老张想要起身拦阻他，可是他已经下楼去了。

金娣要父亲休息，父亲说："我是一家之主，我一定要拿点办法出来！"

带喜狼吞虎咽地将一碗粥吃完，金娣立刻走到厨房去洗碗筷。碗筷洗净后，回入房间，金娣竟发现父亲不在床上了，忙急着问带喜："爸爸到什么地方去了？"

带喜说："我不知道。"

约莫一小时过后，忽然有人敲门，进来的是一个马打。

马打手里拿着张身份证，指指证上照片，问金娣："这是谁？你认识吗？"

"他……他是我的父亲。"

"为什么？"

"因为你父亲刚才在码头背烟花的时候，忽然口吐鲜血，病象非常险恶，现在已由警方急召十字车将他载往医院治疗。我们从他的身上搜出这张身份证，因此知道了他的住址，特地来通知你。"

金娣听了这番话，怔怔半晌，才跟随马打下楼去，坐上警车，直驶中央医院。

到达医院后，才知道父亲在途中已经断气了。

一九五九年三月十日发表于《南洋商报》

阿婶

　　蔡先生共有四个孩子：最大的叫"天送"，第二个叫"再来"，第三个叫"又来"，今年春上又添一个，又叫"添来"。家里添了一个小孩子，支出必然增多。为了弥补家庭经济的赤字，蔡先生只好和校长商量，希望校方能够帮忙，聘请蔡太太去当小学部的音乐教师。

　　"现在，"蔡先生兴冲冲的回来告诉太太，"董事部已经通过了，下星期一就开课。"

　　"但是……"蔡太太愁眉不展的，欲言又止。

　　"这是喜讯，你怎么反而忧急起来了？其实教书虽然辛苦一点，也并不困难。尤其是教音乐科，课前不必作准备，课后又不用改卷子。"

　　"我不是为了这个发愁。"

　　"那末，究竟为了什么？"

　　蔡太太用手掠掠散在额前的乱发，正正脸色才说："我们两人每天到学校去教书，天送和再来可以带去，又来和添来留在家里，谁来管？"蔡先生胸有成竹地"哦"了一声，说："关于这一点，我早已替你准备好了，等一下，有个阿婶会来，我怕那些细节噜苏，由你去谈。"

"我们这样穷，还请阿婶？"

"这是没有办法的事。"

"你知道现在一般阿婶的工钱要多少？"

"大概在九十块钱左右。"

"每个月拿九十块钱去送给别人？"

"但是你在学校的薪水有三百多。"

说到这里，忽然有人按门铃，启门一看，正是那个准备来上工的阿婶。

这是一个年约五十开外的老妇人，麻脸，蒜鼻，又矮又肥，肥得近乎臃肿。

蔡先生执礼甚恭地请她进入客厅，坐定后由蔡太太全权谈判。

蔡太太堆上一脸很不自然的笑容问："你要多少人工？"阿婶用鄙夷不屑的目光对客厅扫了一圈，咧着嘴，露出一排发亮的金牙，然后翘起小指头，剔去齿缝间的青菜叶。她说："讨论人工之前，我有些话要问你们。"蔡氏夫妇把眼睛瞪得大大的，静候她的问话。她掏出了一包"红印"，撷一枝，燃上了火，猛吸数口，慢条斯理地说："你们这里装丽的呼声吗？"

"有。"

"你们听些什么节目？"

"不一定，多数是给孩子们听的。"

"我喜欢听时代曲和讲古，逢到这两档节目时，你们不可以差我出街去买东西。"

蔡太太听了此话用手掩口窃笑，蔡先生却一本正经地连声称好。

阿婶吸口烟后，继续问道："家里常打麻将吗？""偶尔也打。"

"抽不抽水？""抽的，只是数目不很大。"

"抽来的水全部归我？还是四六分账？"

蔡太太沉吟不语，蔡先生立刻插嘴："全部归你好了。"

阿婶颇表满意地点点头，又问："有工人房吗？"

"有的，不过现在暂时给两个大孩子作卧房，你来了，可以让给你睡。"

"你家煮饭烧什么炉？""炭炉。"

"我不会生炭炉，前些日子我在乌节律红毛人家做工时，全用煤气炉。只要轻轻一拨，划根火柴，点上就行，非常便捷。""我们可以改用火水炉。"这是蔡先生的提议。

阿婶对此提议不置可否，继续问道："有没有电话？"

"有。"

"如果别人打电话给我，你们叫不叫？""当然叫。"

"如果我打电话给别人，你们会不会限制时间？"

"最好不要打得太久。"

"万一有些话非讲不可呢？"

"那只好随你。"

阿婶脸上那股"凛然之气"陡地消失了，将烟蒂揿熄在烟灰缸里之后，问：

"你们每天买几扣小菜？""三四扣。"

"七个人吃。"

"逢礼拜天可以加菜。"

"关于吃饭的问题我有几点必须声明在先的：一，我不吃你们吃剩下来的小菜。二，我不吃羊肉。三，每星期必须煮五餐咖喱。"

"不成问题。"于是阿姊的嘴角一牵，脸上呈露了胜利的微笑，又撷出一枝香烟衔在口上，点上火，边吸边问："有冲凉缸吗?""有。"

"我每天至少要冲两次凉，可以吗?"

"这是应该的。"

"那末，洗衣服怎样洗法?"

"全家大小的衣服都归你洗。"

阿姊闻言，把头摇得像拨浪鼓似的，撇撇嘴，说："连我在内，一共七个人的衣服，还要煮菜扫地，那里来得及，我只有一双手!"

"依你的意思?"

"所有的底裤底衫都归我洗，其余的通统送洗衣铺。"

"衬衫呢?""也交洗衣铺。"

蔡太太哑口无言，连"哦"一声的勇气都没有了。蔡先生站在一旁，唯恐"谈判"陷入僵局，立刻用温和的口气说了一句："就这么办罢。"

但是阿姊的问题还没有完。她说："还有一件事，我要先说清楚。"

"什么?"她吸了一口烟，两只眼珠骨溜溜地一转才说："我在巴刹里卖香烟，每晚八点半以后，我要去做生意，直至十二点半回来。"

蔡太太眉头一皱，想说话，却咽了一口唾沫，将要说的话也咽了下去。

蔡先生为缓和紧张的空气起见，马上提出了一个折衷办法："每周去三晚，行不行？"

阿婶摇摇头。蔡太太正想表示无法谈判时，蔡先生连忙陪上笑脸，客客气气地说："就这样吧，晚上八点半出去，十二点半回来。现在，让我带你到工人房去。"

"慢着，"阿婶说道，"我的工钱还没有讲妥哩。"

蔡先生蓦地意识到自己的糊涂，颇表歉仄的问："你要多少钱一个月？"

"你们出多少？"蔡先生沉吟一下，说："我们想给你九十扣。"

那阿婶霍然站起，板着扑克脸，走到大门边，拨转身来对蔡氏夫妇说："昨天有人出我一百五，我也不做！"

一九五九年三月二十日发表于《南洋商报》

半夜场

从麻雀馆出来，时已十一点半，因为赢了些钱，精神特别好，想独自一个人看一次"半夜场"，于是雇车去奥迪安，抵达戏院门口时，但见"客满"牌高挂，扫兴之至。

闲着无聊，又不想回家睡觉，没有办法，只好走到康乐亭去吃沙爹。

但是刚挪开步子，蓦然有人在背后问我："你要买票吗？"回头一看，是个穿着娘惹装的少女，很美，冰肌玉骨，楚楚临风。我首次发现了娘惹装的美处。

我从她手中接过戏票，仔细察看，原来是楼座的，我当即付了三块钱给她。

她乘电梯，我则拾级而上。因为距离开映的时间还有十分钟，我在糖果部喝了一瓶橙汁。喝完橙汁，持票入座，发现她坐在我旁边。

在柔和的灯光下，她有一种迷人的魅力，那如花的绮貌，那似雾的轻鬟，令人看了蚀骨销魂。我很少见过那么美的女人。她对我微微一笑，我倒有点不知所措了。

我掏出烟盒，递给她一枝烟，又给她点上火；然后，也点上了自己的。

她细声地说："谢谢。"我说："小意思，不用客气。"

然后电灯熄灭了，银幕上突然出现一个英雄模样的人物，手里握着枪，雄纠纠地放了两枪后，立即和一个漂亮女人接吻了。我说："这个戏倒很合我的胃口。"

她说："这是预告片，下星期才正式公映的。"预告片映完后，银幕上放映卡通片。一只花猫想捉老鼠，老鼠故意逗弄哈叭狗，哈叭狗大怒，捉住花猫一阵子揍打。

我笑了，我呵呵大笑。她也笑了，但是并不出声。

接着是新闻片，有越洲飞弹的放射、溜冰皇后的舞蹈、古巴的革命、嘉华年会、伦敦的雾、一九五九年的巴黎新装。看过那些奇形怪状的新装后，我说："据我看来，全世界最能表现女性美的衣服是娘惹装。"

她低声加了一句："旗袍也不坏。"

"但是，"我说，"我还是喜欢娘惹装多些。"她微笑不语。

然后是"休息"，全院灯光复明，我又清晰地看到了一只含俏带娇的小嘴。

我向糖果女郎买了两杯雪糕，把一杯递给她。她起先含笑摇头；但经不起我一再怂恿，也就接了过去。我们之间的气氛就更和谐了。我问她："为什么一个人看戏，买两张票子？"

她轻描淡写地答了一句："因为约好的人失约了。"

"你的男朋友？"

"我的丈夫。"

"他是不是在俱乐部赌钱？"

"他给黄脸婆禁锢起来了。"

"黄脸婆?"

"他的发妻。"

"如此说来,你是……?"

"不错,我是他的小老婆。"

"他很英俊?"

"不。"

"他很多情?"

"也不。"

"那末,他一定很有钱了?"

"你猜得一点也不错。"

"只是为了几个臭钱,你就甘愿忍受任何委屈?"

"过去我是拿定了这个宗旨的,然而今晚我却是十分愤恚,我不知道过去的自己是否错了。"

"为什么?"

"我必须将理由讲给你听吗?"

"如果你愿意讲,我就愿意听。"她沉吟一下,有意无意的对我瞟了一眼,悄悄声儿说:"事情是这样的:今天下午我差遣阿姆到这里来买了两张半夜场的戏票,我约他一同来看。他说今晚要到黄脸婆家里,恐怕一时抽不出身,非要我取消了这个节目不可。"

"那么你对他怎样表示?"

"我在电话中告诉他:如果他爱我,他今晚必须陪我看半夜场,否则,就证明他并不爱我。"

"你需要的并不是爱呀。"

"但是钱在黄脸婆手里。"

"我还是不太明白你的话意。"

她顿了一顿,向我要了一枝烟去,点上火猛吸数口,就继续说下去:"我必须先赢得他的爱,然后才可以叫他从黄脸婆那里取出钱来的。"

我"哦"了一声,说:"现在你是人财两空了,失去爱情;又无法赢得金钱?"

"所以我是十分愤恚了!"

说到这里,休息时间已过,全部灯光熄灭了,正片开始。我骤然起了一阵莫名的惆怅,心里乱乱的,目无所视地睖着银幕,根本不知道银幕上做的是什么。

一九五九年三月二十四日发表于《南洋商报》

春梅

老裕五十岁时，从新加坡带回来一位年轻貌美的太太，使老裕的小乡邻们，在酒后茶余的时候，多了不少谈话资料。这位年轻的太太，名叫春梅，比老裕小廿几岁，但是为人十分老练。一举手，一投足，无不具有一种世故的美，与一般年轻女人比较，她的稳重不易多见。她不大喜欢多讲话，然而待人接物却有分寸。

老裕很爱春梅。老裕为了讨好年轻的妻子，几乎将生命的潜力全部透支了。纵然如此，有时候的结果，依旧相当可怜。

春梅是个聪明的女人，了然于老裕的挣扎，常常用同情和谅解来帮助他。

可是，到了婚后第三年，这里来了一个名叫韩家兴的年轻男人。

家兴与春梅曾在新加坡同过学。

他们年龄相彷，志趣亦近似，过去在新加坡虽无密切的来往，然而两人心内则早有慕意。

这久别重逢的情景，使这一对年轻人的友谊，像死灰一般重新燃烧起来，而且远较旧时狂炽。他们的感情愈来愈热，愈来愈强烈，最后终于进入了成熟的阶段。

起先他们的接近并没有引起老裕的猜忌；后来，连老裕也发现他们的接近有些过了分。

当老裕发觉他俩正在热恋中时，他内心中骤然起了一阵剧烈的变化。他开始喝酒了，常常喝得酩酊大醉。他常常在醉后回到家里，捉住春梅一阵子揍打。春梅却不加抗拒。

有一天，他忽然怀着报复心理，搭车到吉隆坡去，在都门住了三天。

回来后，他主动地向春梅提出了离婚的要求。春梅不反对。

离婚手续完成了不久，春梅与家兴结婚。

老裕失去女人，日子过得很寂寞。他雇了一位阿婶，名叫亚桃，是个四十几岁的寡妇。亚桃进门后，处理家务时，俨然主妇身份。她不准老裕喝酒，老裕就不喝。她不准老裕到吉隆坡去，老裕就不去。老裕变成一个隐士了，度着有板有眼的日子，十分寂寞。

不到一年，消息传来，说春梅一病不起，终于香消玉殒。老裕聆讯后，背着亚桃，流了不少眼泪。没有人知道他为什么这样悲哀，但是他竟为此悲痛欲绝。

又过了三天，老裕自外归来，脸上神采飞扬，神情十分轻松。

亚桃端了一碗咖喱鸡出来，放在他面前。他平常的胃口并不好；今晚他居然将一人碗咖喱鸡通统吃光。饭后他给自己斟了一杯酒，燃上一枝烟，优游自得地坐在藤椅上休息。

亚桃下意识地感到事情有点蹊跷。

就在这时候，门铃响了。老裕亲自走去开门，门外站着一个马来小童，递一张纸条给他就走了。老裕一边阅读纸条一边回入

478

客厅。他的神情突呈沮丧，嘴角边的笑意也随之消失。

亚桃问他："字条上说些什么？是谁送来的？"

他不作正面答复，从荷包中掏出了一些零钱，板着面孔，说：

"中山戏院今晚放映丁兰的新片，你自己去看吧。"

亚桃不想去，但经不起老裕一再的怂恿，也就接过钱，换一套干净的衫裤，嘟着嘴，兀自走了出来。在芭路上点点地走着，心里总觉得老裕的举动有点特别，于是又蹑足走回去，从后门潜入厨房，静悄悄地躲在门背后，等候发展。

九点半。有人揿门铃。

亚桃从门缝里张望时，几乎吓了一跳。

原来那个来客就是老裕从前的情敌——韩家兴。

家兴和老裕见面时彼此皆不露笑容，也不握手。

坐停后，两人默默相对。

老裕递了一枝烟给来客，擦亮火柴时，抖着声音问：

"你说有话要同我讲？"

家兴吸了一口烟，吐出一条烟龙，然后慢条斯理地说：

"有一件事，想问你。"

"什么？"

"当春梅与你离婚时，她只有一年的生命了！"老裕摇摇头："我不知道。"

"不知道？"家兴双目圆睁，他满面怒容了。

"我……我真的不知道。"

"别撒谎！前几天张医生亲口对我说：他在春梅病势转剧时告诉过你，春梅最多只有一年的寿命了。"

至此，老裕颇感羞赧地垂下了头，沉吟半晌，才嗫嚅滞滞地说：

"是的，我在一年前就知道了。"说着，站起身来，走到窗边，目无所视地望着远处。

家兴怒气未消，愤然将烟蒂揿熄在烟灰缸里，他继续厉声疾气地问："你明知她只有一年的寿命，怎么可以主动向她提出离婚要求，故意将这一年在精神上的重负交给我来担？"

老裕望着窗外的夜色，不作声。

家兴忽然歇斯底里地哄笑起来："但是我愿意坦白告诉你，这一年我们生活得非常好，春梅很快乐，我也很快乐，我们彼此相爱，在这相爱的一年中，我们将所有的痛苦全都忘记了！"

老裕依旧不出声。

家兴继续说下去："我虽然上了你的当，但是我并不后悔。"

家兴眼圈一红，流泪了。

老裕牵牵嘴角，开始呈露安慰的微笑。

隔了很久很久，家兴用手帕拭干泪水后，压低了嗓子说：

"当春梅落葬的时候，她手上戴着两只戒指——两只结婚戒，有一只是你的；一只是我的。"

老裕这才拨转身子睐着家兴，涣然的瞳子睁得很大。

家兴感喟地叹了口气说："我实在不明白她为什么要这样做？"

老裕终于开口了，他的声音有点沙："因为她知道我仍爱她。"

"你还爱她？"

"是的。"

"你爱她，可是你又主动地提出了离婚要求？"

老裕用牙齿咬咬下唇，伛偻着背，拿起酒杯，将剩下的酒液一口呷尽，然后微笑着：

"她给我带来了最大的幸福，当我知道她只有一年的寿命时，我就决意牺牲自己，让她在这最后的一年中，享受人生真正的乐趣。你要知道，我在情感上欠她太多，这一年，不过是我偿还给她的一小部分而已。"

一九五九年五月十一日发表于《南洋商报》

勿洛之夜

"Sateh, Dua-Belas."

"Ia." [1]

这是一个有星无月的深夜，海风习习，我与邓桂珠在勿洛海滨吃风，坐停后，她向马来小贩要了一打沙爹。

桂珠有一对很大很大的黑眼睛，眼角微向上翘，看人时，亮闪闪的，十分迷人。

她很美，只是年纪大了一点，笑起来，额角已有不少皱纹。但是她很美，我非常喜欢她。

一个钟头以前，我在游艺场的茶档上饮啤酒，桂珠从我面前走过，穿着一袭娘惹装，打扮得像一朵盛开的牡丹花。当时，我已有了三分醉意，胆子特别壮。走上前去邀她共饮。她对我回眸一笑，还用鼻音问我："小弟弟，你荷包里有几多镭？"我取出四张五十元的钞票来，她定睛一瞧，笑笑，挽着我的手，同我坐在一起。我喝下一大杯乌啤，她也喝下一大杯。

"你今年几岁？"我问她。她涎着脸说："询问女人的年龄，是

1　马来语，意为："沙爹，十二支。""好嘞。"编者注。

一件非常不礼貌的事!"

"但是你又叫我小弟弟?"

"因为我的年纪比你大得多。"

"我喜欢年纪比我大得多的女人。"

她呷了一口酒,极其矜持地说:"我不一定喜欢年纪比我小得多的男人。"

"那末,为什么答应我的邀请?"

"为了钱。"

"如果我不给你钱呢?"

"喝完这杯酒,就走。"

我当即递一张伍拾元的钞票给她。我说:"喝完这杯酒,陪我到勿洛去吃宵夜。"

她搁起左腿,脱下皮鞋,将钞票塞入皮鞋里,然后含着娇嗔,问我:"吃完宵夜呢?"

"我另外再给你伍拾元。"她笑了,笑得非常世故。她说:"你年纪虽轻,但是很懂。"

我们又叫了两瓶乌啤。不久,歌台散场,稍过些时,广东大戏和潮州班也散场了。整个游艺场开始从绚烂归于平淡,游客渐少,商店纷纷打烊。

桂珠霍然站起,拾起手袋,说:"我们该走了。"

我们手挽手走出游艺场的大门,坐上特示后,她将她的名字告诉我。

车从蒙巴顿律转入加东,再由加东直向勿洛驶去,经过"华友别墅"时,路灯黯淡,我偷偷吻了她的脸颊,她对我回眸一瞅,佯嗔薄怒地说:"别那么性急,让司机看到了,多难为情?"

"司机脑后没有眼睛。"

"但是司机头上有反射镜。"我耸耸肩，她暗中在我大腿上拧一把。

车抵勿洛，我们拣了一个靠海的座位。在灯光下，我发现她脸上的脂粉涂得很浓。她显然是一个徐娘，然而风韵犹存，叫人看了，想起一只熟透的苹果。

她要了十二支牛肉沙爹。沙爹来时，她开始叙述她的身世。

千篇一律的故事，不很动人，然而总不会缺少悲剧的意味。

她嫁过人，丈夫患了一场大病，撒手长逝后，给她留下无限的寂寞。她原本是好人家的女儿，因为命运不济，只好靠自己的色相求生活。

我问她："为什么不再找丈夫？"她的回答很干脆："谁要？"

我笑了，用调侃的口气问她："如果我向你求婚，你会肯答应我吗？"

"难道你愿意娶一个母亲回去？"

"我刚才在游艺场已经对你说过了，我喜欢年纪比我大得多的女人。"

"你的 taste 很特别。"

"我是一个性格特别的男人。"

她垂下眼波，一边用沙爹蘸辣酱，一边沉思。海风吹散了她的秀发，使她不得不用左手压住。

这时，邻桌忽然来了三个阿飞型的少年，其中之一是个高个子，浓眉大眼，时时回过头来凝视桂珠。桂珠似乎也怕羞，常常低着头，避开他的视线。

我是喜欢怕羞的女人的。我伸手圈住她的肩胛，呶起嘴唇，吻了她的脸颊。她又避开去，低声悄语地："不要这样，这里人多。"

我掏出荷包来，递了一张五十元的钞票给她。她又将钞票塞入皮鞋，说：

"换一个地方去玩罢？"

"我还没有吃东西呢。"

"别的地方也有东西吃。"

"既然从老远的市区到这里来，何不多耽一会？"

"这里人多。"

"这里风大。"说着，我紧紧搂住她的纤腰，吻了她的粉颈。

那个邻桌的年青人忽然怒气冲冲地走到我面前，直着嗓子，对我大声咆哮：

"你不要再动手动脚！"

"你管不着！"年轻人双目圆睁："我偏要管！"

我也非常愤恚了："朋友，我劝你少管闲事。"

"这不是闲事！"

"你同他有什么关系？"

"我当然同她有关系。"

"同她有关系的人多着！"

他听我这句话，竟不加思索地击我一拳，我差点没跌在地上，因此怒不可遏了，咬紧牙龈，站稳脚跟，挪前一步，伸一拳猛击他的小腹，他痛极屈身，我又在他的颚部猛击一拳。他的身子晃了晃，倒退两步。愕磕磕地瞪了我一阵。

我发现他的嘴唇开始流血了。

我原无扰事之意，见他已不还手，也就挽着桂珠离开此处。

但是走不了几步，三个年轻人居然同时向我扑过来，好在我闪避得快，才没有让他们扑倒。

那个高个子虽然满嘴是血，仍不肯罢手，拼命向我冲来，我捉住他的背部，乘势往后一拖，他就踣倒在地了。

就在这时候，另外两个人不知道从什么地方找到了一根木棒，趁我不备，在我后脑重重击了一棍。

我眼前一下子出现了无数星星，倒在地上后，听到那个满嘴是血的年轻人对桂珠说：

"你怎么可以做出这样的事，妈！"

一九五九年五月二十六日发表于《南洋商报》

门内的秘密

一

门上挂着一块纸牌，上面写着四个大字："非请莫入"。

这个牌示，如果挂在厂房，医院或者什么经理室的面前，是极其平常的。此刻却出现在 LC 公寓的三〇四门上，似乎不大相称。

三〇四房住着一个中年人，姓王名郴冰，单身单口，没亲没眷。据说是一个作曲家，性格乖癖，举止奇特，全公寓的房客都认识他；但是他从来不同任何邻居打交道，他没有什么朋友，很少有人来访他。邻居看见门上的牌示时，纷纷交头接耳，暗暗错愕，认为他既然不大有朋友来看他，就没有理由挂"非请莫入"的牌示。

现在门反背锁着，门内有悠扬的键琴声传出。

二

公寓的三层楼，一共有六个房间。

从三〇一号到三〇六号住着六家人家，有的是银行职员，有的是报馆编辑，有的是保险掮客，有的是工程师。

这是晨早九点钟。

住在三〇六号的工程师胡中德，提一只公事包，出门上工。在三〇四号门口，遇见刚从报馆返来的钟编辑。

"早！"钟编辑语，"我们的大作曲家又在埋头苦干了，也许一夜未睡吧？"

胡中德耸耸肩："真是天才！"

稍过些时，三楼工役亚莲开始逐房打扫。经过三〇四号房时，看看牌示，想敲门，又不敢，她知道王邨冰的脾气，当他在工作的时候，谁也不能打扰他，他总彻夜不睡，无休止地弹着钢琴，甚至连饭都可以不吃，一直到他自己认为该休息的时候才蓬头散发睡眼惺忪地走到对街俄国餐馆喝一杯 Vodka 和几片麸皮面包。他似乎不大注意物质享受，从不考究衣着与饮食。有时候成天把自己关在房内；有时候一出去就几日夜不回来。他住在 LC 公寓已有两年，所以没人再比亚莲更熟悉他的一切了，亚莲很知趣，不打门，也不替他打扫，便提着拖把到三〇五号房去。

中午时分，保险掮客和银行职员照例回来吃午饭。

王邨冰的琴声仍未中止。

保险掮客说："这家伙真有他的。"

银行职员说："什么作曲家，简直是疯子！"

一直到下午三点钟，当王邨冰仍在弹他的钢琴时，三楼来了一个陌生客。

三

此人名叫赵伯年，满脸忧容，走到三〇四号门前，对那牌示久久凝视，不敲门，只是听了一会门内的琴声。

然而当他走入钟编辑的房内。钟先生已起身，正在吃中饭。

赵伯年说："请问王邨冰先生在哪里？"

老钟爱理不理地答："他在三〇四号房，正在作曲，很忙，请勿打扰他，他很容易发怒。"

"谢谢你。"赵伯年道谢一声，又跑到胡中德房内，胡中德在对海办公，尚未返来。只有胡太太在家做针线。赵伯年用同样的问题问胡太太，胡太太的答复和钟编辑完全一样。赵伯年又去问亚莲，亚莲说："王邨冰把自己锁在房内已有一天一夜了。"

赵伯年又到三楼账房间去借用电话，翻了一下电话簿，拨了号码，然后用沉重口吻说道：

"是警察局吗？……我叫赵伯年，我住在沙田。一个半钟点以前，我在那里用枪打死了一个人……当然不是开玩笑……现在我在LC公寓三楼。"

赵伯年挂上话筒。取出一只烟斗，装满烟叶，然后点上火。他的手抖得利害。他说："等警长来吧！"

四

警长来了，问大家："哪一位是赵伯年？"

"我是。"赵伯年从口袋里掏出一把手枪交给警长，"这就是我打死他的手枪。"

警长觉得事情太蹊跷："你既然在沙田枪杀人，为什么不向沙田警察局自首，而要老远地跑到这里来？"

赵伯年说："因为被我枪杀的那个人住在这里。"

"你为什么要枪杀他？"警长问

"今天早晨九点钟，他突然闯到我家里，拔出手枪，枪口对着我，笑着说：'我要打死你，可是我不能把理由告诉你。'他放了一枪，没有击中我。他正要放第二枪时，却被我击毙了。我打得一手好枪，是当年在军队里学来的。""你知道那个被你打死的人姓什么？叫什么？"

赵伯年答道："王邨冰！"

五

亚莲在旁，大不以为然。她说："王邨冰从昨晚起就在房内弹琴作曲，一直到现在还在工作，警长！别听他的话！"

警长问赵伯年："你与王邨冰有宿仇吗？"

赵伯年用手帕拭拭自己的额角说道："我从来也不认识他。"

"那么，你怎么知道你打死的那一个人就是王邨冰呢？"

"我曾经搜查过他的尸体，"赵伯年说，"从他的内衣口袋里我发现一只皮夹，皮夹里有一叠卡片，每张卡片上都印着他的姓名和地址。"

赵伯年把皮夹交给警长。

警长看了看皮夹以及里边的东西，问亚莲："三〇四号在哪里？"

亚莲领了大家走到三〇四号门前。

门上挂着"非请莫入"的牌示，门内的琴声依旧弹得十分悠扬。

警长问："如果王邨冰已经死了，那么谁在弹琴呢？"

赵伯年说："依我看来，这很可能是王邨冰故弄玄虚，自己搭乘早班火车到沙田去杀人，却请了别人在里面弹他自己未完成的曲子，这是一种阴谋，以便洗刷自己的罪行。"

警长怀疑地问："王邨冰既然与你无冤无仇，他有什么动机要杀你呢？"

"那我就不知道了。"

六

警长启开门。

发现弹钢琴的是一个少妇。

少妇一见大家，脸色惨白，睁大着眼，说不出话。

警长问："你是谁？"

站在警长后面的赵伯年突然嚷道：

"警长，她是我的太太！"